華文小說
創作百變天后
凌淑芬

遺落之子

輯三　曙光再現

序幕

醫療營廢棄了。

狄玄武的腦中一片空白。

在他的一生中，經歷過無數次的驚濤駭浪，有許多回，連他都以爲自己走不出來。但，無論是哪一回，都沒有眼前的景象讓他如此驚駭失措。

他的手心發冷。

他的心跳加速。

他的額角泛出冷汗。

他的全身失去活動能力。

不可能！醫療營不可能廢棄！

醫生在哪裡？勒芮絲在哪裡？艾拉呢？

他才離開三年，他們不可能就這樣從世界上消失了。

他停在以前大家一起吃飯的空地上。他們烘木頭的儲藏室兼窯房已經結滿蛛網，變形草爬滿了牆面，張狂地掩蓋了每一寸磚牆。儲藏室旁是瑪塔的爐灶，如今已成了野鳥的窩。

他給瑪塔建了新廚房，但天氣炎熱的時候，她依然會在這個露天爐灶煮食，她說外頭比較涼。瑪塔最在乎她的廚房乾不乾淨，絕對不可能放任爐灶像這樣沾滿鳥糞。

他的視線茫然地移向作爲公共空間的大磚屋。

找到原因了。

原來如此。

那間磚房有一半被掩埋在土石堆裡。醫療營後方的斜坡不知何時塌陷下來，將他們的公共空間連同旁邊的一間小屋一起壓垮。

住在這間屋子裡的是柯塔、魯尼和德克教授他們……所以，醫療營的人都被埋在土石堆裡了？

山崩是不是在大家聚在一起吃飯的時候發生的？還有人活著嗎？他們死去的時候是否痛苦？是否十分恐懼？

回來的路上，狄玄武想過每個人看見他的反應，有的人會很驚訝，有的人會很開心，甚至有人會抱住他大哭，但他獨獨沒有想到的是，他們可能通通不在了……

他抹了下臉，發現自己素來穩定的手在劇烈發抖。

恐懼。

他這輩子從未如此恐懼過。

直到發現自己失去了醫療營的人之後，他才明白這些人對他有多麼重要。

拉貝諾說，人都需要一個活下去的目標。

拉貝諾是對的。

這些年來，他的目標就是專心一致找一塊地方，建立一個安全的家園，然後把每個想出去的人都接出去。

他一直以爲他是爲了勒芮絲做這件事，或許再加上一些報恩的心情。現在他才明白，他不是。

他不是爲了讓勒芮絲開心，或爲了報答任何人。他想這麼做，是因爲這些人是他的家人。即使沒有勒芮絲或醫生，他依然會這麼做，因爲他也是人，也需要他的家人。

如果在這世界他只有自己一個人，那是多麼寂寞啊！

然後他才發覺，原來他也會怕寂寞，他並沒有自己想像的那麼堅強。

沒想到他只是離開三年，他們就消失了……

他根本不該離開的！如果他在，坍塌發生的那一刻，他起碼可以救回一部分的人。

狄玄武閉了閉眼，用盡全部力氣驅走體內的寒意。

不，他必須冷靜。

即使醫療營不見了，貝托營區的人一定還在，他要知道發生了什麼事！他們最好給他一個滿意的答案，否則他會……

慢著，那是……？他的思緒緊急剎車！

一樣他剛才沒注意到的東西，讓他不由自主地舉步過去。

在醫生診間前面那個空地，竟然有——幾座墳墓？

整片醫療營都覆蓋在亂草殘土之中，唯有這片空地被整理得乾乾淨淨，四周用小石子排成一圈，在圈圈中央，有幾座墳墓。

這裡是一個簡單的墓園。

他沒發現自己的手在微微發抖，跪在其中一個木頭十字架前：

馬切羅．J．魯易茲

西元一九四五年二月二十四日—西元二〇二一年三月十二日

他生於混亂，死於安詳

馬切羅是醫療營的一個老人，三月十二日是一個月前的事。

狄玄武回頭檢視荒廢的營區。以野叢藤蔓爬生的程度來看，醫療營起碼廢棄了半年以上，如果一個月前還有人埋葬馬切羅，表示不是所有人都死在坍塌裡。而馬切羅「死於安詳」，表示不是橫死的。

有人還活著！醫療營的人還在！

強烈的釋然幾乎讓他暈眩。

他飛快檢查每一座墳墓。最早的日期是去年五月雨季之時，有三個墓碑寫的死亡時間是同一天，其中一句墓致銘刻著：他永遠和叢林成爲一體。

可見崩塌是發生在去年雨季，這三座墳墓就是在意外中死亡的人，所以才會「永遠和叢林成爲一體」，活下來的人把亡者埋葬在故居，他們已搬到其他地方了。營區被毀，他們當然會搬到貝托那裡去！

狄玄武跌坐在地上，忍不住苦笑出來。

他從不知道他能如此害怕，即使在他發現自己可能永遠回不去原先世界的那一刻，都不曾如此恐懼過，因爲他知道在那個世界的家人都有照顧自己的能力，但醫療營的人需要他。

這一刻他突然明白了，他爲什麼會來到這裡。

這才是他的意義——找到這群人，保護這群人，成爲這群人的一份子。

他終於找到力氣站起來，一一檢查過後，確定墓碑上沒有溫格爾、勒芮絲和艾拉這些名字。

既然確定有人還活著，他反倒不急著離開了。

他抽出腰間的野戰刀劈出一條路，將整個廢棄的營地繞了一圈。

回到前頭，他才注意到通往他舊屋子的小路很乾淨，好像有人定期在打掃。

他走到自己曾住過一年多的小屋前，門把被人以藤蔓綁了起來。其實，這片營區處處有人維護的痕跡，他剛才只是太慌亂了，才會沒注意到。

關心則亂，他終於體會到了！狄玄武苦笑一下，過去三年如果是這種毛躁性子，早不知在雅德市死了幾次。

他把藤蔓解開，推門而入。

屋子裡一塵不染，他將窗戶擋板一一掀開，讓新鮮空氣流進來。屋內的氣味並不陳腐，床上鋪著洗舊但乾淨的床單，他俯低身子一聞，雖然不至於新鮮到像剛洗好的，但依然殘留淡淡的野花香。

這是梅姬做的洗衣皀，勒芮絲最喜歡這種味道的香皀。

相較於屋外的荒廢，屋內乾淨整齊得猶如另一個世界。他掀開床邊的一個木盒子，裡面放的本來是保險套，不過現在放著一包面紙和幾顆糖果。盒子旁有一小包物事，他打開一看，竟然是一塊煙燻肉乾。

他試吃了一小口，「嗯」一聲滿足地閉上眼。這是瑪塔最拿手的香料培根肉乾，他做夢都夢到過。床邊櫃的抽屜都清空得差不多了，不過衣櫥裡掛著一套他的襯衫和長褲。床腳的水桶也還在，裡面的半桶水甚至非常乾淨。

他不曉得水放多久了，不敢直接喝，但一看到水倒是感到渴了；打開另一個抽屜，赫然看見一瓶未開封的罐裝水。

他馬上扭開瓶蓋，一口氣喝掉半瓶。

終於解了渴之後，他坐在床沿把整個屋子看了一遍。

小屋的一切與他離開前並未差距太遠，彷彿時間在這裡停留了，靜靜等著男主人回返。

咚！外面突然傳來一聲異響，他立刻閃身到門口。

勒芮絲站在空地中央，神情怔忡，手中的提籃跌落在腳旁。

他日思夜想的倩影就在眼前。

她金棕色的肌膚依然如他記憶中柔滑，玲瓏蜂腰圍著一條軍用腰帶，驃悍地插著一柄開山刀，豐潤的秀髮綁在腦後，露出她完美無瑕的臉龐。

堅毅而性感，剛強而美麗。

他獨一無二的叢林女王，足以代言任何冒險電玩的最佳女主角。

乾淨的床單、小物從她腳邊的籃子散出來，她渾若不覺，臉上的夢幻神情跟他一模一樣。

「你回來了……」她喃喃出聲。

「我回來了。」他走到她一步遠前停住。

她慢慢伸出手，卻在碰到他臉龐的前一刻停住，好像擔心這一碰下去，他整個人會如同幻影般消失。

「勒芮絲！」狄玄武先受不了，一把將她抱進懷裡，埋進她的秀髮，深深吸嗅她的體香。

他熟悉的男性氣息衝入她鼻間，直到這一刻她才終於敢相信，他真的回來了！

他沒有死在某個不知名的角落，沒有遺忘他們。

他沒有遺忘她。

她輕撫著他英俊的臉龐。「狄……你真的在這裡，真的在這裡……」

狄玄武飢渴地吻她，將她從臀部捧起，她修長的雙腿立刻環住他的腰，一切是如此直覺，甚至不需要去回想。

兩人跌跌撞撞進入他的小屋，他將她拋在乾淨的床上，連同底褲一起扯掉她的長褲，一秒鐘都無法再等。

她挺起身撕扯他的衣襟，兇猛的程度不亞於他。

沒有任何前戲，他不確定自己撐得過前戲，他們也不需要。

他的手探向她的女性，立刻感覺她已經潮濕暖潤，他不穩的手扶著自己對準她，卻在衝進去的前一刻停住。

「妳還是單身嗎？」他突然問。

「什麼？」勒芮絲喘息，不敢相信他竟然在這種時候停下來。

「妳有沒有別的男人？」

她要殺了他！她發誓，他要是再讓她等，她一定會殺了他！

「沒有！」

「很好。」他野蠻地笑出白牙，衝進她體內。「現在妳又是我的了。」

她喘了一聲，幾乎忘了被他填滿是什麼感覺。她不斷前後蠕動，試著緩和他強硬入侵帶來的壓力。

他捧住她的臀，狠狠地撞擊，完全慢不下來。她的身體迅速尋回三年前夜夜歡愛的記憶，以光速適應他的存在。

「啊……狄……啊！」她激烈呻吟，被他撞擊得幾乎喘不過氣來，一波接著一波的情慾浪潮沖刷過她的靈魂與理智。

從這一刻開始，他們又屬於彼此。

❦

兩人筋疲力竭地癱在床上，依然捨不得分開。他仰躺在床上，讓她趴在他身上。

他抬起腕錶一看，才下午兩點而已，感覺卻像過了漫長的一天。

先是大悲，再是大喜，然後是狂喜——很多次、很多次的狂喜——強壯如他也不禁感到倦懶，全身每一顆細胞都想就這樣睡著。

「醫療營發生了什麼事？」他輕撫她的髮，低沈的嗓音在胸膛震動著。

「去年雨季。」勒芮絲貼在他胸口，輕嘆一聲，滿足地聽著他強壯的心跳。「那年雨下得特別大，後山的土變得越來越鬆軟，在雨季結束的一個星期前終於撐不住，半片山坡連著那棵老神木一起滑下來，把我們的食堂壓垮了。」

和他猜的差不多。

「我很遺憾，寶貝。」他輕撫她的背。

「山坡已經不穩了，叔叔怕其餘的部分會繼續塌下來，所以我們所有人決定搬到貝托那裡。」她咬了咬下唇。「我擔心你回來之後看見醫療營廢棄，會以爲我們都死了，所以我定期過來打掃。我想，你若回來，發現醫療營有個墓園，還有人整理過的痕跡，你就會知道我們還在，只是搬到貝托的營區去了。」

「搬到那裡，梅姬和艾拉還行嗎？」畢竟那個地方曾經是她們母女倆最深的夢魘！

「艾拉終究年紀小，適應力比較強，至於梅姬……」她頓了一頓，發出一聲嘆息。「一開始她比較難適應，不過她明白這是對大家最好的安排，她和艾拉不可能自己生活在叢林裡。幸好貝托接管之後把營區重新整理過，跟以前飆風幫在的樣子不相同了，梅姬住起來比較容易一點。」

「寶貝，辛苦妳了。」他知道現在講起來輕描淡寫的幾句，在當時必然讓她折騰多時。

她抬起頭吻他。其實她需要的只是他的一句「辛苦妳了」，一切就已足夠。

狄玄武想趁機加深這個吻，但勒芮絲從他身上坐起來。

「嘿，你吃過東西了嗎？」

某人不滿地咕噥幾聲。不過，她不提還好，她一提他倒眞的餓了。

本來以爲一回來就會被瑪塔餵得飽飽的，沒想到一連串的變故把他嚇得心臟差點停掉。

「相信我，現在就算妳牽一頭大象到我面前，我都能把牠吃光。」他向她保證。

「嘿嘿，算你運氣好，我今天帶了補貨的好料來。」

她得意地一笑，跳下床先在門口探一下，確定不會有人突然跑來，然後光溜溜地衝出去，撿起剛才掉在地上的籃子，把散落的東西撥回去，再飛快衝回來。

狄玄武雙臂枕在腦後，愉快地欣賞。

叢林女神。

金色。豐滿。挺翹。赤裸。

這一幕簡直是所有男人青春期的春夢具象化。

勒芮絲跳回床上，向他獻寶自己帶來的東西。

「乾淨的床單。」放到一旁。

「瑪塔牌起司麵包。」這個好。

「瑪塔牌野莓醬。」這個也好。

「瑪塔牌花生醬和煙燻肉乾。」不錯吧？

「妳平時都帶這麼多食物過來？」他笑。

「有時候我會在這裡耗掉半天、一天，乾脆帶點食物過來。」頓了一頓，她輕聲加一句：「我想，如果哪天你回來，這裡正好沒人在，你自己就能找到食物充飢了。」

他心頭一暖，挺身含住她的櫻唇。

眼看某人的情慾又有失速的趨勢，她趕緊推開他，瞪他一眼。

「再鬧就沒得吃！」

他握住她的腰，故意在她腿間摩擦，她輕抽了口氣，報復性地捏他胸肌一下。

「噢，我都忘了妳爪子多尖。」他痛笑。

勒芮絲從籃子摸出一柄小刀，把麵包切開，做了果醬、花生醬和煙燻培根三種口味的三明治，先把培根那份遞給他。

他不愛吃甜食，尤其肚子餓時更非鹹食不可。即使分離三年，所有跟他有關的記憶不需太用力想便自動流回心田。

餓得前胸貼後背的狄玄武一口氣吃掉兩個培根和一個花生醬三明治，勒芮絲把果醬的吃掉，再從床底下摸出以前藏的罐裝水。

兩人各喝一口水，相視而笑。如此克難的三明治大餐，卻比任何盛宴都令人滿足，因為坐在彼此對面的人是他和她。

她將沒吃完的食物放回籃子裡，兩人心滿意足地倒回床上。

果然，一躺下去，又有人蠢蠢欲動了。這個男人真的不會累耶！

「剛吃飽不適合做激烈運動。」她象徵性地抗議一下。

「就是剛吃飽才需要消耗熱量。」他慵懶地與她唇舌交纏。

勒芮絲翻身坐回他身上，這感覺猶如騎著一隻耀眼的龍。他的溫馴沈靜，只是因為他容許自己溫馴沈靜，這隻龍永遠不會被馴服。

她的指尖在他古銅色的胸膛游移，光是看著他都能讓她心頭發熱，只是重聚兩小時而已，她已開始懷疑是如何忍過沒有他的那三年？

她輕嘆一聲，掀開床單扶住他，自己慢慢坐了上去。

有了他適才留在她體內的濡濕，這回接受他又更容易一些，她輕輕起伏，適應他的尺寸帶來的龐大壓力。

兩人都為重新的結合而嘆息。

他雙手滑上她柔潤堅挺的乳房，享受她金棕色的軟膚在他指間彈跳，他勁瘦的臀起伏著，讓自己的灼熱在她體內滑動，但不加快速度。

她輕吟一聲，忍不住自己加快節奏。

「寶貝……」他的嗓音濃濁，幾乎爲眼前的美景失神。

她的手抵住他胸膛支撐自己，嬌臀越動越快，突然，他體側一塊不平整的皮膚讓她停了下來。

「嘿！」她身下的龍抗議。

「這是怎麼回事？」他離開前沒有這道疤啊！

「已經過去了。」他搖搖頭，不想多提。

這疤看起來像烙傷，這麼長的一條，燙下去的那一刻該有多痛？她怔怔摸著，忽然掉下淚來。

「嘿，寶貝，已經沒事了。」他連忙將她拉近，溫柔地吻她。

「你爲我們受了這麼多苦……」

「不全是爲了你們，這是我自己的選擇。」

她嘆了一聲，在他溫柔的催促下重新開始律動。

快感逐漸累積，他在她體內越來越堅硬脹大，終於到了某個程度，她坐下去開始感覺辛苦。她咬著唇，輕輕哼吟，性感的神情幾乎讓人瘋狂。

「我看過這一幕。」他忽然說。

「嗯……？」

「我看過這一幕。有一天夜裡，我夢見我們兩個熱情做愛，妳騎在我身上，表情既嬌媚又性感，就像現在這樣。」記憶瞬間被觸動。

她不禁停了下來，「我也是。」

「眞的？」

「眞的，那個夢好眞實，醒來之後，我還能感覺到你的溫度……」

和他那晚的經驗一模一樣。

或許是巧合，但他寧願相信，冥冥中，他們兩人有了某種超越距離的結合。他的心中湧起對這女人強烈的愛。她不需要賣弄風情，不需要玩弄手段，她只需要簡簡單單地存在，就足以讓他瘋狂。

「我愛妳，勒芮絲。」他翻個身將她壓在身下。

「我也愛你……」她泫然欲泣。

「對不起，我不應該離開這麼久，我應該一直待在妳身邊。」

「我一直想著你，三年來從沒有一分一毫減少……」一個人如何承受如此巨大的幸福而不爆炸？

他望進她的眼底，對她宣誓——

「從現在開始，我們永遠不會再分開。」

砰！砰砰！砰！

「左鉤拳，右鉤拳，直拳，你是娘兒們嗎？認輸了嗎？再來啊，我打得你跪地求饒！」

「休想！」

「好！這記拳有力，不過肋骨，你忘了肋骨，笨蛋！再來啊！有種打我！」

層層的林影之間傳出砰砰聲響。狄玄武拉著勒芮絲藏身在樹後，並未立刻曝露行蹤。

這片樹林已經在貝托營區的大門口，如果有人光明正大在門口揍人，卻沒有任何人出面阻止，貝托最好有個極佳的解釋。

「來呀來呀，有種打我！喔，這拳不錯。」聽聲音是喬歐。

「哼，你以爲你永遠這麼好運？」聽聲音是提默。

「媽的，讓你運氣好，削到一點皮，你得意了？來吧！」喬歐野蠻地笑了幾聲，兩人又纏鬥在一起。

狄玄武決定他聽夠了。

「你們在幹什麼？」

兩人戲劇化僵住，提默勾著喬歐的脖子，喬歐扣住提默的手臂，兩人瞪著眼前的他。

「狄、狄、狄……」提默甚至講不出完整的句子。

這小子長大了，幾乎跟他一般高，就是瘦了點，再養些時日應該就能脫離只長個子不長肉的階段。

「狄，眞的是你，你回來了！」喬歐突然衝過來對他又捶又抱。「長老們都說你不會再回來了，大部分的人都認爲你已經死在荒蕪大地，只有醫生他們一直保持信心。沒想到你眞的回來了，我簡直不敢相信！」

狄玄武太過驚訝，以至於第一時間竟然被他抱個正著。

喂，這位先生，我們很熟嗎？

「狄，你回來了！」提默終於回過神，興奮地衝過來。

然後他馬上變成一只粽子，被兩人抱了個紮紮實實。勒芮絲滿面笑意地在後面看，完全沒有出手相救的意思。

「夠了，」他額角的青筋開始爆。「你們兩個剛剛在幹嘛？」

「啊？噢，喬歐在教我拳法，我們每天下午都會出來練一練。他很厲害！教我的時候都不會藏私。」

「沒什麼啦，殺殺時間而已。」喬歐被他說得有點不好意思。

「對了，狄，你叫我練的那個『氣』，我都有乖乖照練，一點都不敢偷懶。」

狄玄武點點頭。剛才聽提默的身法，確實已十分輕靈。他離開前留下「開陽神功」的第一層心法，這小子竟然也練得身輕體健、氣隨意轉。

現在提默基礎已經有了，只差在招術和火候，假以時日，他多點撥幾下，這小子在同輩中人應該找不出敵手。

「我們還耗在這裡幹嘛？醫生他們一定很興奮狄回來了，我去跟他們每個人說！」喬歐跑回營區之前，興奮地再捶他一下。「狄，真的很高興見到你。」

狄玄武極端無言。他這麼熱情幹嘛？他們真的很熟嗎？

羅納的舊屋完全變了，和狄玄武三年前離開時相比，徹底的改頭換面。

昔日的水泥外牆如今以石灰塗白，窗框以黑色的油漆擦過，屋頂重新換裝，二層樓的小屋已改成營內的議事廳。

勒芮絲說，這是貝托為了梅姬母女特別改的。這間屋子曾經是梅姬所有惡夢的來源，貝托不希望她每次經過都想起當年的夢魘，或許這是貝托試著彌補當年未伸出援手的方式。

此刻，議事廳裡除了狄玄武、勒芮絲、喬歐和提默，醫生那些醫療營的老朋友都到了，柯塔、瑪塔和魯尼一見到他就熱淚盈眶。

「瘦了，小子，你在外面沒吃好嗎？」瑪塔上上下下打量他一遍。

「本來沒這麼瘦，回來的路上才餓瘦的，不過我知道妳一定會養胖我。」他白牙一閃，勒芮絲好愛他這樣淘氣的笑。

「那還用說。」瑪塔一掌拍在他背上。

「嗨，醫生。」狄玄武轉頭和溫格爾醫生握手。

「狄，你終於回來了。」醫生溫潤的眼中露出暖意。

三年聽起來十分漫長，沒想到一轉眼也就過去了。貝托營的人私下都對他的存活不抱期望，即使他活了下來，也難保還能再回來一次，因此所有人都將他的離去視為永遠。

只有他們醫療營的人從未失去信心。

狄說他會回來，他就一定會回來。

果然，他遵守了他的承諾。

「柯塔。魯尼。」狄玄武一一和老友打過招呼。

所有人終於坐下，貝托和三名營區長老也在場，屋外更是密密麻麻圍滿了一圈人，都迫不及待想聽聽他在外面的經歷。

狄玄武將這三年在外面的所見所聞全告訴他們。港口，鴻溝，東部戰爭，雅德市，比亞市，布爾市，利亞生存區，更多的生存區。

所有人不斷消化他丟出來的訊息，一時驚撼得作聲不得。

十二年來他們一直以為自己是僅餘的人類，沒想到外面真的有另一個世界……

「我待了三年的地方叫雅德市，位於利亞生存區的北方，也是我出去之後第一個遇到的城市。」

在所有的城市裡，狄玄武將雅德市介紹得最仔細，因為這是他們未來要去的地方，從雅德市的風土民情，政治，治安，到居住現況，當然中間略掉許多這些人不必知道的事。

不過他身旁那女人哪會不明白？以他這樣的男人，不可能無風無雨過完三年。勒芮絲的手在桌下不禁和他緊緊相握。

狄玄武完全不諱言，醫生是他主要說服的對象。

他一定會帶勒芮絲離開，這一點無庸置疑，無論醫生要不要跟他們一起走。但醫生若選擇留在叢林裡，勒芮絲必然永遠懷抱著把叔叔丟下的罪惡感，而他不願意她過這樣的生活，因此醫生必須跟他們一起出去。

當狄玄武有心說服一個人，他可以變得非常有說服力。

「醫生，我不想騙你外面的世界一片美好，相反的，外面的世界離烏托邦非常遠；差別只是，我們在叢林裡對付的是四隻腳的怪獸，到了外面對付的是兩隻腳的怪獸，而他們往往比四隻腳的更兇狠，這也是外面的世界需要你的原因。

「我見過一個單親媽媽為了讓患氣喘的兒子有藥可用，不惜賣淫，最後染上一身性病，兒子的病沒治好，她也付不出自己的醫藥費，最後帶著兒子一起自殺。我見過貧窮的父母養不起天生帶病的嬰兒，最後不得不將他帶到溪邊，親手將他淹死。」

人群頓時響起一陣抽氣聲。

「但我也見過在社會最底層默默奉獻的好人——救世軍擠出微薄的經費只爲了供遊民吃一餐飽；一個乞丐和同伴分享好不容易要來的薄麵包，即使不知道下一餐在哪裡；醫生放棄光鮮的生活，自願留在貧民窟爲窮人治病。在蓋多區能看到人性最黑暗的一面，也能看到人性最光明的一面。

「醫生，你的志業是到世界各地幫助窮苦無依的人，回聲爆炸將你困在叢林裡，但外面的世界還在，那裡有更多需要你的人，你必須決定，在你來到生命的尾程，你要留在叢林裡，或是出去救更多人？」

醫生低頭沈思，並沒有立刻接口。

「我們當然要出去。」一直站在角落的喬歐忍不住出聲。「我明白出去的路會非常危險，但狄已經走過一次，他知道如何離開，如果我們繼續待在這裡，城裡的資源遲早會用光。」

瑪塔、柯塔等人不禁嚴肅地點頭。

他們很早以前就放棄進城找食物，因爲即使找得到罐頭也已無法食用，現在他們只能盡量收集日用品。電的方面，之前醫療營的太陽能板搬了過來，少了一個問題要顧慮，但除了電以外，所有資源都在耗竭之中。

「並不是所有人都走得了。」貝托沈沈地指出。

有些老人已經七、八十歲，不可能撐得過這段旅程；有些人恐懼路途上的危險，不見得願意出去；還有些是土生土長的本地人，這些人都不見得想離開。

「你知道安全出去的路嗎？」一名長老詢問道。

「沒有什麼安全的路。」狄玄武坦言，「我希望你們明白，一旦上路，我們隨時可能面對死亡。我會盡量讓每個人遇到危險的機率降低，但我無法保證大家都可以安然抵達雅德市。途中我們會經過森林，曠野，乾漠，荒地。有些地區充滿噬人獸和突變怪物，走上三天三夜都不能放心睡覺。有些地方必須越過急流，但最辛苦的是最後那一段。我們一定會穿越一段突變種密集之處，然後踏上一滴水都沒有的鹹土荒原。

「我們得走上兩個星期才能穿越這片鹹地，而最後一個星期甚至沒有任何生物，因爲連噬人獸都不願意在那種環境下生存。」

噬人獸以能適應各種環境聞名，連牠們都不願意待的地方，將是何等嚴酷慘烈？

「這段路程極其辛苦，不只考驗每個人的體力，也考驗意志力。但是我向你們保證，只要熬過最後的那段旅程，我們就會抵達未來的新家園。」

新家園。

這個詞聽起來多美好，每個人的臉上不禁露出嚮往。

可是他們撐得到目的地嗎？

各種複雜的情緒飄在這間小小的議事廳裡，興奮、緊張、期待、恐懼，幾乎將整個空間填滿。

「狄，謝謝你，如果沒有你告訴我們這些，我們永遠不會曉得外面還有另一個世界，讓我們好好討論該怎麼做。」醫生看向姪女，「勒芮絲，妳先帶狄出去吃點東西，他瘦到我都認爲外面的世界正在鬧饑荒呢！」

「好。」勒芮絲站了起來。

「小子，我中午正好做了你最喜歡的馬鈴薯燉肉，想不想吃？」瑪塔的廚娘小宇宙瞬間爆發。

「做夢都想！」狄玄武又露出那個孩子氣的笑。

瑪塔笑得合不攏嘴。

他們來到門口，門才打開，外面的人全圍了上來。

「狄！」

最前面那人赫然是梅姬，她激動地上前抱住他，狄玄武受寵若驚。以前梅姬對男人一直有些懼怕，所以他總是和她保持一點距離。

「嗨，梅姬，好久不見。」他笨拙地拍拍她的肩膀。

「他們告訴我你回來了，我還不敢相信……」梅姬熱淚盈眶。

對了，那小鬼呢？他的眼睛立刻在人群中搜索，一條小影子藏在幾個村民身後。

在那裡！

艾拉，她長這麼大了？他驚異地想。

在他心裡，她依然是他離開時那個五、六歲的小鬼頭，黏黏蜜蜜摟著他脖子的小女娃兒，沒想到她現在已經長高了半顆頭，但那張跟母親一模一樣的漂亮臉蛋和一雙在女孩臉上顯得太驃悍的濃眉，依然是他記憶中的小鬼頭。

他走上前，所有人讓開來，他蹲在小女孩身前，點一下她鼻尖。

「嘿，小鬼，妳不認得我了？」

艾拉只能呆呆望著他。

「別告訴我妳忘了我是誰。」她還楞在那裡做什麼？他張開雙臂，等他熟悉的小身體投入懷中。

艾拉慢慢把嘴巴合上。

然後，轉身跑掉。

搞什麼鬼？

「……」他回頭控訴地瞪著勒芮絲。

「給她一點時間，她會慢慢接受事實的。」勒芮絲只能嘆息。

接受什麼事實？接受他還沒死的事實嗎？

可惡！狄玄武不爽地站起來。

他才不承認他很受傷。臭小鬼，有種妳就不要回頭找我。

❦

房門被人推開，狄玄武床單下的肌肉立刻繃緊，隨即放鬆下來。

狄玄武的腦子裡立刻浮現卡特羅家的妮娜，不過那不算，因爲他跟妮娜沒多好。

但他這短短的停頓，已經讓他懷中的小人兒狐疑地瞇起雙眼。

該死！女人從九歲開始就這麼精明了嗎？

「我發誓沒有！」他眞的不覺得有，就算是有，這種時候也要打死不承認。

她懷疑地盯他半晌，狄玄武的冷汗差點滴下來。

他終於明白爲什麼男人不敢對女人說實話了，重點不是實話謊話，而是「說太多好像會大難臨頭」的感覺。

最後，小丫頭似乎滿意了，嘆口氣鑽進他懷裡。

「狄，我很想念你……」

狄玄武的心馬上融化。

如果這時候有人衝進來傷害他懷中的小寶貝，他不只會殺掉對方，還會把對方碎屍到以細胞爲單位，然後把那人的全家十八代通通殺光，以確保所有人都明白不能再動她的主意。

「我也很想念妳，小鬼。」他輕吻她的髮心。

艾拉在他懷中調整一下位置，倦極地閉上眼，彷彿過去三年來第一次能安心睡覺。

他將她抱緊一些，頸後有人輕呵了口氣。勒芮絲不知何時醒了，帶笑的眼波如溫潤的水。

他卡在最心愛的兩個女人之間，滿足地嘆息。

人生至此，夫復何求？

我愛你。她無聲地對他說。

我也愛妳。他用眼神對她允諾。

❦

商量數天，營裡的人終於有了決定。

醫生決定跟他走。

狄玄武的話激起了他的未酬壯志，他今年才五十八歲，這一生濟世救貧的志業尚未結束，既然這個世界還有許多需要他的人，他就會去到那些人身邊。

貝托營原本就有個獸醫洛伊，這幾年來醫生一直手把手地帶他。洛伊是土生土長的本地人，並不想離開，醫生走了之後，他會接手醫生的工作。

狄玄武鬆了口氣。

喬歐和提默都要來，瑪塔、柯塔、魯尼這些老相好本來就跟定他，梅姬母女不用說，從隔天開始，艾拉又變回他形影不離的小影子。比較讓狄玄武意外的是，德克教授主動問他，如果帶上一個七十餘歲的退休老教授不會拖累他們的話，他也想一起去。

「德克，這趟路不好走，你能撐得過去嗎？」一名長老露出憂色。

「我再活沒幾年了，在死之前，我想看看外面變成什麼樣子。」溫文儒雅的老教授微笑說。

這幾年來，德克是營區裡的「教務主任」，所有學齡中的孩子都是他的學生。

德克教授同行確實讓狄玄武壓力更大，但他告訴自己，他絕對不會讓這位老教授死在荒蕪大地上。

最後加總，共有十個醫療營的人和十六個貝托營的人想離開。

會想離開的當然是以青壯齡為主。他們有些人為了家小，有些人為了自己的未來，他們的人生還很長，如果外面有機會，他們不想就這樣結束在叢林裡。

許多醫療營的老人家雖然想一起去，但他們都明白自己不再有那樣的體力，勉強上路只會拖累別人而已，最後他們只能依依不捨望著這群即將遠離的老朋友。

貝托和萊娜有一對三歲半的雙胞胎，如果任何人需要一個充滿希望的未來，無疑是他們夫妻倆，但出乎意料，貝托告訴狄玄武，他和萊娜商量的結果，他們決定留下來。

「你們離開之後，營裡還有四十幾個人，這些人需要我。最近我們一直在想，或許我們該搬回史多哥。史多哥不大，只要蓋一道牆把小鎮圍起來，我們應該可以安全地生活在裡面，終有一天，我們能把叢林生存區再復興起來。」三年過去，貝托已和當年他父親一樣，成為一個真正的好鎮長。

搬回史多哥不是個壞主意，狄玄武是從北邊繞回來的，在最後一天的路程裡，北方叢林已幾乎看不見噬人獸，牠們再度被隔離在荒蕪大地上。

營區的人每天出去獵食都有可能被林間的異獸伏擊，但回到史多哥，鎮上的房屋更為堅固，又有公路通往另外兩個小鎮，進可攻，退可守，無論如何都比住在叢林方便。

席而瓦雨林確實在一日日修復自己，或許，該是叢林生存區的人回到他們家園的時刻了。

雨季在隔天開始。

雨季是最好的出發時間，但狄玄武卻決定多留一段時間。

他們的離開意謂著帶走三分之一的人力，而且絕大多數都是青壯年，而替史多哥蓋圍牆需要所有人的力量。

在接下來的三個月裡，營區一半的勞動人口到鎮上修築圍牆。幸好當初有個建商想在史多哥外蓋一座大型商場，現場留下很多建材可以使用，當年羅納就是逼著鎮民來這裡找建材蓋的營區。

勒芮絲和梅姬一起到鎮上幫忙施工的人煮食，瑪塔則留在營區和其他人一起製作乾糧。

這三個月內他們得趕製好二十七人份的乾糧用品，這可不是件簡單的事。

艾拉依然形影不離地跟著狄玄武，他在哪裡，她就在哪裡，過去三年的分離彷彿不曾存在。

三個月後，史多哥的圍牆終於完成了。他們把三分之二的小鎮圍起來，裡面的空間足夠所有人生活。接下來只剩一些搬家的瑣事，不再需要他們。

啓程的那一天，所有人都送了出來。

留下的人與遠行的人相對而視，每個人都熱淚盈眶。

這一別，真的就是永恆。

「勒芮絲！」一直不見蹤影的萊娜突然從人群中鑽出來，將她的雙胞胎之一塞進勒芮絲懷中，一雙眼已哭得紅腫。「這是雷南，請妳帶他一起走。」

「萊娜——」人群裡響起好幾個抽氣聲。

勒芮絲震驚地抱著三歲半的小雷南，不知如何是好，狄玄武的表情比她更驚恐。

「我知道分開一對雙胞胎是很殘忍的事，但我不知該讓他們留在叢林或到外面的世界去，或許他們在兩個世界都值得一個機會，所以……」萊娜垂下淚來。「請妳帶著雷南一起離開，答應我，一定要好好照顧他。」

「妳確定嗎？」

「貝托？」狄玄武看向孩子的父親。

貝托心碎地看著兒子。「我和萊娜這些日子一直在討論，昨晚我們終於做出決定——狄，勒芮絲，雷南就拜託你們了。」

小雷南彷彿明白他的人生將有天翻地覆的轉變，臉上漸漸露出不知所措的神情。

萊娜再也無法忍受，撲在丈夫的懷裡痛哭。

「萊娜，我一定會把他當成我的親生孩子一樣。」勒芮絲鄭重對他們允諾。

瑪塔上前一步，將雷南接進懷裡，慈愛地對小男孩微笑。「不，他是我們每個人的孩子。我答應妳，萊娜，他會在許多人的愛之中長大。」

「或許有一天，路途將不再如此危險，外面的世界有機會重新進來。」狄玄武看著貝托。

「或許有一天。」貝托強忍淚水，擠出一個微笑。

所有人抱在一起，不捨揮淚。

送君千里，終須一別。

這些大半輩子曾友好、曾對立、又恢復友好的人們，終究還是要和彼此分離。

二十餘人揮別了摯愛的朋友，在狄玄武的帶領下，踏上屬於他們的旅程——

1

在廣闊無際的荒原上，一群人踽踽而行。

龜裂的黃土如蛛紋般從他們腳下放射而去，覆住整片荒原，四面八方望去，一無所有。

他們個個形容憔悴，消瘦骯髒，每人的體表都覆蓋著一層黃沙，已經分辨不出原本的相貌。枯乾的亂髮從頭頂無力垂下，皮膚皺澀，體內珍貴的水分正從每個毛細孔蒸發，他們卻無力阻止，也無法補充。

無情的烈日火力全開，將他們視為無生命的肉塊烘烤。有些人用衣物包住頭頂試圖抵擋一點熱力，但多數人已經放棄了，心知包再厚也沒用。

走在最前面的男人，跟其他人一樣憔悴。

出發前他是所有人之中最強壯的，或許現在，比起其他人，他依然是最強壯的，但無情的荒蕪大地也在他高大的身軀留下痕跡。

原本緊緊繃住那副壯偉胸膛的襯衫如今明顯鬆垮，褲腰的皮帶不斷往前一格皮帶孔縮進去，但飢餓並未消蝕掉他的力量。減去的脂肪只讓他的肌肉線條更明顯，稜角分明的五官更加銳利。

無論多麼疲累，他的步伐從未搖晃，意志從未沮喪。

他一雙寬闊的肩膀彷彿撐得起天與地，他也確實撐起了他們的天與地。

狄玄武。

他獨力消滅肆虐叢林的飆風幫，甘冒奇險離開叢林，為他們找到一個全新的家園，然後再冒同樣的險回來，帶領他們離開。

所有他們現在感受到的痛苦他都經歷過，而且是三次。

一去，一返，一去。

每當絕望的念頭流入腦中，他們看著前方那個高大不屈的身形，都會不由自主地挺起肩膀，告訴自己：他們可以的。他們一定可以的！

……他們可以嗎？

這個世界是一片荒蕪的末世。

他們這群人被困在叢林裡，眼看著資源日益短少，直到一個男人的出現，帶給他們希望。

九歲的小艾拉拖著疲憊的步伐落在他身後，神情是過度倦累之後的麻木，原本紅潤的臉頰現在只剩下一片灰敗，活潑精靈的笑容早已不復蹤影。

現在的她就像她身後的二十幾個大人，只是一道道飄在鹹地荒漠上的幽魂。

「上來，我揹妳。」狄玄武停下腳步，嗓音微微嘶啞。

「不要，我太重了……」艾拉累到連呢喃的力氣都沒有。

狄玄武抓住她的手，想將她提上肩膀，一提竟然提不動。他苦笑一下，內力在體內流轉一小周天，終於找到力氣將她拉上來。

艾拉輕嘆一聲，終於向疲累屈服，趴在他的肩頭。

「妳還好嗎？」他問幾步之外的勒芮絲。

勒芮絲勉強對他擠出一個微笑，只剩下點頭的力氣。

「小傢伙呢？」他對她背後的包袱一點。

「他還好。」她的嗓音和他一樣乾啞。

三歲半的雷南躺在她背上，安全地躲在遮陽布底下，但他受的折騰並不比大人少。她偶爾會沙啞地輕喚他一聲，確定他還活著，一開始雷南會發出細細的童音回應，到最後他也只剩下蠕動的力氣。

狄玄武沒有揹太多行李，因爲他必須隨時保持機動性。

兩個月以來，他們處在高度警戒狀態，食物和飲水逐漸耗盡。勒芮絲和其他人一樣，美麗的臉龐垮了下來，膚色灰敗，靈動的雙眸失去以往的亮麗光彩。

「不會太遠了。」狄玄武輕撫她的臉頰，有些心疼。

日正當中，這個時間不宜再趕路，他舉起一隻拳頭，所有人機械性地停下來。

「我們休息三個小時，等過了正午的日頭再說。把你們的遮陽裝備拿出來，下午涼一點我們再上路。」他的聲帶乾澀，每個字滑出來都引起一陣刺痛。

人群裡響起一聲細細的嘆息，所有人直接跌坐在龜裂的土地上，連把背上的包袱解下來的力氣都沒有。

每個人體表都披著一層黃沙，骯髒清瘦的臉通通長得一樣，只有髮型勉強能分辨不同。

狄玄武在人群裡找到梅姬，把艾拉還給她媽媽。梅姬取出背包裡的帆布捲，開始搭小帳篷。

這種帳篷是狄玄武特別設計的，參考他世界裡的單人行軍帳，平時收起來只有小小一捲，攤開來佐以四條軟支柱，就能變成一頂單人帳篷，可供遮風避雨，遮陽睡覺。在這裡找不到軟柱的材料，於是他們取叢林裡一種有韌性的樹枝製成，平時把四枝軟柱綁在一起，就變成助行和防身的手杖。

一頂頂小帳篷在焦黃的地面撐開來，每個人鑽進屬於自己的小小世界，勉強在烈陽的攻擊下尋找一絲陰涼。

他們出發時有二十八人，如今剩下二十五人。

失去的那三人其實可以不用死，但陸茲兄弟遇到噬人獸時亂了陣腳，不聽從指揮，下場就是付出他們的生命當代價。

所有人的悲傷很短暫，因爲接下來一波又一波的攻擊讓他們只能全神貫注在眼前的難關上。

他們一行人跋山涉水，逃過重重變種獸與噬人獸的攻擊，越過十多年來連最大膽的流動掮客都不願意橫越的荒蕪地帶，十二天前他們開始踏上這片龜裂的鹹土。

一切如同狄玄武所言，初時他們還得躲開緊追而來的噬人獸，直到四天前，他們身後已經看不見任何生物。

這片連上帝都屏棄的鹹土荒原，只剩下他們。這表示他們已經踏上最後、也是最艱苦的一段路；土地上毫無一絲水分，地表被烈陽晰出一層淡淡鹽晶，扼殺了所有植物生存的可能性，連號稱最能適應各種環境的噬人獸都不願在此出沒。

出發前他們聽說了有多辛苦，但直到他們眞正踏上，才明白這種艱苦不是任何人事前能想像的。而狄玄武竟然爲了他們走過三次。

多數人的水壺兩天前就已經見底，還沒見底的人也只夠抿抿唇。他們不知道自己還能走多久，最近幾天幾乎全靠著意志力在撐。

每當他們覺得自己再也撐不下去的時候，只要抬起頭看著那頂天立地的身影，就會告訴自己，都已經撐到這裡，絕對不能在最後一段路倒下。

只要跨越這片荒地，他們的新家就在彩虹底端等待他們。

「法蘭克，道格，你們兩人負責後面。」狄玄武開始指派守望的工作。

「是。」二十四歲的法蘭克和二十二歲的道格兩兄弟把自己的帳篷拖到最後面。

他們兩人是羅德里戈的孩子。哥哥法蘭克有一頭沙金色的頭髮，身材和相貌都比較像他爸爸，而壯碩的弟弟道格則有一頭深色頭髮，長得像媽媽。

羅德里戈夫婦是挺有趣的一對組合。丈夫羅德里戈細瘦矮小，說眞的有點像可愛版的老鼠，他同時是全叢林生存區最厲害的獵戶。他的妻子樂蒂莎和他相反，身高一八〇，肩膀比狄玄武還寬，體格碩壯得足以到男子橄欖球隊擔任後衛。樂蒂莎的父親曾是屠夫，因此她才和常來家裡賣獸肉的羅德里戈相識，進而結婚生子。

他們夫妻倆站在一起總有一種特別的喜感，但所有人都知道他們的感情有多深摯。

法蘭克和道格都是不多話的個性，性格篤實，讓他們做什麼就做什麼，一點都不馬虎，比起那一隊枉送性命的陸茲兄弟靠譜多了。上路不久，狄玄武便將紮營時的守望工作指派給他們和其他幾個年輕人。

見每個人都安頓下來，狄玄武走回勒芮絲身前，盤腿坐在烈陽之下，彷彿頭頂的熱浪對他沒有任何影響。

勒芮絲躲在自己的小帳子裡，躺在她身旁的雷南昏昏欲睡，她小心翼翼餵他喝一口水。全營唯一半滿的水壺在她身上，所有人都有共識這些水必須留給雷南。越是嚴酷的環境，老人和小孩越是脆弱，而整個隊伍裡光是老人和小孩就佔了一半，如果沒有這些水，小雷南絕不可能存活到現在。

勒芮絲餵雷南喝了兩口水就停了。

「我還想喝……」雷南抿抿乾渴的唇。

「我知道，小寶貝，過一會兒再給你喝好嗎？」勒芮絲澀裂的唇輕吻他一下。

隔壁的瑪塔將雷南接過去，輕聲唱兒歌哄他。

雷南已經過了驚慌失措的階段——並不是說他不再害怕，而是他和其他人一樣，虛乏得不再有哭鬧的力氣。

「妳也喝點水。」她身前的男人說，龐大的陰影替她擋去帳口的烈日。

她搖搖頭。

「喝一點！」他命令。

勒芮絲不想花力氣反駁，只好聽他的話，把爭論的時間省下來。

他滿意了，又站起來繞一圈，檢查其他人的狀況。

勒芮絲擔心的眼光一直跟在他背後。他總是最後一個坐下，第一個站起來，休息的時間最短，勞動的時間最長，食物飲水都盡量留給比他脆弱的人。她記得他說過，他是練武的人，身體消耗的能量比正常人更高，這樣他的身體受得了嗎？

「醫生，你還好嗎？」他探了下醫生的腕脈。

五十八歲的醫生點點頭，漾起一絲微笑，但已經累到找不出說話的力氣。

「教授？」他看向一旁的德克教授。

七十二歲的德克是他們之中年紀最大的，狄玄武探了探他的脈搏，脈象雖然虛乏，還不至於到油盡燈枯之境，不過再過兩天就難說了。

他巡了一圈，確定大夥都沒事，再度走回勒芮絲身邊，梅姬母女和提默的帳篷就在她的左邊。

「妳還好嗎，小鬼？」他先問一下艾拉。

艾拉從母親身畔爬進他懷裡。

「不會太遠了，再撐一會兒就好。」狄玄武看她灰頭土臉的樣子委實心疼，乾澀的唇輕吻她的頭頂一下。

艾拉坐在他懷裡開始打盹。

嗜睡是一種警訊，大腦若是不堪負荷，會逐一關掉部分身體機能，減少能量的損耗。他很清楚若不盡快找到食物和水，有人會開始倒下來。

提默的眼神和他對上，兩人眼中都是一模一樣的瞭然。

提默雖然也有氣無力的，到底認真修習了三年的開陽神功，連他自己都很意外他比其他人撐得久。這一路上狄玄武在前面開路的時候，喬歐負責斷後，提默就負責保護這些女人和小孩。

「嘿！」喬歐走到他身旁坐下。

基於過往的尷尬——他的堂哥羅納侵犯梅姬，以至於有了艾拉，不過他堂哥已經被狄玄武宰了——喬歐盡可能和梅姬母女保持距離，如果不是情況緊急，他不會主動靠過來。

「那幾個老傢伙狀況不太好，雖然我們盡量將水和食物留給他們，不過有些人可能撐不過這幾天。」喬歐低聲說。

狄玄武只是點點頭，沒有太大的反應。

好不容易越過噬人獸橫行的區域，沒想到最後卻是敗在這一片什麼都沒有的鬼地方。喬歐第一次發現自己也會想念噬人獸，起碼有噬人獸的地方就表示有食物。

狄玄武沒有說話，喬歐想想發現他也不能做什麼，沒水就是沒水，沒食物就是沒食物，難道他還能憑空變出來？

喬歐嘆了口氣，覺得自己說這些實在白搭，轉頭躲回他的帳篷裡。

「他說的是對的。」提默壓低嗓音說。「我們十二天前踏上這片鹹地，四天前開始什麼生物都沒有。你說最後這段路要走七天，表示起碼還需要三天的食物和水，我們剩下的頂多撐到明天早上，我不知道最後這幾天有多少人能撐下來。」

沒食物也就算了，沒水卻是個大問題。即使是身強體健的年輕人，一兩天不喝水都是大挑戰，更何況是老人和小孩？

最後的這幾天將是壓垮駱駝的最後一根稻草。

「你今天吃東西了嗎？」狄玄武只是問。

提默搖搖頭。

「你應該吃一點。」狄玄武將懷中的小丫頭塞回她母親的帳子裡，鑽進勒芮絲身旁。

❦

到了下午，氣溫稍微降低一些，每個人拖起麻木的身體，繼續踏上無止無盡的旅程。

四周的景物完全沒改變，十天前是這片莽莽黃土，十天後依然是這片莽莽黃土，有時候他們會覺得自己好像一直在原地踏步。

「放我下來，我可以自己走。」艾拉倦睏地枕著他的肩膀。

「為什麼？」

「我太重了……」

「妳輕得像羽毛一樣。」

為了強調，他故意拋了拋她，艾拉的小臉蛋多日來第一次露出笑意。

「嘿，前面有東西！」喬歐突然大叫。

一望無際的曠野第一次出現不同的景象，所有人精神一振。

有一團物事堆在遠方的天際線，不知是什麼，但有變化就是好事，眾人不由得加快腳步奔過去。

待靠近後，提默突然臉色大變。

「噬人獸！是噬人獸的屍體！」

什麼？所有人惶亂地停下腳步，飛快四下張望。

一具噬人獸的枯骨橫在地上，已經被烈日曬成象牙白，空洞的骷髏眼對著蒼天。

他們已經來到蠟蠋的最末端，如果這時候還出現噬人獸，簡直是判他們死刑，即使是狄也不可能在這種狀態下還能和牠們對戰！

「你不是說最後這一段沒有怪物了嗎？」勒芮絲驚慌地勾住他。

「這裡確實沒有任何生物。」狄玄武的語氣冷靜無比。「這隻噬人獸是有人丟在這裡的。」

「誰？」喬歐一愣。

「我。」

他舉步往前移動。

他丟的？什麼意思？所有人又驚又疑。

繼續走了半個多小時，提默再次指著前面大叫：「有車子！」

遠方眞的出現一排車子

這種鬼地方怎麼會有車子？

「走。」狄玄武的神情突然興奮起來，加快了腳步。

有車子的地方就表示有人！

難道他們已經近了？

所有人都不曉得發生什麼事，但他的反應讓他們心頭燃起希望，腎上腺素在枯竭的血管內奔騰，每個人提起最後一絲精力往前跑。

有車等於有人，有車等於有人，有車等於有人……

可是走近之後，除了車子，四周依然什麼都沒有。

既沒有房子，也沒有人跡。四輛廂型車孤零零停在廣漠中央，覆滿黃沙，根本已經廢棄多時。

每個人都露出欲哭無淚的神情。人生最殘忍的就是在絕望之際給他們希望，之後再讓他們絕望，這比一開始就沒有希望更糟。

有車子又如何？沒有汽油的車子也就只是一團廢鐵。

強烈的空虛感讓他們甚至無法再移動一根手指。德克教授先癱坐在地上，旁邊的人都找不到力氣把他拉起來。

狄玄武高大的身軀背對著每個人，定定盯著那幾台廢棄的車子。

然後他回過頭。

在他臉上，是巨大的笑容。

難道……

所有人看見他的笑容，無法克制地再度燃起希望。

「你錯了，是十天。」狄玄武指著提默鼻子，走向其中一輛廂型車。

艾拉坐在他懷裡，好奇地盯著那幾輛巨大的廂型車。

「這些車子是誰的？」勒芮絲立刻跟上去。

「我的。」他把艾拉放下來，從車子的輪框摸出一把鑰匙。

醫生、柯塔和魯尼慢慢圍上來。狄玄武先打開車門，然後按下儀表板的後車廂開關。

後車廂「啪」的一聲彈開，提默打開來一看，所有人都驚呆了。

水！

食物！

滿滿一車的水和食物！

「上帝啊！」柯塔歡呼一聲，奔向另一輛車子。

幾個人學著他找出藏在輪框的鑰匙，一一將每輛廂型車的後箱打開。每輛車都一樣，全裝滿水、乾糧和食物，甚至有簡單的成藥和衣服。

「唷呼——」喬歐歡呼大叫。

「水、水！」

「餅乾、肉乾，還有起司！」

剛才軟倒在地上的老人顫巍巍地站了起來，不敢相信自己的眼睛，所有人抱在一起放聲大笑。

不到一個小時前，他們以為今天就是他們在人世的最後一天，突然間，救命的寶藏就在他們眼前！

瑪塔、梅姬和魯尼迫不及待去拆罐裝水紙箱，醫生連忙指揮他們開了水瓶，一罐一罐傳下去。

每個人接了水，大口大口狂飲。

「慢慢來，不要喝太快。我們的消化系統空虛太久了，一下子喝太快會吐出來的，先小口小口含在嘴裡，慢慢再吞下去。」醫生急急交代。

狄玄武扭開一罐水給艾拉，自己再拿一罐。艾拉美美地喝了起來，真覺世界上再也沒有比這罐水更可口的了。

他載來的食物大多是野戰口糧、餅乾、肉乾、乾果這些經久耐放的東西，還有一大塊起司和一包鹽。

「你想得很周到嘛！」勒芮絲對他笑。

「那當然。」

醫生要勒芮絲泡開鹽水，讓每個人補充流失的電解質。勒芮絲將雷南交給梅姬，轉身張羅每個人喝的，瑪塔在旁邊切開起司和口糧，張羅每個人吃的。

「什麼是『十天』？」提默啃著起司心滿意足地走過來。

「最後一段路走七天是以我的腳程，如果以你們的腳程來算，要走上兩倍的時間，所以還有十天。」

提默打個寒顫。如果剛才狄老實跟他這麼說，他可能選擇死死算了。

接下來還有將近七百公里的路，不過現在他們有車子了。

狄玄武當時不知道會有多少人一起出來，只準備了四輛廂型車，幸好最後的人數跟他預估的差不多。這種大型的廂型車滿座可以載九個人，不過他們後面載了一堆水和食物，每部可以擠進七個，四輛車坐二十五個人綽綽有餘。

「嗯……」艾拉咬一口草莓餅乾，爲那香甜的滋味睜大眼睛。

「好吃嗎？」狄玄武問她。

「好吃！好好吃！我從來沒有吃過這麼好吃的餅乾！」她驚呼。

糟糕，害她愛上零食了，不過非常時期應該無所謂。他寬容地想。

艾拉鑽進車裡摸摸看看，對什麼都感到新鮮，提默雖然努力克制，但臉上的表情跟她差不多。

狄玄武這才想起，回聲爆炸時提默還是小孩，艾拉根本還沒出生。他們這幾年來在叢林裡看到的都是那些幾十年的老車，而且燒得歪七扭八，幾曾看過如此新穎的車款？

儀表板上的一堆按扭他們見都沒見過，艾拉不敢亂按，只能輕輕地撫摸。

「你花了多久時間準備這些食物和交通工具？」醫生走過來對他微笑。

「沒多久。」

他辭掉芙蘿莎的工作之後，便開始策畫回返的事。

他先買四輛廂型車，然後租一輛拖車，把四部廂型車裝滿食水、乾糧之後，分四次以拖車拖到這個定點。

這個距離是他仔細計算過，他們回程時走得到，而車子滿缸的油也開得回去的距離。

由於荒原裡視野沒有阻礙，只要他們的方向沒有偏離太多，在方圓幾公里之內他都看得見停車之處。

他沒有載多餘的汽油桶，一來是沒空間，二來是車子停在這種高溫曝曬的地方，他不確定汽油堆在車內安不安全。他可不想等他們油盡燈枯走到這裡，才發現車子全燒成廢鐵。

「你什麼都算得剛剛好。」勒芮絲嘆息。如果車子停得再遠一些，就真的會有人倒下去了。

「哈，難怪我中午跟你說那些話，你一點反應都沒有，原來你這傢伙早就藏好了暗招！」喬歐痛快地捶他一記。

……這位先生，我們真的很熟嗎？

狄玄武看著自己被捶的肩膀，很無言。

「水很重耶！我們要扛著這些水走路嗎？」艾拉對那幾大車的水深表懷疑。

「不，親愛的，我們要開車，不用走路了。」醫生寵愛地拍拍她頭頂。

「開車？」艾拉的棕眸睜得大大的。

狄玄武再次想到，她從未見過「會動的車子」。提默或許有，可是他逃進叢林才七歲，即使有，印象也不深了。

「妳想看看車子怎麼開嗎？」他一把撈起小丫頭。

「想！」

慢著。

狄玄武突然想到一件要緊的事，吹聲口哨把每個人召過來。

「我們還有十幾個小時的路要開，我負責一台，告訴我你們起碼有三個人記得如何開車。」

好些人面面相覷。年輕一輩逃進叢林時都還是小孩，哪裡會開車?現在只能巴望中年以上的人記得。

「我有學習駕照……」勒芮絲小小聲舉手。

「妳省了，乖乖坐我旁邊就好。」

「雖然十幾年沒碰過方向盤，我想開車應該跟騎腳踏車差不多，一旦會了就忘不掉。」醫生微笑舉手。

「我以前可是一天要在三個小鎮間送貨好幾趟，沒問題的。」柯塔很驕傲地站出來。

魯尼以前是校車駕駛，本來是最合格的，但他這兩天中暑，整個人欲振乏力，醫生堅持要他休息，他只能遺憾嘆息。

「如果你們不介意讓一個戴著老花眼鏡的傢伙載，我應該可以。」德克教授微笑。

「反正這裡既沒交警也沒路人，撞不死人的，我行。」瑪塔爽朗地舉手。

最後算一算，倒也湊出了十幾個，醫療營的老傢伙這時反而派上用場。

狄玄武將他們平均分配在三台車內，中途開累了可以互相換手，他這台由他一個人負責。

所有人上了車，他們這台，提默坐在他旁邊的前座，梅姬母女坐後座第一排，勒芮絲抱著雷南跟魯尼一起坐在最後一排。

「要走了嗎？要走了嗎？要走了嗎？」艾拉的腦袋迫不及待地擠到前座中間。

「艾拉，坐好。」梅姬在後面拉女兒。

引擎發動，狄玄武立刻將冷氣開到最大。

「噢……」迎面撲來的清涼讓艾拉忍不住驚呼。

提默驚異地將手伸到出風口，感受那股神奇的涼意。

廂型車往前滑出，艾拉興奮地貼在玻璃窗上，盯著不斷後退的荒原。

「醫生在我們後面耶！」

「窗戶不能打開喔。」勒芮絲警告她。

「窗戶可以打開？」艾拉猶如發現新大陸。

勒芮絲來不及阻止，車窗就滑下來了，她從後照鏡瞪一眼那個開車的男人，狄玄武視線趕快低下去。

「你這人眞是的。」

「看一下風景，有什麼關係？」某人咕噥。

遲早有一天艾拉會被他寵壞。她瞪他。
魯尼只是坐在旁邊笑。
「醫生，我們在這裡！」艾拉興奮地探出窗外招手，醫生笑瞇瞇地按兩聲喇叭回應她。
「好了好了，快坐回來，當心跌出去。」梅姬連忙將女兒拉進來。
「狄，你能教我開車嗎？」提默撫摸光亮的儀表板，神情羨慕不已。
「你在開玩笑？雅德市大得很，以後我們去哪裡都得開車，逛街購物補給都少不了你，你不想學都不行。」
「真的？」提默眼睛一亮。
艾拉迫不及待探到前座去，「我們要去哪裡？要開多久？可以一直開一直開嗎？」
在車子裡悶幾個鐘頭之後，她就不會說這種話了。
「我們要去未來住的新家，那裡很舒服，妳會喜歡的。」
「比車子舒服？」
「比車子舒服很多倍。」狄玄武向她保證。
艾拉偎回母親身畔，滿足地嘆了口氣。
車子眞是個神奇的世界，車外酷熾炎熱，車內清涼舒適。她的新家，也會像車子一樣神奇嗎？她不禁期待起來。

❦

這一趟開了十幾個小時。
期間，他們有兩次略微偏離方向，必須修正路線。狄玄武中間停了兩次，讓大家下車解決生理需要，活動一下筋骨。
堪堪在一缸油見底之前，他們終於抵達目的地。

凌晨五點，車燈打在新家的圍牆上，車子安靜地停下來，四個駕駛都吁了口氣，後座的人都睡翻了。

四下依然伸手不見五指，距離黎明還有一點時間。

「現在太晚了，我們將就在車上睡幾個鐘頭，等天亮再進去。」狄玄武下車跟另外三位駕駛碰頭，長途疲憊讓他的嗓音更顯沈啞。

柯塔、醫生和羅德里戈都點點頭。

這個世界的好處在於太陽能科技運用得極廣泛，某方面甚至比他的世界更發達。他們的車是油電混合車，車內需要用電的機組都能在汽油與太陽能之間切換。荒原烈日讓他們的電瓶隨時保持在滿電的狀態，他將空調切換到太陽能，把椅座放低，兩個月來第一次能安心地睡個好覺。

「我們到了嗎？」睡意濃濃的提默稍稍醒了過來。

「睡吧，再過一會兒才會天亮，我們等天亮再進去。」

後座的梅姬抱著艾拉已經倒在椅面，雷南趴在勒芮絲懷裡，魯尼歪在車門上，所有人都睡得不醒人事。

狄玄武伸展一下長腿，閉上眼。

提默明明很累的，現在醒來之後反而睡不著。

在座位上發了一會兒呆，他年輕的嗓音輕輕劃開車內的寧靜。

「我殺人了。」

狄玄武沒有任何回應，似乎睡著了。

「一個女人。」提默悄聲補一句。

狄玄武知道這件事，勒芮絲跟他說了。

當時有醫生和目擊證人在場，莉蒂亞的父親也在，所以提默在貝托營裡並未受到太大的責難，但這不表示他心裡就好過。事後醫生和勒芮絲想找他談談，他卻拒絕再提這件事，大家只好順著他。

一切彷彿船過水無痕。

狄玄武卻從經驗中明白，很多事並不是你告訴自己不去想不去提，它就會消失的。

「我不記得我殺的第一個人是誰。」他低沈的嗓音忽然漫在車廂內，雙眼依然閉著，姿勢並未改變。

提默瞟一眼他的方向。

「當時一團混亂，我拿了槍就射，也不曉得是哪個倒楣鬼，八成是某個宗教激進組織的成員吧！第一個是誰對我並不重要，但我一直記得自己第一個蓄意選擇殺害的人。

「當時叛軍攻陷了一棟商業大樓，俘虜許多我們分公司的人質。那個比叛軍更無良的政府獅子大開口，要求外國財團付出天價才肯出兵救人，於是我師父和師伯組織了一個三百人的私人軍隊，自己攻進去。

「我當時才十六歲，那是我第一次參與大型軍事行動。攻擊那一路交給我師伯負責，我師父是負責防守和斷後，相對來說較安全，所以他帶上我。

「我們的任務進行得非常順利，最後甚至攻下一個叛軍佔領的街區。就在我們封鎖路面之時，一個大約十三、四歲的女孩從街的另一頭朝我們衝過來，身上穿著自殺炸彈背心。

「那些叛軍經常綁架五、六歲的幼童，從小就強迫他們做斬首或凌虐囚犯的事，讓他們習慣暴力，洗腦他們相信這一切都是爲了神聖的使命，而女孩稍大之後更會成爲他們的性奴隸。

「當時，我從狙擊鏡看著那個女孩的臉。她的雙眼空洞木然，彷彿一具沒有生命的娃娃，臉上卻帶著堅決的神色。那幾秒之間，我無法不去想她短短的一生經歷過什麼？參與過哪些非人的訓練，又成爲多少男人的性奴？

「我不明白她的堅決是因爲她相信這一切眞的都是爲了神聖的使命，或她只是決心脫離地獄般的人生，即使是藉由死亡。

「看著她的神情，我知道她不會停下來，你知道最糟的是什麼嗎？」他終於張開眼，看提默一下。

「在我們封鎖的那個街區，有一間叛軍的火藥庫，裡面藏了大量軍火和一桶化學毒氣，我們來不及把毒氣桶運到安全的地方。如果那個女孩引爆炸彈，化學毒氣一旦漏出來，整個街區數百條人命都不能倖免，包括我師父和我們自己的人在內。

「死於化學毒氣是一種極端痛苦的死法，我的槍對準她，明明知道應該開槍，但我遲疑了。她的年紀比我師妹大不了多少，那樣一個年輕無辜的女孩……我無助地看向對街的師父，希望他能接手。我師父的槍也對準她，過了一會兒他的槍口突然放低，我從他灰敗的臉色明白：他也下不了手。

「這一切只是短短幾秒鐘的時間，她已經越來越接近軍火庫，我知道我們快要失去唯一的窗口，於是我轉身，舉槍，瞄準，扣扳機。」

狄玄武只要閉上眼，依然能看見血花從那女孩的腦後爆開的景象，她仰天倒下，如一尊斷了線的布偶，空洞的大眼對著天空，向天上諸神做最沈默的控訴。

「事後，我以爲我師父會勃然大怒，甚至將我逐出師門，畢竟我殺了一個無辜的女孩，但他只是抹抹臉，在街角站了一會對我說：『謝謝你。』」

車裡又安靜下來。

「這一幕後來在我腦中重演過無數次，我問自己，當時是不是有更好的做法？直到我年紀更大、經驗更豐富，我知道我做了那個當下唯一能做的事，但她那雙眼睛從未離開我的腦海。」

他伸臂輕拍身旁的年輕人。「你記取你生命中的教訓，讓它成爲你的一部分，然後往前走，期許自己變成一個更好的男人；下一次當同樣的事再發生之時，希望自己能有更好的選擇。生命不過如此。」

他調整一下姿勢，讓黑暗重新將他們包裹。

提默低頭沈思許久，終於點點頭。

勒芮絲沒讓他們知道她醒了。

她抑住心頭的嘆息，爲這即將成爲男人的少年，也爲那在磨難中淬鍊不凡的男子。

但願狄的這番話，終有一日能讓提默找到心頭的平靜，猶如他身旁那如師如父、如兄如友的男人。

2

黎明的第一道曙光照在塔哨頂端，所有人圍在鐵門外等著。

一道高達四公尺的圍牆包住裡面的世界，他們只能看見庭樹的頂端從圍牆上方露出來，不過從牆的廣度來判斷，裡面的空間應該十分可觀，或許甚至有小半個史多哥鎮的面積。

狄玄武離開時，工班正在進行最後的收尾，因此連他也沒有見過建好後的全貌。

事實證明，在一無所有的荒地變出一個可以住人的社區，比他想像中更複雜。社區內的建築物反而是最快完成的，後續運來植土、鋪設水電線路、安裝保全設備等等，所有細部裝潢和美化花了最多時間。

伊果暴躁歸暴躁，做事一點都不馬虎。即使平凡如水泥圍牆，他也命師父砌出石磚般的紋路，乍看倒有些「邊疆城堡」的感覺。

「裡面就是雅德市嗎？」艾拉站在他身旁，拇指不禁咬在嘴裡。她現在只有特殊時期才會出現這種小寶寶時的習慣。

「不，裡面是我們的家，雅德市比這裡大多了，往南邊再開十分鐘才會進城。」

「裡面一點聲音都沒有，住在這裡的人是不是還沒起床？」提默沒看見巡邏的警衛，也不能敲門叫人。

喬歐疑惑地走到鐵門前，一看之下咋舌不已。這整片門是用厚重的實鐵打造的，怕不有幾百公斤重，鐵門下方做了滑輪和軌道，方便社區的人推動。

「狄？」醫生的神情和其他人一樣疑惑。

狄玄武走到鐵門前試推一下。大門上鎖了，他一看那鎖就知道是依照他要求的特製鎖頭，從比亞市一間軍工廠專門訂製的，貴得差點斷他一手一腳，他可捨不得破壞。

「等我一下。」

他交代完，攀著水泥外牆的紋路，三兩下便躍進牆內。

他就這樣闖進去好嗎？勒芮絲憂心忡忡。

喀噠輕響，裡面傳出門鎖打開的聲音。不一會兒，厚實的鐵門往旁邊滑開，狄玄武俊朗的臉孔露了出來。

「請進。」

牆內和牆外形成兩個截然不同的世界。

牆外唯有一片荒蕪鹹土，牆內卻是一個美麗的綠洲。

「嘩……」艾拉的下巴又掉下來。

所有人帶著迷惑和期待交織的心情走進來。

腳底下的路面是用石板鋪成的，但不是普通石板路，而是最堅硬的礫崗岩，即使車子開上去都不會破裂。

兩旁參差錯落著雙層樓的房子，外牆漆上雪白的隔熱漆，搭配深紅色屋頂，屋子與屋子之間利用迴轉的路勢或灌木叢作爲分界。每間房屋前後都有一片自己的庭園，此刻庭園裡只有草皮，青綠的色澤令人心情一爽。

隨著路面蜿蜒，每間屋子的座向及距離都略有不同，在隔得比較寬的空地上種有幾棵樹，爲社區提供寶貴的涼蔭。

幾個石板路的轉角設計了小亭和涼椅，他們甚至看到一條還未注水的河道，底部鋪上磁磚，避免水分流失，將來注了水便成爲這綠洲裡的一彎清流。

所有人只能呆呆張望，完全說不出話來。

「屋子裡都空空的，沒有人住。」提默走到路旁，從窗戶望進去，只看到一室空寂。

「我們經過的每一間房子都沒人住。」喬歐早就檢查過了。

「那是因爲屋子的主人現在才到。」狄玄武好笑地看著他們。

什麼？所有人反應不過來。

「狄，你是說，這些都是我們的屋子？」四十七歲的芭芭拉按住胸口，她的丈夫在她身後扶住她，所有人的表情都不敢置信。

「你把整個社區買下來了？」醫生又驚又喜。

「這社區雖然是我蓋的，但不是我的。」狄玄武告訴他。

「所以是你租的？」醫生不解地問。

「不，醫生，這個社區是你的。」他眼底滑過一抹笑意。

「我的？」醫生呆住。

「起碼是用你的人頭登記的，既然你本人出現，我們可能得進城補辦一些登記，不過，沒錯，這整片社區掛在你的名下。」

勒芮絲抽了口氣，雙手捂住櫻唇。

所有人終於反應過來，他爲他們蓋好一座新家！

在貝托的營區裡，他用了「新家園」一詞，他們以爲他是指將來要一起落腳的城市，萬萬沒想到他眞的連他們的新家都蓋好了。

「耶！」所有人頓時歡聲雷動。

他們眞的有家了！

提默、法蘭克那幾個年輕人馬上衝過來抱他。

「我們可以住在這裡嗎？可以嗎？可以嗎？」艾拉還沒搞清楚狀況，急急發問。

「是的，小寶貝，我們可以住在這裡。」梅姬抱起她，喜極而泣。

原來經過了生命最痛苦的一段旅程，彩虹底端眞的有黃金！

不只她們母女，許多人互抱在一起，激動得啜泣起來。

狄玄武吹聲口哨要每個人注意。「好了，大家聽我說，門口左邊最大的那間房子是道館，別名『社區運動中心』，再別名『防空避難室』，也是將來你們這群懶鬼會被我操到連一根骨頭都不能動的地方。」

年輕人發出一陣夾雜著呻吟的笑聲。

「石板路尾端那間第二大的屋子，是我和勒芮絲的家。」他聳聳肩。「沒辦法，我出錢蓋的，我有特權。」

所有人都有風度地接受了。勒芮絲又好氣又好笑，他顯然不覺得在她叔叔面前宣布要和她同居有什麼不對。

「其他屋子還有十間，構造大同小異，樓上是房間，樓下是客廳和廚房等公共空間，差別只在於屋子的大小；有的房子是兩房的，有的房子是三房。大家先花點時間逛逛，熟悉一下環境，晚點我們再來分配誰要住哪裡，誰要跟誰一起住。從今天開始，我們就是命運共同體，所有問題我們都能一起討論。」

所有人瞬時又歡聲雷動。

「目前整個社區沒水沒電，不過我們運氣不錯，道館裝了太陽能模組，啓動後需要幾個鐘頭的時間蓄電，理論上到了晚上我們就有冷氣可吹了。等我明天進城才能處理水電的事，這兩天如果大家怕熱，我們在道館擠一擠，等復水復電再說。」

另一陣如雷的歡聲響起。

反正他們已經「擠一擠」兩個月了，沒差這兩晚。

「社區裡暫時沒有食物和家具，所以我們從荒地載回來的乾糧大概得應付個一、兩餐，待會兒我先進城加油，做一些基本補給。好！解散，大家各自逛逛。」

「唷呼——」所有人興高彩烈地散開來。

他們總共有二十五個人，其中有醫療營的醫生、勒芮絲、柯塔、魯尼、瑪塔、梅姬、艾拉、德克、六十三歲的安東尼奧及他六十一歲的妻子朵莉，加上貝托營的三個家庭、喬歐、提默和另外兩個單身男人。算一算，十間屋子分配給這些人應該綽綽有餘。

「走吧，我帶妳去參觀我們的新家。」他牽起勒芮絲的手。

「你就這麼肯定我會跟你一起住？」她調侃。

「既然這裡沒有人打得贏我，妳沒有其他選擇。」

所以這是以勢逼人就是了？她又好氣又好笑，戳他一下。這男人一身精壯的肌肉，根本也戳不太下去。

他親一下她的唇，和她一起漫步在清幽的林蔭間。

好難想像就在二十四個小時以前，他們還在生死邊緣苦苦掙扎，甚至不曉得能否熬過下一個鐘頭，突然間他們就在一個充滿希望的新生裡。

勒芮絲抬頭欣賞社區內的環境，狄玄武拉著她停在他們家門口。

這間屋子和其他房屋一樣是紅瓦白牆，只是更大一些，約莫是兩棟兩房小樓加起來的面積。

「我們有三個房間在樓上，一間在樓下，客廳、廚房、浴室、起居室都在一樓，一樓那間房間可以用來當書房或辦公室，進來吧！」

她來到門口，先探頭看一看裡面，整片一樓除了浴室與他說的那間書房，全無隔間，構成了寬敞舒適的視野，每面牆上都開了大扇的窗戶，採光和通風都棒極了。

她走進客廳，在中央轉了一圈，然後來到廚房，愛不釋手地滑過那明淨的大理石檯面。

「妳喜歡下廚嗎？」

他突然想到，除了在史多哥蓋圍牆那段期間，她和梅姬一起進鎮煮食，他幾乎沒看過她下廚。即使是那段時間，主要掌廚的也是梅姬，她大部分時候都是個大總管，所有雜事都歸她管。

「我當然……」勒芮絲一開口，突然楞了一下，再想想發現自己竟然沒有答案。

最後，她嘆了口氣。「我甚至不知道自己是不是喜歡下廚。」她從來就是被營區的大事小事包圍，關心別人比關心自己更多，幾曾有時間去想她喜歡做什麼？在這個世界上，勒芮絲最不瞭解的人或許就是「勒芮絲」。

「從現在開始，妳有很多時間可以慢慢發掘自己。」狄玄武將她攬進懷裡，向她承諾。

勒芮絲環視著這間陽光燦爛的客廳，眼底的欣喜漸漸被另一種情緒取代。茫然。

「告訴我妳在想什麼。」他挑起她的下巴。

「沒什麼，只是……每當我以為情況好轉時，永遠會有更壞的事發生。」她茫然地看著四周的一切，「我以為醫療營已經穩定下來，羅傑就死了；我以為飆風幫永遠不會再困擾我們，就發生莉蒂亞的事；我以為所有惡運終於結束，後面的山坡就塌下來。我突然好害怕任何好事發生在我們身上，因為接下來永遠有壞事緊緊跟隨……」

「人生沒有永遠的好與壞，一定是禍福相倚。但從現在開始，無論是好是壞，我們都會一起度過，一切有我，我不會離開妳，這就是最大的不同。」狄玄武深深看進她眼底。

一切有我。

或許她需要聽見的，只是一個男人如此對她說。

不，不能是任何男人，只能是他。

她是一個獨立自主的女性，一個人也能把事情處理得很好，所以她並不需要一個男人來拯救她。但她需要一個心靈依靠，讓她明白無論發生任何事，她都不孤單。

她需要知道他會永遠在她身旁，他們倆將陪伴對方度過一切。

勒芮絲倚進他胸懷，聆聽他強壯的心跳，讓體內所有的不安平息下去。

「來吧，我帶妳上樓看看。」

他們繼續新家的探險。

來到樓上最大的主臥室，窗外忽爾響起一串興奮的尖叫。
「狄，勒芮絲！」
他們走到窗前，艾拉在對面的二樓對他們揮手。
「嗨，小甜心。」勒芮絲笑著揮回去。
看來他們對面的鄰居已經確定了。
「我們以後要住在這裡！」艾拉開心得蹦蹦跳，梅姬在後面扶著女兒，免得她摔下去。
狄玄武嘴角帶笑，卻從齒縫擠出話來：「該死，或許我們該換個房間當主臥。」
「爲什麼？這間的採光最好，我喜歡這間。」
「寶貝，相信我，從現在開始我每天晚上要對妳做的事，絕對不適合被她聽見。」
勒芮絲滿臉通紅，這傢伙眞是……狄玄武揪住她的粉拳，將她拉進懷裡。
「好了好了，我們去樓下看看。」對面的梅姬看情況不對，趕快把女兒拉走。
唉，看來她應該把艾拉的房間安排在後面那間。
「我還要跟狄和勒芮絲說話。」小艾拉抗議。
「妳以後天天能和他們說話，妳不是想看我們的後院有多大嗎？」梅姬趕緊把女兒哄下樓。
「運氣好的話，梅姬會選後面那間當艾拉的房間。」他愉快地道。
這男人眞的沒救了，腦子裡永遠只想著一件事！
他們這一趟走了兩個月，算算他也就這麼長的時間沒碰她。除了分開的那三年，他們還眞沒「獨身」這麼久。
眼見天時地利人和，狄玄武眸色一深，俯首向她壓來。
勒芮絲立刻擋住他的唇。「我們兩個都有很長一段時間沒洗澡，我身上又髒又臭，你也又髒又臭，在我們洗過澡、刷過牙、換過衣服之前，我建議我們先讓舊有的美好回憶塡空，以免被對方熏死。」
狄玄武嘆息，女人就是這麼愛計較。

「走吧！我們回道館跟大家集合。」

社區裡除了他那棟屋子比較大，另外有四間是三房的格局，其中三間由貝托營出來的家庭各一戶，剩下的那間醫生和德克教授決定佔去，因爲他們兩人一人教書、一人行醫，將來鐵定有一大堆書籍資料，他們需要每寸空間。

勒芮絲本來以爲提默會選擇和喬歐一起住，提默卻意外地選擇和醫生、德克教授住在一起。她見到狄玄武對他的決定讚許地點頭，立即瞭然，心頭不禁一暖。

這兩人是擔心兩個老頭子自己住，如果沒個年輕人在旁邊照看，出了什麼狀況無人知道。

最後，喬歐自己住一間，但很大方地留了客房給「有需要的人」——在此指提默——而其他人各自和親朋好友相約，竟然還有一間屋子空下來。

最後所有人決定，這間空屋正好作爲社區的儲藏室。

「勒芮絲，妳和狄應該不需要電燈泡，我看這小傢伙以後跟我住吧。」瑪塔爽朗地牽著小雷南走過來。

雷南抱緊瑪塔的腿，害羞地藏在瑪塔身後。

「雷南，你想和瑪塔一起住嗎？」勒芮絲點一下小傢伙的鼻頭，雷南害羞地點點頭。

出發之前，萊娜將兒子交給她，但勒芮絲很清楚，萊娜其實是把兒子交給所有人之中最能保護自己兒子的人——她身後的狄玄武。

瑪塔在未婚夫死於回聲爆炸之後便一直未婚，營區裡的小孩向來是她母愛噴發的對象，常常做一些好吃的甜點給他們吃，從以前她就是雙胞胎最喜歡的人。

雷南想跟瑪塔一起住，勒芮絲一點都不意外，只是，帶一個好動的小男孩不是件輕鬆的事，這畢竟是她的責任。

「瑪塔，妳確定妳眞的不介意？」她直起身。

「別開玩笑了，多個小鬼頭能添多少麻煩？」瑪塔擺擺手。

「好吧！反正我們以後都住在一起，需要幫忙的時候就叫我一聲。」勒芮絲和她擁抱。

狄玄武一臉如釋重負的表情，瑪塔指著他大笑。說眞的，五歲的艾拉已經是他的最底限，再來個三歲的小鬼他眞的不曉得該怎麼辦。

「醫生，我需要你帶人出去把車子開進來；喬歐，你一會兒帶人把車裡的食物和水都搬下來，然後我和勒芮絲進城補給。」

丟完指示，他自己去後面的主控室打開太陽能機組。電瓶蓄電需要幾個小時的時間，但起碼今晚有電可用了。

他指定伊果添購的這組太陽能機組已經是工業用等級，蓄飽電之後連冷氣都供得起，整組的售價足以在市中心買下一間公寓，但他認爲每分錢都花得很值得。

「嘿！道館後面有一口井。」提默的腦袋突然從後門探進來。

井？狄玄武好奇地走出去。

他非常確定他離開之前沒聽過跟井有關的事。

提默興奮地站在一座……呃，眞的只能稱之爲「井」的東西旁邊。

這片荒地不是寸草不生嗎？竟然還挖得出一口井！狄玄武驚奇地走到井邊。

井的直徑只有一公尺左右，並不算太寬，井面用一塊沈重的水泥板蓋住，旁邊架了一組人工的汲水幫浦。

所有人全好奇地圍過來，他抱住幾十公斤重的水泥板，雙臂肌肉賁起，輕輕鬆鬆將水泥板移開。

「哇，這井挖得好深。」德克教授靠近一看，不禁嘖嘖稱奇。

有人在室內找到一支工人留下來的手電筒，德克教授往井裡一照，整口井黑洞洞的，連水面都看不到。

狄玄武丟顆石頭下去，過了好一會兒才聽見「噗通」一聲。

「你們看它的井壁。」德克的手電筒光線沿著井壁移動，「這一層厚厚的都是岩層，看來這片荒地並不是沒有水源，只是被岩層擋在地底下，冒不出來。從岩層的走勢判斷，越往南越接近地表，在我們這裡已經算淺層了，所以只要能打穿岩層，就能汲取到地下水。」

話雖如此，鑿穿岩層的設備昂貴異常，可不是隨便找間挖井公司就能辦到的。

狄玄武驀地想到——

「蓋多區有一座公園的水塘也是活水，可見鹹土荒原底下確實有水源。」

「我們這附近已經有薄薄的綠色植被，我想，岩層結構在雅德市並不是那麼密實，才會造就一個可以居住的城市。」德克教授點頭。

「太好了。」狄玄武笑了起來。

他天性對所處的環境永遠存有一份警覺。一開始必須仰賴唯一一條從城裡牽來的水電，讓他心理上一直過不去，如今他們的社區有自己的太陽能機組，又有自己的井，即使將來發生了什麼狀況，也不用怕水電的脈門握在別人手中。

伊果到底是如何發現這裡可以挖井的？改天眞要好好問問他。

他把水泥板推回井口，壓下幫浦，不消幾下清涼的井水便從出水口噴了出來。

「耶——」眾人歡呼。

他們身上又黏又髒，無水可用的時候也就罷了，突然間有一口清涼的井，每個人突然覺得全身的皮膚都癢了起來。

所有人全擠到井旁，艾拉捧了冰涼的井水潑在臉上，美美地笑出來。

「嘿嘿，我有這個。」喬歐在牛仔褲口袋一摸，突然抽出一支牙刷。

羅德里戈一楞，也從口袋裡摸出一支牙刷。

提默摸摸口袋，也掏出一支牙刷。

然後是柯塔、瑪塔、道格、法蘭克……甚至艾拉，所有人身上都掏出一支牙刷！

狄玄武又好氣又好笑，每個人的眼光朝他投過來，他嘆了口氣，往長褲口袋一摸——一支牙刷。

所有人相視大笑。

「很好，很好。」醫生笑瞇瞇地點頭。

他一天到晚耳提面命：要保持個人衛生，保持環境衛生，每天刷牙洗臉。唯有保持整潔，身體才會健康。這些話簡直跟魔音穿腦一樣，早在他們心裡生了根。

這一趟出來，每個人的行李丟的丟、散的散，即使在最緊要的關頭什麼都丟光了，獨獨沒丟這支牙刷。

「很好，很好。」醫生笑瞇瞇地點頭。

「待會兒進城，我買一支新牙刷給你。」狄玄武向喬歐允諾。

「等我拿到新牙刷，我要把這支裱起來！」喬歐決定。

「我剛剛好像在裡面看到紙杯，我去拿。」不一會兒，法蘭克拿了一條紙杯出來，每個人分一杯水，痛痛快快地刷了牙。

最後男士有風度地離開，讓女士們先清潔洗漱，洗完換他們。

一個小時後，每個人都洗得乾乾淨淨，口齒清新，滿足地回到道館裡。美中不足的是他們必須穿回髒衣服，有些人還留著一套換洗衣物，但也髒得跟身上穿的沒分別了。

回到室內，喬歐領著提默那幾個年輕人將食物搬了進來，勒芮絲和瑪塔張羅著分送出去，每個人找到舒服的角落坐下來，梅姬和幾位婦人開始收集大家的髒衣服準備清洗。

「醫生，我和勒芮絲進城採購，順便去申請復水復電，這裡交給你了。我猜不會有陌生人跑到這裡來，但眞有外人的話，跟他們說有事等我回來再說。」

「嗯，你放心出門，這裡交給我。」醫生點點頭。

他轉頭對喬歐和提默勾勾手，三個男人走到一旁。

過去兩個月裡，最強壯的男人就屬他們三個。他們並肩打擊過無數異獸，已然培養出互相搭檔的默契。

「喬歐，以後只要我出門，大小事聽醫生的，社區保全的問題就交給你負責。提默，你負責協助他，如果遇到問題就找醫生商量。」

「搞定。」喬歐和他拳碰拳。

「嘿，你要出門買東西嗎？」瑪塔走過來。「我跟你們一起去，我可以先載食物和鍋具回來。道館後面既然有水井，晚上我可以煮一頓新鮮的熱食給大家吃。」

吃了這麼久的乾糧，大家也膩了。狄玄武想了想，點頭同意，把柯塔一起叫了過來。

「妳和柯塔開一輛車跟在我們後面，你們先把買妥的東西載回來，我和勒芮絲還要繞到城裡去。」

「等一下，我們有錢嗎？」柯塔突然想到。

他的聲音不大不小，卻讓所有人都停了下來。

錢。存款。財產。帳戶餘額。

一陣現實的生活感突然劈入每個人腦中，他們有多久不用擔心這個問題了？

他們已經回到文明社會！

住在城市裡需要錢，吃東西要錢，買東西要錢，水電要錢，甚至過路費都需要錢。所有在叢林裡被放逐的社會結構，在這裡完全回來！

他們不能再只是進城從架子上拿了東西就走，他們必須付錢，而他們身上沒有一毛錢。

所有人不由自主地看向狄玄武，眼神都有點無助。

「錢的問題不用擔心，我離開前賺了不少，都放在會計師那裡。我們待會兒買東西先記帳，明天我會讓我的會計師伊果過去付錢。」他簡潔地說。

所有人都鬆了口氣。

雖然他們依然要面臨未來養家活口的問題，起碼現在不會立刻被一文錢逼死一條英雄好漢。

「你們要去哪裡？我也要去！」艾拉馬上黏過來。

「艾拉，我們要出門辦事，下次再帶妳一起去。」勒芮絲阻止她。

「我要去、我要去、我要去……」她的棕色大眼可憐兮兮瞅著狄玄武瞧。

「咳，車子那麼大，又不差多坐她一個。」狄玄武輕咳一聲。

「你眞是……總有一天會寵壞她的！」

「出去逛逛而已，哪有那麼嚴重？」他拎著小丫頭趕快往外走。

❦

狄先生回來了！

他眞的回來了！

活生生血淋淋……呃，不，沒有血淋淋，但絕對是活跳跳的本人無誤！

加油站從站長到工讀生呆呆盯著狄玄武，只差沒用手指戳戳看他是不是眞人。

八個月前狄先生消失在荒蕪大地，所有人都猜他早已被變異獸啃得屍骨無存，沒想到他竟然出現在他們眼前！

「我現在沒現金，明天我讓會計師過來結清。」狄玄武盯著跳動的加油錶，隨口說。

「好，好……」站長還在夢幻之中。「狄先生，眞的是你？」

「不然我是鬼嗎？」狄玄武的眼尾冷冷瞄他一記。

站長馬上被冰得瞬間清醒。

「啊不，您當然好端端是一個人，那個……呃……這是加油的贈品，謝謝光臨。」趕快塞兩盒面紙給他！

冷面煞星接過贈品，直接上車走人。

「爲什麼他們叫你 Mr. D？」勒芮絲好奇道。

「一開始是我以前的同事這麼叫，後來大家都這麼叫，最後就叫習慣了。」他不怎麼在意地聳聳肩，方向盤一打，繼續往市區前進。

附近最大的賣場在力瑪區，他決定先到那裡去。

車子開進大賣場的停車場，停在賣場門口，狄玄武先放勒芮絲和艾拉下車，然後和另一車的柯塔去停車。

他停得稍微後端一點，等他回來，其他四人已經站在門口等他。

只見他們一字排開，每個人都定定盯著商場大門，不知在看什麼。

「怎麼了？」他停在勒芮絲後面，跟他們一起看，看半天沒看到什麼不對勁的。

四個人慢慢轉過頭，臉上都是如夢似幻的神情。

他們眞的回到城市了……

過去二十四小時，他們不斷在心裡適應這個事實，可是各種文化衝擊依然接踵而來。會動的車子。工廠生產的餅乾。漂亮的家園。新蓋好的社區。

然後是這裡。

從他們周圍經過的人，有抱著嬰兒的婦女，有出來購物的一家子，有來來往往的汽車，和送貨的大卡車。賣場的門開開關關，人們或行色匆匆，或悠哉漫步，促銷的廣播從喇叭不斷流洩出來：洋蔥限時特價，草莓冰淇淋優惠折扣……

這裡是文明城市。

突然間，十幾年艱苦的叢林生活離他們好遠好遠，他們不再需要走上六十公里，只爲了找幾包衛生紙；他們只需掏出皮夾，就能輕易地從貨架上買到東西。

「勒芮絲？」

「不，沒什麼，我們進去吧！」勒芮絲輕嘆一聲，心情複雜地搖搖頭。

艾拉向來怕生，突然發現身邊都是陌生人，趕快跑過來拉他的手，他直接把小丫頭往背上一拉，他寬闊的背就是她安穩的寶座。

進門之前，大門旁邊立著一個布告欄，艾拉對上頭花花綠綠的告示歪了歪頭。

「那是什麼？」

「布告欄，讓人家貼一些房屋出租或徵才求事的廣告。」狄玄武在布告欄前停下來，讓她看個仔細。

此刻布告欄上最顯眼的是兩張尋人啓事，一個十二歲的小女孩和一個十四歲的男孩。男孩是在四個月前失蹤的，公告的紙張已經褪色了，小女孩才失蹤兩個月，公告依然維持得很新，顯然家屬尚未放棄找回她的希望。

這種尋人啓事在城裡並不罕見，每隔一陣子就會出現幾張新面孔。在異獸橫行的末世裡，人們隨時可能因不明原由而失蹤，尤其是脆弱的孩童。通常過了半年還沒找到人，屍體也沒有被發現的話，大部分的人不會再繼續尋找。

「爲什麼他們失蹤了？」艾拉嚴肅的大眼盯著那個十二歲的小女孩，那小女孩比她大不了多少。

「我不知道。」狄玄武說。

「他們被噬人獸吃掉了嗎？掉進坑裡嗎？遇到異蛛嗎？」

狄玄武沈默片刻。「或許吧。」

在艾拉的世界裡，一個人失蹤只可能是遇到怪物或發生意外，但在這個城市裡，有許多更恐怖的怪物會吞噬一個孩童，那些怪物叫作「人」。

他突然發現有好多事必須教他背上的小鬼。他只知道，如果有一天艾拉或勒芮絲成爲布告欄上的另一張臉孔，他會將這整座城市撕開，把她們找出來。

「我希望他們有一天能回家。」艾拉輕聲說。

「我也是。」狄玄武輕拍她的小腿。

尋人啓事的旁邊是一張電視劇的海報，相較於蒼白的失蹤告示，這張海報熱鬧繽紛到有些囂張。當紅男星吉里亞德．強納森雙手執著槍，雙眸深邃地望向遠方；女主角希夢．桑多斯一身精明幹練的套裝站在海報角落。以一名檢察官來說，她露出來的乳溝委實太辣了一些。

「他也失蹤了嗎？」艾拉研究吉里亞德過分完美的臉孔。

「不，他是一個演員。」

「演員？」艾拉從沒聽過這種東西。

「就是在銀幕上演戲給大家看的人。吉里亞德最近主演的一部電視劇很紅，叫『地下正義』。他在裡面飾演一個警察，因為個性太剛正不阿，得罪了黑道和上司，他的新婚妻子被黑道殺了，而他的上司又不挺他，於是他成為一名私法的執刑者，立誓為妻子報仇。這個女人演一個檢察官，她不能容許吉里亞德繼續搞他的地下正義，卻又被他吸引……」

狄玄武說到一半，發現身旁三個大人著迷地聽他說劇情，立馬閉嘴。

「聽起來很好看啊！你很愛看嗎？」勒芮絲好奇問。

「……我哪有那麼多閒工夫看肥皂劇。」狄玄武道貌岸然看他們一眼，極有尊嚴地走進賣場。

噢。

五個人開始行動，瑪塔和柯塔各推一台車，狄玄武和勒芮絲合推一台，瑪塔一踏進大門便虎視眈眈地尋生食區。

「生鮮食物在左邊，生活用品和家具在右邊，我和勒芮絲過去看看床具組，弄好了再去找你們。」

「這種地方也賣家具？」柯塔好奇地問。在叢林生存區，家具店和超市向來是分開的。

「這種賣場只要跟生活有關的東西都賣，現場沒庫存的他們會幫忙調貨，我們今天先買一些生活必需品，其他的等日後每個人各自出來採買。」

「好，衝！」瑪塔和柯塔推著他們的推車，殺往生食區。

狄玄武把艾拉放進推車裡，推到床具組的展示區。偌大的展示區擺設了各種尺寸的衣櫃、五斗櫃、層板、床具組……一看就讓人眼花繚亂。勒芮絲看他一副獵豹誤入長街的樣子，就知道這一幕應該會很好看。

一個賣場的工作人員正在展示區整理新上架的商品，狄玄武看見了，開口叫住他。

「嘿！」

胸前掛著「史迪」名牌的店員轉過身，眼睛一黏在他身上，下巴當場掉下來。

「狄、狄先生？天啊，你回來了，你眞的回來了！」

「我不能回來嗎？」他冷冷的。

「所有人都說你在荒蕪大地被吃掉……啊不，不是，您需要什麼？我立刻爲您服務。」史迪立馬恢復機靈。

被吃掉？

他離開之後，城裡到底又傳了哪些八卦？

眞受不了！他搖搖頭，望著滿屋的展示品。

說眞的，他這輩子做過不少事，有些詭異到大部分的人都難以想像，包括他曾在埃及扮成一具包在裹屍布裡的屍體被送進一間清眞寺，他獨獨沒爲二十個人買過家具。

勒芮絲在後面等著看好戲，依照她對他的瞭解，他應該會大手一揮說「這些全部要一份」。

「這些全部要一份。」狄玄武大手一揮。

史迪傻了。

果然！她嘆了口氣，「你介意由我來嗎？」

「當然不，女士當家。」他的黑眸掠過一絲笑意。

女士當家？哪位女士能當狄先生的家，她的前身一定是女皇！史迪的心中充滿敬意。

勒芮絲邁開性感的長腿，在展示間逛了起來。

穿著白衫黑褲戰鬥靴的她，以一條軍用腰帶圈住健美的腰，濃密的深髮如上好蜂蜜從頭頂流洩而下，她傲人的雙峰與挺翹的臀構成一幕最吸睛的景象。

如果任何男孩在青春期曾幻想過「性感叢林女神」是什麼模樣，勒芮絲就是那個幻想的具象化。狄玄武擔心店裡的年輕人看到她，明天一早城裡將有許多條床單得洗。

他賞心悅目地欣賞她一陣子，突然發現史迪站在他身旁，也跟著賞心悅目地欣賞她一陣子……史迪的目光一和他對上，立馬剛正不阿，眼觀鼻，鼻觀心。

「我們要買的東西很多，你要不要叫經理出來？」狄玄武皮笑肉不笑。

「咳，我馬上去。」史迪趕快逃走。

五分鐘後，莫名其妙的賣場經理被史迪從辦公室拖出來。

「買很多東西？誰要買很多東……啊！狄先生，你回來了，你眞的回來了！」

又來？是不是他今天不管到哪裡都要聽一次「狄先生，你回來了，你終於回來了」這句話？

勒芮絲一看那張黑臉就知道某人快炸了。

「經理，你好，我叫勒芮絲。」她平滑如絲地卡進他們之間。第一次上門就讓店經理血濺當場，有損他們社區的長遠形象。「我們今天要買的東西不少，麻煩你了。那邊的雙人床我需要十張，單人床七張，還要一張那種兒童用的小床……」

她一路行雲流水，從床、衣櫃、架子、桌子到椅子，品項數量說得清清楚楚，經理知道這單是大生意，趕緊打點起精神對付，史迪負責幫他們不斷向倉庫詢問庫存。

「這些東西你們什麼時候能送到？」總算大致敲定，負責出錢的大爺在旁邊問。

「床具有現貨的我們下午就可以送，沒現貨的要向工廠訂，可能需要三天。」經理想了想。

「太慢了，我明天就要，其他東西呢？」

「呃，櫃子和層板的數量比較齊全，只是您得買回去自己組，桌椅的部分我們今天聯絡家具行送貨，應該是沒問題。」經理爆出一顆汗。

「好吧，你們有貨的先送，貨款明天我再讓會計師過來跟你們結，可以吧？」他露出森森白牙。

誰敢說不行啊……經理擦著冷汗同意了。

「細節你和他們談，我帶艾拉先去逛逛日用品，你再來找我們。」說完，女王牽著小公主走開。

竟然敢任意使喚狄先生，果然女王就是女王！史迪和經理崇拜的目光追在她背後。

眼光一轉對上旁邊那雙陰暗的豹眸，兩人立馬雙眼直視、剛正不阿。

他們眞的不是在看她婀娜多姿的翹臀，不盈一握的蜂腰，和圓潤豐滿的胸……咳！

「狄先生，貨要送到哪裡去？」經理完全正人君子貌。

狄玄武陰陰地開口：「你知道蓋多區最高的水塔吧？叫貨車往前繼續開十分鐘，就會看到一個新蓋好的社區，不難找，我住在那裡，你們順著地面工程車開出來的痕跡就找得到了。」

「什麼？送到荒地去？」經理瞬間清醒，倒退了幾步。「這……這可能有困難喔，狄先生。」

「爲什麼？」

「那裡可是荒蕪大地啊！」這還用說嗎？

「好吧，你們今天何時能出貨？」

「呃，備貨大概兩個鐘頭吧！」

「那兩個鐘頭後，我在蓋多區的水塔下等你們，陪你們一起開過去，這樣總行了吧？」狄玄武對他們的恐懼倒是能夠理解。

「這個……荒蕪大地非常危險，我不曉得司機願不願意……」經理把額上的冷汗抹掉。

狄玄武的語音轉冷。「那裡不是荒蕪大地，是我未來五十年要住的地方，我保證它安全得很。你現在是想告訴我，以後我的生意你們通通都不做？」

「不是，絕對不是。只是，我沒有把握能說服司機……」

「那你最好說服他，不是嗎？」他打斷經理的話，直接轉身走開。

經理杵在原地，和史迪相對無言，唯有淚千行。

面對那雙毫無人味的雙眼，誰能說得出反駁的話？

果然氣勢這種東西是學不來的，狄先生眞的回來了，嗚……

狄玄武先繞到生鮮區看一下，瑪塔和柯塔依然在奮戰，瑪塔那一車的食材已經堆到尖起來了，柯塔那車裝滿了各種尺寸的鍋碗瓢盆和調味料。

「還行吧？」狄玄武看他們一眼。

「行！」瑪塔繼續衝殺。

狄玄武笑了一下，回頭找他的女人。

最後他在賣沖泡飲料的區域找到勒芮絲，她身旁的推車裝了幾大條衛生紙，艾拉則跑得不知去向。

「嗨，寶貝。」他懶懶地走過去。

勒芮絲拿著一罐奶粉兀自出神，不知在想什麼，奇特的神情讓他不由得加快腳步。

「怎麼了，寶貝？」他先搭上她的手腕，確定她的脈象一切正常。

勒芮絲終於抬起頭，神情複雜地看著滿坑滿谷的貨架。

「這裡什麼都有。」

「這種地方本來就什麼都賣。」

「不，我是指……這裡什麼都有。」她朝四周一比，出現在臉上的神情竟然是——感傷？

狄玄武不明白，決定讓她自己說下去。

她輕聲說：「以前雙胞胎還在吃奶的時候，萊娜得了乳腺炎，有一陣子甚至痛到無法餵奶。鎮上所有能找到的嬰兒奶粉都過期了，貝托泡了一點勉強餵雙胞胎喝，結果雷南吐得亂七八糟。後來是瑪塔教他們熬豆汁，搭配一點肉糜，勉強讓雙胞胎撐過那段時光。」

她怔忡的視線掃過貨架上的品牌奶粉。「曾經，我們只要一批甜菜收成欠佳、蔬菜長了蟲，便煩惱得不知如何是好；一塊肉乾發霉了，我們還捨不得丟掉，把霉刷乾淨照樣吃，但在這裡，奶粉完全不是問題，他們什麼都有。」

她轉頭看著他。「你知道嗎？我剛去生鮮區找瑪塔，有一個員工把一堆高麗菜、胡蘿蔔和蘋果挑出來，放進一旁的車子裡。我問他為什麼要把這些挑出來？他說，這些菜葉的頂端發黃了，胡蘿蔔和蘋果的皮有擦傷，賣相不好，客人不會買。」

她的雙眸染上氳氤之色。「他們把好好的蔬菜丟掉，只因為葉子尾端有一點焦黃，蘋果長得不漂亮。而我們在叢林裡，即使馬鈴薯放到發芽，照樣吃下肚，因為那可能是我們接下來半個月僅有的主食……」

她輕輕搖頭。「我只是突然想到留在叢林裡的人。他們搬到史多哥去，一切還好嗎？種植的蔬菜長出來了嗎？他們是不是還在吃醃製的獸肉？而我們卻在這裡，吹著攝氏二十二度的冷風，從架子上輕鬆地拿食物，將發黃的蔬菜丟掉。」

她一直在努力壓抑，以為自己藏得很好，但文明的衝擊一記記撞在她身上。她覺得自己就像站在一座瀑布的正下方，只能看著千軍萬馬的激流朝她當頭沖來，卻無力抵抗。

狄玄武的棕色手臂環繞她，將她圈進一堵安全的胸膛裡。

「如果這會讓妳好過一點：那些蔬菜不會丟掉，而是送給替窮人發餐的救世軍。事實上，我剛到雅德市時吃了他們很多頓，算是受惠不少。」

勒芮絲微弱地笑了一下，額頭靠在他的肩頭。

「狄？」一聲訝異的輕呼在走道底端響起，東尼小子抓著一手啤酒，眼珠子差點掉出來。

「天啊！真的是你！你回來了，我真不敢相信！你什麼時候到家的？」東尼小子急急朝他們走過來。

東尼是他初到雅德市頭幾個認識的人之一，高中畢業後就在街頭替人跑腿打雜，嚴格說來不是個壞人。以前東尼有空都會跑來找他閒聊，算是他的街頭八卦站。

「咦，這個漂亮的小姐是？」東尼一看見他懷中的金棕色美女，又呆了一呆。

狄玄武只是站在那裡不動，沒有要回答的意思。他的神色說不出排斥，但也看不出歡迎任何人的靠近。

他的肢體語言終於滲透進東尼小子的大腦，接近他們的步伐不由得頓了一頓。

「你好，我叫勒芮絲。」自幼家教良好的勒芮絲主動打招呼。

「妳好，我是狄的舊識。」東尼吶吶的。「呃，妳是……？」

「我是他女朋友。」

女朋友？

「芙蘿莎小姐知道嗎？」東尼衝口而出。

那雙致命的黑眸立刻瞇緊。東尼小子倒退三步，完了完了，好像說了會被殺的話啊——

「啊，那個……狄，很高興你回來，你今天在忙，沒關係，我改天有空再找你聊天，我先走了，哈哈，再見。」快閃。

狄回雅德市了！

他非但沒死，還帶了一個漂亮得不得了的女朋友回來。這條大新聞一定要在第一時間傳出去！

「芙蘿莎？」勒芮絲一道細緻的眉挑起，沒有看他。

「她是我以前的老闆，我跟你們提過的。走吧！艾拉那小鬼跑哪兒去了？」狄玄武不怎麼在意地擁著她往下一條貨架移動。

若他覺得沒什麼大不了，那就是眞的沒什麼大不了，這一點勒芮絲倒是信得過他。只是，這位先生有時候看事情的觀點跟別人不太一樣就是了。

「嘿！臭小鬼！誰讓妳隨便打開零食就吃，妳身上有錢嗎？」隔壁的貨架突然響起一聲厲喝。

又怎麼了？兩人趕快趕過去。

小艾拉楞在貨架前，手中拿著一盒打開的餅乾，嘴角猶沾著餅乾的糖霜。

「看妳髒兮兮的，一定是流浪漢的小孩吧？妳是從哪裡溜進來的？妳父母呢？妳知不知道還沒付錢就吃東西是偷竊？」一個高瘦的店員斥得口沫橫飛。「我們店裡不歡迎遊民，當心我報警抓妳，小偷！」

「我……我不是小偷……」艾拉滿眼驚慌。

付錢是什麼？為什麼要付錢？在史多哥，他們向來伸手拿了架子上的東西就吃，從沒聽過「付錢」這種事。她知道小偷就是偷東西的人，可是她沒有偷東西啊！

什麼是報警？他們要把她抓到哪裡去？

大顆大顆的淚珠開始在艾拉的眼眶裡成形。

「嘿！」狄玄武迅速靠近。

店員和艾拉一起轉頭，小女孩猶如見到救命的浮木，飛快衝過來抱住他的腿，小臉埋進他身後。

「她跟我是一起的，她開過的東西我通通付錢。」狄玄武沒有動怒，只是很平穩地說。

勒芮絲趕快將艾拉拉到身邊，艾拉改抱緊她，臉埋進她的小腹簌簌發抖。

「沒事的，別害怕。外頭的世界和叢林不一樣，在這裡，買東西和吃東西都要花錢，我們得先付錢才能把東西從店裡拿走，以後我再慢慢教妳。」勒芮絲輕撫她的髮絲。

「你們就是這小鬼的父母吧？我們的店不歡迎遊民喔！」店員看這一男一女也一副衣衫襤褸的樣子，神情更是不屑。

狄玄武雙眸一冷，還未發話，剛才幫他處理訂單的史迪已經聽見動靜，匆匆跑了過來。

「抱歉，狄先生，莫多剛搬來雅德市不久，還不認識你。」史迪趕快說，「莫多，這裡交給我就好，你去忙你的吧！」

莫多狐疑地望他們一眼，不過瞧史迪的神情，這髒兮兮的男人似乎身分不簡單，他不敢再囂張，乖乖轉頭走開。

「謝謝你。」狄玄武對史迪點了點頭。

「不，是我的同事太莽撞了。倉庫現在已經在備貨，狄先生，你們還需要什麼盡量挑，有需要的地方叫我一聲。」史迪倒是挺乖覺的。

狄玄武沒有太爲難他們。不知者不罪，無論莫多或艾拉都一樣，在這種時候發脾氣沒意思。他家裡還有一群涉世未深的小子，想來類似的事以後還會再發生，一想到就覺得頭疼。

❦

「喂！地上怎麼這麼多輪胎的痕跡？」

里安多把騎來的電動機車往牆邊一靠，突然注意到地面的車痕。

「鬼知道？大概是工程車吧！」卡洛把安全帽掛在車頭，輕快地走向他們藏梯子的地方。

「可是這片工地幾個月前就蓋好了，我們已經很久沒遇到工人。」里安多猶然狐疑。

他們這對死黨今年剛滿十九歲，平時都在街頭閒混。半年前，東尼小子跟他們說有人在荒地蓋房子，他們兩個私下著實嘲笑了一番。

哪個白癡會跑來荒地蓋房子啊？眞是搞不清楚狀況！連蓋多貧民窟的人都沒絕望到這種地步好嗎？八成是哪個外地來的蠢蛋房地產商，以爲這裡的土地便宜，就眼巴巴地跑來買地蓋房子了。

果然，房子蓋好半年多一直空置著，也沒見哪個買房的新屋主搬進去住，從頭到尾整個社區就放在那裡生蟲，他們猜那個房地產商八成跑到哪個角落上吊自殺了吧！

一開始他和里安多只是跑來試試膽，有一次趁著整理庭院的工人沒注意，他們偷溜進去看——喝！沒想到整個社區還蓋得有模有樣。

一來二往之後，兩人膽子大了起來。他們趁機將一把工人留下的長梯子藏在圍牆邊，以後來了就直接翻牆進去，這片「廢墟」儼然成爲他們的祕密基地。街頭沒啥子新鮮事時，他們就跑來這裡哈草呼煙閒扯淡。

雖然說是說「廢墟」，其實這工地定期會有清潔人員過來維護，沒有放任它荒廢，他們兩個有幾次就差點被清潔人員撞個正著。

眞是奇哉怪也！既然是沒人住的社區，還找人整理做什麼？僱這些人也要花一筆錢的，就不曉得哪個冤大頭錢這麼多。

他們也想過會不會眞有人買了房子，隨時會搬來住？可是半年多過去了，整個社區還是連隻鬼都沒有，只有他們兩個佔地為王的「霸主」。

「平時那間園藝公司的人不是會來照顧植物嗎？八成是他們留下的車痕。」卡洛不怎麼在乎。

「他們每次都只有兩個人，只開一台車，可是你看地上，這些車痕看起來有好幾台。」慢著，里安多發現哪裡不對勁了。「喂，卡洛，這些胎痕不是從城裡的方向過來的。」

「不是從城裡，難道會是從荒蕪大地來的？」卡洛看他那不爭氣的孬樣就忍不住巴他腦袋。「你可不可以動動腦筋？誰有命從北邊的荒蕪大地過來？一定是那些園藝公司的人發現我們留下來的垃圾，故佈疑陣，想嚇走不速之客。」

「可是，你看這些車痕過來的方向……」里安多指著地上的車痕，一路往北順過去。

「少廢話了！我們來了半年，這裡一個人都沒有，難不成你以為這道門會自己打開……」

嘰嘰嘰——鐵門突然自己滑開了！

兩人嚇得倒退幾步。

「你們是誰？」一個漂亮得不像話的年輕人出現在門口。

里安多和卡洛大受打擊！

他們兩人都是既不長個子也不長肉的竹竿身材，從十五歲出來街上混，到現在都還沒混出一點名堂，多少跟他們的外表有關係。人家老大要的都是肌肉強壯、善戰耐打的手下，誰會看上他們這兩個不起眼的？

但這年輕人一站出來就一副電影明星的架勢：一頭及肩鬈髮，深邃棕眸上的睫毛長到連女人都嫉妒。看他年紀和他們兩人差不多，卻瘦腰窄臀，骨架子高大，起碼有一八〇。雖然身體過瘦，但兩隻手臂的雙頭肌，根本是電影海報上的人物。

誰准他隨隨便便就長這樣的？兩個小混混在心頭怒吼。

「你問我們是誰，我們還要問你是誰呢！」卡洛一看他就不爽兼心酸。

「噢，我叫提默。」提默一楞，想想好像自己眞的不夠禮貌，趕快先自我介紹。

「管你要提水還是提墨，你以爲老子眞的在乎你是誰？這裡是誰的地盤你知不知道？」卡洛先來個下馬威，上前推他一把。

提默身子只是微微一晃，退都不退，但眼睛瞇了起來。

「嘿，提默，他們是誰？」門裡走出另一個男人。

卡洛和里安多眞是快氣暈了。

怎麼又來一個俊男？他們生平最討厭的就是俊男啊啊啊——

剛出來的這個約莫三十出頭，比提默多了一股熟年男人的魅力，深色鬈髮，蚪結肌肉，高偉的身材，完美的長相。如果提默是「俊美海盜養成班」的學員，這個男人就是「俊美海盜養成班」的成品發表。

「我們是誰輪得到你問嗎？你們從哪裡來的？知不知道這裡是誰的地盤？」

「對啊，你們知不知道這裡是誰的地盤？」里安多仗著有同伴在，虛張聲勢一下。

「誰的地盤？」喬歐納問道。

「『圖剛』你們聽過沒有？這裡是圖剛的地盤，也就是豹幫的地盤！」卡洛用力踩踩腳下。

「圖剛？他是誰？」喬歐蹙眉看向提默。

「不曉得。」提默聳肩。

兩個小混混得意起來。「圖剛你們也沒聽過？土包子，圖剛就是豹幫的新任幫主。」

狄知不知道他離開的期間，這塊地已經被歸人「圖剛的地盤」了？如果他知道，一定很有趣。喬歐壞心地想。

「咦，我們有客人啊？」一個滿頭花白、笑瞇瞇的中老年人走了出來。

卡洛和里安多一看就知道他是個醫生。

不是他們會通靈啦，是因爲他頸子掛了一副聽診器，身穿白衣，看起來就一副醫生的樣子。這名醫生一身清癯儒雅的氣質，目光柔和，笑起來眉目彎彎，甚是令人有好感，兩個小夥子看了不由得收斂幾分戾氣。

慢著！他們順著老醫生的身後看進去，搞什麼鬼？左邊那間最大的屋子竟然人影幢幢，還有空調運轉的聲音，他們的祕密基地何時冒出這群莫名其妙的人？

「你們是哪裡來的？」卡洛決定重振旗鼓。

他們如果直接對提默挑釁，他說不定還不會生氣，但他們對醫生不禮貌就是不行。提默正要翻臉，醫生輕輕將他推到旁邊，對兩個小子笑呵呵。

「我是溫格爾醫生，歡迎歡迎，你們是這個社區的第一批客人呢！」

他的笑容太有感染力了，卡洛很不爭氣地回他一笑。

等一下，不對，我呸！

「你知道這裡是誰的地盤嗎？」話題重起。

「當然知道，這裡是我們的地盤，我們昨天就搬進來住了。」醫生一團和氣地告訴他們。

「呸，這裡是豹幫的地盤，這些房子是豹幫的房子，而我們——」卡洛指指自己胸口，「是豹幫的成員！誰准你們跑到我們地盤上的？」

其實他們算不上豹幫成員，充其量只是替豹幫的小角色跑過幾次腿而已，嚴格說來，他們比小角色更小角色。

喬歐以前就是搞幫派的，焉能看不出這兩人就算是什麼豹幫的，也頂多算條蝦米？

「醫生，我轟他們出去就好，你去忙你的。」喬歐露出森森白牙，指關節捏得喀喀作響。別的不行，揍人轟人他最在行。

「噯，別這樣，雅德市已經是我們的新家，做好敦親睦鄰的工作是很重要的。」性好和平的醫生轉向兩位小兄弟，「我想這其中可能有什麼誤會，狄並沒有告訴我們這裡是豹幫的地盤。」

「這種事哪裡還需要人說……」

「等一下，你剛剛說──『狄』？哪個狄？」里安多聽到一個十分重要的關鍵字。

「你們可能不認識他，狄是我們的朋友，全名叫狄玄武，我們都叫他狄，就是他幫我們蓋這座社區的。」醫生從頭到尾不變的和藹可親。

狄？狄玄武？

這個世界上他們只知道一個人姓「狄」，名字又正好叫怪裡怪氣的「玄武」。兩個屁孩互望一眼。

「醫生，跟他們廢話這麼多幹嘛？」提默重新站上前。

「提默，你得開始學習如何和文明社會的人建立關係。外頭不比叢林，不是我們自己開心就好，在文明社會裡，鄰里關係很大決定彼此的生活品質。唉，我有好多事得教你們啊！」醫生不禁覺得自己責任重大。

兩混混沒心情理他們，自己到旁邊咬耳朵。

「這裡好像是狄先生的家耶！」里安多小聲說。

「狄先生不是死了嗎？」起碼全雅德市都這麼說的。

「我也不曉得，還是不要冒險好了。」

兩小子在彼此眼中看見一模一樣的思緒：只要狄先生沒看見他們，他們就不能算是到他的地盤找場子。

趁現在他還沒出現，溜！

兩個人小心翼翼往後退一步，再退一步，再退一步……

嘰！

一部廂型車以撞死人之姿衝進鐵門，在一陣華麗麗的嘎嘰聲中，九十度甩尾，帶起一片壯觀的黃塵，雄壯無比地剎住。

門口的五個人逃的逃、躲的躲，及時快閃才保住性命。

「YES！」瑪塔打開駕駛座的門跳出來，替自己拉弓。

「瑪塔？」醫生驚訝地扶了扶眼鏡。

「是我的錯，我不該被她說服，表演她據說很拿手的甩尾絕技……」柯塔悲慘地從副座爬出來，兩隻腳依然在發軟。

「但我眞的很拿手啊！這可是當年我那開計程車的無緣未婚夫費了一個多月教我的。」過去十幾年她再沒有機會練習，原以爲已經忘了，沒想到甩尾跟騎腳踏車一樣，一旦會了就永遠忘不掉。

「瑪塔，妳太帥了！妳教我開車好不好？」提默雙眼閃閃地衝過來。

「那有什麼問題！」瑪塔痛快地拍他一記。

「噯，提默，你別鼓勵她。」醫生連忙阻止。「瑪塔，別忘了從現在開始，我們就是這些年輕人的榜樣，妳開車怎麼能這麼莽撞呢？我對妳有更高期待的。」

瑪塔吐吐舌頭，用唇形告訴提默：改天。

提默愉快地點頭。

「狄和勒芮絲呢？」醫生問。

「他們去城裡辦事，待會兒還得陪送貨的人一起開回來。顯然這片荒地對本地人是個禁區，若沒有狄護送，他們甚至不敢自己開車過來。」柯塔搖搖頭，眞不曉得那些城裡人在怕什麼。

「他們兩個是誰？」瑪塔瞄到正要開溜的兩小子。

卡洛和里安多全身一僵。

「什麼豹幫派來討保護費的，小菜一碟，我正要轟他們走。」喬歐再度摩拳擦掌。

「保護費？狄沒提過住在這裡要交什麼保護費啊！」瑪塔驚訝道。

又是狄。

兩人再有半絲疑慮，此刻也消失得一乾二淨。

「沒有沒有，我們不是來討保護費的。」

「對啊對啊。」

開玩笑，要是被狄先生知道他們向他討保護費，還有命嗎？

「沒有嗎？」喬歐故意說。

「絕對沒有，我們不曉得你們和狄先生是一起的，那個……既然大家不打不相識，有什麼需要我們幫忙的盡量說一聲，我們非常樂意幫忙，哈哈，哈哈。」

「對啊對啊。」里安多的笑比哭更難看。

「我買了一堆新鮮的肉類和水果回來，正需要人幫忙整理，那些東西可不經放。」他們還沒有冰箱，不過太陽能的蓄電力已經夠了，她聽到空調運作的聲音，道館裡的溫度應該能讓食材保存更久一點，直到狄訂的冰箱送來。

卡洛和里安多面面相覷。他們只是說說而已，眞要把他們留下來當苦力？

「小子，你們年輕人力氣大，身材又這麼好，正好派上用場，來吧！」瑪塔爽快地一拍卡洛肩膀，差點把瘦皮猴拍飛出去。

不過她說他們力氣大、身材好呢！兩人頓時心情一爽，還是女人有眼光。

「咳！這種小事交給我們這種『力氣大又身材好』的就行了，沒問題。」卡洛謙虛地說。

「對啊對啊。」

「既然如此，那就麻煩你們了。」慈祥的醫生笑了起來。

3

狄玄武把車子停在一間事務所的門口，下車前對勒芮絲愉快地一笑，於是她知道，無論他們要見的人是誰，他都很喜歡這個人。

這可不容易，認識他這麼久，能被他列入喜歡名單的人屈指可數。

她抬頭看了一眼懸掛在大門上的招牌：魯茲會計師事務所。

狄玄武幫她和艾拉開車門，然後用背頂開事務所的玻璃門，自己先走進去。

「歡迎光臨。」一名中年女祕書公事化地抬起頭，一看見是他，整個人呆住了。「我的天，狄，真的是你！」

狄玄武食指在唇間一比，示意她小聲。

「依蓮，他現在有訪客嗎？」

「沒有，」依蓮迎出來，熱情地和他擁抱。「狄，真是太開心看到你了，你離開這麼久，根本沒有人知道你還會不會回來。」

「我敢打賭不是每個人都高興我再次出現。」他露齒一笑。

「噢，誰管那些惡棍。」她擺擺手，目光轉向他身旁的棕金色美女。「狄！這位是……？」

「您好，我是勒芮絲。」勒芮絲大方地和她握手。

「我女人。」他加一句。

「噢，瞧瞧她，她耀眼極了，你果然有挑女朋友的眼光，」依蓮融化了，眼睛瞄到旁邊的小女孩。「這位小淑女呢？」

艾拉害羞地躲到他們身後。

「沒事的，別怕。她叫艾拉。」勒芮絲輕柔地將她拉出來。

依蓮彎下腰和艾拉面對面，「艾拉，我敢打賭妳一定會喜歡我烤的巧克力餅乾，茶水間還有一盒喔！我們讓大人進去談事情，在外面吃餅乾喝牛奶，妳覺得如何？」

「要錢嗎？我沒有錢……」剛才在賣場眞的被嚇到了。

「這是依蓮請妳吃的，不用付錢。」狄玄武粗糙的大手抓抓她頭髮。

依蓮以微笑掩飾心頭的驚訝。

她所認識的「Mr. D」是隨意走入一間屋子就能讓所有最難纏的惡棍安靜下來的男人，他身周的強大氣場往往壓迫其他人的存在空間，即使是在他最放鬆的時候。

他的視線永遠帶著一股狩獵中的凌厲，這股致命感已成爲他本能的一部分。在他身旁，你知道你發出再微不足道的聲響，那雙獵殺者的眸子都會立刻對準你，而你絕對不想讓那雙眸子對準你。

他對女人和孩子較溫和一些，像她這樣更熟一點的人甚至能適度地親近他，但頂多也就如此。

依蓮從未見他如此放鬆過，在勒芮絲和這小女孩的身畔，他鋒銳盡收，彷彿知道自己的戾氣一不小心就能劃傷人，安撫這小女孩的姿態已近乎父性。

狄玄武和父性！絕對不會有人把這兩個詞連在一起，她卻眞實地見到了。

「來，我帶妳去找餅乾。」依蓮抑下一個笑容，向小女孩伸出手。

艾拉先看看勒芮絲和他，在勒芮絲臉上看見一個鼓勵的笑容，終於怯怯伸出手，讓依蓮牽著她走開。

狄玄武走到那扇關閉的辦公室門前，對勒芮絲眨眨眼，惡作劇的神彩讓她忍俊不禁。

三、二、一──

啪啷！

「伊果，好久不見！」猛然打開門。

辦公桌後的男人舉到唇邊的茶杯整個嚇飛出去，在桌面滾了一圈，杯裡的紅茶一半潑在他的領帶和白襯衫上，另一半灑在文件堆裡。他驚叫一聲，手忙腳亂去搶救，殺人般的目光一投向門口便驚呆了。

「我沒打擾你吧？」肇事者笑吟吟地走進來。

「你……你……」伊果指著他，全身從頭髮到腳趾頭都在發抖，不知是給嚇的還是給氣的。

流氓！流氓！

「來，我幫你。」勒芮絲趕快抽出桌上的面紙搶救。還好文件沒被潑到太多，其實大部分的茶都落在他身上。

「妳跟這無賴是一起的？」伊果死死的眼光終於從那混蛋的臉龐移開。

「恐怕是。」她歉然道。

「離開他！相信我，他不值得！」伊果斷然下結論。

「噢，伊果，你傷了我的感情。」狄玄武一手按住心臟。

「你！就算十個人拿機關槍掃射，也傷不了你一絲感情！」伊果嗤之以鼻。

勒芮絲笑了出來。「他有這個壞習慣，只嚇他喜歡的人，他以前也常常這樣嚇我。」

「我應該感到榮幸囉？」伊果氣虎虎的。「你這些日子跑哪裡去了？所有人都說你已經變成噬人獸的糧食。」

「意思是說，沒有人想念我？」狄玄武拉開伊果對面的空椅讓她坐下，才在她的身旁坐定。

他對伊果的形容真好——南美版的愛因斯坦。伊果滿頭亂翹的白髮，深色的皮膚與鏡片後的睿智眼神，看起來確實像極了南美版的愛因斯坦。

「我想念你就像想念從身邊游過去的鯊魚。」伊果嘖了聲氣，「女孩，妳是如何認識這無賴的？」

「我叫勒芮絲，」勒芮絲傾身和他握一下手。「當時他在叢林裡神智不清，營養不良，半死不活，全身都是傷，只剩下一口氣，我是他的救命恩人。」

伊果不得不感到驚訝，終於仔仔細細再打量她一遍。

狄玄武明白伊果眼中看見的是什麼樣的女人。

他初識勒芮絲時，她才二十四歲，必須管理整個醫療營的病人和老人，年輕的她被迫在一夜之間成長。那時她豔麗絕倫、無比精神，一雙眸堅定地向整個世界下戰書。雖然，在那宛如「冒險電玩女神代言人」的表象下，她的心頭也充斥著惶恐與不確定，被一層濃厚的疲憊感包裹。

現在的勒芮絲已經二十八歲了，她依然豔麗絕倫，無比精神，依然是「冒險電玩女神代言人」，但，這次重逢，狄玄武確實感覺他們兩人都有了些許改變。

勒芮絲以前的精靈亮麗，現在多了一股沈穩。她更明白自己要什麼，不再那麼容易慌亂。命運丟給她的變化球，她以成熟和自信做成的手套接下來。換言之，小女孩長大了。

伊果在她美麗的棕眸裡看見生存力、生命力，以及與命運對抗的勇氣。他嘆了口氣，繞出辦公桌，給這位精彩的女人一個擁抱。

勒芮絲的鼻頭酸酸的。他們離開叢林之後，這是她接收到的第一個來自外界的善意。

「所以你過去八個月真的回叢林去了？」伊果坐回自己的位子，挑剔地打量對面的男人。

「新社區總不能一直沒有屋主。」他怡然道。

「妳和他一起從叢林出來？」伊果轉向勒芮絲。

「是的。」她加了一句：「還有另外二十幾個人。」

伊果的腦子停擺兩秒鐘。

「等一下！你這小子是說，你先穿過北方的荒蕪大地來到我們的城市，搞掉自己半條命，三年後穿過同一片荒蕪大地回到叢林處，再搞掉自己半條命，最後再穿過那片要命的荒蕪大地，回到我們這裡，又搞掉半條命？」

「這樣加起來就變成一點五條命，我只有一條命而已。伊果，你的數學不及格。」狄玄武對他搖搖手指。

伊果好一會兒出不了聲。

他們在說的可是北方的荒蕪大地，跨越它的難度已不亞於跨越鴻溝。從回聲爆炸之後，就再也沒有人活著橫越過那片險境，而他一個人竟然來來回回就走了三趟。

伊果一直知道狄玄武威名在外，但直到這一刻，他才眞正意識到坐在面前的男人有多不可思議。

「所以席而瓦雨林眞的存在？」伊果問勒芮絲。

「貨眞價實。」她點點頭。「回聲爆炸之後，所有叢林生存區的倖存者都逃到雨林裡。我們總共有二十八個人一起出來，有些年長的老人已經無法走完這趟旅程，所以決定留在叢林裡，還有一些土生土長的當地人不願離開，算算大約有四十幾個人依然留在那裡。」

眞令人難以置信。「我猜這一段旅程不能說十分平安？」

「我們損失了三個人。」她的笑容露出一絲哀傷。

「我很遺憾。」伊果立刻溫柔地拍拍她的手。

「謝謝你。」勒芮絲不禁轉向身旁的男人。「狄，伊果明明人很好，你爲什麼說他像一隻暴躁的獾？」

「這人說的話半句都不可信！」伊果立馬咻咻噴氣。

狄玄武馬上一副「妳看吧！」的表情，勒芮絲被他們兩個逗得很樂。

說眞的，伊果噴氣的樣子眞有幾分像獾。

「原來你沒騙人，你眞的有個聞名遐邇的女朋友。」伊果挑剔地看他一眼。

「聞名遐邇？」勒芮絲重複。

「這裡的人有個怪癖，越老的人怪癖越嚴重，就是相信一個男人只要身旁有女人就能解決全世界的問題，我總得抬一個人出來堵他們的嘴。」狄玄武聳了聳肩。

「噢。」她說

噢？「『噢』是什麼意思？」

「沒什麼意思。」她搖頭。

「如果妳是想開發新領域，妳可以趁早死心了。」她男人很善良地告知她。

「爲什麼？我們都還是單身，現在我們已經來到城市，外頭的男人這麼多，只要單身就有機會。」她還沒追究他的芙蘿莎呢！

伊果馬上給她一根大拇指。

「妳是我的女人，妳認爲別人敢動妳嗎？」

「哦？所有你的前女友都沒人敢動嗎？」她的笑容甜到光看一眼都會蛀牙。

「我沒有前女友。」狄玄武才不上當。

「是嗎？」她問伊果。

「別把我扯進去。」伊果完全明白何時該置身事外。

「喂！」起碼幫他擔保一下吧？

「我又不是天天跟你黏在一起，我哪知道你的獵豔史？」

「哦，獵豔史啊……」她點點頭。

「什麼獵豔史？」狄玄武對他怒目而視。

復仇的果實眞是太甜美了，伊果滿心感激上蒼的垂憐。

「我要出去把你門口的招牌拆下來。」狄玄武威脅他。

「看到沒有？無賴。」伊果指著他向勒芮絲控訴，「妳配他眞是太好了，這小子總是走狗屎運。」

「這一點我完全同意你。」狄玄武從口袋裡掏出一堆皺巴巴的紙放在桌上。

「這是什麼？」

「帳單。」狄玄武白牙一閃。「我在城裡的賣場、家具行、電器行、服飾店花了不少錢，既然我的錢全在你這裡，當然叫他們來跟你收，明天記得把錢準備好。」

「看吧，無賴就是無賴。」伊果吹鬍子瞪眼睛，打開辦公桌最下層的抽屜櫃，把一份卷宗扔在桌上。

「這是什麼？」他側目一下。

「你的錢！既然你人回來了，你可以自己管錢。」伊果老實不客氣地說。
「別開玩笑了，我最懶得管錢。」狄玄武把卷宗推回去。
「你在開什麼玩笑？你不能這樣！」伊果大叫。
「爲什麼不能？」
伊果很刻意地往他旁邊的女朋友看一眼。
這顆木頭腦袋沒接收到訊號。
伊果翻個白眼。
「你有女朋友，你就沒想過或許你女朋友會想管錢嗎？」笨蛋，哪個男人的錢不給女人管會有好日子過的？虧自己做球給他，他都不會接。
狄玄武和勒芮絲互望一眼，在彼此臉上看見一模一樣的驚訝。
「我從來沒有想過這件事！」兩人竟然異口同聲。
伊果一拍額頭。輸給他們了，難怪他們兩人會湊成一對！
「妳說呢？女朋友。」狄玄武決定從善如流。
勒芮絲的神色不是很肯定。說眞的，她會做的事很多，獨獨不擅長「管錢」。以前在叢林裡，哪有什麼錢需要管？
「我想，我們最好放一點現金在身邊，其他的存在銀行比較好……對吧？」她不是很確定。
狄玄武聳聳肩，沒意見。
「你到底有多少錢？」她還不曉得他的身家呢！
「伊果，我到底有多少錢？」錢的主人問錢的主人的會計師。
「自己看！」錢的主人的會計師氣跳跳。
狄玄武嘆了口氣，把那份卷宗翻開。
「裡面是你所有的金流記錄，包括荒地的開發工程，水電、瓦斯、電話、電視等等的申請費用和一些雜項支出，最後那張表的左邊欄末是總支出，右邊是總餘額。」伊果粗聲粗氣的。

狄玄武果然直接翻到最後一頁看餘額。

伊果又好氣又好笑，要當著這傢伙的面偷光他的錢眞是非常容易的事。

轉念一想，又改變主意。重點不是在你偷不偷得到他的錢，而是你有沒有命花。

「你沒搞錯？」狄玄武不可思議地盯著餘額。

「你是在侮辱我的專業嗎？」伊果瞇起眼睛。

「蓋好整個社區花了這些錢？」他在開玩笑吧？狄玄武把表格推給勒芮絲，勒芮絲接過來看。

他當初給伊果的預算是兩百五十萬，在工期尾聲已經花掉兩百萬左右，而當時還有許多他指定的保全和太陽能等硬體設備未付，他訂的都不是便宜貨，粗略估計，最後應該會落在兩百四十到五十萬之間，但這張明細表的總結卻是——一百七十五萬！

他的花費怎麼可能不增反減？

「哈！」伊果再也忍不住跳起來，衝向旁邊的檔案櫃，得意洋洋抽出一本五公分厚的藍皮公文夾。「我就說了，不要侮辱我的專業。事實證明，開發荒地有市政府的補助金可以申請。」

砰，厚夾子丟在桌上。

「補助金？」狄玄武把那個公文夾拿過來，裡面密密麻麻都是各單位審核的公文和表格、副本，以及各種補助金的相關說明。

原來多年來市政府一直在鼓勵荒地開發計畫，以紓緩雅德市逐漸增加的人口。為了提高人民的興趣，市政府甚至制定了多項「荒地開發補助措施」——從購地、建材、道路修築，乃至於水電、瓦斯的補助，房屋稅、地價稅的減免，通通都包括在裡面。而且補助金是以面積和距離來算的，開發的範圍越大、離市中心越遠，補助金就越高。

他們的社區離雅德市足足十公里。這個距離在城裡或許不算長，但對於「住在荒地上」，尤其是「住在十公里以外的荒地上」，簡直等於送死，十多年來從沒有人膽子大到敢申請這筆補助金。

他這回一口氣買下東北邊的整片荒地，光是購地補助金就不少，待整個社區的各式補助申請下來，足足抵掉總成本的三分之一。

翻到一半，一張硬紙掉在地上，狄玄武彎腰撿起來，看著那張紙的表情十分精彩。

「你是說，雅德市政府平白送了我們八十幾萬，還頒發感謝狀謝謝我們？」

「我告訴過你不要低估我的專業。」伊果得意極了。

勒芮絲忍不住咯咯直笑。

狄玄武搖搖頭將感謝狀夾回文件裡。這整本公文記錄不乏多次往返、補件，光申請一項補助就得準備好幾種文件，送往好幾個不同的單位，他很清楚市政府的官僚是什麼樣子，而伊果把能申請的優惠補助都申請了，想也知道過程有多繁瑣。

其實伊果就算不多做這些，他也不會知道。

「我多付你一倍的佣金。」狄玄武把文件往桌上一丟。

「不用了，說好的就是說好的。反正我大部分的時間都坐在辦公桌後面，送件的人是快遞，又不是我親自跑。」

狄玄武知道他只是刻意輕描淡寫，他們都很清楚市政府的辦事員有多顢頇。

「謝謝你。」勒芮絲誠心誠意地說。

「咳，沒什麼，我也只是喜歡挑戰而已。年紀大了，不給自己找點事做，日子多無趣。」伊果彆扭地說。

「好吧，存摺和提款卡給我，我領點錢放在身邊。」天天叫伊果四處去付錢，他遲早會咬人。「我現在還有多少錢？」

伊果翻個白眼，把他的金融細碎都拿出來。離開前，狄把工程尾款、存摺和皮夾往他桌上一扔，人就消失了。

皮夾！誰會連自己的皮夾都丟給會計師保管？

「你的帳戶結清工程款之後還有三百二十四萬六千七百四十三元，加上政府退還的補助金，是四百一十一萬九千九百二十九元，我匯了一百五十萬到『尚貝堤．溫格爾』的帳戶裡。」伊果刷刷刷把數字算出來。「你自己的帳戶還剩這些錢，不過溫格爾戶頭的錢也算是你的，所以總數不變，你自己通通拿回去！」

「你在我叔叔的銀行帳戶裡放錢？」勒芮絲秀眉一皺。

「你在她叔叔的銀行帳戶裡放錢？」狄玄武問主使者。

「溫格爾是妳叔叔？」

「是啊，他也跟我們一起出來了，現在在社區裡，他是個醫生。」

「原來眞的有『溫格爾醫生』這個人。」伊果搖搖頭。「整片荒地用的是溫格爾的名義，中間牽涉到補助款，所以市政府要求得有他的身分證明。多虧閣下，我製造人頭戶、非法從事金融活動的技巧大大長進了。總之，我在文件上讓溫格爾這個人活了過來，以馬魯生存區投資客的名義，投資本市的房地產。爲了證明他確實是個投資客，我得替他開一個帳戶，放一筆錢在裡面做做樣子。」

「伊果，你的適應性永遠讓我驚嘆。」他鼓鼓掌。

伊果才不領情。「基本上，天知地知你知我知，市長知，警治署長知，銀行行長知，『溫格爾』只是個人頭戶。我想你一定能瞭解，在這個過程中，我必須在這些人面前抬出『狄先生』的名號，讓一切進行得更順利一些。」

「他們沒有趁機獅子大開口？」

「他們決定賣你一個面子，」伊果皮笑肉不笑地說。「就跟所有人的朋友裡都需要一位醫生、一位律師、一位會計師一樣，他們認爲有個芙蘿……嗯哼，保鏢頭子兼功夫高手當朋友，在當今的世道只有好處沒有壞處。」

勒芮絲對那「嗯哼」的斷點十分感興趣，狄玄武沒有多說什麼。

「總之，既然溫格爾本人出現了，我想我們最好找一天到各單位更新資料，補上他的照片，讓溫格爾從一個紙上的人變成眞人。」伊果下結論。

「好，明天我會載醫生出來，我們把該辦的手續辦一辦。社區的水電需要申請復用，這事多久可以處理好？」

「明天早上九點我們在市政府碰面，先去戶政局辦好溫格爾的『投資居留資格』，拿到新身分證就能去各個機關辦理。目前他是社區唯一的擁有人，只要他本人去辦，兩天內應該就能供水供電。不過我先警告你，水電公司那裡你可能要繳上一、兩萬塊的建置費用。」

「你不是說荒地的水電建置都有補助嗎？」狄玄武挑眉。

「是有，但那是標準建置的補助金。水的部分還好，本來就要挖地下管路，電的部分，你堅持不走電線桿而走地下化，所以申請人要自己補足差額。電費補助金我拿來抵掉一部分了，我想還有一萬多塊的餘額要繳。」

一萬多塊不算少，不過考慮到這是挖十幾公里的地下管線，狄玄武能夠理解。他寧可多花點錢走地下管線，也不願讓任何人有機會撞斷電線桿，然後全社區停電。

即使不提人為事故，荒地有時會起風塵暴，他可不想一天到晚電纜被吹斷而停電。

「好吧！明天早上九點見。」他站了起來，替身旁的勒芮絲拉開椅子。

「自己的財務資料自己拿回去。」伊果把一堆東西往他們面前一推。「我對他是不抱希望的，女孩，妳幫他搞懂他到底有多少財產，領出起碼半年的生活費放在身邊，其他的你們想投資理財的話，再回來找我吧！」

狄玄武拿回皮夾，檢查一下還有多少錢。七百多塊，夠用了，他把皮夾往後口袋一塞。

說眞的，勒芮絲對金錢的概念並不比他好多少，但伊果說得對，他們接下來有一整個社區必須經營，她得開始弄懂金融財務這一塊。

看來只好回去問問德克教授懂不懂，幫她惡補一下。

「很高興認識你。」這不是客氣話，她眞的很高興認識這位有點暴躁又有點彆扭的老好人。

伊果笨拙地和她擁抱。

送他們走出辦公室門外，艾拉正津津有味地看一本童話書，嘴角猶沾著餅乾屑。

「狄！」一看見他們出來，她眼睛一亮。「這本書很好看，我們可以買一本嗎？」

「不會吧？你們兩人的女兒都這麼大了？」伊果大驚嚇。

狄玄武極端無言。

「不，艾拉是我好姊妹的女兒。」勒芮絲鄭重澄清。

「算了算了。」伊果心臟差點受不了，回辦公室爲妙。

「小甜心，這本故事書妳可以帶走喔！」依蓮告訴她。

「謝謝妳……」艾拉害羞地抱緊她的故事書。

「依蓮，明天見。」狄玄武親吻依蓮的臉頰一下，三人一起走出事務所。

❦

一踏出事務所門外，一陣不可錯認的香味飄了過來。

對街約莫一百公尺的轉角，有一攤帕里拉是全雅德市最有名的，在城裡賣了三十幾年，歷久不衰。

帕里拉是本地非常流行的街頭小吃，白色蒸包切開，中間夾著以香料、蔬菜和醃牛肉拌炒的餡料，味香三里，城裡幾乎走沒幾步就有小販在賣帕里拉，但都沒有這家老攤子好吃。

「那是什麼？好香。」艾拉一聞到炒牛肉的香味就饞了。

「帕里拉，那一攤是全雅德市最好吃的。」狄玄武往前一指。

「不行，瑪塔在等我們回去吃午餐。」勒芮絲看他開始掏皮夾就知道他想幹嘛，雖然她的饞蟲也被那香味勾得蠢蠢欲動……

「啊，你們還沒走，我想起來有些事要跟你說。」身後伊果突然拉開門走出來。

狄玄武點點頭，抽出一張紙鈔遞給艾拉。

「艾拉，我們和伊果說一會子話，妳過去跟老闆買三個帕里拉。」這是她第一次用「錢」買東西耶！新鮮感戰勝怕生的那一面，艾拉接過他的紙鈔，蹦蹦跳跳跑向對街。

「什麼事？」狄玄武問。

「圖剛來雅德市了，在你離開不久之後。」伊果遲疑了一下，終於說。

狄玄武的眉一蹙。

圖剛是豹幫的前任幫主席奧．貝南的弟弟。兩年多以前，席奧佈下陷阱想殺他，最後反被他所殺。拉貝諾要席奧的得力助手札克轉告他弟弟圖剛，這件事是整個雅德市的決定，但住在渥太爾市的圖剛遲遲沒有過來接手，只是要札克擔任代理人，維持豹幫運作。

這兩年裡，雅德市少了一個興風作浪的席奧，著實平靜了一陣子，沒料到圖剛在他離去期間來到此處。

「然後呢？」說真的，狄玄武一點都不關心豹幫現在是誰當家，只要他們不來惹他，大家就能相安無事。

「這半年來雖然沒發生什麼大事，我總覺得圖剛看起來不像善類……或許我擔憂太多了，總之你最好小心一點。」

「我也不像善類。」他微微一笑，那個笑讓伊果打了個哆嗦。

全世界的人都不想見到狄玄武笑，並不是他笑起來不好看。他的眉目深刻，神情嚴峻，一笑起來就像寒冰被陽光融化，英朗俊美極了，但狄玄武笑的時候，通常是他最危險的時候。

「算了，我真是白癡才會為你擔心。」伊果咕噥兩聲轉回公司裡。

「誰是圖剛？」勒芮絲露出擔心的表情。

「豹幫幫主，城裡三大幫派之一，跟我們無關。」在他心裡，他確實覺得這些人都與他無關了，他已經離開那個圈子。

嘰——

輪胎摩擦過柏油路面的尖銳噪音幾乎刺穿每個人的耳膜，一輛腥紅色的跑車從街角張揚地衝出來。飽受折磨的輪胎不斷在柏油路面尖叫，堅持挑戰所有人的聽力極限。

「唷呼——」開車的年輕人張狂呼嘯，汽車音響轉到最大聲，與輪胎的痛苦嘶號對抗。

狄玄武眼睜睜看著跑車從他眼前衝過去。

一小段距離之外，艾拉驚嚇地凝結在路中間——她手中提著一袋帕里拉，正準備過馬路。

她一天前才見過會動的車子，知道車子跑起來很快，但她從沒眞正站在車子前面感受它跑得有多快。當那輛跑車震天價響地衝來，她完全失去行動力，只能呆呆看著腥紅色的怪獸越來越近，越來越近……

年幼稚弱的她被音樂、叫囂、胎響構築成的巨獸震懾，即將被吞噬。車內的輕狂少年終於注意到她，但已經來不及了。

所有人看著即將發生的慘劇，同時尖叫。

狄玄武知道他一定來不及。

跑車正從他眼前過去，艾拉在一百公尺之外，兩者之間的距離正在快速縮短。他就算立刻施展輕功，都不可能超過高速的跑車，把艾拉抓開。

剩餘的時間連三秒鐘都不到，他無法在三秒之內趕到她身邊。

他做了他這個當下唯一能做的事——

他內力貫注全身，每根骨骼和關節劈里啪啦作響，肌肉暴張；他橫躍而起，抱起路邊的一桶消防砂往跑車撞了過去。

這種路邊消防砂以汽油桶裝滿，每隔五百公尺就有一桶，每桶的重量超過兩百公斤。

他抱著消防砂桶，帶著十成的功力，以他的速度和內力能產生的最大衝擊力，撞向那輛跑車的車尾。這股衝擊力超越消防桶和他體重加起來的三百公斤，佐以重力加速度，已是三百公斤的無數倍。

砰！腥紅跑車的車尾被撞中，並不是失去重心而快速打旋，而是整輛車直接被撞翻過去。一圈，再一圈，足足在空中翻了兩圈半，跑車終於車頂朝下地著陸。一落地便開始瘋狂轉圈，車內的兩個年輕人大聲尖叫。

人猶然在空中的狄玄武鬆開手臂，任兩百多公斤的消防桶砸在車腹中心，整桶砂子被旋轉的衝力撥翻，沙塵漫揚了滿天滿地。

他輕輕巧巧在空中一個轉折，落在馬路對面。

所有人目眩神馳地望著這一幕。

他撞翻了一輛高速行駛的跑車！

快速打轉的車終於停下來，整片柏油路被畫得傷痕累累，車內的年輕人終於停止尖叫，倒掛在座位上完全驚呆。

碰。突然有人跳上車腹，整輛車子一沈，車內的兩個人又尖叫起來，以為自己會被車身的重量壓扁。但這陣搖晃極快就過去了，一條人影躍到駕駛座的那一邊，粗暴地擊穿車窗玻璃，將開車的人從玻璃破洞揪了出來。

「你，差點殺了我的小鬼。」

狄玄武雙眼裡流轉著腥紅殺氣，如一隻猙獰露齒的巨獸隨時打算一口咬穿獵物的喉頭。

噢，我的天！勒芮絲衝過去將嚇傻的小艾拉揪進懷裡。

艾拉還活著。她沒事。她沒被撞死。勒芮絲緊緊摟住這珍貴的小身軀，和艾拉一樣劇烈發抖。

被狄玄武抓在掌間的小夥子依然頭暈目眩，他的同伴掙扎著從另一邊的車窗鑽出來。

「你、你知不知道我是誰？啊——」那年輕駕駛慘叫一聲。

喀喀兩響，兩邊肩胛骨被往後折斷，他的雙臂和身體形成詭異的ㄇ字型，旁觀者無不掩面驚呼。

他的同伴臉色慘白，呆立在撞毀的車體旁。

狄玄武將昏過去的人往身後一拋，像丟一袋垃圾一樣，「篤」一聲顯示人體撞擊在柏油路面，旁人

「東、東北區。」

東北區是龍騰幫的地盤，龍騰幫是雅德市的一個街頭幫派，人數雖然不多，但作風兇狠，在地方上很有勢力。

「你們的車子是怎麼來的？」他的利眸沒有一絲鬆緩。

呃，這就瞞不住了。

「是特羅多借我們的……」克里斯硬著頭皮承認。

特羅多是龍騰幫的首領。

「特羅多爲什麼借你們車子？」他冷冷問。

這輛跑車不便宜，特羅多會借這兩人車子，他們要不就是特羅多的親朋好友，要不就是最近幹了什麼好事才得到這個獎賞。

「我們前陣子幫特羅多跑腿，幹得不錯，他很高興，就……」克里斯不敢說地上的小羅是特羅多的表弟。

狄先生和豹幫的恩怨道上傳得沸沸湯湯，龍騰幫雖然向來痛恨三大幫，特羅多卻和豹幫的幾個人有些私交。這些黑幫政治太複雜了，不是他這個小角色扛得起的。

他只想安安穩穩當個跟班，回家之後跟卡洛和里安多炫耀他又見到哪些大人物，這樣就滿足了啊！

狄玄武冷笑一聲，「回去告訴特羅多，如果他再放任手下大白天在街上飆車，我沒遇到就算了，被我遇到，見一台毀一台。」

「是，是，對不起，我們不會了，狄先生。」

狄玄武走到小羅身畔，從後領揪起他。小羅大聲尖叫，他握住小羅兩邊被反折的肩胛骨，喀喀兩響，肩胛骨復位，小羅痛得氣若游絲。

他劇怒之下，下手極重，小羅這兩邊肩膀不開刀打鋼釘是不會好的，但這不是他的問題，他們差點撞死艾拉，他沒殺了他們已經算客氣了。

去。

「滾！」

克里斯扶起夥伴，小羅被他一碰就痛得尖叫，克里斯手足無措，只好去街口叫計程車，招呼他離去。

「咳咳咳咳——」

提默咳到連腰都彎下去，卡洛和里安多指著他大笑。

「你不能分兩次吸，中間只要一停頓就會嗆到。」卡洛把菸放在唇邊，再示範一次。「像這樣，一口氣吸到底，嘶——呼——」一縷白煙從他唇間呼出來。「像這樣，你再試一次。」

提默接過來，這次一口氣勇敢吸到底，終於成功了，不過吐出白煙之後他覺得也沒什麼特別的，不曉得他們兩個爲什麼喜歡抽這種東西。

「提默？提默？你們在哪裡？」醫生在前面的石板路呼喚。

里安多趕快把菸踩熄，卡洛兩隻手在空中亂揮，把味道揮散。

「醫生，我在這裡，有什麼事嗎？」提默清清喉嚨，從屋後跑出來。

「瑪塔的午餐已經準備好了。里安多，卡洛，謝謝你們跟我們一起打掃，中午留下來吃飯吧。」醫生笑瞇瞇地說。

「我們不等狄和勒芮絲嗎？」提默忙問。

「快要一點了，瑪塔說他們還要等家具的貨車一起回來，可能沒那麼快，我們先吃吧！」醫生突然停下來，鼻子在空中嗅嗅。

三個屁孩互相看了一眼，有點心虛。醫生鏡片後的慈祥雙眸瞇了起來。

「提默，我有沒有教過你肺臟運作的原理？」醫生撿起一塊石頭，在路面畫出一個肺的形狀。「這是肺，左邊兩片、右邊三片，叫作肺葉。裡面有很多管子，叫支氣管，往上面就是接我們的氣管，咽部，然後是鼻子和嘴巴。」

醫生連說帶比，結結實實幫他們上一堂肺臟結構學。

「好，那呼吸是怎麼回事？就是從鼻子或嘴巴呼進來的氣，順著氣管流進支氣管裡，進出肺葉……」再結結實實上一堂氧氣交換的原理。

三個屁大的毛頭聽得頭暈腦脹，又不敢打斷他。醫生講得起勁，繼續下去。

「好啦，那你一定會好奇，我們長期呼吸不好的空氣會有什麼後果？例如吸菸。以菸來舉例，首先它的煙是很高溫的氣體，吸進去本身就有強烈的刺激性。其次，煙裡面包含了各種的致癌物，例如尼古丁……」又紮紮實實地解說了一下煙裡的各種有害物質，及吸入肺葉後對肺臟的傷害。

「這樣就結束了嗎？沒有，有些致癌物會從血液流到身體的其他器官，造成其他器官的功能衰變……」再毫不含糊地講了一下全身血液循環及抽菸帶來的不良影響。

三個毛頭聽得目瞪口呆，欲哭無淚，兩眼發直，雙腿打顫。

「結論就是吸菸對身體非常不好，屬於一種慢性自殺，我想，你們都是這麼聰明的年輕人，一定不會想慢性自殺吧？」醫生笑瞇瞇地頂一下眼鏡，終於講完了。

提默、卡洛和里安多眼前金星亂冒，一堆長著翅膀的小肺臟繞著他們的腦袋啾啾飛舞。

「我……我一定不會再抽菸了……」提默氣若游絲地說。

「我也是……」

「發誓……」

「那就好，聰明的孩子。」醫生拍拍他們的肩膀，愉快地往前走。

原來這就是這群老頭子「教育」小孩的方式，里安多和卡洛發現他們如果住在這裡，可能也會變成循規蹈矩的正人君子，誰受得了天天這樣「上課」？

前頭的大門忽然滑開，狄玄武的廂型車駛了進來，後面浩浩蕩蕩跟了三輛巨無霸大卡車。喬歐在門口指揮每一輛車停在該停的地方，道館裡聽到動靜的人都走了出來。

喬歐在門口指揮他們停車，三部大卡車連同原本的四輛廂型車，立刻將社區的停車場擠得滿滿的。

「你們回來了，我們差點要先吃呢！」提默跑過去幫忙。

「叫他們先吃吧，不用等我們。」狄玄武打開後車廂，將兩大包購物袋塞進提默懷裡。「勒芮絲，妳先帶小鬼進去吃飯。」

梅姬把懷中的小雷南交給身旁的歐若蕾，走過來幫忙。

「哇，你們買了好多東西。」

「今天只送了一半而已，明天還有一車呢！」勒芮絲把她女兒還給她。

「艾拉怎麼了？眼睛紅紅的，哭過了嗎？」梅姬抱了抱女兒。

「才沒有！」艾拉不好意思地跑掉。

梅姬對女兒的背影皺皺眉，注意力轉回他們身上。

「勒芮絲，妳抱那一大疊是什麼？」

「這是我們整個社區的帳冊，狄的會計師爲我們整理出來的。」勒芮絲苦惱地看著一本本的資料。「我對數字一竅不通，晚點得找德克教授惡補，總得有人搞懂這些帳冊才行。」

梅姬遲疑一下。「如果妳不介意的話，我可以幫忙看看，我以前在學校數學還不錯。」

「好吧！妳先拿去看，如果眞的不懂，回頭我再請德克或其他懂會計的人幫忙。貨物清單在我這裡，我得去跟他們核對一下。」勒芮絲把帳冊交進梅姬手裡。

「嗯，妳去忙吧！」梅姬點點頭。

狄玄武瞄見提默身後兩個努力把自己縮小、縮小、再縮小的年輕人，濃眉一蹙。

「你們兩個是誰？」

卡洛張了張嘴巴，聲音沒出來。

要死了，眞的是狄先生！

他們在這裡混了半天，狄先生半個影子也沒有，他們本來還以爲自己上當做了苦力，沒想到眞的是他。

「我叫里安多，他是我的鄰居卡洛，我們……住在蓋多區，是過來幫忙的。」里安多清清喉嚨。

那雙冰冷漠然的眸子盯了他們半晌，終於對他們失去興趣，回頭幫其他人理貨，兩個毛頭小子又能呼吸了。

他們對Mr. D的認識，大部分是透過道上的傳言，主要來自他們隔壁剛進龍騰幫的克里斯，再來就是在新聞裡偶爾捕捉到的身影。這是他們第一次如此近距離看到他本人。

他很高，但不是他們想像中的三公尺巨人。他體格精壯，但不是他們以爲的走路地面都會震動。然而，眞實見面之後，這些差距非但沒有降低他們的敬畏，反而強化了。

他們終於明白爲什麼會有如此多關於狄玄武的傳言。

當他走路時，他不是在「走路」，而是像一隻獅王在巡視自己的領地，或一隻掠食者跟蹤某種只有牠們看得見的獵物。他的步伐輕巧，充滿自信，帶著全然致命的優雅。

當他說話時，他從不提高音量，但即使在最遠的角落都能清楚聽見他說的每一個字，語氣間的權威感會讓人自然而然遵從。

道上的人無論喜不喜歡他，一致公認他是附近幾個生存區裡最強的男人，任何人要跟他動手之前最好先立好遺囑。但一個領導者不只是能打而已，還必須有身爲領導者的氣勢，這絕非普通的街頭流氓能企及的。

兩個年輕人終於懂了。

幹，他們不進豹幫或龍騰幫了，他們要進畢維帝幫，狄先生應該會回去帶畢維帝的人吧？

「喬歐，第一輛卡車裡有床，你領他們搬到應該搬的房間。羅德里戈，第二輛車是層板和櫃子，確定他們平均送到每間屋子裡。柯塔，魯尼，第三輛都是冰箱、電視那些電器用品，你們指揮他們每間屋子各放一份。其他人先吃飯，不用等我們。」

他隨口指派，所有人凜然遵從，立刻動了起來。

里安多靠得最近，狄玄武將後車廂的購物袋往他懷中一塞。那一袋裡面裝的都是衛生紙等東西，重量並不重，但里安多抱住的那一瞬間，有一股暗湧的力量朝他衝撞而來，他忍不住退了兩步。

卡洛莫名其妙地盯著他，他眼中露出驚異之色，不知如何解釋。

狄玄武不理他們，繼續將裝了衣物、雜貨的購物袋交給法蘭克兄弟和其他過來幫忙的人。

「你們還杵在那裡，是要等吃飯嗎？」狄玄武瞄他們一眼。

「噢，噢，我們馬上去。」兩人趕快轉身，可是他們不知道要放到哪裡啊！

「你客氣一點，人家是來幫忙的。卡洛和里安多是吧？一起過來吃飯！」勒芮絲正好走過來，綻出讓兩人心頭飛飛的美麗笑容。

「不用了，我們東西放下就要走了，請問這些雜貨要送到哪裡？」里安多笑得傻傻的。

勒芮絲告訴他們地方，兩人立刻動了起來。

提默走回來幫忙調度一堆忙活，經過她身旁時，勒芮絲突然揪住他，鼻子湊近他襯衫嗅了一嗅。

「提默，你剛才抽菸嗎？」

「哪、哪有？」他趕快溜掉。

這些人是狗鼻子嗎？怎麼都這麼靈？

「嘿！」來不及了，他已經跑了，勒芮絲回頭瞪著狄玄武。「你聽到了嗎？提默會抽菸，我們才來這裡不到兩天，他已經學會抽菸了。」

「噢。」狄拿起一袋雜貨走向他們自己的屋子。

「『噢』是什麼意思？」勒芮絲追在他身後。

「『噢』就是他已經十九歲了，法律上是個成年人，他有權決定自己想做什麼。」他繼續往前走。

「但抽菸是一個壞習慣，他才來沒兩天就學會了一個壞習慣。」勒芮絲在後面追他的長腿追得很辛苦。

「就算是壞習慣，也是他自己決定要學的。」

勒芮絲火大了，跟在他身後進入家門，「砰」的一聲把門關起來，狄玄武一看她的表情就知道自己有麻煩了。

「現在又怎麼了？」他嘆了口氣，把那袋雜物隨便一放。

「我知道你不喜歡管別人的閒事，但外面那些人不是『別人』，而是自己人。」她瞪著他。「你是他們的領袖，你說的每句話對他們都有絕對的影響力。醫生和德克教授年紀大了，柯塔和魯尼這些人與現實脫節太久，我們社區裡的人現在都視你爲榜樣。

「你必須讓他們知道何事該做、何事不該做，什麼該提防、什麼不該提防。他們需要一個目標！他們需要知道你隨時在他們身邊，遇到困難時會跟他們一起解決。記得你當初來到醫療營，對我們最大的改變是什麼嗎？你給了我們一個目標，那是支撐我們每天起床走下去的力量，我們相信只要自己夠努力，即使再困難的環境我們也能讓它越變越好。現在的情況也一樣，你必須給他們一個目標，他們才不會在這個花花世界迷失自己！」

她的眼神他太熟悉了，當她露出這種堅定不屈的神情，任何敢跟她爭論的人都只有認輸一途，狄玄武嘆了口氣。

「好吧，我有空會跟大家談談。」

4

晚餐時間，全員到齊。

這是他們第一次所有人坐下來好好吃頓飯。

整個下午營裡的男人都在每間屋子裡組裝送來的家具，這工作雖然不困難，卻十分繁瑣，尤其床組那種大型家具更是分外沈重。狄玄武領著年輕力壯的人處理這些重活，而其他人也沒閒著，由勒芮絲領軍到井邊打水，開始全社區大掃除。

忙活了一個下午，眾人有力出力，終於也搞定了。

晚餐的長桌就是用六張新買的方桌併起來的，桌面鋪上紅白格子桌布，中央擺了一隻表皮金黃、肉汁四溢的烤雞，周圍用一圈青花菜與紅蘿蔔圍著，全浸在流出來的肉汁裡。旁邊當然一定有狄玄武最愛的馬鈴薯燉肉，還有沙拉、雞湯麵、玉米餅佐酪梨醬、鹹派等等，都是瑪塔領著幾個幫手在後面的臨時廚房整治出來的，整間道館飄滿了油呼呼的香氣。

忙完的人到井邊洗手洗臉，陸陸續續回到道館來。攝氏二十四度的空調拂在潮紅的皮膚上，真是說不出的快意。

狄玄武還帶著幾個人在收尾，先到的人先坐下，雙手規規矩矩地搭在膝上，等待他進來，連小孩子都沒敢吵著要吃。

他們看著桌上的餐具碗盤，臀下坐著剛送到的椅子，兩個多月來，這是他們第一次像個文明人好好坐在桌前用餐。

這一路下來，何其艱辛！

對照兩天前的艱辛絕望，眼前的一切猶如夢幻。

樂蒂莎和貝森太大將最後一批熱食端上桌，剛沖完涼的提默幫忙端一盆烘魚進來，最重的那桶熱湯由喬歐提進來，放在一旁讓需要的人自行取用。

勒芮絲坐在主位的左手邊，身旁是艾拉、梅姬，然後是雷南和空著的一個位子給瑪塔。溫格爾醫生坐在長桌尾端，和身旁的德克教授正在熱烈討論人類到底能不能回到過去。

「瑪塔呢？」勒芮絲看了下後門，沒看到這桌美食的最大功臣。

「她說她煮得全身都是汗，要先沖洗一下，把我們都趕進來了。」提默露齒一笑，在她對面的位子坐下。

喬歐照慣例坐到桌子的另一端，盡量不要出現在梅姬的視線範圍內，不過梅姬依然沈浸在伊果給的帳冊裡，幾乎沒注意任何人。

她整個下午都抱著這疊資料在看，一面很認眞地拿了筆做筆記，人家跟她說話，她都哼哼哦哦的，回答得心不在焉。

「……明天還有一車東西會送過來，我和醫生不在，到時候就麻煩你們了。」狄玄武高大威猛的身影走了進來，柯塔和羅德里戈跟在他後面。

整間香味四溢的道館安靜無比，狄玄武抬起頭，迎上兩排投向他的目光。

每個人都沒動碗筷，只是對他微笑，靜靜等待他入座。他們展現的尊敬讓狄玄武微微一點頭，在首位坐下來。

沖完涼的瑪塔正好推開後門進來。「吃啊！怎麼沒人開動？」

狄玄武等瑪塔在留給她的空位坐下，主動拿起水杯喝了一口。

「開動吧！有話邊吃邊說。」

等他的杯子一放下，所有人才動了起來。年輕一輩的歡呼一聲，迫不及待攻向金黃酥脆的烤雞。

狄玄武讓勒芮絲幫他的空盤子張羅食物，自己看著每個人。

「我說過我們是命運共同體，這句話不是假的。從現在開始，沒有貝托營，沒有醫療營，我們就是一個營，所有人必須互相幫助，無論遇到任何問題，我們都可以一起度過難關。」

「當然！」所有人塞了滿嘴的食物，連連點頭。

「出發之前我已經大略爲你們介紹過了，雅德市是一個由黑道控制的城市。除了拉貝諾、畢維帝和豹幫，還有一些街頭幫派。大部分的市井小民與他們井水不犯河水，但你們將來在外面若遇到有人刁難，回來找我，我會幫你們解決。

「三大黑幫裡，拉貝諾和畢維帝的人跟我還算有點交情，但我不會因此就假定他們一定是友善的，在道上沒有永遠的朋友，也沒有永遠的敵人。中心思想是：一切以社區的福祉爲第一優先。看看你們周圍的人，這些在你們身旁的人，才是你們可以互相倚靠的人，不要輕易相信外人。久了之後你們就會發現，城市和叢林並沒有太大的差別，只除了這裡買東西比較方便，貨物比較齊全，所有在叢林的求生法則在這裡都適用。」

勒芮絲接過瑪塔傳來的火腿，在他的盤子裡夾了三片。

「我只有兩個要求，大家只要遵守這兩點，我們就能相安無事。

「第一，永遠以自己人爲優先。我不管你們回來之後吵得多僵，鬧得多兇，只要我們出去，就是一體的，無論如何絕對不背棄彼此。」

「是！」所有人齊聲應和。

「第二，不准碰毒品。如果被我發現有人吸毒，藏毒，把毒品帶進社區，我會二話不說把他們踢出去，這件事沒有任何轉寰的餘地，我冒盡奇險把你們帶出來，不是爲了讓你們死在毒品手上。」他的話聲轉爲嚴厲，所有人不禁停下吃飯的動作。

「如果你懷疑自己不小心碰到毒品，回來找醫生，他會幫助你。如果你自己去沾毒，你只有一次機會向我自首，我承諾我會跟你一起解決，但沒有第二次。如果你等著我自己發現，相信我，你不會喜歡那個結果的。」

道館內一陣沈默。

片刻後，提默終於非常、非常緩慢地舉起手。

「什麼事？」狄玄武銳眸一瞇。

「呃，請問，什麼是『毒品』？」提默和幾個年輕人面面相覷。

「……」如果他們連毒品是什麼都不知道，他要不要當那個介紹給他們的人？

「『毒品』是迷幻藥物的總稱，」長桌另一端的醫生幫忙接過解釋的棒子。「它們能影響你的大腦，讓你產生飄飄欲仙的舒服幻覺，可是藥效過去之後，憂鬱感會變得更強，於是你會不斷想找回那種快樂的興奮感。這些藥物通常有很強的成癮性，服用的劑量一次比一次更高，到最後吸毒者往往死於藥物過量。

「如果上癮之後你不繼續使用，會開始產生戒斷症狀，包括失禁、失眠、憂鬱、焦慮、全身筋骨痠痛、幻覺等等，十分痛苦，嚴重一點的甚至會器官衰竭而亡。就是因爲戒毒太痛苦了，許多人寧可再回去吸毒。

「毒品的價格也十分昂貴，犯了癮的人爲了弄到錢買毒品，往往不計任何手段。我曾認識一個溫和善良的男人，非常愛他的妻子和女兒，誰知五年後我回到那個村莊，他已經染上毒癮。他的妻子受不了他毒癮發作時的暴力傾向，連夜逃走，只留下女兒，最後他逼他十五歲的女兒賣淫來供他買毒，她若不從，他就對她拳腳相向。爲了那幾個小時的快感，他讓自己變成一隻野獸，到最後連身爲一個人的尊嚴都拋棄了。」醫生嘆息。

所有人聽他描述的那個景象，都不寒而慄。

「我絕對不會去用這種鬼東西！」提默鄭重發誓。

「眞是太可怕了，這是魔鬼的武器吧？」法蘭克喃喃自語。

「好，大致是這樣。」狄玄武說，「這陣子每個人花點時間熟悉一下城裡的環境，再慢慢爲將來打算。」

「我們這麼多人，開銷一定不少，不能只靠狄一個。」今年四十七歲的麥瑟是個技術高超的修車師父，天生八字眉，看來總有點愁眉苦臉的樣子。

「錢的問題不用擔心，我賺的錢還能撐上一段時間。社區的巡邏守望必須維持下去，我會支付留在社區工作的人薪水——」

「不，絕對不行，你已經爲我們做太多了。」魯尼直覺就反對。

「我們吃你的，住你的，用你的，哪裡有再從你手中拿錢的道理？」柯塔也覺得不妥，其他人紛紛點頭。

狄玄武暫時不欲在此事與他們多爭論。「好吧，這件事以後再談，現階段所有支出都由我先負擔，空下來的那間屋子充當儲藏室，以後罐頭、食材、乾糧那些物品都放在儲藏室供大家取用，我們需要有一個食品庫和工具間的管理人。」

「這個交給我安排。」勒芮絲點點頭。

「我們有四部廂型車可以充當社區小巴，進城的人盡量把時間排在一起，同進同出，一來互相有個照應，二來省油錢。」

「交通方面由我負責。」魯尼主動舉手。他以前是校車司機，做這些事眞是再熟練不過。「我會排一張每周進城的車次表，需要的人過來登記。」

「車子的定期保養交給我就成了。」麥瑟綻出一個愁眉苦臉的笑容，兩位老兄弟互相一擊掌。

「好，社區需要二十四小時的輪班守望。喬歐，從現在開始你就是社區安全主管，所有巡邏、排班的事都交給你，有事再找我討論。」

「沒問題。」

「我不知道我們社區一個月會花多少錢，先試營運再說，就這樣吧。」

梅姬突然怯怯地舉起手，他看向這素來沈默害羞的女人。「梅姬，妳有什麼事？」

「我把社區每個月的基本開銷算出來了。」梅姬放下餐具，把腳邊她看了一整個下午的筆記本搬上來。「伊果先生提供的資料非常詳細，裡面有水電每個月的基本度數和費用，以及電視、電話那些服務具。醫生甚至親自幫她和洛伊上過解剖課，她不只能在手術檯旁支援，甚至能執行一些簡單的外科手術。

她敢說，全世界不會有任何護士能得到像她這樣專一、專業的臨床教學。

但是！但是，他們已經回到文明世界，而在文明世界裡，專業的醫療人員需要執照！

她的腦子開始昏眩，即使在叢林情勢最艱難的時候，她都不曾如此驚慌過。

她這輩子都在當護士，她只知道如何當護士，甚且認定這一生的工作就是當個護士，她從未想過如果不做這一行，她還能做什麼。

她整個人的自我都被推翻了。她的叔叔是個醫生，有正式的醫生執照，但她什麼都沒有。

她該怎麼辦？再回去護校重讀？她已經二十八歲，還要回去唸五年書，重學所有她早就學會的事，只爲了那張證書？

在她重讀的這五年，社區要怎麼辦？醫事學校的課業十分繁重，她能同時應付學業和社區的運作嗎？但若不這麼做，還有什麼方法？

「我的天……」她的呼吸越來越快，即將換氣過度。

「勒芮絲，」狄玄武握住她的手，她的掌心一片濕涼。「全球人口統計早就瓦解，利亞生存區也只有本地人的資料。我相信他們一定有從外地流浪而來的專業人士，我們明天再去問清楚，或許有什麼資格考可以讓外來者取得證照。寶貝，妳是全世界最棒的護士，沒有人能否認這一點。」

對，冷靜，冷靜，先到相關單位打聽清楚再說。勒芮絲稍微鎮定下來。

她都撐過了十幾年的叢林生活，絕對不能反被文明打倒！

❦

雅德市政廳位於全城的中心點，與城內最豪華的五星級飯店「拉斐爾皇宮」隔著一條馬路對望。全城最精華的地段都集中在這一區，機關行號的總部也都設在這裡。

市政廳是一棟十六層的超高大樓，在末日之世，敢將建築物蓋到這個高度需要非常大的勇氣。各大生存圈雖然不乏高樓大廈，但大多有志一同地控制在十二層以下，因為再高一點就會進入異禽及變異飛獸的領域。

無論是被狄玄武稱為「始祖鳥」的三眼異鷹，或異隼、異禿鷹，牠們體型可比一架輕航機，銳爪如刀，攻擊性強，長了滿口倒勾的利齒。這些變異飛禽並不喜歡城市喧囂，一般來說很少飛到城市的上方，即使如此，難免有個萬一，不會有人希望自己只是到陽台抽個菸，就被叼走了。

雅德市政廳之所以敢如此囂張，主要是市議會給了龐大的預算，將十二層樓以上的外牆貼上一種特殊的玻璃。這種玻璃能主動發出一種波長，對人眼無害，但看在異禽眼中猶如一顆灼烈的太陽，所有異禽都會主動避開。

從人眼來看，狄玄武覺得市政廳長得滿好笑的，鑲滿玻璃的塔狀屋頂讓整棟樓像一支插在曠野中的鉛筆。他難以理解花幾億去蓋一支「巨型鉛筆」的意義在哪裡，或許他的審美觀和平常人不同吧！

市長辦公室及警治署總部都在市政廳的高樓層，地面四層則是民政局、市政局、戶政局、都發局等對外服務的單位。

溫格爾醫生踏入市政廳，看了一眼人來人往的大廳，不禁嘆了口氣。

「我都忘了踏進公家機關是什麼感覺了。」

「待會兒我們遇到的官僚會讓你很快澆熄對它的思念。」

「難說，說不定我對他們的思念可以克服一切。」醫生輕鬆地說。

狄玄武的神情看似隨意，其實四周的一切盡落他眼底，這份警戒已成為他根深蒂固的本能。

門外一個警衛，門口服務檯兩個，樓上兩人一組正在巡邏。有幾個人在都發局門口爭執，其中一個服務檯警衛正過去處理。大門旁的布告欄貼滿各處室公告，警治署通緝專刊，和更多的協尋啓事——大部分都是孩童，其中兩張是他昨天在賣場看過的那兩個孩子。

伊果來了，狄玄武不必回頭就聽見他的腳步聲。

伊果慣穿的硬底皮鞋踩在地上，發出「啪噠啪噠」的聲響，尤其他心情不好時踩得更響——例如現在——搭配他暴躁獾的嘀咕聲，雖然對其他人來說，這只是眾多環境音的其中一個，但聽在狄玄武耳裡卻猶如伊果隨身帶著一個大聲公，宣告自己的到來。

「現在才早上九點，我不可能在這個時候就已經惹毛你了。」狄玄武懶洋洋地轉身。

「你給我安分一點，你不會想在這種時候招惹我。」從伊果喉嚨發出來的低吼只能稱之為「一隻尖牙銳齒的小型動物被激怒時的嘶鳴」。

伊果從口袋抽出眼鏡，忿忿架上。「你絞盡腦汁為他們找出各種節稅的方法，每年替他們省一大筆錢，你以為他們起碼會有點感激，但，不！他們永遠想知道『為什麼稅務局收我這麼多稅？為什麼送給員工的禮物不能抵稅？我覺得這個規定不合理！』不合理？呿！稅法又不是我定的，你自己去找巡迴稅務官申訴啊！」

嗯，看來會計師先生今天一早就有個不愉快的開始。

「伊果．魯茲，我的會計師。尚貝堤．溫格爾，醫生。」狄玄武替兩人介紹。

「你知道他是個混蛋嗎？」伊果瞇起雙眼，和笑瞇瞇的醫生握手。

「喔，不不不，狄是個好孩子。我知道他個性固執，有時不太容易相處，但他骨子裡其實具有熱心善良的靈魂。」醫生趕快替旁邊的男人解釋。

「好孩子？熱心善良？靈魂？」伊果發出的聲音既像嗆到又像爆笑的前奏。「我們說的是同一個人嗎？」

如果他是「好孩子」，那「孩子」一定是全世界最致命的物種。

「喂，你們……」旁邊的男人抗議。

「我認識狄好幾年了，他和我的姪女正在交往中，在我心裡，他就像我的另一個孩子一樣。」醫生連忙說。

「那就難怪了，做父母的難免都有偏見。」伊果嘆息。

「我說你們兩個……」

「不，不，狄的心裡眞的充滿俠義心腸，你知道他一個人就保護了我們整群老弱婦孺嗎？他完全不必這麼做，但他就是放不下我們，這樣的男人難道還不算善良？伊果，我相信你對狄一定有什麼誤解。」醫生繼續熱切地爲他辯護。

「誤解？他回來第一天就在我的門外留下一輛撞爛的車子，兩個嚇壞的小毛頭，和一桶被毀壞的消防設施。」

「你們……」

「哎，這件事我聽勒芮絲說了，他是爲了保護艾拉才不得不如此，眞是萬分抱歉！如果破壞公物需要賠償，我們十分樂意負責。」醫生連忙道。

「不必。警察一聽說是『狄先生』搞的，直接警車一開就走了，你說這樣的人是好人？」伊果嗤之以鼻。

「你們有完沒完？我本人就在這裡，請不要假裝我不存在地討論我！」旁邊的男人終於怒吼。

「我說，怎麼市政廳一大早就這麼熱鬧？原來是有人回來了。」身後多了一把涼涼的嗓音。

聽這聲音是……狄玄武翻個白眼轉身。

拉貝諾紆尊降貴地站在後面盯著他們，兩隻大猩猩保鏢如影隨形地跟在他身旁。

他一身手工訂製的西裝，象牙手杖，上等牛皮製成的黑皮鞋，滿頭華髮平添古老的紳士氣息，歲月在他臉龐雕下的紋路完全符合他這年齡應有的成熟睿智。

拉貝諾有一種來自於上世紀男人應有的古雅，他就像是一張五〇年代的海報掉在眼前，泛黃的相片讓人聯想到世族、品味、成就，而不是一個權勢熏天的黑道教父。

只有某人知道他爲了拗幾塊錢的免費啤酒，可以變得多無賴。

「你一大早跑來市政廳做什麼？」狄玄武防衛性地看著他。

「接受市長的邀請和他喝早茶，還能有什麼？」拉貝諾的象牙手杖往他一比。「從昨天開始就有人

他領著兩個人走向戶政局。

事實證明，替醫生拿到投資移民的資格並不難，一切多虧伊果無懈可擊的書面資料——銀行存款，投資證明，投資事業帶來的工作機會等等，當然，一部分也因爲他們兩人背後杵了一尊門神。

那辦事員抬頭一看到狄玄武，人就呆了，然後他們就被請進局長辦公室了。

雅德市某方面極像他世界裡的哥倫比亞或墨西哥，是一個人治高於法治的世界。在這裡，沒關係就有關係，有關係就沒關係，而三年來縱橫雅德市，從拉貝諾、畢維帝到豹幫都不敢不買帳的Mr. D，絕對是一個非常有關係的人。

其實，狄玄武大可打通電話請市長幫忙，但非到必要他不想欠人情。欠了這缸鯊魚人情，以後麻煩只會更多，他一個人不怕麻煩，但他現在不是一個人了。

有了充分的文件和一位沒人敢挑剔的「保證人」，醫生的身分證很容易便申請成功，連他「唯一血親兼繼承人」的勒芮絲也一起辦好。

「爲何我沒辦過什麼身分證？」狄玄武忽然想到。

「現在世界大亂，人人四處遷徙，只要活得下來，沒有人管你要做什麼，辦身分證只是讓你享受到雅德市的保險、優惠稅率、福利金、勞工保障那些。」你都一個「大尾鱸鰻」，還要那張身分證做什麼？伊果只差沒明說。

「如果狄先生需要，我們可以連您的身分證一起辦。您是對本城市有傑出貢獻的『專業人士』，辦技術移民應該不是問題。」戶政局長熱心地提議。

「我不急，但另外有二十二個人跟我一起離開叢林，我希望他們都能取得正式身分。」

叢林，所以傳言都是眞的？局長心頭喀咚一跳。

「二十二個人不少，我想我們能先以難民的資格申請庇護，一年後他們如果有穩定的工作，證實對社會有貢獻，就可以申請正式的身分了。」

「一年太長了。」他簡潔地說。

「我可以向市長請示以『特案』的方式盡快處理，六個月內應該就能拿到。」局長馬上說。

「就這樣辦吧，謝謝你。」他站了起來。

伊果拿了一堆申請表格，三人一起離開。

他們先回到伊果的辦公室，整理出其他人的申請表需要哪些文件——事實證明，他們只需要照片和簽名。這個簡單，狄玄武打算買台相機回去，自己搞定。

醫生忍不住一直盯著伊果桌上的電話。狄玄武明白他在想什麼，覺得還是先跟他說清楚，免得他期望過大。

「醫生，長途電話能打通的機率很低。」

「我明白，可是……」

「試試看又不會死。」伊果粗魯地把電話往前一推。

「謝謝你。」醫生感激地拿起話筒。

撥了第一通，片刻後掛斷電話再重撥一次，過了一會兒醫生嘆口氣，試了第二組號碼。

第二組同樣重撥一次，醫生聽了片刻，終於放下話筒，微弱地對兩人笑一笑。

「我試了以前工作的醫院和我哥哥的家，兩邊的電話都不通，連訊號音都沒有。」

「沒消息就是好消息。他們可能還在那裡，只是你聯絡不上。」伊果用他坦率的方式安慰。

「謝謝你。」醫生微笑。「狄，魯茲先生明明是一位非常善良的紳士，你爲什麼說他是暴躁版的我？」

「他是全世界唯一一個說我脾氣壞的人！」伊果又發出類似獾的噴氣聲。

狄玄武翻個白眼。

「走吧，醫生，我們得在他的暴躁病毒感染你之前離開，這個世界一個伊果．魯茲就夠了。」

醫生盯著話筒遲疑片刻。「抱歉，請讓我再試一次。」他拿起話筒，按下另一組電話號碼。

狄玄武坐了回去。

過了幾秒，醫生眼睛一亮。「通了，這次有通話音。」醫生連忙按下免持聽筒鍵。

嘟——嘟——嘟——嘟——

眞的是通話音！伊果和狄玄武驚奇地互望一眼。

片刻後，電話那端接了起來，「無國界醫生組織，蓋洛生存區分部，您好。」

「我的天！你們眞的還在。」醫生興奮地直搓雙手。「抱歉，我是尙貝堤．溫格爾，請問戴普森醫生還在那裡嗎？」

「請問，您找戴普森醫生有什麼事？」對方是一把十分客氣的女聲。

「是這樣的，戴普森醫生是我在法國『冶金醫院』的老同事，十六年前他奉派到南美洲接掌你們的分部，而我則留在巴西比亞。回聲爆炸之後我被困在叢林裡，這十幾年來和所有人失去聯繫，你們是我第一個聯絡上的分部。請問戴普森醫生還在嗎？」

「溫格爾醫生，非常高興聽見您的消息，請稍後片刻。」那把溫暖的女聲轉成待機音樂。

「眞不敢相信蓋洛生存區的分部還在，我已經對找到舊同事不抱任何期望了。」醫生鏡片後的眼眸閃閃發亮。

狄玄武也很驚訝，蓋洛生存區已經是南美洲最南端的生存區，距離他們有數千公里之遙，連他都只聞其名，沒有去過，沒想到電話竟然打得通。

回聲爆炸之後，電信系統變成一件極碰運氣的事，最遠能撥到哪裡無人知道。有的區域網路雖然互相橋接，但中間要經過許多荒蕪大地，隨時有可能被變種獸破壞。如果線路眞的斷了，要修復也不是那麼容易的事，很多地方政府乾脆直接放棄，或者等個三、五年，有敢死隊自告奮勇才能派修。

「你們在蓋洛生存區有駐點？」他問。

「無國界醫生組織最南端的分部就在那裡，我來南美洲之後，一直以東邊和北邊爲主，連我也沒有去過那麼南邊，但我有幾位醫生朋友被派駐在那附近。」醫生笑著說。

電話另一端重新接了起來。

「您好，請問是溫格爾醫生嗎？」

「我是，請問你是？」那一端並不是戴普森的聲音。

「溫格爾醫生，我是約瑟夫．皮爾斯，您還記得我嗎？」另一端熱切地自我介紹。

「皮爾斯？」

「是的，我當年還是住院醫師時，曾在您的手下受訓過兩年。」

「皮爾斯醫生！」溫格爾恍然大悟。「我當然記得，你就是把保險套變成臨時束帶的皮爾斯，你的臨場反應救了那個大量出血的孩子。」

「我眞不知該爲自己因保險套而被記住感到尷尬或驕傲才好，」皮爾斯渾厚的笑聲傳了過來。「我的祕書說，您這幾年都被困在叢林區？」

「是的，我們費盡九牛二虎之力才逃出來，幸好有一位十分稱職的同伴帶領我們。」醫生對狄玄武一笑。「請問戴普森還在你們那裡嗎？」

皮爾斯輕嘆一聲，「醫生，很抱歉，但戴普森七年前到格蘭多生存區去，就和我們斷了音訊。」

「什麼？」溫格爾瞬間從天堂跌進谷底。

「這些年來東岸一直在內戰，戴普森決定帶一個醫療團過去，我們都勸他等時局安定一點再說，但戴普森堅持無國界醫生的使命就是往最危險、最需要他們的地方跑。他去的前半年和我們還有聯繫，有一次電話通訊斷了之後，我們就再也沒聽到整個團隊的消息。」皮爾斯黯然道。「偶爾有一些從戰區逃出來的人被我們遇上，他們也沒聽說過無國界組織醫生的事，恐怕戴普森醫師生死未卜。」

醫生進入叢林之前東邊還未陷入全面的內戰，他不知道情勢已變得如此險峻。

狄玄武只能按住他的肩頭寬慰。

「我有一個問題，溫格爾醫生的姪女是個十分優秀的護士，但我們出來之後失去所有的身分證明，醫學界可有任何補發證照的管道？」狄玄武問電話裡的人。

「根據『生存區醫護人員資格辦法』，每個生存區的醫事署都會提供外來者檢定考。一旦考過之後，只要補上二十個小時的地區醫事法和相關課程，就能拿到新的執照。」皮爾斯似乎為自己多少能幫上忙而鬆了口氣。

「我明白了，謝謝你。」他對伊果點一下頭，伊果認命地提筆記下另一條待辦事項。

「我非常遺憾，溫格爾醫生。」皮爾斯說。

「我也是。」醫生心情低落地開口。

「您現在住在哪裡？」

「我在雅德市，利亞生存區。」

「那裡偏北方是嗎？我對那一帶不太熟。」

「是的。」醫生說。

其實以地理位置而言，利亞生存區更接近南美洲中部，但以人口分布來說，它是除了叢林之外最北端的生存區。

「救世軍一直和我們有合作關係，他們的觸角較為深入中北部。如果您有任何需要，可以去找他們，跟他們說是我推薦您過去的。」遲疑一下，皮爾斯加一句：「我是現任的蓋洛分存區分部主任。」

「謝謝你。」

電話掛斷，醫生終嘆一聲，搖了搖頭。

「沒消息就是好消息。」伊果再說一次。

「我明白。」醫生微笑看著他。「伊果，我十分肯定你是個好人，狄一定是說錯你了。」

狄玄武翻個白眼，伊果繼續噴氣。

「咦，今天又有客人？」

他們的車子接近社區大門，醫生遠遠就看到四輛車停在圍牆外。

三名虎背熊腰的大漢站在外面守候，其中一人穿著無袖背心和皮褲，兩隻手臂紋滿刺青。另一人穿著普通的襯衫和牛仔褲，肩後老實不客氣揹了一把來福槍。第三人最奇特，黑色的西裝外套搭配淡藍襯衫，頭上一頂黑色紳士帽，看起來就像個紳士雅痞，唯有那頭過長的頭髮稍微出戲。

即使隔了一段距離，這三條大漢看起來都不像善類。

狄玄武認得其中一輛車子。

因爲那輛車子是他的。

他們的車終於駛近，那三個男人手按在腰間的槍上，待車子近到可以看出車內的人，三人的臉色全部一變，歡天喜地往他們靠過來。

狄玄武按下車窗。「提亞哥，你穿那是什麼鬼東西？」

「老大，我這樣帥吧？」雅痞長髮男耍帥地拉了拉西裝。

「他最近想把一個在夜店遇到的妹，那個妹說她喜歡斯文帥氣的男人，這傢伙就開始打扮成這副醜樣子了。」揹長槍的男人——菲利巴擠了過來。

狄玄武搖頭嘆息。「提亞哥，你知道一個常泡夜店的妹如果告訴你她喜歡『斯文帥氣的男人』，代表什麼嗎？」

「什麼？」

「『滾開！』」

菲利巴和第三個男人羅伯捧腹大笑。

「我早就告訴過他了，他偏不信！」

「老大，你看看你有沒有辦法放點道理進他那顆蠢腦袋。」菲利巴吐口菸草汁。

「我已經不是你們的老大。」

「噢，抱歉，叫慣了，一時改不了口。」

「只有你們幾個來？」他挑眉問。

的負擔，但也是他心甘情願的負擔，他一定對妳有很深的責任感。不用擔心，親愛的，你們現在有更多時間慢慢培養感情。」

狄玄武大步走進來。

芙蘿莎坐在一張小圓桌前，對面是勒芮絲。嘉斯像一堵磚牆立在老闆身後，表情也像巴不得自己變成磚牆。

一身淺藍色的絲質套裝，合身而不曝露，但任何布料包裹著她高聳的酥胸，都不可能不引人遐思。腰間的深藍色腰帶讓她的蜂腰不盈一握，更襯托出圓挺性感的臀線。

有一種女人，再普通的衣物穿在她們身上都成了性感裝扮，芙蘿莎就是箇中翹楚。

屋子裡雖然拉了延長線給電風扇使用，依然十分悶熱。芙蘿莎雪白的肌膚沒有一絲汗漬，「冰肌玉骨自清涼無汗」這句話完全爲了她而生。

看見狄玄武，嘉斯眼中立刻寫滿如釋重負的驚喜，衝過來捶他肩膀一拳。

「狄！」

狄玄武對他點點頭，吉爾摩二話不說把嘉斯推開，一個熊抱，狄玄武的雙腳瞬間離地。

「好了，放開我。」兩秒鐘過去，他額角的青筋在跳。

啊啊，這是狄先生爆炸的前兆，兩個男人趕快退開，笑得嘴巴咧到耳後。

「狄先生，你回來了，我等你好久。」吉爾摩憨憨的。

狄玄武輕拍他一下，注意力轉移到他們身後的女魔頭。

「妳要什麼？」他簡單地問。

「呵，狄，好久不見。」全利亞生存區最危險的女人對他微笑。

芙蘿莎的笑容只留在表面，心裡其實咬牙切齒。他先是不告而別，八個月後再出現，依然是這副器宇軒昂的陽剛氣魄，讓她的心頭翻江倒海，他卻毫不放在心上。

我要什麼？我要什麼你就給得起？她心中越恨，笑顏越發豔媚。

「我聽說你回來了，卻一直沒來討回你的車子，我怕你在城裡走動不方便，讓提亞哥親自幫你開過來。你別擔心，我知道你很愛這輛車子，五油三水定期幫你檢查，都是找最好的技師上門，幫你照顧得很好。」她嬌滴滴地說。

「謝謝。鑰匙。」他手掌一攤，完全不拖泥帶水。

她還記得這雙手碰觸她皮膚帶來的粗糙感覺。

奔波了半天讓他身上帶著一股汗味。他的汗味從不難聞，是一種讓人感覺安全的男人味。他瘦了，皮膚曬得更黑，但體型的消瘦只讓他的五官看起來更稜角分明，益發英俊致命。

如果以前的他是一隻優雅的豹子，現在他的就是一匹清瘦的狼，從曠野和殺戮中挺了過來，芙蘿莎光看著他英武昂藏的模樣便心跳加速。

「你的。」她淺淺一笑，從乳溝掏出他的車鑰匙。

別接啊，老大，這接過來晚上鐵定有事！嘉斯只能看天花板，完全不敢看對面的「正牌女友」，連吉爾摩都不敢呼吸太用力，年輕的提默眼睛已經不敢放在芙蘿莎身上。

勒芮絲的神色平靜無波。

「謝謝。還有事嗎？」狄玄武接過來，往口袋一塞，渾不在意鑰匙依然沾著女人的乳香。

「有。」芙蘿莎從腳邊提起一袋書，往桌上一放。「我在屋子裡好幾個角落找到你的書，你看到哪裡丟到哪裡，幸好女傭幫你收起來。我想你可能還想繼續看，就幫你帶來了，如果漏掉哪一本，有空你自己回來找吧！」

「謝謝。」他把書接過來，塞給提默。

「好吧，看來我該走了。」主人的意思很明顯。

芙蘿莎懶洋洋地起身，走到狄玄武面前。

很面前。

非常面前。

乳尖和他胸膛只隔寸許的面前。

她的體香直撲進他鼻端，他的汗味直撲她鼻端。她幾乎想一把撕開他的衣襟，在那精壯的胸膛留下一個兇惡的齒印。如果不是確定這男人眞會把她的牙齒蹦斷，她早就做下去了。

「有興趣要回你的舊工作嗎？」

「嘉斯十分能勝任。」他不爲所動。

塗著鮮紅蔻丹的食指抵住他的胸膛，緩緩滑下去，看似愛撫，只有他知道她這一扎有多用力。

「我猜，以後我們只能以接案的方式合作了，我會聯絡你的。」

她轉身帶領兩名手下，刮起一陣女王的香風離去，屋裡一時安靜異常。

快說點什麼啊，你這個笨蛋！門口的喬歐內心在喊。

「提默，把書放回我的屋子裡。勒芮絲，我幫妳問過了，根據『醫護人員資格辦法』，妳只要通過檢定考，再補上二十個小時的學分班就能拿到護士資格。我已經讓伊果去收集今年檢定考的時間和參考書，妳準備好隨時可以考。」

要你說這個？喬歐快昏倒了。

「好的，謝謝。」勒芮絲十分冷靜。

「我們離開期間有沒有什麼事？」

「沒有。」

「好，我去把水井的人工幫浦換成電動的，有事到那裡找我。喬歐，你楞在這裡做什麼？還不出去確定他們出門了！」

喬歐翻個白眼。如果今晚睡地板，是你自己活該，怪不得別人！

他的回歸顯然在幾天內傳遍雅德市，芙蘿莎離開的隔天，狄玄武迎來意料之外的第二批訪客。

「札克。」他看著站在鐵門外的男人。

札克是豹幫前任幫主席奧的金流管理人，席奧死後、圖剛尚未接管的這段空窗期，豹幫事務一直由他代理。札克並不喜歡這份工作，任何人都看得出來。這世界上有些人適合當領導者，有些人適合當輔佐者，札克就是後者。

但無論他扮演何種角色，身爲殺死他前任幫主的狄玄武，絕對不會是他往來的對象。

「狄先生，我今天是以私人名義前來，與豹幫的事完全無關。我想你應該認識這位先生。」札克向自己身後的白髮紳士一比。

白髮紳士將頭上的帽子拿下來，狄玄武伸手和對方一握。

「馬修斯先生。」

馬修斯是全雅德市……不，全利亞生存區最有錢的人，甚至可能是附近三個生存區最富有的人，連財雄勢厚的拉貝諾都比不上。馬修斯家族擁有多筆精華房地產，在兩次的閃焰爆炸中都受害不多，因此財富絲毫未受減損，幾十年來反而節節升値。

重點是，狄玄武想不出札克和馬修斯會有什麼原因來找他。

「我能爲兩位做什麼？」

「馬修斯先生是我一家的恩人，如果沒有他，我父母早就死了，世界上大概也不會有我札克這個人。他遇到一些問題，我聽完之後，認爲全雅德市唯一能幫得上忙的只有你，所以我帶他來。請問我們可以進去嗎？」

札克的神情完全摯誠。如果這是一個陷阱，那他一定是全世界最厲害的演員，而狄玄武知道他沒有那麼厲害。

狄玄武思索片刻，點點頭。「請進。」

他高大的身軀微微一讓，兩位訪客踏入社區大門。

5

他們的房門只響起一次輕敲。

「狄？」提默壓低的嗓音從門外傳來。

狄玄武立刻警醒地張開眼睛，完全不像前一秒鐘依然在熟睡狀態。

「什麼事？」

「抱歉吵醒你，有件事我和喬歐覺得你應該過來看看。」

他立刻翻開被單，裸身起床，冰涼的冷空氣吹拂在他精壯的身體上。

水電公司的效率極高，申請後隔天就復電了。在來電之前，他們所有人都打地舖，睡在唯一有冷氣的道館，如今電來了，空調和所有電器用品陸續送達，熱熱鬧鬧安裝了兩天，所有人今晚終於正式搬進自己的新家。

勒芮絲背對著他，但他知道她醒了。

「我馬上回來。」他撿起床邊的長褲套上，嗓音帶著剛醒來的微啞。

「嗯。」她沒有動。

他把襯衫套上，盯著她的背影。

「有什麼問題嗎？」

「沒有。」

「我不會去太久的。」他頓了一頓，終於說。

「嗯。」從頭到尾沒回過頭。

他站在床邊看了她的背一會兒，終於踩動大貓的輕巧步伐，離開臥室。

❦

喬歐趴在圍牆上方，鼻子上架著一副望遠鏡，對準南邊通往城裡的方向。入了夜，社區裡只有幾盞路燈亮著，從外面看則被高牆擋住，唯剩一片漆黑，但瞭望哨的人能將內部看得一清二楚，也能兼顧牆外。

雅德市東北邊方圓二十公里的荒地都是他的，其中一半落在貧脊不毛的鹹土荒原。他們的社區蓋在中間點，離城裡約莫十公里，開車十分鐘之內即能進入蓋多區。

從蓋多到他們社區中間只有一片平坦的荒地，視野上毫無阻礙，白天站在瞭望哨就能毫無困難地看見雅德市的外圍；到了夜裡，配合夜視望遠鏡的幫助，極少有人能在他們的土地上活動而不被發現。

喬歐聽見他們爬上鐵梯的聲音，立刻把望遠鏡放下。

「那些人距離太遠了，看不出來他們在幹嘛，但他們三更半夜跑到這種荒郊野外，肯定不會有好事。」

「他們停在那裡多久了？」狄玄武不需望遠鏡就能看見遠方有幾道車燈，在四下無光的夜裡亮如煙火。

「十分鐘前我先看見車燈從城裡開出來，然後他們就停在那個地方，到現在動都不動，不曉得在幹嘛。」喬歐回答。

狄玄武接過他遞來的望遠鏡，拉到最高倍數。他訂購的望遠鏡是最高規格的軍用等級，然而車子停的地方較爲靠近市郊，約在他們和雅德市之間的三分之一處，這個距離即使是軍用望遠鏡都無法看得太清晰。他在鏡頭下只能看見車燈的光影，以及在黃光中移動的幾個黑點。

那些黑影的動作十分規律，一上一下，一上一下……

「他們在挖洞。」

挖洞？半夜跑出來挖洞，難道是埋屍體？前任幫派成員喬歐只能想到這個可能性。

提默偏頭看著他。

除了前方幾百公尺的車燈，車廂內沒有一絲光影。即使近在咫尺，提默都看不清身旁他的臉，但他頭一次感受到從狄玄武身上散發出如此深刻的情感。

「我的師父沒有放棄我！」他重複一次。「他把他的一身絕學傾囊相授，沒有藏私，然後在我年紀很小的時候開始帶著我走遍世界——我們經歷過各種戰區動亂，災難現場，殺戮和被殺戮。他知道即使壓抑我的本性也只是一時的，所以他選擇讓我看見，像我這樣的人若是放縱自己，會造成多大的災難。他也試著讓我看見，無論多大的災難，永遠有勇敢的人願意挺身而出。

「我的人生正站在一條線上，我可以選擇要走向線的哪一邊。他讓我知道，人類不能改變自己的本性，但透過後天的嚴格訓練和自我要求，明白紀律與責任感，我們可以決定自己要變成一個什麼樣的人。」

狄玄武話中多了一絲隱約的笑意。「我師父大概是所有人眼中最不適合當老師的人，他放浪不羈，自己就常搞些偷雞摸狗的把戲，我師姑她們八成認爲他教壞我的機率比教好我更高，但他是第一個讓我明白什麼是『愛』與『關懷』的人，讓我學會師徒之情、手足之愛、同門之義；讓我學會愛那些愛我的人，關懷那些關懷我的人；讓我明白什麼叫罪惡感，讓我感受到別人被我傷害的痛苦，讓我學會什麼叫歉疚。」

狄玄武轉頭看著他，一雙深眸在黑夜中灼灼生輝。「提默，我的師父教會我如何當一個『人』。如果不是他，現在的我會站在線的另一邊。」

提默心頭一緊，不知怎地有種驚心動魄的感覺。

「這就是一個師父之於徒弟的意義，這份牽絆遠遠超越了血緣關係，是一種近乎盲目的愛與信任。『師父』是由兩個字組成的，『老師』和『父親』。師父就是徒弟終身學習和仿效的對象，我師父說的一句話，可以讓我毫不猶豫地執行，即使那句話是叫我殺了我自己。」

提默難以理解那是一種什麼樣的牽絆，他自己的父親在他年紀很小就死了。這一生裡，他也有許多他願意爲他們而死的人，例如勒芮絲、艾拉、梅姬和醫生，但那種情感和狄描述的不同。

這一刻提默突然發現他好羡慕狄，他但願自己也有一個指引著自己、永遠不放棄自己的人。

「我打算從現在開始訓練社區裡的人，不分男女。我們的人數比在叢林裡少，所以更要讓每個人都強壯起來。」狄玄武說。「我可以教你學武，你會變得很強，或許成爲你同伴裡最強的，但我想知道，你要一個『教練』或是一個『師父』？」

提默的心臟猶如被巨錘重重敲了一下。

狄這句話是什麼意思，難道……？

「你、你是說……你願意收我爲徒？」他連聲音都在發顫。

「你有這份資質，但你能把我視爲你的『師』與『父』，信任我超過一切，永遠不違背我，即使我叫你殺了自己嗎？」

「是的，是的。是的！」一句比一句更重。

「你這笨蛋會不會答應得太快了一點？」

「因爲那個人是你！」提默激動地說。「狄，你是我在這個世界上最欽佩的人！你可以爲了你想保護的人毫不猶豫地走進地獄，卻從不傷害任何不該傷害的人。如果有人問我將來想變成一個什麼樣的男人，我只想變成你！」

「放輕鬆一點。」他的語音帶點笑意。

「我不會讓你失望的！我知道我現在起頭太慢了，但我一定會努力去學。不只學武，也學你教我的紀律和責任感，我一定會變成一個最優秀的徒弟，我發誓！」

「嗯，好吧。」相對於提默的激動，他平淡得彷彿來自不同的世界。某方面，他確實來自不同的世界。

就這樣？

這樣就定案了？

提默不敢相信自己的運氣。他不需要做任何事來證明自己？例如切一隻手指頭之類的？稍早和狄一起出來之時，他絕未料想到今晚會成為顛覆他人生的一夜。

狄玄武語音淡淡，彷彿沒感受到身旁那男孩的激動。「我們的師門沒什麼大規矩，所以我就把我師父當年對我說的話同樣對你說一次：『一個真正的強者不是打遍天下無敵手，而是明白如何將他的強用在需要的地方。』你心裡必須有一把自己的尺，有所為，有所不為。任何時候，當你心中出現一絲疑慮，先問自己：『這件事我做下去，會不會讓師父為我感到驕傲？』永遠做會讓你師父感到驕傲的事，榮耀他的存在。」

「我會的！我發誓……」提默努力嚥下喉間的硬塊。

「原本收你為徒是應該先向我師父報備的，但我師父不在這裡，只好一切從權。將來你若是想收徒弟，必須先取得我的同意，才能將本門功夫傳授給他們。」他們師門可不是什麼阿貓阿狗都收。

「知道！總之就是一切要尊重師父的意思。」他大聲應道。「那以後我要改叫你『師父』嗎？」

「隨你便，我們師門不拘小節，你要叫『師父』或叫『狄』都可以。」

「那我要叫你『師父』。」他想要一個師父！

「好吧。」這件事就這樣搞定！狄玄武打開車門，行雲流水地滑出去。「我們去找那幾個小丑談談。」

兩個男人挖得滿頭大汗，其中一個終於忿忿把鏟子往地上一插，怒視車內的同伴。

「席尼，你要不要下來幫忙？」

席尼把椅座調高，悠哉游哉地吐了個煙圈。「休想，我三更半夜被你們拖到這種鬼地方就已經夠倒楣了，還想我下去一起做工？門都沒有。誰知道這裡會不會冒出什麼怪物？先說好，莫瑞，迪亞戈，你們兩個要是被變異獸叼走，我可不會去救你們。」

也沒人指望他會。

「如果我們兩個被叼走，你以為你一個人回去能活嗎？」剛才吆喝他的莫瑞氣到笑出來。

「喂，我們快點幹完快點離開。」迪亞戈沒興趣陪他們鬥嘴。「莫瑞，我看這個洞夠深了，東西埋一埋我們走吧！」

現在是十月初，南美洲的春天，理論上夜裡不會那麼燠熱，但這片荒地終年烈日曝曬，又乾又硬，挖個洞比在尋常土地還費工夫。迪亞戈挖得滿身大汗，好不容易快要做完，實在沒興趣聽他們兩人吵個不停。

莫瑞咕噥兩聲，和迪亞戈一起從其中一輛車子的後車廂，搬出兩個沈重的箱子。兩人將箱子推進剛挖好的洞，拿起鏟子準備將土填回去。

「嗨。」

突如其來的招呼讓三個人都凝結。

莫瑞和迪亞戈火速轉身，席尼立刻將車子裡的音樂關掉。

四下的濃黑如死神的披風，最遠的視野只在車燈範圍之內，他們沒有聽見任何人接近的聲音。

忽地，一雙腿出現在燈與夜交接的邊緣。

那雙腿繼續往他們邁進，然後一段腰，一片胸膛，一截脖子——

那個人終於完整地出現在他們眼前。

走出黑暗的男人有一張東方臉孔，看起來三十出頭，短袖下露出的雙臂肌肉虯結，寬闊的胸膛將T恤繃得緊緊的。他走路的姿態輕鬆無比，英俊的臉龐帶著友善的笑容，彷彿這只是一趟尋常的飯後散步。他身後跟著另一個少年，深髮褐膚，看起來比較像本地人。

深夜時分，一個異國男人突然出現在曠野裡，三個人都以為自己看錯了。

「他是誰？」莫瑞對迪亞戈咬耳朵。

莫瑞有一頭油膩的長髮，迪亞戈留了顆大光頭，兩人身上都繡滿刺青，一看就不是什麼好角色。正常人在暗夜裡遇到這種人，只會選擇繞路，怎可能主動接近他們？

席尼終於下了車，站在車子旁邊揚了揚手上的槍。

「你們在做什麼？」東方人對他們露出英俊的笑容。

「他媽的，你從哪裡來的？」迪亞戈走上前一步。

「大家好，我叫狄，我就住在附近。」那男人隨便往身後某個方位一指。他背後的少年往前走兩步，露出一張漂亮面孔。少年冷冷盯著他們，兩手往胸前一盤，一副不馴的模樣。

「D？這是什麼鬼名字？」席尼問。

「沒辦法，我的父母很不會取名，只好用字母代替，你們是外地來的吧？」狄玄武友善地問。

「呸，看你那副樣子，你才是外地來的吧！」他們三個可都是正港拉丁美洲人。

「抱歉，我只是看你們在我的土地挖洞，覺得很好奇，所以才跑過來瞧瞧。」

「你的地？這裡可是荒地，誰都可以在這裡挖洞。」迪亞戈瞪他。

「不，這整片地都被我買下來了，客觀來說，你們現在已經擅闖私人土地。」他極具親和力地爲他們解說。

這種廢地也有人買？三人交換一個視線。

「沒差，反正你看見我們了，算你運氣不好。」莫瑞惡狠狠地笑了起來。

席尼的槍馬上對準他們，從車旁走過來。

「嘿、嘿，別這樣，我是抱著和平的意圖而來。」那男人趕快舉高雙手。「你們知道，根據利亞生存區的法律，擅闖他人土地並意圖攻擊者，土地的所有人可以依法捍衛自己的家園；換句話說，你們闖到我的土地，又拿槍對著我，我就算殺死你們也不犯法。」

「不用多說，過來！」席尼拿槍比了比，要他和那少年走到大坑旁邊。

「有話好說。我身上沒帶武器，你們可以看得出我一點危險性都沒有。這麼晚了你們在埋什麼？」

那男人走到坑旁，往裡面一看。「那是……海洛因嗎？」

莫瑞低咒一聲，用鏟子把翻開的箱子再蓋回去。

男人想退後，席尼快速移動到他身側，舉槍對著他的太陽穴。

「這麼大一箱海洛英磚，應該值好幾百萬吧！你們爲什麼要把它埋在我的土地上？」

「不關你的事。」槍雖然在席尼手上，他看起來有點膽怯，好像不知道該不該開槍。「莫瑞？迪亞戈？」

「你們不應該碰這些東西，我前天才跟提默說，毒品是會害死人的。對吧，提默？」男人向身後的少年一比，少年點點頭。

莫瑞和迪亞戈交換一個視線。幹吧！

莫瑞從席尼手中接過槍，對住男人的前額，席尼如釋重負地退到一邊去。

「你說得對，毒品確實會害死你，誰教你不乖乖待在家睡覺，跑出來多管閒事。今晚你命不好，只能怪你自己。」莫瑞猙獰一笑。

「你們……現在是想殺我和提默滅口嗎？」那男人試圖說服他們。「趁現在事情還未鬧大，我建議你們趕快離開。我明天早上打電話報警，只說是我不小心挖到的，絕不會跟警察提到你們。如此一來，大家都可以安全脫身，你們覺得如何？」

「席尼，我們需要挖更大的洞，到後車廂拿另一把鏟子出來。」莫瑞頭也不回地喊。

「噢。」

男人看他一眼，再移到另外兩個人臉上，只能遺憾地嘆了口氣。

「好吧，既然你們堅持如此——」

勒芮絲在三點四十五分聽到狄玄武回來的聲音，終於放下心來。

並不是說他走路多大聲或碰撞到什麼，她看過他在黑夜中移動的樣子，即使踩過滿地的枯枝脆葉，他的行動依然無聲。

她只是「感覺」到他的存在。就像在醫療營裡，每當他踏上營區的邊緣，她的皮膚就會微微麻癢，彷彿他們之間有一條隱形的磁線。

她感覺他走上樓，進去對面的洗手間，「啪」，電燈打開，光線從房門下方透了進來，然後是嘩嘩的水聲。

他大略沖洗一下自己，「啪」，電燈再度關掉，門縫下緣的白光消失，片刻後，房門打開，他無聲走了進來。

除了所有環境音，她沒有聽見一絲從這男人身上發出來的聲音，但她知道他站在床邊，只是盯著她看。

如果目光有溫度，她背心被他盯住的地方已經開始冒煙。

「好吧！到底是怎麼回事？」狄玄武受夠了，嗓音近似獅子咆哮之前的低吼。

他已經給了她三天的時間，如果她心裡有什麼話，不是沒機會跟他說，但她決定繼續陰陽怪氣下去。

前兩天他們幾乎無法獨處，他認了。今天他們終於搬進新家，這是相識至今第一間完全屬於他們的房子，但新家的第一夜冷淡無比。

當然他們有做愛，不過她幾乎是心不在焉——她竟然在他們幾個月以來的第一次做愛心不在焉，多傷人啊！——弄得他也只好草草了事，他受夠了。

「如果妳想說什麼就說吧！」

「我並不想說什麼……那是什麼味道？」她終於翻身坐了起來。「為什麼你身上有東西燒焦的味道？」

她扭開床邊的檯燈，光明逼退了黑暗，她瞪著他襯衫上暗色的痕跡。

「那是……血嗎？狄，那是誰的血？你受傷了？」她驚慌地跳下床往他衝過來。

狄玄武抬起手臂聞了一聞，嫌惡地皺起鼻子。

剛才他已經將露出來的皮膚清洗過，衣服上的焦油味卻洗不掉，他的頭髮也都是味道，他面無表情地走出去。

勒芮絲追上去，只來得及面對一道關起來的浴室門，裡面響起蓮蓬頭打開的聲音。

「狄！」她輕拍浴室的門。「你還好嗎？到底是誰受傷了？」

裡頭沒有回應，唯有嘩嘩的水聲，她索性打開門走進去。

他壯觀地赤裸著，兩手貼在磁磚牆面，讓水花打在他的背上。古銅色的背部一條條肌肉縱橫，然後往下收束，經過精瘦的鐵腰，再連接一個挺翹結實的男性臀部。

勒芮絲第一眼沒看到任何痕口，心急地走到他左近，不在乎被水花濺濕。

「你有沒有受傷？」她堅持問個清楚。

「我很好。」

這個回答讓她稍微放心一點，隨即心頭一緊。

「你們是不是殺了誰，燒掉他們的屍體？」

「沒有，但妳若要我這麼做，我隨時可以回頭補完。」他的腦袋鑽進熱水底下，讓水花從他頭頂沖下來。

「我們才剛搬來，若能不要在第一個星期就出現屍體是最好的。」她瞪著他佈滿肌肉的裸背。

不行，這一幕太令人分心了。

這男人光靠這副背影就能引無數女人流著口水撲過來——或引某個特定的女人流口水撲過來。

勒芮絲不是滋味地轉頭就走，狄玄武突然輕哼一聲，手按住左邊的肋骨。

「你受傷了？我就叫你轉過來讓我看看！」她急急忙忙走回來。

世界突然天旋地轉，她被一雙強壯的大手攫住，重重壓在磁磚牆面，他英俊的臉龐在咫尺之前對她露齒一笑。蓮蓬頭的水當頭淋下來，雖然他的身體擋去了大部分的水花，她依然淋了一身濕。

「你害我濕了。」一講完她就想咬掉自己的舌頭，這男人當然不會放過這個機會。

「我會讓妳更濕。」

果然，他慵懶一笑，讓她的心跳漏了一拍。他不常笑，很多時候他笑起來往往是他最致命的時刻，但偶爾他會對她露出這種頑皮的笑容，像一個惡作劇成功的男孩知道自己不會被處罰。

這種孩子氣的笑容出現在一個成熟致命的男人臉上，效果是毀滅性的。

水花在他古銅色的皮膚上躍動玩耍，他英俊的臉孔靠近，她降服在對這男人絕望的愛戀裡。

他的吻帶著水花和體溫侵入她口中，讓她品嘗他的味道。

連日來的壓抑顯然磨盡了他的耐性，他的喉間發出類似野獸的粗咆聲，拉開她睡衣的綁帶，讓寬鬆的棉褲滑落在水澤橫流的地面。

熱水讓她的肌膚濕漉滑溜，這對意志堅定的男人完全不是問題。他的大手捧住她光裸的嬌臀，將她托高，寬闊的胸膛碾壓她雪潤豐盈的乳房，將她抵在牆上，讓她的腿夾住他勁實的腰，然後衝進她體內。

她倒抽了口氣，不自覺想退後舒緩他的尺寸帶來的強大壓力，但她的背後就是牆壁，她身前的他毫不退讓，她只能喘息著報復性地咬住他肩頭。

他發出一聲介於呻吟和笑意間的喘息，狂猛地在她體內馳騁。

他們的做愛原始、強烈、快速，沒有任何前戲。水流發揮了潤滑的功用，讓她接受他順利許多。

她的唇被他封住，嬌軀被他抵緊，女性被他入侵，全身內外都成了這男人的領土。

不知何時她的上衣也被褪掉了，赤裸的肌膚泛起一層潤紅的光澤，吹彈可破。

她像一尊布娃娃無助地任他擺弄，他強壯的手臂在半空中將她翻轉過來，讓她像剛才他沖澡時一樣雙手撐著牆面，然後從她身後兇猛地進攻。

她咬著下唇，感覺那極度愉悅到幾乎痛楚的潮浪在她體內沖刷，整個人幾乎失神。

牆面，地板，浴缸裡，浴缸外，浴缸邊緣。

正面，背面，後面。

站著，坐著，側著。

稍早不滿足的「新居誌慶」在這間熱水氤氳的浴室裡終於得到補償。

她幾乎忘了這男人一旦興起時會有多瘋狂，讓一隻猛獸慾求不滿絕對是危險的。

最後一波強烈的高潮襲來，她全身痙攣，然後無助地癱軟在他身上，再也無力承受更多。

抱住她的男人踉蹌地退後一步，兩人軟軟滑倒在磁磚地板，終於連他也宣告投降。

灑在他們身上的水花開始變冷，他終於凝聚起足夠的力氣將水龍頭關掉，撐起滿足而沈重的身體，將她抱回床上需要更多力氣，不過他設法辦到了。

兩人倒在床上，都滿足得不想動彈。

片刻後，她終於找到力氣開口：「起碼我們的新鮮感還沒退。」

噢，該死，妳非得哪壺不開提哪壺！

她身旁的男人陷入極度靜止的狀態，兩分鐘後，他扭開身旁的檯燈坐了起來，完全不為自己壯觀的裸露感到困擾。

「我、沒有、跟她、上床！」

「聽著，我們不必討論這件事……」

「不，我們就要討論這件事！」如果眼神能夠露出利齒咆哮，一定就是他現在的模樣。「我和芙蘿莎從沒發生過肉體關係，我替她工作兩年，在此之前替她的哥哥工作。她有興趣，我沒有！我沒吻過她，沒抱過她，沒愛撫過她，我們之間唯一的接觸只有在一起戰鬥時不得不碰觸，其他時間……」說到這裡他頓了一下，腦中想起某個晚上她突然衝進自己房裡……不過那不算，對吧？他並未主動，他也即時叫停了。

他以非常男人的角度決定，那次不算。

勒芮絲本來還有點罪惡感，聽他語氣一停頓，美麗的雙眸慢慢瞇了起來。

「然後?」她甜甜一笑，跟他一樣盤腿坐起來。不過她比這男人謙遜一點，所以抓起被單圍住自己。

「沒有然後了。」

「沒有然後，那有之前囉?擦槍走火?」

「我跟芙蘿莎絕對沒有走火。」

「那就是有擦槍囉?」

這太離譜了!他像一隻被逼進角落的困獸，最後只能用全天下的男人陷入這種情境下都會用的手法:開始講道理。

「勒芮絲，記得我們三年前分開前曾約定什麼嗎?我們約定對彼此沒有任何牽絆……」

「啊哈。」她翻身躺回去，用被單將自己裹成一圈。

「『啊哈』是什麼意思?」他瞪著她的背影。

「沒什麼意思。」

狄玄武挫敗地耙過濃密的黑髮。「我跟芙蘿莎．畢維帝除了公事以外，沒有任何關係，妳想要我怎麼做?告訴我，不要讓我在這裡猜，妳知道我一輩子猜不到的。」

她在床的另一邊靜了片刻，輕聲開口:「我相信你。」

「眞的?」

「眞的。」她嘆了口氣，終於轉回來。

狄玄武看了她半晌，咕噥兩聲，終於躺回去將她摟進懷裡。

「我愛妳，妳是我唯一想要的女人。」

「我知道。」她埋在他胸前，吸嗅他陽剛的男人氣息，滿足地嘆了口氣。「我也愛你。」

「這表示妳不再生我的氣了嗎?」

「我本來就沒生你的氣。」

「啊哈。」
「『啊哈』是什麼意思？」
「沒什麼意思。」
一個男人知道何時不要挑戰自己的運氣。
睡覺。

❦

勒芮絲抱著兩本厚厚的參考書從家裡走出來，瞪著從她面前過去的少年。
「……提默？」
「啊？有事？」提默轉過身。
「你在做什麼？」
「我在跑步，師父要我每天早上繞社區跑五圈，這是基本的熱身運動。」他們的社區佔地雖廣，五圈跑下來對十九歲的年輕人倒不是太難的事，不過——
「你現在是頭下腳上。」勒芮絲瞪著他。
是的，提默現在是處於倒立的狀態。倒立地跑，就算只跑一圈也很要命。
「所以才只跑五圈，師父說，如果正著跑，就是跑二十公里了。」
「師父？」
「就是狄啊！他正式收我當徒弟了。」提默漂亮到不像話的臉龐發光。「不跟妳聊了，我得繼續熱身。」他邁動雙手用詭異的姿勢跑開。
這是什麼時候發生的事？勒芮絲搖搖頭，往叔叔家走去。
她喜歡在清晨時分走在他們的社區裡。晨陽剛由東方升起，溫度還不至於太熱，然而已能感受到即將來臨的溫度。

她和狄的房子在社區的最裡端，她叔叔的房子在接近大門的前半段。她每天走這條路到她叔叔家，沿路和每個出門的鄰居微笑招呼，一切美好得有如天堂。

「勒芮絲，妳有幾分鐘的時間嗎？」梅姬從她身後匆匆追上來。

「當然，有什麼事？」她剛踏上醫生家的台階，立刻走下來。

梅姬左看右看，最後指了指對面儲藏室的門廊，拉著她到樂蒂莎擺放的圓桌坐下。

「妳們兩個需要什麼嗎？」樂蒂莎是勒芮絲指派的倉儲管理員，正要過來開儲藏室的門。

「不，我們只是坐在這裡說說話。」梅姬含蓄地說。

「好。」樂蒂莎笑著點點頭，自己進去了。

等樂蒂莎的身形消失在門內，梅姬立刻湊近腦袋，兇悍地盯住她。

「妳為什麼不跟我說？」

「說什麼？」勒芮絲莫名其妙。

「說狄以前的女人跑到我們這裡來示威！」梅姬美麗的棕眸微微一瞇。「我知道我最近一直在專心看帳，學習會計的事，那不表示我就沒時間關心妳。我真不敢相信沒人把這麼重要的事跟我說，妳也一句不提。」

「梅姬……」

「那女人好大的膽子敢跑到我們這裡來！聽著，勒芮絲，無論她跟狄過去發生什麼事，一切都結束了，狄現在回到妳身邊，你們兩個才是一起的，妳絕對不能認輸！」

「梅姬，她不是狄以前的女人。」

「什麼？」

「芙蘿莎·畢維帝只是狄的前任老闆，狄說他們兩人除了公事以外沒有任何關係。」

「真的？」梅姬有絲狐疑。

「狄不會在這種事上騙我，我相信他。」她點點頭。

「噢。」梅姬翻翻她最近隨時隨地帶在身旁的筆記本。「虧我已經想出好幾條對付她的辦法，這下子用不上了。」

勒芮絲笑了出來。「狄和我很好，我們什麼事都沒有。」

「親愛的，妳騙得了別人，騙不了我。」梅姬摸摸她變深的黑眼圈。「雖然我現在大部分的時間都泡在一堆數字裡，還是有眼睛可以看，妳只有在心情不好時才會睡不好。最近雖然事務繁多，唯一能讓妳心情不好的只有一件——如果妳相信狄和她只是公事關係，妳的眼圈就不會這麼深。」

「我不是懷疑狄，只是……」勒芮絲咬了咬下唇。「那天芙蘿莎出現時，妳沒見到她。」

「當然，算她運氣好！」這是梅姬最不滿意的事。要是讓她見到那個女人……她也不曉得她見到那女人會怎樣，但她絕對不會讓勒芮絲單獨面對「情敵」就是了。

「梅姬，妳應該看看芙蘿莎的，她好……『他』喔！」

「妳是說，她長得像男人？」梅姬搞迷糊了。

「不，她全身每一顆細胞都散發性感的味道，男人只要看她一眼就會心跳停止。」勒芮絲努力把腦中的亂緒整理成有邏輯的句子。「她世故圓滑，對自己充滿自信，隨時都知道自己要什麼，彷彿天下沒有任何事困擾得了她。我那天眼睛盯著她看，心裡只想：她眞的好『他』！」

「『他』？」

「狄！」她提高嗓音，又趕快壓低下來。「她讓我想到狄，他們兩個是同一種人。狄走進屋子的時候，妳應該看看他們兩個站在一起的樣子，有如一個銅板的兩面，陰與陽對照，男與女翻版，我那時心裡只有一個想法，我像是多出來的那個輪子，他們兩個才是眞正的一對。」

「別說這種傻話！」梅姬立馬反駁。

「不，眞的。」勒芮絲的表情比她兇猛。「我不是在長他人志氣，滅自己威風。我知道芙蘿莎・畢維帝無論表面裝得多麼友善，說的每一句話都在刺激我，我不是傻瓜。可是，撇開那些表面工夫不提，她跟狄有更多共通點！他們同樣的精明厲害，同樣的見慣風浪，同樣習於應付各種危機，狄甚至說他們一起戰鬥過。我從來沒有跟狄一起戰鬥過！每次都是他在戰鬥，我在後面看他戰鬥。」

「狄到哪裡都能找到跟他一起戰鬥的人，但在他出去戰鬥時，只有一個人能讓他放心將背後的一切交給她，明瞭她是他最堅強的後盾，永遠不會背叛他。這個人就是妳，勒芮絲。」旁觀者清的梅姬看得比她透徹。

勒芮絲頓了一下，發現梅姬說的是眞的，而這個發現讓她稍微好過一點。她嘆了口氣，額頭靠在梅姬肩上。「從我們出來到現在，我表面上裝得很冷靜，其實心裡一直都是驚慌的。看看妳，看看提默，你們每個人都找到自己要什麼，只有我現在還在摸索。我連唯一擅長的技能都沒有執照，我得從頭開始惡補，準備四個月後的檢定考。如果我考過了還要再上二十小時的課，如果沒考過呢？」她悶悶地說。「在我最徬徨無助的時候，她像一隻女王蜂走進來，一副母儀天下的樣子，而我只是一隻不起眼的螞蟻，妳知道我那時多想跳起來抓花她的臉嗎？」

她這輩子從未有這麼強的暴力傾向，連她自己都嚇一跳，而起因甚至不是出於情感上的嫉妒，而是她個人對芙蘿莎這個人的嫉妒。

狄稍後的出現只是讓情況更糟，她更意識到他和芙蘿莎的共同點，他和自己的差異。她告訴狄她不是在生他的氣，她說的是眞的。她在對抗的是自己的軟弱和不安全感，而她不喜歡這樣的自己。

「妳不是不起眼的螞蟻。」梅姬嘆了口氣。「妳開始替考試做準備了嗎？」

「伊果人很好，幫我整理好報名簡章和一份書單，我正要去找我叔叔討論讀書計畫。術科的部分我想不是問題，不過學科的部分就得花時間背了。」她悶悶地道。

「勒芮絲，我們都有對自己產生懷疑的時候，相信我，我瞭解，因爲我過去十二年都活在這種心情之下。妳只是因爲最切身的執照問題還未解決而已，等考完試之後，妳就會好過一點了。」

「或許吧！」勒芮絲嘆了口氣，抱著書站起來。「有許多事我無能爲力，但起碼我可以專心考下那個檢定考，讓自己不會變成『某人的負擔』。」

醫生是所有人裡第一個找到工作的。他們的電話線通了之後，第一通打來的就是城裡的一間診所，負責人曾是皮爾斯醫師的同事，他一聽說溫格爾醫生人在雅德市，馬上攬才來了。

事實證明，專業人士走到哪裡都吃香，所以她需要的只是證明自己是專業人士的那張紙。

「勒芮絲，妳永遠不會是任何人的負擔。妳聰明，能幹，善良，有必要的時候甚至狡獪。如果不是妳，我們很多人已經死了。當妳對自己產生懷疑時，永遠記住我說的話，若狄被那個發育過度的女人迷惑而丟下妳，那他就沒有我以爲的那麼聰明。」

「謝謝妳。」勒芮絲鼻頭發酸。

梅姬溫柔地擁抱她，一如過去許多夢魘的夜裡，勒芮絲總是在她身旁擁抱她一般。

「勒芮絲，妳現在有時間嗎？我有些事想找妳談一下。」喬歐站在門廊外，有點不確定地看著她們。

勒芮絲嘆了口氣，退出和梅姬的擁抱。「當然，喬歐，有什麼事？」

「我和狄討論過了，我們都認爲面向城裡的牆頭最好加蓋巡邏步道，狄要我找妳談增建的事。」喬歐依然站在門廊外，梅姬不動聲色地往後退幾步。

「狄爲什麼自己不來跟我說？」他們才住進來不到一個星期，這兩個男人就想加蓋東西了。

「狄今天有事進城，順便讓醫生搭便車出門上班。」喬歐回答。

「什麼？我叔叔已經出門了？」她以爲叔叔星期六休假，看來今天輪到他值班。「好吧，你需要什麼？」

「施工我們可以自己來，我只需要訂所有的板材，加高用的鐵欄桿、鐵刺網……」喬歐開始細數。

「噢不，千萬不要讓他們自己亂訂。」原本在一旁十分安靜的梅姬連忙出聲。「城裡的板材工廠簡直是吸血鬼，價差最多可以差到一倍。我那裡有伊果當初比價的一些資料，他找的承包商還不錯，我先聯絡那個承包商，看看能不能幫我們問到好價錢。」

「勒芮絲，我需要妳，請妳立刻進來！」樂蒂莎氣憤的叫聲突然從屋內傳出。

這就是她的日常，永遠有做不完的事，見不完的人。勒芮絲再嘆口氣。

「梅姬，麻煩妳和承包商聯絡，問好價格再告訴我。喬歐，等我們確定了廠商我會告訴你，你再訂貨。」她轉頭走進去。「樂蒂莎，我來了，有什麼事？」

樂蒂莎從儲藏室最裡側殺出來。「後面的那個房間不知道是誰鎖上了，開始傳出一些奇怪的味道。他們最好保證不是什麼松鼠死在那裡，那種氣味用最貴的柑橘洗潔精都洗不掉！」

「誰會沒事去鎖後面的門？」勒芮絲皺起眉心，掏出萬能鑰匙把鎖打開——

「那是什麼東西！」

憤怒的叫聲震撼了整片社區。

剛跑完第一圈回來的提默發現不妙，一個挺身翻正，趕快衝進屋子裡。

「那是什麼？屍體嗎？爲什麼有三具屍體在我們的倉庫裡？」勒芮絲還在尖叫，旁邊的樂蒂莎已經陷入癡呆狀態。

「那不是屍體，他們還活著。」提默連忙把打開的門重新拉上。

「爲什麼我們的倉庫藏著三個人？你們在做什麼？綁架嗎？勒贖嗎？這是我們社區未來的經濟來源嗎？」勒芮絲整個抓狂。

「咳，沒那回事，倉庫只是臨時牢房而已，他們馬上就會被移走了。」提默把兩個女人往外推。

「移去哪裡？爲什麼他們被五花大綁？爲什麼他們被打成豬頭？他們是從哪裡來的？他們做了什麼？你知道把三個人關在裡面吃喝拉撒睡有多不衛生嗎？」

「哎呀，這是師父的意思，妳不要管啦！」提默被她的連珠炮轟得頭痛。

勒芮絲咬牙切齒，「提默，我發誓，你師父是全世界最會惹我抓狂的男人！喬歐，你知道這件事嗎？」

她怒氣騰騰地殺出去，喬歐早已二話不說，先溜爲妙。

開玩笑，惹龍惹虎，千萬不要惹到一隻虎豹母。

狄，我們是好朋友，但沒好到那個程度，你自己保重！

6

雅德市有一個神祕的傳說：城裡的幫派大老私下有個「圓桌會議」。

有人說這個祕密聚會只有三大幫派的老大才能參加，有人說只要是雅德市的黑道頭目都受到邀請。

沒有人知道聚會的時間、地點、頻率，有人信誓旦旦曾經在自家隔壁一間偽裝成小雜貨店的房子裡，看見不明人士進出地下室，每半年固定一次。

有人說祕密聚會在城裡最豪華的旅館，「拉斐爾皇宮」的總統套房進行。

有人說它其實是某種邪教儀式，黑幫老大們會現場殺一個人活祭，然後輪流飲祭品的鮮血。

有人說它其實是淫亂的雜交派對，他們自己就受邀參加過。

有人說「圓桌會議」根本是不存在的，是有人電影看太多瞎掰出來。

大部分人不知道的是，幫派老大聚會是真的，但不是什麼雜交派對、邪教儀式，也不是在豪華飯店或郊區的地下室。

它沒有熱鬧的音樂、如流水般的醇酒和美食。

它只是一間廢棄的成衣廠，一張方桌，四張椅子，四個人。

這四個人是雅德市的三大幫派首腦和Mr. D。

每個人的隨行保鏢一律包圍外面的停車場，互相牽制。除非特定被傳召的人士，閒雜人等不得入內。

今晚，聚會的三個人坐在一盞搖晃的電燈泡下，望著空空的第四張椅子。自從這張椅子的主人八個月前離開雅德市之後，已空了八次。

顯然，第九次，這張椅子的主人同樣不打算出現。

拉貝諾將目光收了回來，沈穩地望向他的兩個同伴。

「我們開始吧！今晚討論的主題……」

一陣引擎聲從馬路彎進停車場，直直開到成衣廠的大門口停住，鐵門外響起一陣輕微的騷動，不多久，一條人影出現在門口。

靛藍色的夜幕爲背景，剪裁出一副精壯完美的男性剪影。倒三角形胸膛，窄腰勁臀，一雙長腿帶著貓科動物的靈活優雅，迅速呑噬門口到方桌間的距離。

然後他們才注意到他手中牽著一條繩子，粗繩的尾端，三條跌跌撞撞的人影跟著進來，一陣交雜著體臭、排洩物和血腥味的惡臭飄進他們鼻腔。那男人將繩子丟開，三條人影跌跪在燈光的邊緣。

男人終於到達桌邊，拉開椅子，坐下。

燈光下，他一頭削短的黑髮，英俊剛硬的五官，雙眸炯炯生光。

「抱歉，有些事讓家裡的女人不太開心，我得先解決一下，來晚了。」

芙蘿莎望著他惡魔般英俊的臉龐，熟悉的愛恨交加湧上心間。「大英雄，你不說一聲就走，我們都以爲你再也不會回來了呢！」她嬌笑著伸出塗著鮮紅蔻丹的柔荑。

狄玄武和她交握，然後是拉貝諾，最後注意力放在正前方的男人身上。

「我相信這是我們第一次見面，你一定是圖剛。」他禮貌地伸出手。

「而你則是殺了我哥哥的男人。」圖剛和他一握。

「想替他報仇嗎？」他微微一笑。

「這得看你是在什麼樣的情況下殺死他的。」

「如果我記得沒錯，應該是在他用一輛怪獸悍馬撞翻我的車子，把我拖到一間地下室吊起來，殺了我一個手下，想刑求我和我的另一個手下之後被我殺的。」

圖剛嘆息。「席奧老是愛找麻煩，我一直警告他再不小心一點，遲早會吃到苦頭，但你也知道做哥哥的人是什麼樣子，他們從不聽弟妹的話。」

「我會把這個教訓記在心底。」

兩人陷入互相較量的沈默。

如果沒有人指給他看，狄玄武絕對不會猜到眼前的男人是席奧的弟弟。

席奧的體格並不高，卻像一堵方形的石牆，又厚又硬，而圖剛相反。

他看起來四十上下，身高跟狄玄武差不多，整個人卻細瘦得像根竹竿，兩隻交錯在桌面的手只有一層皮，骨節分明，幾乎像一雙骷髏手。

相較於他膚色黝黑的哥哥，他的皮膚白到甚至隱隱發青，在以古銅金爲主的南美人之中十分顯眼。他過瘦的臉孔架著一副金邊眼鏡，看起來斯文有禮，沒有一絲令人感覺威懾之處，或許有些人甚至會認爲他算英俊，但狄玄武看著他只感覺說不出的古怪。

很多人會形容圖剛這樣的男人爲「陰柔」，但狄玄武知道「陰」的男人不往往是「柔」，陰的下一個字可以接「陰險」，也可以接「陰狠」。

「席奧之死令人遺憾，卻是不可避免的結果，我相信在場的人都充分瞭解當時的情況，雅德市不會出現任何不明智的報復行動。」拉貝諾銳利地盯著兩個男人。

「當然。」圖剛的神情完全沒有任何威脅，甚至可以說是友善的。「我很清楚席奧選擇的是一條危險的道路，他爲他的選擇付出代價，這就是結果。我無意攪亂一池春水，只想好好接手他留下來的事業，照顧這一幫兄弟。」

「很好。」拉貝諾看向狄玄武。「你呢？」

「只要沒人想殺我，我都很好說話。」他聳聳肩。

這件事就這樣說定了。

芙蘿莎從頭到尾只是笑盈盈，好像事情跟她一點關係都沒有。

「他已經來六個月，妳把他弄上床了嗎？」狄玄武悠哉地問。

「你一來就關心我的性生活，怎麼？那個欠缺保養的粗糙小農女不能滿足你？」芙蘿莎調侃他。

「放心，你不用吃味。不是我不感興趣，圖剛先生表明得很清楚，我不是他的菜，所以我的床上還是有你的位子。」芙蘿莎拋給他一個媚眼。

拉貝諾翻個白眼。

狄玄武將自己的驚訝掩飾得很好。芙蘿莎的性感冶豔不總是無往不利——起碼對他就無效——但身為一個男人，連他都不得不承認，當她決心要得到一個人時，她會讓拒絕她變成一件極端困難的事。

他有他不碰芙蘿莎的理由，圖剛的理由又是什麼？

「想跟我們解釋一下你帶來的三個朋友是怎麼回事嗎？」拉貝諾沒興趣聽他們的豔史。

狄玄武將思緒收回來，嘴角噙起一個笑意。

「或許我離開的時間太久，城裡來了許多新人我都不認識。那幾個傢伙三更半夜跑到我的土地藏些見不得人的東西，我很友善地請他們離開，他們的回應是掏出槍攻擊我和我的朋友。我希望你們明白，他們三人現在的狀況絕對不是我的錯，我是被動的。」他的語氣如此真誠，首席男星吉里亞德·強納森若是在場，聽了都要起立喝彩。

拉貝諾花白的濃眉立刻蹙起，對門口做個手勢，一名手下拿了一支手電筒進來。

拉貝諾打開手電筒，一一照過那三張面孔。三個被修理到面目全非的人嘴裡塞著臭襪子，雙手被反綁在身後，濃濃的惡臭味正從他們褲襠飄出來。

「不是我的人。」拉貝諾立刻斷定。

「你認識我所有的人，你是他們的老大。」芙蘿莎聳聳肩。

「前任老大。」他糾正。

「你沒審問他們？」拉貝諾銳利地看他一眼。

「我現在可是住在郊區、開廂型車載送老人和小孩的良民。」狄玄武責備地看他一眼。「好吧，我確實小小『問』了一下，沒有太用力，畢竟老人和小孩都在睡覺。他們堅不吐實，因為他們深信無論我對他們做什麼，亂說話的後果只會更慘。」

芙蘿莎噗嗤一聲笑了出來。「他們眞的對你很不瞭解耶！肯定是外地來的。」

三道目光立刻落在圖剛身上。

圖剛苦笑一下，接過拉貝諾的手電筒再照一下那三張面目全非的臉。

「三位都是大老闆，手下眾多，難免有幾個不認識的嘍囉，也是正常的。」狄玄武好心為他備妥下台階。

「他們是我的手下，半年前跟我一起來到雅德市。」圖剛直認不諱。「他們在你的土地埋什麼？」

「純海洛英磚，市價不低於兩百萬。」

「狄討厭毒品。」芙蘿莎告知圖剛。

圖剛推開椅子，走到三個手下面前。那三人抬頭看著他，眼中露出哀求的神色，拚命在布團下噫噫嗚嗚地討饒。

「我可以向你保證，他們三人不是在我的授意下埋海洛英，也沒有權限接觸到兩百萬的海洛英磚。他們私吞豹幫的貨，埋在你的土地上，我們都是受害者。」

三道銀光閃過，三條人影倒在地上，眼睛暴突，被縛住的手絕望地按在裂開的頸間，暗紅色的液體從那個微笑弧度大量往外噴。

血液的腥濃氣息溢揚而出，噫噫嗚嗚的求救聲轉為詭異的喉音，三條生命就這樣結束在他們眼前。

圖剛走回自己的位子坐下，青白的皮膚幾乎和地上的三個人一樣毫無血色。

「下手眞快。」狄玄武輕笑。

「我能請問他們私藏的海洛英現在在哪裡嗎？」圖剛禮貌地問。

狄玄武的眼底猶如南極的冰裂了一道縫，很少人能在這樣的目光下不打寒顫，即使是見慣風浪的拉貝諾，圖剛卻穩住了。

「狄先生，我認為我們有一個崎嶇的開始，你殺了我哥哥，我的人在你土地上藏私貨。但我希望你能明白，我個人對你完全沒有惡意，如果將來有機會，我甚至希望我們可以合作。」

「爲什麼?」

如果有個人殺了狄玄武的兄弟姊妹，他會露出這麼平靜友善的笑容只有一種可能：他已經在腦子裡想像兩百種殺死對方的方法，而他享受實踐這些想像的過程。

「席奧是我唯一的兄弟，我愛他，但他的死是他行爲的後果。我們都是成年人，在商言商，不必夾雜私人情緒。只是那些海洛英並不是你的，既然它是從我這裡偷走的，我認爲你應該歸還給我。」

狄玄武盯了他片刻，聳了聳肩，從牛仔褲口袋掏出一團東西丟在桌上。

那團東西勉強只能算是一塊燒到捲起來的塑膠袋，拉貝諾不解，這是什麼?

「任何人未經允許在我的土地埋東西，依法我有權扣押，交由警方處分。不過很遺憾的，在扣押過程中出了一些意外，爲了表達歉意，我願意將它還給你，這是剩下來的部分。」

他把整批海洛英燒了！

芙蘿莎不由得眨了下眼睛。這男人眞帶種，起碼讓圖剛花幾十萬贖回去也好啊！

圖剛的臉色十分難看。從他們坐下來的那一刻開始，他的面具第一次出現裂縫。

「你不知道你做了什麼。」圖剛冰冷地說。

狄玄武笑了。

勒芮絲喜歡他的笑，她說他不常笑，所以一笑起來有種陽光乍現的感覺。她不知道的是，他在外面也會笑，但他笑起來一點都不讓人感覺燦爛光明。

當他笑的時候，通常是他動了殺機之時。

「你不知道你做了什麼。」他用一模一樣的話回圖剛。

兩人的視線在空中如雷電交錯，爆出嗶剝的隱形火花。

「好了！」拉貝諾用力頓了頓手杖。「狄，你沒有權利燒毀不屬於你的東西；圖剛，出來道上混，你很明白到別人地盤踩線的後果。你們彼此都犯到對方，這件事就這樣互相抵銷，有意見嗎?」

「我這邊沒有。」狄玄武輕鬆地說。

圖剛移開視線，勉強點了點頭。

「我預期你接下來會繼續回到這個會議來？」拉貝諾銳利地盯他一眼。

狄玄武聳了聳肩。「你說得對，身爲高峰會的第四名成員，我的義務並不隨著我的身分轉換而消失。事實上，我今晚來這裡，就是爲了要更確認我們四個人互相瞭解彼此的角色。」

他從牛仔褲口袋抽出一張地圖，在桌面攤開來。

「這是什麼？」芙蘿莎好奇地望一眼。

「妳有妳的地盤，你有你的地盤，你有你的地盤。黑筆圈起來的部分是我的地盤，我們先把話講清楚，以免未來再發生今晚的問題。」他分別看三個人一眼。「對於三大幫，我的立場完全中立。平時我不會去干擾你們做生意，即使我接下任何一方的案子，合作關係也僅限於個案本身；當案子結束，合作關係就停止。我不屬於任何人，跟你們任何一方也沒有長久的利害關係。」

他的食指釘在地圖圈起來的那一塊。「同樣的道理適用在我們的地盤畫分上面，從今天開始，我的土地是完全中立的安全地帶。我不在乎你們在你們的地盤做什麼，但安全區的人你們不准碰，安全區的東西你們不准動。如果有人犯到你們，你們過來找我，不准私自處決我的人，否則我會報復。

「在我的地盤做任何事都要先取得我的同意，即使是挖一瓢土。我的人不會去你們的地盤找麻煩，你們的人也不准到我的地盤撒野。如果有人觸犯這條規矩，我會視爲對我直接的挑釁。」

他看了拉貝諾和芙蘿莎一眼。「在場三個人裡面，雖然有兩位和我關係比較密切，但這不給你們例外。至於圖剛，你說得對，我們需要一個全新的開始，我願意捐棄成見，這就是我提議的新開始，如何？」

「如果我們要抓的人躲到你那裡呢？」圖剛的眼神在他青白的臉龐顯得有絲陰森。

「我對收容逃犯沒興趣，不過在你大張旗鼓闖入我的土地搜尋之前，我建議你先打個招呼。畢竟從望遠鏡看見一群拿著槍的人四處亂竄，我們可能會因爲過度恐懼而開槍，法律完全站在我們這一邊。」

芙蘿莎輕笑一聲，「我沒意見啊！有人闖進我的後院，我也會做同樣的事。」

圖剛不悅地看她一眼。

「好吧，『狄先生』極有禮貌地告知我們他的立場，我想這是一個合理的要求。你還有任何事要宣布嗎，狄先生？」拉貝諾濃烈的諷刺幾乎擠得出水來。

「沒有，臭老頭。」他站起身，一條條肌肉在燈光下伸長收束。

「你要去哪裡？」拉貝諾瞪他一眼。

「我才剛回來，家裡事情還很多，若沒有其他的事，今天就提早散會如何？對了，我的大門隨時爲各種工作機會而開。」他笑得白牙亮閃閃。

來到大門旁，他突然停住，整個人形成一道藍黑色的剪影。

「如果不是海洛英，他們應該埋什麼？」

「什麼？」圖剛的眉心蹙了起來。

「我說他們在我的土地上藏東西，『藏』有很廣泛的定義，但你直接問我他們在埋什麼，表示你知道他們會去埋東西，這不是第一次。如果他們不該埋海洛英，他們通常埋什麼？」

「我不知道你在說什麼。」圖剛的語氣和他青白的臉色同樣冰冷。

在藍黑色的夜幕裡，他們看不見狄玄武的神情，也因此他過度平靜的嗓音顯得更加森涼。

「我遲早會知道的。」

他輕巧的步伐消失在門外。

❦

十一月，南半球的春夏交界，也是利亞生存區雨量開始變多之時。

由於兩次重大天災，這個世界的節氣月分相較於狄玄武的世界稍微偏移，但能夠形成人類生存區的地域，該有的陽光、空氣、水都不會少。

中午下完一場雨之後，溫度舒服很多，狄玄武拿了一本書坐他家門廊的台階上，悠悠哉哉地讀了起來，艾拉拿了一本圖畫書過來湊熱鬧，不多時就靠著他體側，直接打盹了。

「咦，你今天沒出去？」勒芮絲經過時停下腳步。

「我本來就是無業遊民。」他把女朋友拉過來親一口。

勒芮絲走到他的另一邊坐下。

過去一個月看他忙進忙出的，不知道在忙什麼，待在城裡的時間都比在家多。她一問起來，他只說接了個客戶的案子，沒有多說細節，她也就不再追問，沒想到今天他竟然閒了下來。

「妳本來要去哪裡？」他鬆鬆地攬著她的肩。

「你不是要把整圈圍牆步道都做起來嗎？我下午約了承包商過來估價，梅姬和喬歐都會到。」

她一講到梅姬和喬歐，狄玄武就明白了。這兩人依然對跟彼此相處感到彆扭，所以勒芮絲總會盡量確保兩人必須碰頭時，有其他人在場。

「你要不要一起過來聽聽看？」她突然想到，這也是他的事。

「不，我很忙。」他露齒一笑，舉了一下手中的書。

「你是在等『地下正義』的重播時間吧？」勒芮絲斜睨他一眼。

「我從不看肥皂劇！」他一副深受侮辱的模樣。

那是因爲昨天晚上已經看過首播了吧？她輕笑。

狄玄武親吻一下她的髮心，兩人都爲這難得的清閒嘆了口氣。

「上次來我們社區的那位白髮紳士是誰？」她好奇地問。

「哪一個？」

「就是那個眉毛很濃，一臉嚴肅，長得像小學校長的男人，有個斯文的帥哥陪他一起來的那個。」

她小時候最怕的就是他們校長，一副吃藤條當早餐的樣子，那位年長的紳士讓她聯想到他。

「馬修斯先生？」狄玄武笑出來。「妳知道市政府到『拉斐爾皇宮』那整片廣場吧？那一大片土地都曾是馬修斯家族的，直到現在，雅德市還有半數的精華區土地掌握在他們家族手中，據說他在另外兩個城市和其他生存區的房地產也不少，我懷疑世界上有比他更富有的人。」

「這位大富翁爲何要找你？」勒芮絲不解。

「妳知不知道有錢人最怕什麼？」

「失去財富？」

「怕死。」狄玄武告訴她，「越有錢的人越怕死。幾個月前馬修斯的孫子被綁架，事件結束之後，他需要人重新幫他規畫一個完善的保全系統，考核他的保鏢群是否適任，找出所有漏洞以防止同樣的事再發生一次。城裡像他這樣富到流油的人可不少，他們覺得前任黑幫老大的安全首腦是個很合適的顧問，正好我需要賺點外快，兩邊就一拍即合了。」

梅姬的帳目上這個月確實又多了十幾萬，所以他眞的在「賺外快」無誤。眞難想像這男人賺外快是這個數字，那「賺大錢」又是什麼樣子。

他們來雅德市已經一個多月，所有人從一開始的懵懵懂懂，到現在對城內的政治多少有些瞭解，他們也終於知道狄玄武在整個利亞生存區的名頭有多響亮。

以他的能力，有更多的大案子在等著他，起碼目前爲止就有好幾組人馬親自到他們社區找人，有些上門的人甚至看得出是從外地來的——光是這些人敢「親自上門」，就顯示他們的尊重。這片荒地除了固定送貨的司機，以及卡洛、里安多那兩個時不時冒出來的小子，多數市民依然畏之如虎。

然而，狄大部分都回絕了，她明白他是爲了他們。

第一個月，社區的人依然在適應期，即使遇到的問題並不總是需要他，但有他在，每個人心裡就安定一點。他們進到城裡，別人聽說他們是「安全區」出來的，大都不敢佔他們便宜，心裡懼的是誰的虎威不言而喻。

「他們不是來找前任黑幫老大的安全首腦，他們是來找『狄先生』。」她好笑道。

他勾住她，又拖過來吻住。

「嗯——」一個受不了的小孩在旁邊配音效。

「嘖！」電燈泡。

「艾拉，妳爲什麼沒去上學？」勒芮絲探頭看她。

艾拉馬上假裝很忙的樣子鑽進童話書裡。

「艾拉，妳需要交一些跟妳同年齡的朋友。」勒芮絲嘆息。「妳不喜歡學校的小朋友跟妳一起玩嗎？」

「……不會……一起玩……」她咕噥。

「什麼？」

「他們才不會想跟我一起玩。」艾拉撇撇嘴。

「爲什麼？」勒芮絲詫異。

「他們說我是叢林出來的野人，一定吃過生的蛇肉，穿過豬皮做的衣服，全身都很臭，所以他們不要跟我玩。」

勒芮絲沈默片刻。這是小孩子世界的政治，不是大人能夠用自己的權威擺平的。每個人或多或少都排擠過同學，即使大人介入也無法解決問題，必須小朋友自己找出相處之道。

「妳不能一遇到不順心的事就躲回來，還是得想辦法融入人群，難道妳永遠都不想交新朋友了嗎？」勒芮絲再度嘆息。

「不想。」艾拉堅定地偎緊狄玄武。「德克先生教得比學校的老師好，我懂得比那些同學多，幹嘛要跟他們一起上課？他們笨死了，都是一群笨蛋。」

狄玄武拿著他的書悠哉繼續看，一點都不在意的樣子，勒芮絲心裡不禁有氣，偷偷戳他腰眼。

「幹嘛？」

你倒是說話啊！她的雙眸放銅鈴。

「那些臭小鬼眞討厭，艾拉，妳不想上學就算了，讓德克在家教妳。」他拍拍小女孩的頭。

「狄！」誰讓你說這個？

「幹嘛？」

「你不能一直縱容她！」他能寵艾拉到幾歲？

狄玄武嘆了口氣，把書合上。「我明白妳想說什麼，但我不認爲有必要強迫她一個月內就立刻融入世界，連我們大人都需要時間，更何況一個九歲的小孩？孩童是全世界最殘酷的生物，當他們嗅到另一個同類身上的弱點，只會毫不猶豫地用這些弱點攻擊她，人類是經過社會化才懂得用文明僞裝自己的動物。如果艾拉需要時間，就給她時間，在家裡自學一、兩個學期又如何？」

他的邏輯讓勒芮絲無法反駁。

算了。她還有好多事要做，做完還得回去背她的書，她自己的考試只剩下兩個月了。勒芮絲放棄和他們爭辯，嘆口氣站起來。

「勒芮絲！」

梅姬突然從大門的方向跑過來，一瞄到狄玄武雙眼立刻瞇緊。

我又做了什麼？狄玄武下意識找尋逃生路徑。果然女人一掌握經濟大權，氣勢就不一樣了。

「梅姬，有什麼事？」

狄玄武身旁的無線電話及時響了起來，「喂？」

「師父，芙蘿莎．畢維帝在門口，她說有公事要找你，要不要讓他們進來？」提默非常謹慎的聲音從另一端傳來。

狄玄武把話筒放低。「芙蘿莎有公事找我，如果妳希望我永遠不再和他們合作，給我一句話，她的人永遠不會再出現。」

梅姬馬上在旁邊倫戳勒芮絲。剛才她在大門附近聽見提默盤問訪客，立刻跑進來當援兵。開玩笑，上次這個狐媚子出現時，她只顧著記帳，放勒芮絲一人單打獨鬥，這次她可不會犯同樣的錯。勒芮絲等於是她的妹妹，除了艾拉以外對她最重要的人，她無論如何都不能讓那隻狐狸精毀掉她妹妹的幸福。

勒芮絲迎視他半晌，最終搖搖頭。

「不，我不介意你和他們合作，你自己決定就好。走吧，梅姬，承包商應該快來了。」

「勒芮絲——」梅姬跺腳。

勒芮絲率先往外走。

讓她擔心的從來不是狄，他永遠不會背叛她。如果有一天狄不再愛她了，他會明明白白告訴她，然後才開始下一段戀情，而不是偷偷出軌，等著她自己發現。他就是這樣的一個男人。有時候，這種光明磊落到令人找不到理由恨他的人也是挺讓人生氣的，她突然很能理解芙蘿莎的心情。

一輛張揚的敞篷車從她們身旁經過，開車的是之前勒芮絲見過的嘉斯塔渥。

「嗨，甜心。」芙蘿莎坐在副駕駛座風情萬種地對她揮手。

梅姬抽了口氣。「妳看到她穿的衣服了嗎？半個胸部都露出來了，眞是不知羞恥！妳確定妳不回去盯著他們談話？」

勒芮絲笑著搖搖頭，繼續往前走。

「我要去把艾拉叫過來。」梅姬突然往回走。

「大熱天的，我們要和承包商談圍牆的事，妳叫她過來做什麼？」她停下來。

「我才不要她留在那裡，誰知道呼吸跟那狐狸精一樣的空氣會不會被傳染，變成同樣的狐媚子怎麼辦？」

「梅姬！」

「等一下，我改變主意了，讓艾拉留在那裡好了，她可以當我們的眼線。有她在，狄才不會跟那個狐狸精亂來。」梅姬走回來。

「梅姬！」

「叫什麼叫，我可是在爲妳的權益把關耶！」梅姬瞪她一眼，眞是恨鐵不成鋼。

狄玄武坐在門廊上不動，艾拉跟剛才一樣，背靠著他逕自看她的童話書。

無論嘉斯和芙蘿莎看見他和一個小女孩「溫馨地」坐在一起是什麼心情，他們都很明智地保留在心底。

❦

芙蘿莎走上台階，毫不嫌髒地坐在勒芮絲剛才坐的位子，身上的白絲洋裝猶如第二層皮膚，包裹住她玲瓏曼妙的曲線，任何人一看就知道絲衫之下不可能穿任何私密衣物。

艾拉從另一邊對她做鬼臉，芙蘿莎瞪了回去。所以她才這麼討厭小鬼，一點禮貌都沒有！

狄玄武的注意力放在面前的嘉斯身上，嘉斯的神情讓他知道有什麼事情不對勁了。

「發生什麼事？」他低沈地問。

嘉斯的牙咬了一咬。「提亞哥死了。」

狄玄武的鐵軀變得十分靜止，拎在他指間的書突然發出「啵啵」兩聲細細的爆裂音，他穩定地將小說放下。

提亞哥只有一個母親，當初就是因爲寡母撫養一個兒子並不容易，提亞哥年紀輕輕就成爲畢維帝的手下。他的壞習慣不少，講話油嘴滑舌，但若要說他有什麼優點，就是他對他的母親極度孝順。

他存的第一桶金用來幫他媽媽買房子。有時候明明剛發完薪水不久，他就開始跟嘉斯那些人蹭飯吃，外出吃飯一定拗其他人請客，每個人都笑他是一毛不拔的鐵公雞，但狄玄武這些相熟的人都知道，他的薪水大部分都交給他母親，他交出去的錢無論如何都不再拿回來。

狄玄武腦中浮現他們最後一次見面的樣子——提亞哥穿著一身騷包的西裝，頭上戴著那頂可笑的帽子，他們最後的對話是他想泡的一個夜店妹。

「你們告訴他母親了嗎？」他的嗓音悶悶頓頓的，聽在他自己耳中像隔著極厚的棉花。

嘉斯艱難地點頭。「我們知道她只有提亞哥一個兒子，所以大家湊了點錢，一起交給她。」

「我已經從優撫恤，短期內她不用擔心經濟問題。」芙蘿莎緩緩說，狄玄武對她微微點頭。

「發生了什麼事？」

嘉斯先看向老闆，看見芙蘿莎同意後才開口：「你知道布爾市的情報頭子克德隆？」

他點點頭。克德隆經營一個情報交換中心，專門販賣各種情報，或幫忙調查各種消息，收費取決於情報取得的難易度。他的主要客群含括了黑道、警方和媒體，從政治情報、軍事情報到名人私密都賣。

黑道和警方對於販賣情報的人都有一種又愛又恨的心理，他們一方面認為這種人是靠出賣別人的祕密為生，比下三濫好不了多少，但他們又需要有人去刺探敵人或罪犯的情報。

可以想見，幹這行的人隨時要面對各方可能的報復，因此克德隆也擁有最強大的私人軍隊。

「芙蘿莎小姐委託他調查一項情報，上星期我們護送芙蘿莎小姐去布爾市，跟他一手交錢一手交貨。在我們離開之後，這個混蛋傢伙反悔，設下陷阱埋伏我們。我們化整為零撤退，而提亞哥那一路……」嘉斯的眼中流露出傷痛和自責。

「妳委託他調查什麼情報？」狄玄武冷冷問她。

芙蘿莎的情緒從來不是反應在她的臉上，而是她的眼底。

就像現在，嘉斯在訴說失去同伴的痛苦，她的唇角依然掛著淺笑，任何人看了都會覺得這婊子真是冷血無情。但狄玄武明白，她的笑容不變，她眼底的寒霜卻越來越重。

「你聽過『牆角槍』嗎？」見他點頭，芙蘿莎聳聳肩。「道上一直有『牆角槍』已經研發出來的消息，但從來沒有人知道是哪一間公司。我和圖剛各出兩千萬，委託克德隆幫我們調查這件事。我們事前付他一千萬，說好當他把牆角槍的設計圖交到我們手中，他可以拿到所有餘款。」

狄玄武知道「牆角槍」倒不是在這個世界，而是在他的世界裡。所謂牆角槍，顧名思義就是槍枝能在牆角轉彎，人不用站出去就能射到轉角那一側的人。

這種槍的設計說穿了並不難，它其實是一個可以轉彎的架子，把槍放在架子的前半段，後半段是持槍者的握把。槍枝準星的部分改成小型錄影鏡頭，螢幕則架在持槍的這一段，於是一個人站在牆角，把前半截的槍架拗過去，就能透過小型液晶螢幕來瞄準和射擊。

在第一次世界大戰期間其實就有轉角槍的雛形了，可是受限於科技問題，直到小型液晶螢幕的出現，才真正將轉角槍的功能完善化。

在這裡，液晶螢幕還只侷限在計算機那一類小型的黑白螢幕，他難以想像這裡的轉角槍是什麼樣子。

「妳和圖剛？」狄玄武挑眉。

「這不是我們第一次合作。」芙蘿莎唇角淡淡一勾。「席奧三年前和畢維帝搞出那件紕漏，讓拉貝諾不再信任豹幫，這兩年來他雖然不再制裁豹幫，但他也不再和他們合作。拉貝諾手上有幾個大客戶，整個西部的軍火頭子就是他了。圖剛知道他直接找拉貝諾談合作是不可能的，他退而求其次，來找我合作。我是拉貝諾的主要供應商之一，圖剛投資了幾間軍火工廠，和我平分股份，我接了拉貝諾的訂單就在這些工廠生產，大家共同獲利。拉貝諾後來知道了，但名義上他的供應商依然是我，只要我出的貨沒有問題，他對我和圖剛的合作關係也就睜一隻眼閉一隻眼。」

很典型的黑道生態，沒有永遠的朋友，也沒有永遠的敵人。

「繼續。」狄玄武做個手勢。

嘉斯接續接下來的故事，「我們和克德隆約好的那晚，順利拿到設計圖，準備撤退，但這傢伙早就準備好黑吃黑。他既想要四千萬，又想獨吞轉角槍的設計圖，我們離開不到十分鐘就被克德隆的私人軍隊追擊。」

嘉斯的眼睛發紅。「狄，我一切都依照應該做的事進行——出發前先安排好一個安全的會合地點。一旦事情出錯，敵方的人數優勢對我們不利，便用最快方式撤離到鬧區，把我們的人打散，兵分幾路各自回到安全地點會合，然後聯絡在當地的人手或友好勢力，在他們的保護下離開險境——以前我們演習過很多次，也實際執行過許多，我完全依照該做的事情做！」

「嘉斯，我相信你。」他平靜地說。

嘉斯咬了咬牙。「那天晚上我們化整爲零，在鬧區兵分四路，我和吉爾摩護著芙蘿莎小姐從地鐵逃走，提亞哥帶著設計圖和兩個兄弟走另外一路，其他人各自散開。結果到了會合地點……三路人都出現了，只有提亞哥那路沒有。我要其他人先帶芙蘿莎小姐離開，我和路易茲留下來祕密查訪，那兩天一直在找提亞哥的下落。

「我們沒找到提亞哥，卻找到那天和他同路的另外兩個人。他們兩人嚇個半死，說那天晚上克德隆的人追得太緊，最後他們和提亞哥分散了，不敢回來。再隔兩天，我接到總部來的電話，芙蘿莎小姐收到一個包裹，裡面……裡面是提亞哥的人頭……克德隆的人把設計圖搶回去了，那混蛋竟然還寄他的人頭回來示威！」

狄玄武面沈如水，沒有太明顯的情緒。

克德隆殺了提亞哥。

「都是我的錯，我應該自己帶設計圖走的……」嘉斯痛苦地說。

「嘉斯，吃這行飯本來就刀頭舔血，任何事都有可能發生。」

「但你在的時候沒有！」嘉斯瞪著他。「當年你離開，我一接手，畢維帝先生的車子就爆炸了，然後你回來，我們順順當當過了幾年。八個月前你一走，我接手，提亞哥又死了！狄，我沒有辦法再過這種生活，我沒有辦法承擔那些兄弟死在我手中的負擔，你回來吧！我們需要你，我需要你！如果你想每天晚上下班回家，我可以支援你下班以後的時間，但我沒有辦法帶領他們。」

艾拉忽然偎緊他的身體。

「嘉斯，我不是你們的保母，你們必須面對自己選擇的路。如果那天晚上的情況和你描述的一樣，即使我在，我們依然會散開，提亞哥依然會死。」狄玄武非但沒有安慰的意思，眼神反而變冷。「你做了所有你能做的事，接下來該做的就是學會如何承擔它的結果，然後走下去。」

嘉斯挫敗地低吼一聲，走開幾步。提默不知何時來到對面的門廊，靜靜站在對面監視他們。

「妳要轉角槍的設計圖做什麼？」他看一眼芙蘿莎。

7

很多勵志故事說，老鷹為了強迫幼鷹學會飛翔，會狠心將牠們推出巢外，想活命就自己開始飛，不然就摔死吧！

事實上，老鷹父母還不至於狠心到這個地步，況且飛翔之於鳥類是一種本能，如同人類寶寶用雙腳站起來走路也是一種本能，時間到了，本能就會被激發。不過牠們確實會在幼鷹學會飛翔之後，開始降低餵食的次數，逼迫幼鷹離巢覓食，學習自立。

不過對狄玄武來說，把幼鷹推出巢外這個版本比較合他的胃口，所以他就這麼做了。

他們出發到布爾市那天，他把車鑰匙往提默身上一丟，說了句「開車」，自己坐進前座就開始閉目養神了。

提默興奮得不得了，他已經跟魯尼上過幾堂課，基本上知道如何開車，不過目前為止他都只是在他們社區附近的荒地繞繞，因為平時除了練功，還得跟喬歐一起巡邏守衛，實在沒有太多出門的時間。

上路的前五分鐘他還很興奮，一進城裡他就開始緊張了。

原來轉彎、超車、繞小巷子、跟別的車子會車是如此驚險，好幾次他都以為自己要撞上去。從頭到尾狄玄武只是在旁邊打他的盹，一聲不吭，提默只好兢兢業業開到底。

好不容易在城裡開上手，他正鬆一口氣，車子又離開市區，進入荒蕪大地，原始粗獷的地形又是另一種挑戰。

從雅德市到布爾市有兩種走法：一種是中午出發，先開到比亞市，在比亞市過一夜，隔天一早再開往布爾市，大約第二天中午可以抵達。這條路要多花一倍的時間，但比較安全，不用擔心中途車子出狀況，被迫停在荒蕪大地。

第二條路是天剛亮時就從雅德市一路開到布爾市，優點是路程短一半，缺點是整段路都開在荒蕪大地上，沒有任何人煙，出了事只好靠自己，只要時間抓得準，在傍晚左右能抵達布爾市。通常只有識途老馬或流動掮客才敢這麼走。

狄玄武理所當然選第二條路。

提默絕對想不到自己第一次開車就要一路開到布爾市去，坐在旁邊的那個不良師父從頭到尾只顧著嗑花生和打瞌睡，完全沒有幫忙的意思。

他們中間經過一次爆胎——也是狄玄武負責在旁邊出嘴，他負責學如何操作千斤頂、如何換車胎。一次陷入沙坑裡——同樣是狄玄武悠哉游哉坐在駕駛座踩油門，他在後面想辦法墊木板、墊石塊，被噴了一臉沙才讓車子開出去。

總算最後有驚無險，他們在太陽下山半個小時後終於駛上布爾市的柏油路，提默已經筋疲力盡，快要累癱了。

「累了？」

「還好……」他努力撐著打架的上下眼皮。

狄玄武就是要他累。

這小子第一次出任務，從前一天就開始興奮得坐立不安，毛毛躁躁。出門工作最忌諱心浮氣躁，狄玄武乾脆磨他一天，終於磨到現在他稍微安靜一點。

「好吧！換手。」

都開到好開的地方了，你才要換手。他身旁的小子腹誹。

師徒兩人下了車，換手開車。

提默本來以為自己一坐到副座就會累得直打瞌睡，但年輕人到底是年輕人，新城市的景象又讓他好奇地盯著窗外的市景直瞧。

布爾市跟雅德市很不一樣。在利亞生存區的三個城市裡，財富分配最平均的是比亞市，它是鄰近幾個生存區的主要軍火工業大城，因此民生富裕，治安良好，生存區巡迴機關的總部都設在這裡，城市街景也最乾淨美觀。

雅德市是貧富不均最嚴重的城市，利亞生存區最有錢的人在雅德市，最大的貧民窟也在雅德市。同樣的現象反應在街景上，整個城市一半是乾淨整齊、漂亮新穎的大樓，中產階級住家，另一半則是骯髒污穢、罪犯横陳的蓋多貧民區。

而布爾市是那個什麼都次一點的中間值：最有錢的人比不上雅德市，平均收入比不上比亞市；重要機關不在這裡，休閒產業也不在這裡。簡而言之，它就是個不上不下的中間地帶。

布爾市唯一的優點是它位於利亞生存區的最南端，通往其他生存區的起站就在布爾市，因此，布爾市運用它的地利，成為流動掮客公司最多的大本營。

在這裡充斥著來自各地的旅客，街道上大部分是生面孔。市區建築多是老舊的集合式公寓，流動掮客公司就設在這些老舊建築的一樓店面。全城超過十層以上的高樓差不多一隻手可以數完，租金貴到只有連鎖企業才租得起。

但從各地而來的流動掮客也替布爾市帶來多樣化的文化風貌，街頭洋溢著一股特殊的異國韻味。你可以在前一間店吃到最正統的威靈頓牛排，下一間店吃到詭異的浣熊羹；這一條街買到精美的手工刺繡，下一條街買到印地安詛咒法器，種種風貌都是其他兩個城市見不到的。

在這裡甚至買得到雅德市街頭最熱門的小吃帕里拉，當然以前並不是沒有賣帕里拉的店家，但最好吃的那一間三年前才開幕，據說已經拓展到第三間分店，狄玄武正好認識那間店的老闆夫婦。

提默看著路邊的店家販售從各生存區而來的土產和紀念品，旅客激烈地和老闆討價還價，一切對他都十分新鮮。

狄玄武將車子轉離大馬路，駛進旁邊複雜的巷弄裡。

巷弄內的景觀又是一變，小路蜿蜒狹窄，建築物十分老舊，街道上方被滿滿的流動掮客招牌遮去天空。在這裡穿梭的路人不若大馬路上的旅客那般光鮮，身上配戴的武器比飾品更多；許多人外表覆滿塵沙，皮靴只看得見一層黃土，一望即知是剛進城不久的掮客們。

在這裡，人與人的對話更粗野，他們的車剛經過兩個人，只是走路時不小心撞一下肩膀而已，就在街上打了起來。

提默著迷地吸收他所見到的每一分景物。

狄玄武在巷子裡繞來繞去，最後又轉了一個彎，進到這裡，路寬已經只容他們一輛車過去，倘若前方需要會車，只能其中一輛倒退嚕了。幸好他們沒遇到這種情況，不過有輛摩托車在後面拚命按喇叭，最後不耐煩地從他們車旁硬擠過去，差點撞翻路邊一個賣蒸餅的小攤子。

狄玄武終於停在某個巷口。這附近人流稀少，旁邊只有一條僅容人通行的小路。三個小混混聚在路邊抽菸，神色不善地盯他們車子一眼。

狄玄武示意他一起下車，從口袋掏出兩張十元紙鈔，走向那群抽菸的混混。

他把其中一張紙鈔遞給他們。「如果我出來之後，這輛車子還在原地，什麼都沒少，你們可以拿到剩下的錢。如果少了任何一樣東西，我打斷你們的腿代替，如何？」

三個小混混互望一眼。

「一百，先給五十。」其中一人討價還價。

「你以爲我是白癡嗎？」

「好吧！五十，先給二十。」

二十元的紙鈔塞進混小子手中，他們師徒轉轉進那條小巷子裡。

明明從外面看起來是人潮稀少的區域，沒想到一轉進巷子裡再拐個彎，竟然人來人往擠得水洩不通。

原來整個城市最精彩的夜生活不是外面那些康莊大道，而是在這些窄窄的巷弄裡。

路邊的商家通火通明，他們頭上的外牆掛滿招牌，把整片夜空完全遮蔽。路邊除了流動掮客的據點，還有許多店亮著桃紅色的燈光，把店內的客人映照成詭異的顏色，奇異的呻吟聲不斷從木板隔間飄出來……

提默臉紅心跳，趕緊直視前方，目不轉睛。

雖然路很小，跟在狄玄武身後走起來一點都不擁擠，提默甚至發現自己連側身都不必。

狄玄武自始至終走在路中央，不避不讓，每一個步伐牽動全身的關節、肌肉，靈活流暢得猶如在跳舞。他的神情輕鬆寫意，但對上他黑眸的人都會不自覺地把目光轉開。因爲那雙眼冷到沒有一絲人類的溫度，一看就知道屬於一個會毫不猶豫將刀子插進你心口的男人，而且他完全不會對你感到抱歉。

狄玄武輻射出的力量遠超過他的形體，猶如鯊魚逕自在海中悠游，周圍的生物會自動讓出空間給牠。

提默看著前面的高大背影，只希望有一天自己也能變成像他師父一樣的男人。

他的眼角餘光突然瞄到一個扒手，趁路邊賣熱食的大嬸轉身和另一個客人交易時，伸手偷抓她錢盒裡的鈔票。

「喂，不可以偷別人的錢！」提默抓住那扒手的手腕，運勁一扯。

喀喇！明明沒覺得自己下太大力氣，那扒手的手腕竟然被他折斷了。

「啊——」

「對不起、對不起，我不是故意的……」提默手足無措地放開他。

狄玄武停下來，好笑地看著這一幕。

那扒手發現自己的手竟然對折成一百八十度，尖叫得更大聲。

「怎麼回事？是誰打我們的人？好膽別走！」街尾突然傳來一陣騷動，幾名兇神惡煞拿著開山刀朝他們衝過來。「他媽的！這裡是老子的地盤，連條子都不敢亂來，你們這兩個不長眼的，是不是想找麻煩？」

「是的，我們想。」狄玄武冷靜地回答。

那群帶刀的人霍然停住。

無論他們從他臉上看見什麼，顯然都告訴他們這不是一個他們惹得起的男人。

帶頭老大二話不說轉頭就走，另外幾個人扶著那骨折的同伴，急急從來的方向退去。

「對不起，我不是故意惹麻煩。」提默小聲說。

「下次折斷別人的手，如果不要向他們道歉就更好了。」他好笑地道。

看他的目光沒有責備自己的意思，提默鬆了口氣。

師徒倆繼續往前走，提默偷偷打量自己的手。奇怪，剛才真的沒有太用力啊！他只是順著平時練功的手勢出勁，怎麼就把人家的手腕折了？

他自然不知道他的內力已經有了根底，隨便一出手當然不是這些泛泛之輩受得起的。

狄玄武終於來到一間掛著布簾的店門口，掀開簾子鑽進去，提默立刻跟上。

一進門他就傻了。

這間店的前身應該是理髮店，兩側各有五張理髮椅，整面牆都是鏡子。店內燈光幽暗，此刻兩排椅子全轉向中間走道，十張椅子上坐滿男客，他們雙腿張開，胯間都伏著一個小姐正在爲他們服務。

「啊……啊……啊……」

「深一點，再來……」

奇異的喘息和呑嚥聲，伴隨著濃烈的氣味，直接攻擊提默的各種感官，他俊美的臉皮轟然炸紅了。

狄玄武無視於周圍的一切，撩開走道尾端的布簾，一間比牢房大不了多少的水泥房間藏在後方。

房間中央擺了一張方桌，四個人正在打牌。每個人嘴角的香菸讓整間屋子氤氳迷濛，桌子上方的電燈被熏得發黃。吊扇將燈泡吹得左右晃動，讓四個人的臉也忽明忽暗。

一個油膩圓胖的中年男人坐在面對門口的位子，一頭鬈髮黏在臉上，身上散發濃濃的汗酸味。

「幹，這什麼爛牌！」他嘴角的菸一抖，抽出一張牌丟在桌上。

「佛萊迪，爛的不是牌，是你的牌技。」狄玄武懶懶開口。

那胖子終於注意到門口站的人。

「哈，狄，眞的是你！我的朋友！」佛萊迪把牌往桌上一扔，戲劇化地站起來。

兩個男人握了握手，互撞一下肩膀。

佛萊迪退開一步端詳他。「有人告訴我你失蹤了，我說：『那混蛋再強，終究還是要買單！』有人告訴我你又出現了，我說：『那混蛋的骨頭硬到連撒旦都把他吐回來！』」

房間裡的男人都大笑起來。

「那小子是誰？」佛萊迪對他身後的少年點個頭。

「我徒弟。」

「『徒弟』是什麼？是『學生』的意思嗎？」

「可以這麼說。」

佛萊迪立馬指著提默，「小子，你運氣好，這男人有很多東西可以教你。」

提默點頭一笑，過分漂亮的臉幾乎讓人看呆了。

「佛萊迪，你有東西要給我。」狄玄武從不浪費太多時間寒暄。

「你們三個出去外面看著。」佛萊迪對其他三咖做個手勢。

三人把紙牌往桌上一丟，魚貫地走出去。

「跟我來。」佛萊迪往更裡側的牆角走過去，提默這才注意到原來裡面還有一扇門，只是顏色跟水泥牆一模一樣，乍看幾乎看不出來。

他們進入另一個房間，佛萊迪立刻把門反鎖。

這間房間和外面的水泥間差不多，只是面積大了數倍不止，正中央也有一張桌子，三面牆壁從地板到天花板堆滿鐵架，其中一面牆擺滿火箭筒、炮彈等大型武器，另一面牆是各式槍枝和火藥子彈，第三面牆則是各種非槍炮類的冷兵器。

提默吹了聲口哨，這裡簡直是一座武器的超級市場，數量足夠掀起一場小型戰爭。

光從外表來看，任何人都想不到這間低俗的口交店內竟然藏了一座小型軍火庫。

「你要的防毒面具。」佛萊迪從其中一個鐵架抓了兩個怪模怪樣的面具往桌上一放。

「你要的金屬探測器。」再抓一個長得有點像吸塵器的東西往桌上一放。

「你要的不曉得什麼東西，今天早上送到的。」最後從角落拖出一個木條箱，往桌上一放。那木條箱子的尺寸和一箱啤酒差不多，以鐵釘釘死，狄玄武抓住木板蓋的兩個長端，隨手一掀就將蓋子掀開，連起釘器都不用，佛萊迪看得搖頭直笑。

提默好奇地湊過來。箱子裡裝滿了某種細長的金屬圓管，直徑約五公分，高度約二十公分，一箱二十個，乍看有點像鐵製的爆竹，只差在它們沒有引線。

狄玄武將其中一個金屬管拿起來檢查一下。

「這是什麼？」佛萊迪好奇地問。

「如果我告訴你，我就得殺了你。」

「哈哈哈，別開玩笑了。」佛萊迪用力捶他一下。

狄玄武只是看著他。

「咳，好吧。」這傢伙不是開玩笑的。

狄玄武從鐵架上拿了兩個空帆布袋，先將防毒面具和金屬探測器裝起來，交給提默，然後將那二十個金屬圓管放進第二個帆布袋，自己甩在肩後。

「還有一樣呢？」他問。

「你不會以為我這裡放得下那鬼東西吧？」佛萊迪掏出一串鑰匙拋給他。「塞丘街C4棚，報我的名字就行了，我跟他們說了你會過去。」

「謝謝。」他露出一絲微笑，轉身走出去。

「嘿！你剛回來，到我這裡連頓飯都不一起吃嗎？你是有多瞧不起我？」佛萊迪怒問。

狄玄武只好停下來。

已經八點多了，他們都還沒吃晚飯，中午只在車上吃了瑪塔準備的三明治，提默應該也餓了。

「佛萊迪的姊姊是這條街最會做煙燻豬肉腸的廚子。」他告訴提默。

「呃，我們要在這裡吃飯？」提默只要想到外面正在做什麼，他就吃不下，更何況是「豬肉腸」……

「小子，你瞧不起我姊姊的豬肉腸？」佛萊迪的眼神危險地一瞇。

在布爾市，批評他們的食物比砍他們兩刀更嚴重。

「不是啦……」提默弱弱的。

「你外面的生意太刺激了，年輕人受不了。」狄玄武看他兩隻耳朵紅到快滴血就知道是怎麼回事。

佛萊迪一楞，不禁哈哈大笑。「我姊姊的館子開在另一條街，不是在這裡。不過，你這小子不會還是處男吧？要不要在我店裡開苞，我免費招待你一次？」

「不用了，我們去吃飯吧！」提默二話不說往外走，不理身後兩個笑得很淫猥的老男人。

師徒倆在旅館房間裡討論對策。

狄玄武將一張平面圖攤開在桌上，這張平面圖甚至不是都發局的藍圖，只是他憑記憶手繪而成，克德隆不可能讓人窺伺他寶窟的全貌。

「克德隆有兩個據點，他的家和辦公室。他很清楚分散人力的風險，所以傭兵團的主力在保護他，他人在哪裡，他們就在哪裡。他下班回家之後，傭兵團的主力佈署都在他的家裡，辦公大樓的保全主要靠科技。」狄玄武開始解說，提默邊聽邊點頭。「這整棟大樓都是他的，總共有十層。一、二樓出租給一間銀行，三樓以上是他的總部。」

「他爲什麼要把自己的總部租給別人？」那不是很危險嗎？

「經濟效益，障眼法。」狄玄武給他兩個原因。「他是一個情報販子，在他的總部裡有各種危險的資訊，包括一些需要驗證的化學配方或武器。把低樓層出租給一般公司行號，除了賺租金，也能顯示他的大樓十分安全，沒有不可告人之處。通常市警局臨檢之時，會盡量避開正當的公司行號，以免擾民，他比較不容易被找麻煩。」

提默恍然點點頭。

「不過這棟樓裡有實驗室、靶場、解剖室、標本室和各種你想不到的怪地方。克德隆的辦公室在頂樓第十樓，最重要的金庫就在他的辦公室裡，我們一定要進入他的辦公室才有辦法接近金庫。」

這個世界的保全觀念跟他的世界十分不同。在他的世界裡，金庫或保險庫通常在地下室，因爲一旦有任何狀況，地下室距離停車場最近，重要的東西能以最快速的方式撤走。

但在這裡，高空有異鷹、噬人禽等等兇猛的掠食者，連一般大樓都不敢蓋超過十二層，在這裡的空中飛行器只有輕航機，最多只能載兩個人，因此高空某方面成爲最安全的領域。比起地面突襲，人們更不擔心被人從高空攻擊。

於是狄玄武對整個案子有了想法。

芙蘿莎說她和圖剛已取得共識，他們可以聚結一百五十名傭兵供他使喚。

他只要了一個人，提默。

芙蘿莎雖然沒有說什麼，但從她的眼神看得出來，她覺得他那天一定沒睡飽，腦子迷糊了。

最後芙蘿莎只是保守地說：「總之我們有一百五十人隨時可供調配。」背後的眞義是：如果你改變主意，不要客氣，我不會笑你的。

「這棟樓的保全如何？」提默問。

「銅牆鐵壁。」他說的銅牆鐵壁，是眞正的銅牆鐵壁。「每天傍晚六點銀行最後一名職員必須離開，然後全棟大樓封鎖。所有窗戶降下兩寸厚的鐵板，出入口降下精鐵閘門完全封死，預設在翌日清晨六點才會開啓。任何人想啓動緊急開門裝置，必須打電話通報克德隆，得到他的授權碼。

「曾經有個警衛半夜心臟病發作，他的同伴立刻打電話叫救護車並要求克德隆授權讓他們解除封禁狀態，克德隆讓那個警衛死在公司裡。」

提默倒抽了口氣。

狄玄武指了指平面圖的崗哨位置。「這棟樓每一層設有固定駐紮的警衛一名，流動巡邏的警衛四名，每四個小時全棟樓巡邏一次。如果任何出入口或窗戶有被破壞的跡象，警報器立刻響起，十分鐘內警衛如果沒有排除狀況，重設警報器，它會進一步由電話線傳送訊號到警察局和克德隆的私人城堡，警方和傭兵團會在五分鐘之內趕到。如果闖入者運氣好，警方先趕到，還有機會進牢裡被克德隆僱的暗樁幹掉；如果運氣不好，傭兵團先到，大概沒有什麼機會看到五分鐘後的電視廣告。」

「師父，你怎麼知道這麼多克德隆的事？」

「我們以前和他談過交易，這不是我第一次進入他的總部。」入侵倒是第一次。「這是你要學的另一件事，永遠觀察你所在的環境，蒐集每一分資訊，因爲你不知道你何時會用上它。」

「這樣的保全措施，我們怎麼可能溜得進去？」提默過分英俊的臉糾了起來。

狄玄武腦子裡起碼有七種進去的方法。

這裡的科技沒有地板重量感應裝置、沒有行動偵側器、沒有體溫追蹤儀、沒有無人機、沒有光纖網路、沒有衛星追蹤、沒有智慧型中控系統、沒有遠端遙控攻擊武器、沒有許許多多在他的世界裡會被視爲難以入侵的尖端科技——而即使在那樣的世界裡，他也永遠找得出方法進入一棟建築物，只要他夠有耐心。

事實上，克德隆做了一件非常聰明的事：直接將整棟建築物以鐵板封鎖。這種土法煉鋼的方法有時往往是最管用的，就跟進攻一座中世紀城堡一樣，對方只要把護城橋收起來，敵人就只能在外面徒呼負負。

只是，克德隆的封鎖有一個極大的問題，而這甚至不能說是克德隆的錯，是這個世界的人都會有的思考邏輯——他們對於哪個方向易守、哪個方向難攻已有預存立場，於是，一個來自不同世界的人用完全不同的邏輯思考，就能立刻看出防守破綻。

「我們從這裡進去。」狄玄武往桌面的平面圖一點。

屋頂。

一架輕航機飛行在烏墨渲染而成的夜空。

興奮萬分的提默從沒想過他這麼多「第一次」都在過去三十六小時內發生了。第一次開車，第一次開車進城，第一次開車橫越荒蕪大地，第一次開車到另一個城市，第一次跟他師父出任務，第一次住旅館，第一次坐飛機……

他從身旁的窗戶望向地面，布爾市已經進入夢鄉，但明亮的街燈形成一條光龍，穿梭在無止無盡的黑暗裡。

雖然他知道他們今晚不是出來玩的，但依然壓抑不住第一次飛行的興奮感。

操控輕航機的狄玄武指了指掛在他座位旁的耳麥。

「坐飛機眞是太有趣了，我們改天一定要帶艾拉出來飛一次！」提默戴上之後興奮地大喊。

那小丫頭八成會樂瘋了。狄玄武的嘴角泛起一絲微笑，或許有一天他應該買一架自己的輕航機……

「這附近是鈷藍角鷹的出沒地點，牠們是夜行性生物，體型跟我們的飛機差不多大，被牠們在半空中撞上可不是好玩的，眼睛放亮一點，注意四周！」他對著麥克風說。

「好。」

今夜星光稀疏，頭頂的蒼穹墨黑一片，與寂暗的人間相對映。他們被夾在兩片墨黑之間，除了布爾市的光龍，什麼都看不見，連遠方的山稜線都消失了，提默不曉得他師父是如何在這一片杳暗虛無中辨別方向。

飛機做了一個大角度的轉彎，他們的目標便映入眼簾。

克德隆大樓。

樓頂的四個角落立了四枝閃著紅光的燈柱，避免夜間的異禽撞上建築物，正好協助他們定位。

整片樓頂有三分之二的地板都是霧面強化玻璃。白天從室內抬頭一看，烈陽散焦成柔和的自然光，想必美極了，但對他們可就不美了。

如果他們在玻璃地面落地，底下正好有守衛通過又抬頭一看，他們顯動的人影立刻就露餡了，唯一的選擇是水泥地面。

水泥地面位於頂樓的東側，有兩個並排的巨型風扇正發出轟轟的運轉聲；從空中看下去，水泥地板的部分幾乎就只看見那兩個巨型風扇。

克德隆的實驗室有許多危險物品，布爾市政府要求他做好防範措施。爲了確保不會有任何毒氣溢漏，整棟大樓必須處在負壓狀態。他們的做法是利用頂樓的巨型風扇把空氣往外抽，製造負壓。狄玄武事前是這麼說的。

每個巨型風扇的直徑都超過兩公尺，與兩條主要通風管結合，再透過各層樓分支連結到大樓的每個房間。當風扇開始抽風，大樓的空氣透過精密的過濾系統從頂樓通風管排出，即使一樓或停車場的出入口大開，內部空氣都不會往外飄到街上。

反之，風扇逆轉就變成送風，頂樓的空氣會從通風管送進大樓的每個角落。

提默聽他解釋這些正負壓的原理時，並不確定他到底要做什麼。

「聽著，如我在停機棚裡教你的，這是方向桿，控制方向……」狄玄武再幫他大略復習一下。「等輪到你的時候，把工具從這裡卡住，方向桿就會固定在一個方向，明白嗎？」

「明白。」今晚的另一個第一次：他要開飛機了！

「記住，那兩個巨型風扇非常強勁，人一定要落在它們的後方。如果落在前方，你會被強風吹落樓頂；如果落在上方，你會被扇葉絞成一團漢堡肉，明白了？」

「明白。」

狄玄武繼續往前飛，經過大樓上方，在一段距離之外轉彎，大樓天台又在他們前方的幾百公尺。

「好，換手。」

狄玄武打開身旁的機門，獵獵風聲瘋狂地刮進機艙內，提默立刻接過方向桿，一點一點從副座移到駕駛座。狄玄武強壯的身形掛在機艙外，輕航機失去平衡地搖晃了一下，提默趕快穩住。

一條長繩從機艙垂落，前一刻狄玄武人還在飛機外，下一秒就不見了。

操控飛機比提默想像得更加困難。輕航機的重量極輕，因此一個全身都是肌肉的男人掛在它的下方，很大程度影響了飛機的平穩性。

三百公尺、兩百公尺、一百公尺……樓頂越來越接近。

提默緊緊握住方向桿。千萬不能讓狄摔死、千萬不能讓狄摔死、千萬不能讓狄摔死……

「嘎——嘎嘎嘎——」

「媽的！」提默怒吼，整架輕航機差點側翻。

鈷藍角鷹號稱是夜空裡的王者，翅膀展開來長達四點五公尺，體型壯碩無比，即使在暗夜無光之時都能準確獵取地面的一隻老鼠。牠們最危險的武器是翅膀尖端的兩隻尖角，當牠們飛近獵物，只需要瘋狂搧動長翅，那兩隻尖角就如兩把利刃，往往在牠們出動帶有倒勾的鳥喙之前就先將獵物殺死。

一隻鈷藍角鷹突然從莫名虛空中出現在他們的輕航機旁邊，第一啄，鳥喙就直接戳穿窗玻璃。

提默大叫，努力穩住飛機，閃避鈷藍角鷹的攻擊，懸空的狄玄武只能抬頭看看他和一團巨大的黑影搏鬥。

提默知道自己時間不多，鈷藍角鷹隨時會轉移目標去攻擊狄玄武，他吊在半空中完全無反抗能力。

提默伸手在旁邊亂摸一通，試圖找出任何可以作爲武器的東西。

「啊！」他的控制桿拉錯方向，機身突然整個下沈十幾公尺。

不妙！樓頂就在前方，從這個方向過去，狄會掠過風扇的上方，他們的高度不夠高，他會被絞入風扇裡。

狄玄武拉住繩索，在空中無可借力，只能運用手腕的力量，硬是將自己高大精壯的身體往上提了幾十公分。

提默握緊控制桿拚命往上拉！

咻——飛機從大樓頂端掠過去，堪堪避開巨大的風扇。

提默鬆了口氣，卻也驚出一身冷汗。

那隻該死的臭鳥還巴在他的窗戶上拚命啄，如果讓牠啄破窗戶，他和狄的性命都不保。

現在機艙裡只有他，一切都要靠自己了，沒有人幫得了他！

他先學剛才狄玄武的做法，往前飛出幾百公尺之後轉個大彎，重新進場一次，手繼續在旁邊的位子亂摸，終於摸到一把螺絲起子。

「嘎嘎——嘎——嘎——」

窗戶洞穿的那一刻，他把螺絲起子刺進那隻鈷藍角鷹的右眼。

「嘎——」鈷藍角鷹痛叫一聲，翻身往外閃。

提默的手臂被牠的翅膀掃中，立刻一條血痕，螺絲起子掉進下方的無盡黑暗裡。

「哈，就跟你說別跟老子鬥！」他怒吼。

那鈷藍角鷹不敢戀戰，直接遁逃於濃夜之中。

「幹得好。」在獵獵狂風中，狄玄武的嗓音平穩得像是貼在他耳旁說的。

靠！這一招「高空傳音」他也要學，他想學的眞的太多了。

三百公尺，兩百公尺，一百公尺……

大樓平台就在他們下方不遠處。提默第一次發現，從地面看起來巨大的建築物，在高空中看下去竟然像一個小盤子，而他們預定落腳的地方只是一個寬不到一公尺的縫隙，從空中看下去就像一條細線。

狄下得去嗎？

他下得去嗎？

輕航機突然一輕，狄玄武跳了。

提默只有三十秒不到的時間。臭師父！你爲什麼第一次出任務就讓我做這麼多事，還時間這麼緊迫啊啊啊——

他來不及在心裡怒吼太久，把方向桿固定，打開飛機門，把繩子的活結解開，綁住一個裝有他們裝備的帆布袋，然後往下一拋，他自己坐在門框望著下方的天台……

好高啊！明明是很大的一棟樓不是嗎？爲什麼現在看起來只有小小一點？

狄玄武已然在天台上，帆布袋收在他的腳邊，對提默用力招手。

提默心一橫，往下一跳。

狂哮風聲從他耳畔削過，除了微亮的天台，周圍的世界只是一片濃密的暗影，恍然間他有一種墮入無底深淵之感。

狄的臉孔越來越近、越來越近……

他的手指和狄玄武只差五公分錯過。

狄玄武不及細想，一招倒掛金鉤，整個人的身體探出去，腳尖勾住天台欄桿，在半空中抓住他的手，提默「碰」的一聲重重撞在大樓側面。

他低頭一看，十層樓的高度在腳底下向他招手。他們兩個人都掛在半空中，唯一固定他們的只有他師父勾住欄桿的腳尖。

「自己爬上來。」即使整個人頭下腳上倒吊在十樓的高空中，狄玄武的嗓音依然冷靜無比。

提默吸了口氣，運氣於足，腳尖用力一蹬，以他們交握的手當作支點，整個人像個秋千甩上平台。

等他上去之後，狄玄武微吸了口氣，行氣至雙臂，肌肉瞬間暴張，他重重往牆面一拍，被他拍中的水泥牆嗶嗶剝剝地龜裂，泥灰崩落，他腰不彎腳不屈，整個人像一具僵屍直挺挺彈回天台。

同樣是利用作用力與反作用力，他的功力比提默高不知多少倍。

師徒倆坐在風扇和女兒牆之間的縫隙，喘幾口氣，前方隆隆巨響的風扇意謂著他們成功登陸了。

兩人看著飛進黑暗裡的飛機，它耗完油之後會自動墜毀在荒蕪大地，神不知鬼不覺。

「嚴重嗎？」狄玄武對他手臂上的血痕微微挑眉。

「一點皮肉傷而已，那隻該死的臭鳥掃中我一下。」

「以第一次出任務來說，你做得還不錯。」

這樣簡單的一句話，讓提默剛才歷經的生死大關都值得了。

「來吧！」狄玄武拍拍長褲站起來。

提默提起沈甸甸的帆布袋，突然發現少了一樣東西。

「師父，我們忘了把金屬探測器放進來！」他驚慌地說。

「那本來就不是今天要用的。」

「哦？」提默鬆了口氣，「那你要那個東西做什麼？」

「回家要用的，我們需要一個金屬探測器。」

「……」

這叫假公濟私、公器私用、侵佔公物、公私不分吧……

狄玄武領著他繞過通風管，只走到風扇的側面就感受到直徑兩公尺龐然大物的威力。

大樓的通風管突出樓地板約半公尺高，整個構造乍看有點像放大幾十倍的雙管來福槍，兩個巨型風扇以三十度角架在管道間的開口，左右兩側各有一個控制該風扇的機箱，控制面板就藏在裡面。

狄玄武從帆布袋裡找出兩副手套，其中一副拋給他，另一副自己戴上，然後取出工具箱，小心翼翼地拆下機箱的鐵蓋。

「師父，接下來我們要怎麼做？」提默必須用力大喊才能蓋過風扇的噪音。

狄玄武兩手各拿著一個金屬圓管。「D－47，比亞市最大軍火工廠今年生產的專利，裡面是從奇里山礦區提煉出來的特殊物質，這兩管可以撂倒一整層大樓的人，隔天早上他們醒來只會頭痛欲裂，但沒有生命危險。這兩組通風扇正轉是抽風，逆轉就是送風。我們的袋子裡有二十管，已經足夠擺平整棟建築物的警衛。」

他並沒有特別提高嗓門，聲音卻穩穩地傳進提默耳裡，提默只聽了片刻便感覺耳膜隱隱作痛，心知他一定是運功傳音。

提默霎時領悟。「我們把風扇調成逆轉，讓麻醉氣體送進大樓裡，等裡面的人通通倒下之後，就可以神不知鬼不覺地進去了。」

即使每個人吸到麻醉氣體的時間不同，各樓層的守衛是獨立的，其他樓層不會立刻發現別層的人已經昏倒了。

嘿，他就說嘛，他師父只帶他一個人出來，不要芙蘿莎和圖剛的軍隊一定有原因。

「記住，防毒面具一定要先戴上，我可不想扛著一個昏迷的蠢小子辦事。」

提默立刻將防毒面具掏出來戴上。

「不用現在。」狄玄武嘆息。

他將風扇的緊急開關關掉，嗡嗡嗡嗡嗡……嗡嗡嗡……嗡嗡……嗡……

風扇停住。他研究了一下紅紅綠綠的電線，把其中幾股抽出來，剝掉絕緣外皮，交錯相接後再用膠帶纏好。

他重新把風扇緊急開關打開，嗡……嗡……嗡嗡嗡嗡……風扇重新開始運轉。

這一次，是把空氣送入大樓內。

由於無人預期會有人從天而降，頂樓幾乎沒有任何防護措施，他們完全不必擔心觸動任何警報器。剛才風扇短暫的停止運轉即使在中控室出現異狀，隨即恢復運作，中控室的人只會以爲是個小短路而已。

他依樣炮製好第二個風扇，做個手勢要提默把防毒面具戴上，自己也戴上面具。他拿出一根鐵管，從其中一端輕輕一轉，再微微一拉，金屬管裂出一個一公分的開口，裡面的半凝固物質接觸到空氣，立刻揮發成氣體。

他將開口對準送風的風扇，那陣氣體從一開始淡淡的白霧轉眼間變成濃煙，全被吸進大樓內。

狄玄武將那根鐵管放在管道間邊緣，讓氣體繼續送進去，隨即拿起第二管。

提默會意，拿了另外十根到第二個風扇前，依樣畫葫蘆，五分鐘後，二十管D—47便完全被吸入大樓裡。

狄玄武拉著他閃到風扇後方，抬起手錶開始計時。

再等十分鐘，讓藥效完全發揮。

時間到。

他回到側邊的機箱關掉風扇電源。

嗡嗡嗡……嗡……嗡……嗡……風扇停止。

他拿出一根筆型手電筒，從扇葉的空隙探進去，往管道間一照。內徑兩公尺長的巨大通風管直落十層，手電筒的光線只能照到一小段。

灰色的水泥壁有一排維修專用的鐵梯，一路往下沒入黑暗裡，每一層樓都有一個通風閘門和主要管道銜接，在閘門旁的牆面以紅色的油漆標示著「10A」、「10B」、「9A」、「9B」……以此類推。

「怕高嗎？」防毒面具讓他的嗓音聽起來悶悶的。

提默搖搖頭。「不過，我們確定裡面的人都昏倒了嗎？」

「聽。」狄玄武站在原地不動，足足兩分鐘。「聽見了嗎？」

「什麼都沒有啊。」提默運起尚淺的內力努力聽。

「答對了。」他把那支筆型手電筒拋給提默，自己再拿一支。「來吧！」

兩個人把D—47的空管全收回帆布袋裡，狄玄武先從扇葉間鑽進去。

熟悉的腎上腺素在血管奔馳，他已經很久沒有幹過這種祕密潛入的任務了，細胞記憶自動跳出來接管行動，他幾乎不必用大腦就知道每個步驟該做什麼。

該死，他懷念這種生活。

背後的帆布包稍微卡住，他用嘴巴咬著筆型手電筒，先把背包交給提默，自己從扇葉中間爬進鐵梯，再將背包接過來。

提默也將自己的背包遞給他，狄玄武往下爬了幾階給他一點空間。年輕矯健的大男孩鑽入通風管，垂手接回自己的包包，師徒倆開始穩定地往下移動。

從每個樓層的通風閘門看進去，提默只覺它們如同密密麻麻的蛛網，串連了這棟大樓的每個空間。整個龐大的通風管就是一個圓形的水泥陵墓，風扇一停，四下一片死寂，好像連空氣都不會移動。他本來以爲他們要直接到頂樓克德隆的辦公室，狄玄武卻一路往下。最後，他們來到標示爲「B2」的地下二樓，這裡只有一個通風閘門。

狄玄武停在閘門旁，現在遇到了一個問題，匝道的寬度大約可容一個中等身材的男人輕鬆地鑽進去，但他和提默都不是中等身材的男人，更何況他們身上還揹著工具。

提默看著他師父把背包解下，綁在自己的腳踝，運動員般寬闊的肩膀以斜角鑽入匝道內，再轉正，整副肩膀正好與匝道同寬。

幸好還有點餘裕能夠爬行，等狄玄武的身影沒入匝道內，提默依樣畫葫蘆鑽進去。

這份工作絕對不適合有幽閉恐懼症的人。

大樓的空調已經停了，在通風管裡爬行片刻開始感到悶熱，他們戴著防毒面具更是不透風，提默不知爬行多久，感覺好像幾個小時，但可能只有十分鐘而已，前方的狄玄武終於停下來。

「砰通」一個悶響，接著，狄玄武彷彿化成一股柔軟的水流淌進下方的房間，提默跟著溜下去。

他們在一間小型的掃具間裡，狄玄武把包包揹回背上，打開門縫往外一探。

整個空間延續著水泥通風管內的死寂，只有空氣震盪著耳膜的聲音。

狄玄武對他一點頭，兩人無聲無息閃出門外。

他們站在一條灰色的走廊尾段，兩側的牆壁和天花板、地板都是灰色的，沒有任何明顯特徵，走廊大約有十幾公尺長，中間有一條往左彎的通道。兩側的金屬門對門而立，門上沒有玻璃，無法看進室內。

提默懷疑這種毫無特徵的空間，他們要如何找到目的地，但狄玄武顯然沒有這個問題，帶著他走向通往左邊的那段廊道。

這段走廊並不長，底端只有一扇門。狄玄武對他點了點頭，雙腳踩著「移形幻步」，挪移到門前，一轉門把，上鎖了。

現在要怎麼辦？提默用眼神詢問。

狄玄武從口袋掏出一個類似皮夾的東西，打開來卻是開鎖工具。他蹲在門前，拿出兩根細細的鐵條探進鎖孔裡，耳朵貼近聆聽，沒過幾分鐘，鎖頭裡傳來輕輕的「喀噠」一聲，鎖開了。

提默跟著他一起閃進去。

裡面是中控室，整棟大樓的心臟。

閉錄電視的螢幕佔據正對著門的那整面牆，前方一個控制台上有許多推桿和按鈕，監控整棟大樓的警報器、火警鈴和保全系統。左邊一整面的鐵架擺滿錄影機等監控設備，將監視螢幕的畫面同步錄下來。

這就是沒有網路的壞處——或說好處，端賴你站在哪一邊——他們只能靠閉路電視監視，由人工聯繫外來支援，最多是預設一組警局的電話連線，但沒有人能從這間中控室以外的地方遙控。

一名穿著警衛制服的男人趴在控制台上，已然昏睡不醒，另一名警衛坐倒在牆角，手上的咖啡灑了一地。

成功了，D—47真的有用！提默莫名其妙覺得很興奮。

狄玄武先探一下兩名警衛的脈博，確定他們的心跳平穩，然後將趴在主控台的警衛移到地上加入他的同伴，自己坐下來，開始操作。

各個樓層的監視畫面一一閃現在螢幕上，一樓、二樓、三樓、四樓……每樓都有一個歪倒的警衛，另外幾個移動哨昏迷在不同的樓層間。

一個紅色小燈持續閃爍，提默指著它，「這是什麼？」

「風扇異常的警示。」狄玄武把它關掉。
「喔。」幸好這些警衛都倒了。
「變魔術！」狄玄武在防毒面具下對他一挑眉，手指一連串按掉一排按鈕。
咻。
咻。
咻。
咻。
牆上的監視螢幕一排一排暗掉。
最後他鑽到桌子底下，用力扯掉一條電纜。
嗡……電流聲逐漸沈寂，控制機組失去生命，整棟大樓的警報系統被解除。
大樓依然處在封鎖狀態，但他們在大樓內的行動完全不受限制。
狄玄武的電腦椅滑到那幾台錄影機前，把裡面的錄影帶全退出來，丟進他們自己的帆布袋裡。
所有他們到過這棟大樓的證據都消失了。
「走吧！」
他們直接殺向目的地。
十樓。克德隆的辦公室。
狄玄武和他的徒弟站在巨大的金屬門前面，這座保險庫規模可比一間銀行的金庫，他們需要的東西就在這扇門的後方。
金屬門乍看像一扇雙開的電梯門，只除了旁邊的牆面不是上下鍵，而是一組密碼鎖的鍵盤，門的厚度怕也不亞於銀行金庫門的厚度。
「師父，你不會正好有密碼吧？」提默雙手貼著霧面的金屬門。
「……你為什麼認為我會有這種東西？」

因爲一路到這裡都很順利啊，我以爲你連密碼都有了。提默在肚子裡咕噥。

「那我們要怎麼進去？」總不能功虧一簣吧？

狄玄武一笑，把自己的背包卸下來，在裡面一陣摸索。

「這扇鋼門是兩年前出的最新款，厚度達二十公分，上中下各包著一根十公分粗的鋼條；門一關上，鋼條滑入對面的洞裡，將整片門鎖住，即使用炸藥也不見得炸得開，唯一打開它的方法是輸入正確密碼。」

「我們可以猜猜看，一般人的密碼不外乎生日之類的。」

「你認爲一個情報頭子會用這麼好猜的密碼？」狄玄武看他一眼。「況且，密碼輸入錯誤三次，鋼條就整個鎖死，再也不會打開。除非製造公司的技術人員帶著他們的特殊裝置，在現場核對過擁有者的身分之後，才能解除封鎖。」

那不就沒得玩了？

狄玄武從背包裡摸出一個很眼熟的工具。

眞的很眼熟……

那是鐵工廠裡最常見的焊炬！

「師父，你……你……」提默的下巴掉下來。

「這是金屬門，你還有對付金屬門更好的方法嗎？」

「但是、但是……」提默都結巴了。

「強行破壞確實會引發警鈴啦！」不過他們已經把整棟大樓的警報器關掉了。

「可是……」提默心裡非常難以接受這個事實。

「聲音太大也有可能引來警衛啦！」不過警衛已經被放倒了。

也就是說，他這個不良師父從頭到尾根本沒打算走什麼鬥智鬥力路線。這扇轟動武林、驚動萬教、全南美最知名情報大師的最嚴苛金庫的最厚實鋼門的最精細密碼鎖，他師父打算用兩百塊買的攜帶型焊炬搞定。

爲什麼他有一種上當的感覺……

「最簡單的策略就是最好的策略，你不要被芙蘿莎那些愛脫褲子放屁的人教壞了。」狄玄武諄諄教誨。

「……是。」

「我早就跟克德隆說過，他的銅牆鐵壁並沒有他以爲的那麼堅固，他偏不相信。」狄玄武遺憾地搖頭。

要忍住不笑好難啊！提默覺得，如果讓克德隆知道他花了幾百萬打造的保險庫，最後是被一把兩百塊的焊炬破解，克德隆可能會從十樓的屋頂跳下去。

狄玄武把攜帶型焊炬組裝好，接上隨組附的氧氣鋼瓶和丁烷鋼瓶，搞定。

「退後。」狄玄武按下開關，藍白色的火焰噴出來。

他不需要將整扇門焊開，只要切斷中間的鋼條就好。他從最上面的鋼條開始下手。

「所以，你沒事常和那兩個城裡來的小鬼晃盪？」他悠哉得只差沒邊吹口哨邊焊切。

提默對於他們正在入侵一個危險的情報分子的保險庫，而他師父在跟他閒話家常的這件事需要一點心理調適。

「里安多和卡洛？他們兩個還行。」

「菸好抽嗎？」

「一定是勒芮絲叫你來問我的。」提默眼中閃過一絲笑意。

他師父咕噥一聲。

「放心，我不會染上什麼癮的，我還有這點判斷力。里安多和卡洛人不壞，雖然整天遊手好閒，不過沒做出什麼壞事。我覺得讓他們待在社區裡，比放他們在街上惹麻煩更好。」提默聳聳肩。「他們一直以爲你會回芙蘿莎那裡，我跟他們說你不會之後，他們就死心了。」

「死心什麼?」

「當你的手下啊!他們很崇拜你。」

狄玄武無言。「我懶得管你,你知道自己在做什麼就好。」

提默的人生還會遇到更複雜危險的人,沒有人可以永遠幫他過濾他的人生,狄玄武也沒興趣教個媽寶徒弟出來。

火炬移到中段,最後是下段。

十五分鐘後,三根鋼條都已經燒開。

提默把焊炬接過來。

整扇門現在很燙,用手碰會直接脫一層皮,狄玄武拿起克德隆辦公桌前的一張實木椅,抵住鋼門,運起內力穩定地施加壓力。

巨大的金屬門緩緩往裡推開。

提默張大眼睛,跟在他師父身後走入這間全世界最值錢的保險庫。

裡面並不是一進去就滿地的金銀財寶,而是許多小型的保險櫃,所有珍稀奇物全鎖在保險櫃裡。有些奇形怪狀的武器擺在開放式的層架上,提默看不出它們有什麼作用。

正中央的平台上是一個玻璃匣,以文件資料為主,狄玄武一眼就看到那個引起各方爭奪的轉角槍設計圖。

他用實木椅砸碎玻璃,拿起轉角槍設計圖。

「走吧!」

「師父,你不好奇他還有什麼東西?」提默轉了一圈,止不住心頭的好奇。

大致上來說,第一眼並沒有什麼太出奇的物事,幾乎都是檔案文件和大大小小的保險箱。提默莫名其妙地覺得有點失望,這就好像海盜千辛萬苦找到藏寶圖的地點,卻發現裡面只放了幾顆碎金子。

或許他們該把能搬的東西都搬回去,畢竟他們費了這麼多力氣,中途還差點墜機,被鈷藍角鷹吃掉，總不能入寶山只拿了一張紙回去吧？

「提默？」

狄玄武呼喚他的語氣讓他迅速轉身。

「今晚只有一個目的，我們已經達到目的了。」他師父平靜地盯著他。

提默楞了一楞，背心突然出了一層冷汗。

這短短的幾秒，讓他窺見自己距離「陷落」有多近。他們只爲了一樣東西而來，他們只能帶一樣東西走。

他選擇了一個像狄玄武這樣的師父，或許一生注定不平凡，也因此他必須比其他人更清楚他的底線在哪裡。

有所爲，有所不爲。

取與不取，只在一念之間，他距離行差踏錯竟然是這麼短的一步。

「我明白了，師父，我們走吧。」提默的眼神瞬間恢復清明。

狄玄武嘴角浮起一絲微笑。

孺子可教也。

師徒倆一起下樓，以焊炬燒開停車場出入口的鐵板，大大方方離開現場。

8

芙蘿莎接過轉角槍設計圖的表情，不能說不精彩。

顯然她和圖剛都做好聽見他失敗的心理準備。即使芙蘿莎素知他之能，但沒有人能單槍匹馬，只帶著一名小助手就突破克德隆的銅牆鐵壁。沒有！

狄玄武心裡對她眞是抱歉，讓他們失望了。

「謝謝，辛苦你了，這是尾款。」芙蘿莎終於開口，聲音竟然維持得十分平靜，不容易。

狄玄武拿起裝有一百二十萬的皮箱，轉頭走出去。

「克德隆呢？」芙蘿莎在他身後開口。

「什麼意思？」

「你就這樣放過他？」

「我們的交易只限於轉角槍的設計圖，不包括克德隆。」他沒有回頭。

「噢。」

芙蘿莎貓樣的眼眸滑過一絲異色。克德隆殺了提亞哥，她本以爲……算了。芙蘿莎聳聳香肩，擲起香檳杯對他的背影一敬。

他邁開長腿離開這間熟悉的日光室。

❦

凌晨四點，他們的房門響起一聲輕敲。

「狄？抱歉吵醒你，但有人闖到我們的土地來。」法蘭克在門外輕聲說。

狄玄武瞬間清醒。

又來？這有得玩了。

據他所知，圖剛得知他成功取得轉角槍的設計圖之後，他們兩方算是進入一個隱形的停戰協議：他不去理豹幫的人，圖剛也明智的不來煩他。這是對兩方都好的做法。

才一個星期而已，他們的默契就破局了？

有趣。

狄玄武下床，撈起掛在椅背的長褲穿上。

「這次你們最好不要再給我拖什麼奇奇怪怪的人回來。」勒芮絲翻身警告他。

她翻得太急了，被單下露出一只飽滿瑩潤的乳房，在一室濃暗裡發出誘人的膚光。

他全身的動作僵住一秒鐘。

勒芮絲順著他的眼光看下來，好笑地拉回被單，把他的襯衫扔在他臉上。

滾在狄玄武喉嚨深處的低咆聲，猶如一隻雄獅發現牠剛獵回來的獵物不能吃。

他和法蘭克來到瞭望哨，提默已經拿了望遠鏡在監視，剛從自己屋子出來的喬歐加入他們。

這次狄玄武要提默和法蘭克留守，他和喬歐過去。

情況和上次差不多，不同的是，這次對方不是埋東西，而是把東西挖出來。

狄玄武從黑暗中走出去，森然望著那兩個小鬼。

克里斯和小羅臉色慘白。他媽的，為什麼又是他？他們兩人是走什麼狗屎運？

「狄先生，晚安。」克里斯硬著頭皮招呼。

「你認識他們？」喬歐滿眼好奇。

「這兩個小鬼上次差點撞死艾拉。」

「哦？」喬歐英俊的海盜臉立馬猙獰。

這下子死定了！兩小子面色如土。

「讓我想想，你們第一次想撞死我的小鬼，第二次半夜摸到我的土地搞鬼，顯然你們或龍騰幫對我非常有意見。」狄玄武挑剔地打量他們。

豹幫。龍騰幫。顯然在他不知不覺間，這片人人避之唯恐不及的荒地成了香餑餑，幫派分子不約而同都喜歡來埋東西。

小羅只要想到上回自己被修理成什麼慘狀，雪白的臉馬上轉爲青慘，克里斯依然是負責擦屁股的那一個。

「咳，狄先生，您眞是言重了，上次的事是我們不對，」所以回去才被處罰出夜差啊！「不過我們沒有在你的土地上搞鬼。」

「哦？」

克里斯指了指隱在夜幕中的大水塔。「水塔的左邊是你的地，右邊是市政府公有地，我們是從右邊過來的，所以這裡是市政府公有地。」

兩個男人看一眼水塔，喬歐對他詢問地挑了下眉，狄玄武聳聳肩。

「他說的是對的。」

「噢。」

「你們在挖什麼？」狄玄武問。

兩個小鬼互望一眼。

「我們……沒有必要回答，對吧？」小羅不是很確定地問一下。

「對。」克里斯謹愼點頭。

「噢，好吧！」狄玄武聳聳肩。

兩個大男人手往胸前一盤，雙頭肌鼓起，直勾勾站在那裡盯著他們瞧。

「呃，請問……你們在幹什麼？」克里斯被他們盯得渾身不對勁。

「沒事，我們在等日出，順便看看你們挖什麼。」狄玄武的笑容讓鯊魚見了都會爲他感到驕傲。

克里斯二話不說工具收一收，拉著小羅上車開走。

嘖，眞不給面子。

「我們沒妨礙他們吧？」狄玄武問同伴。

「沒有。」喬歐很肯定。

「沒有威脅、恫嚇、對他們造成肉體上的危險？」

「沒有。」

狄玄武心安理得了。「好吧，咱們來看看他們在挖什麼。」

兩個男人從後車廂拿出鏟子，在已經挖了幾鏟的地上重新開挖。

十分鐘後，他們的鏟尖觸到一個硬物，喬歐將上方的沙土撥開，露出一個不大不小的箱子，箱蓋以一把大鎖頭鎖住。

喬歐將大鎖頭敲掉，把蓋子撬開，一看見箱子裡的東西，立刻跳回地面。

傻眼！「這什麼鬼東西？他們半夜埋這種東西幹嘛？」

狄玄武面沈如水，用鏟子撥弄箱子裡的東西一一檢視。

「我們要拿這箱東西怎麼辦？先說，如果勒芮絲知道你把這種東西藏在社區裡，她一定會爆炸。」

喬歐醜話先說在前頭。

狄玄武抬頭對他「甜甜」一笑，喬歐的汗毛全豎了起來。

「噢不，不不不，絕對不！」他死都不答應。

「你自己也說，勒芮絲看了一定會火大。」

不要用這種好像很講理的口氣說話！

「所以我們把它留在這裡就好。」他才不要把這種東西帶回去，連放進車廂都不願意。

「喬歐，我們必須把這箱東西帶回去。」狄玄武繼續用合情合理的語氣說話。

「那你自己隨便找個地方藏！」

「藏在哪裡都有可能被她看到，只有藏在你家，勒芮絲不會去翻。」

「我家？」喬歐爆炸。「不！」

「別孩子氣了。如果你要的話，我可以買張可愛小貓咪的包裝紙替你包得漂漂亮亮，你把它塞到床底下就好。」狄玄武把箱子蓋回去，抱著箱子跳出來。

床底下？爲什麼要塞在他的床底下？這樣他以後還要不要睡覺？

狄玄武微笑地將箱子交給他，他接過去的表情活像有人在他嘴裡塞了一坨排洩物。

他們開車回社區，提默替他們開門，一看喬歐一臉踩到髒東西的樣子不禁一楞。

「這次又是豹幫的人？他們在埋什麼？」

喬歐抱著小箱子，臉色難看地下了車，連回答都不想回答。

「不會眞的是屍塊吧？」提默心頭咕咚一跳。

「我都寧可他們埋屍塊！」喬歐磨牙，接過箱子悶悶走回家。

提默看他那副不爽的樣子，再看師父也轉頭回家了，這到底是怎麼回事？

「喂，你們好歹告訴我裡面到底是什麼吧！」

沒人理他。

太過分了，可以這樣賣關子的嗎？

「嘿，你們快來看！」忽地，守在另一個瞭望塔的道格大叫。

「小聲一點，你要把每個人吵醒？」提默只得先放下這一樁，認命地走向道格。

道格守的哨是面對荒蕪大地的那一側，此刻天際已現魚肚白，黑藍色的蒼穹猶如被撕去一角，從遠方的天際逐漸轉淡，守在弟弟對角的法蘭克不禁拿起望遠鏡看向他指的方向。

提默接過道格的望遠鏡往荒蕪大地望去，立馬大吼：

「師父！」

兩個男人同時轉身，喬歐把箱子隨便往家門內一扔，迅速跑過來，狄玄武的距離比較遠，但喬歐只覺頂頂一道黑影掠過，狄玄武全身肌肉隨著流暢的動作伸展收束，已然登上瞭望哨。

他們的動靜終於吵醒了一些早起的居民，醫生那間房子的燈光亮了起來。

黎明的天際已成泛著絲光的青藍，在天與地的交界處，一條粗長的黑色帶子往他們的方向移動。

狄玄武放下望遠鏡，再觀察片刻，很清楚那條黑帶子是什麼——人。

一群步履蹣跚的人，正往他們的社區走來。

⚜

寧靜的安全區在凌晨六點炸了鍋。

有人竟然跟他們一樣，冒著生命危險跨越如酷刑般的鹹土荒原？

所有人都明白這段路途有多殘酷，當初若不是狄，他們現在已經是荒原上的一副副枯骨。

而那群人沒有狄。

醫生立刻要柯塔和魯尼開車把那些人載回來，第一個反對的人是狄玄武。

「狄，你走過這段路，不只一次，你知道這段路有多致命，即使是體能超越常人的你都險些折在它手上，遑論平民？每少走一公尺，對他們都是生與死的差別。」

醫生倘若氣急敗壞也就算了，當他用這種平靜的語氣說話，狄玄武就知道任何人都無法動搖他的決定。

狄玄武嘆了口氣屈服了。

四輛休旅車載了乾糧和水出去，每輛另外配備一個帶槍的副駕駛，這一點他拒絕妥協。

他們開了三趟才將所有的人接回來。

八十二個難民。

社區裡的人都動了起來，瑪塔立刻生火煮飯。勒芮絲、梅姬和一些在叢林裡受過護理訓練的人通通集結起來，由醫生分派每個人應盡的任務，勒芮絲每忙完一項都盡速回到他身旁待命。

無論有沒有執照，她都是社區裡唯一的護士。

羅德里戈父子從儲藏室裡搬出當初工人沒帶走的大型帆布，在社區旁搭起一個臨時棚架，所有接回來的人暫時安置在這裡。

最後一批人接回來時已接近中午。流質、熱食、蛋白質如流水般湧入棚架。一桶桶井水扛了出去，最後連大人爲艾拉買的小充氣泳池都被拖出去，直接在裡面注滿水。所有難民迫不及待衝過去狂飲，醫生連連喝阻他們，提默立刻帶人將場面控制下來。

這群難民不只消瘦脫水、熱衰竭，有些人在途中受傷卻缺乏醫療照顧，傷口已發出腐敗的惡臭。

有一個十二歲的小女孩全身覆滿塵沙，髒到看不出長相，勒芮絲用濕巾替她擦淨臉龐時，卻發現她的臉頰有一條長長的爪痕，最深的地方幾乎劃穿臉肉。傷痕由於缺乏照顧，直接結痂，但有些部分紅腫發炎，裡頭已開始化膿。

這種傷口一定要割開處理，才能清除裡面的膿瘡。勒芮絲一想到這小女孩受的苦，不禁心疼異常，但小女孩只是默默讓她擦拭，從頭到尾沒有喊過一聲疼。

梅姬替一個六、七歲的小男孩褪去上衣，檢查他的傷勢，衣服下根本是一具皮包骨。她努力抑回一聲驚喘，忍淚替他擦洗身體。

天下做了父母親的人，最受不得看見孩童受苦。

其他人的狀況只有更差，沒有最差，說他們是「難民」眞的一點都沒錯，這群人遭了多大的難才能來到這裡？

最後醫生不得不先以不同顏色的簽字筆，在他們額頭標示哪些人需要即刻手術，哪些人需要追蹤治療，哪些人需要包紮，然後讓勒芮絲帶人照顧那些暫時沒有立即生命危險的難民。

這些人之中，並不是每個人都撐得過來——社區的人或下去幫忙，或站在牆頭持續警戒，看著哀鴻遍野的場景，心裡清清楚楚浮現這個念頭。

柯塔、魯尼、德克教授臉上從頭到尾帶著嚴峻的神色，社區的女人們雖然力持鎮定，臉色卻隨著難民的情況而越來越蒼白。

「提默，喬歐。」狄玄武把兩人叫到一旁，表情嚴苛。「顧好大門，除了我們自己的人，不准任何外人踏進社區，我不在乎是誰想讓他們進來，明白嗎？」

喬歐和提默點點頭。狄玄武回頭打電話通知市政府，要他們派相關單位到場安置這些難民。市府的人答應會派人過來看看，他掛斷電話走出家門，正好遇到醫生匆匆朝他奔來。

「狄，喬歐說你不准病患進來？」醫生現在就氣急敗壞了。

「他們不是病患，是從不明地方流浪而來的陌生人，在我們沒弄清楚他們的來歷之前，任何外人不准踏進社區一步。」

「他們是從東部來的。」勒芮絲停在叔叔身後，沉靜地說。

東部？戰區？他的眼神瞬間銳利。

「妳確定？」

「是，荷西告訴我的，他是決定大家應該一起逃出來的長老之一。」

「他是他們的領導人？」

「不，他們沒有領導人，所有逃出來的人各自爲政，像一盤散沙，荷西只是地方上比較受人敬重的長者。」勒芮絲嘆息。「他說，東部的戰況越演越烈，每個軍閥攻下一個城鎭，就肆意燒殺擄掠，強暴婦女，另一個軍閥搶回去就再燒殺擄掠一次，生活在戰區的平民如在地獄。光是過去五年，就死了超過十萬人，他們終於決定即使是恐怖的荒蕪大地，也不會慘過留在家園，所以眾人決定一起逃出來。」

忙碌的社區居民不由得停下來，在他們周圍圍成一圈。

「有多少個人逃出來？」狄玄武冷峻地問。

「大約三萬人，他們分頭走，一路往南，一路往中，荷西這一路選擇往北繞過鴻溝。他們一開始還有將近一萬人，但大家缺乏組織，中途遇到變種怪和噬人獸不斷分散……這八十二個就是所有活下來的人。」

一萬人和八十二人。

這是何其驚人的死亡率。

所有人都陷入沈默。

「你聽見了，他們都是難民。我們的社區有電、有冷氣、有自來水、有新鮮食物，我們必須把他們移到室內，讓中暑的人盡快降溫。」醫生深呼吸一下。

「不，這並沒有改變什麼，逃出來的可能是小學老師，也可能是殺人犯，我們的社區有老人和婦孺，我絕不會冒險讓來歷不明的人進來。提默？」

「是。」提默上前一步。

「你聽見我的話了，任何外人試圖闖進我們社區，你們可以用各種手段阻止他們。」他冷硬無情地命令。

「是，師父。」提默凜然遵命。

「你不能這麼做！他們必須立刻移到涼爽的地方！」醫生瞪著他。

「把每個人冰箱裡的冰塊拿出來，丟進艾拉的游泳池裡，先用冰敷替他們降溫。我會讓德克和安東尼奧進城買大型帳篷和工業用電扇，我們的發電機可以拖出去供他們使用。如果一台不夠，我們再買一台。」狄玄武大步往外走。

「狄，我以爲我們已經同意，跟醫療有關的事都交由我決定。我決定他們應該移到室內！」醫生難得用如此強硬的語氣和他對槓。

狄玄武昂藏的身影停下來，轉身走回醫生面前，眼神極端冰冷。

「醫生，讓我告訴你接下來會發生什麼事。我們讓他們進來，一開始他們會感激不已，但我們必須提高警覺，因爲我們不曉得這八十幾個人裡會不會有人心懷叵測。隨著他們的狀況逐漸好轉，我會要求他們轉移到其他地方，或許是救世軍的營帳，或許是政府收容單位——這是指如果市政府願意收容難民。

「他們剛經歷過惡夢般的旅途，好不容易有一個安身之處，他們會對離開感到恐懼，於是他們會抗拒，這是人之常情。我會堅持他們離開，因爲我沒有興趣再爲八十幾條人命負責，接著他們會哭鬧，懇求，憤怒，甚至咒罵；當他們發現他們用盡各種方法都無法改變我的主意，裡面幾個較強壯的人會先站出來反抗。

「一旦情況發展到這個程度，那邊、那邊、那邊、那邊，」狄玄武指了指幾個不同的方向。「那八個人是我視爲最有潛在威脅性的人，我會先幹掉這八個人。如果其他人驚慌失措選擇逃走，這對他們最好，但更有可能的是，他們群情激憤，同仇敵愾起來。

「他們想到他們有八十幾個人，而我們只有二十幾個人，他們有放手一搏的機會。情況演變到那個程度就會非常難看了，我們的人可能會受傷，或許艾拉、雷南和一些老人會被挾持，最後我會殺了所有反抗的人。

「當一切結束之後，你現在看到的這八十幾個只會剩下不到一半，而且全是老弱婦孺，他們再也沒有任何強壯的人能保護他們。等他們回想起這一切，他們會發現他們遇到的最大夢魘不是荒蕪大地，不是噬人獸和變異種，而是我。

「我不會覺得抱歉，更不會後悔，但醫生，你會永遠記得，那些死去的人，是因爲你今天做了一個錯誤的決定。你確定你要承擔這個決定？」

他從頭到尾沒有提高一絲聲音，如此才讓他的話更加致命。

「狄說的是對的。」勒芮絲輕輕開口，醫生駭訝地看姪女一眼。「醫生，收容難民有一定的程序，我們依照程序來即可。我們會盡一切可能讓他們舒適安全，但我們自己都還在站穩腳跟的階段，全靠狄一個人撐著，我們眞的不能無限度地要求他扛起一切。」

「我並不是想讓狄扛起一切……」醫生露出沮喪的神情。

「我明白。」勒芮絲溫柔地說，「但我們不曉得這八十幾個人就是全部，或是後面還有更多。如果我們連自己都亂了陣腳，更不可能照顧到他們。狄是對的，我們必須先穩住，每個人晚上必須能安心地休息，隔天才有力氣再戰。」

其他人聽了不由自主地點頭。

醫生終於嘆了口氣，「我明白了，是我太心急了。」

狄玄武不再多說，繞過勒芮絲往大門走去，旁邊的茉朵突然上前擋住他。

茉朵是貝托母親離婚再嫁之後的姻親，本身與貝托並沒有血緣關係，但已經算是貝托關係最近的一個人。在貝托營裡，和茉朵感情最好的，很不幸是意外死於提默手中的莉蒂亞。當初貝托夫妻決定不一起出來，多數人都以爲茉朵也會留下來，但她卻選擇和狄玄武一行人一起離開。

狄玄武對她沒有太深的印象。可能是因爲提默和他、勒芮絲比較親近的關係，茉朵平時並不太和他們往來，而是待在貝托營那幫老朋友的身旁。

狄玄武記得的她就是安安靜靜，長得十分清秀，不過他倒是知道喬歐對她很有意思，平時會特別關照她。

她突然一臉蒼白地擋在他面前，狄玄武不知她要幹嘛。

「茉朵，有事嗎？」

茉朵突然衝過來抱住他。

所有人都驚呆了，狄玄武全身僵硬，彷彿一腳踩上地雷。

喬歐投過來的眼神寫著：朋友妻不可戲。

提默投過來的眼神寫著：我未來的師母在看。

「對不起，我只是……」茉朵抹掉淚水，退開一步。「雖然我們自己的過程非常艱辛，但我從不覺得你眞正幫過我們什麼，所有的路都是靠我們的腳自己走的，直到現在我才發覺……如果沒有你，我們的情況有可能多糟。

「我們一來到雅德市，已經有房子、車子在等著我們，有錢讓我們用，有水有電，還有你的保護……城裡的人都不敢欺負我們……直到這一刻我才明白，一切有可能變得多不容易。若不是你，我們就是外面的那些人了……而我從來沒有真正的向你道謝過，狄，謝謝你。」

她轉頭跑開，正好投進喬歐懷裡。

其他人全看向狄玄武。

那群難民一萬多人一起出發，最後剩下八十二個人。

他們二十八個人一起走，二十五個安全抵達。

他們擁有而那些人沒有的，就是一個「狄玄武」。

所有人都對他微笑。

勒芮絲握住他的手，神色溫柔。如果他的表情不要那麼彆扭，一切就完美了。

「咳，所有人該做什麼就做什麼吧！」他清清喉嚨，繼續走出去，艾拉馬上黏回他身後。

魔咒打破，所有人趕緊動了起來。

德克和安東尼奧從大賣場載了一車東西回來，後面跟著一輛送貨卡車，貨車司機看見這批難民都呆掉了。

「他們是從哪裡來的？」這荒地是有魔法嗎？動不動就會變一群人出來。

「荒蕪大地。卸貨。」狄玄武指揮他倒車。

德克教授不愧是用頭腦的人，想得很周全，他們買了大型棚架、各式帳篷、幾台工業用電風扇，和兩台發電機，通通派得上用場。

「我本來想買一點藥品，但實在不知該買什麼。」德克歉然說。

「沒關係，藥物的部分我已經打電話請我工作的診所支援，他們會送一批過來。」醫生拍拍老友的肩膀。

狄玄武領著幾個年輕人在烈日下工作。大棚架搭在社區側面的圍牆邊，一整排拉開來十分壯觀，圍牆的陰影正好提供多一層保護。艾拉依然像個忠誠的小影子，跟在他身後遞工具。

「太陽太大了，妳該進屋子裡去。」狄玄武低頭對她皺眉。

「我要幫忙！」她嚴肅的大眼瞪回來。

她頭上戴著梅姬替她買的小草帽，可愛到讓人想揉成一團塞進口袋裡。狄玄武彈一下她鼻尖，繼續工作。

一頂頂帳篷在荒地上搭了起來，一時倒有點像蓋多的帳篷區。每頂大帳篷可以容納八個人，另外還有四人份的家庭式帳篷。大型棚架作為公共空間，可擺放餐桌椅，變成供難民用餐的餐棚，其中一個棚架作為醫生看診的地方。

樂蒂莎指揮幾位社區居民為難民分配帳篷，他們看著這簡陋卻是多日來第一個能安全棲身的地方，不禁百感交集，激動一些的已痛哭失聲。

兩部豪華房車往他們的社區而來，狄玄武百忙中看那兩輛車一眼。不可能是市政府的人，他們開不起這麼好的車子。

豪華房車在門外的空地停妥，拉貝諾和保鏢下了車。他那身手工西服與黑道教父的氣勢，與四周的淒風苦雨相比，猶如踏錯了時空。

「這些人是從哪裡來的？」這世界上已經很少有事能讓拉貝諾如此驚訝了。

「東部。」狄玄武示意法蘭克把桿架扶穩，他把帆布的繩結綁牢，第三只棚架搭建完成。社區的人和難民終於都罩在涼蔭底下。

「東部？交戰區？」拉貝諾蹙眉。

「是。」狄玄武接過一瓶艾拉遞給他的水，扭開瓶蓋灌了一口。「拉貝諾，你要什麼？」

「我有事找你談談。」拉貝諾眉心的結扭得更深，眼光不住在棚帳間游移。

「現在不是好時機。」

「我注意到了。」拉貝諾一頓。「這事還不急，我可以等。」

溫格爾醫生走了過來。「狄，有幾個情況嚴重的人必須立刻送到我工作的診所，他們需要手術。」

「先打電話確定他們願意接。」

醫生一楞，慢慢點頭，回頭走進社區裡。

「他們總共有幾個人？」拉貝諾沈聲問。

「八十二個，有兩個過度虛弱，可能撐不過來。」

「嗯，」拉貝諾安靜片刻。「有什麼我能幫得上忙的？」

「我需要食物，水，乾淨的衣服，衛生用品，盥洗用具，流動廁所，清潔劑，漂白水，酒精和止痛藥，越多越好。」他加一句：「如果可以的話，市政府福利局的官員。」

「你們都聽見了。」拉貝諾回頭對旁邊的手下說，其中三人立刻點頭離開。「最後一點恐怕我無能爲力，雅德市不是以人道精神見長，你比誰都瞭解市長和警治署那些混蛋。」

狄玄武也只是說說而已，沒巴望他眞能變出來。

「你是說市政府不會派人來嗎？」勒芮絲在旁邊聽到了，連忙靠了過來。

「噢，他們會的。他們會過來看一眼，摸摸頭說你們做得好，繼續保持下去，最多送幾箱物資，然後就離開了。」雅德市的黑幫教父輕扯嘴角，笑意卻未進到他眼底。

「但市長接納了我們，他以速件通過我們的庇護申請，我們幾天前都拿到身分證了。」勒芮絲壓低嗓音，不敢讓那些難民聽見。

「你們有這小子，賣你們面子等於賣狄一個人情，何樂而不爲？這些人什麼都沒有。」拉貝諾勾起一抹冷笑。

狄玄武面涼如水，沒有出聲。

這群難民代表著社福黑洞，市政府眼中的「負擔」，他們都能撒手不理蓋多區，當然更能不理一群外地來的流浪者。

勒芮絲心都涼了，這就是他們通報了一個早上卻沒有任何官員出現的原因吧？甚至連一輛救護車都沒有。

她嘆了口氣，頹喪地走開。

一輛很吵的電動機車騎了過來，卡洛和里安多把車子隨便一停，瞪著那突然出現的一片混亂。

「哇，這些傢伙是什麼人？提默？提默，怎麼這麼多乞丐跑來你們這裡？」卡洛大喊。

里安多耍帥地把一手啤酒甩到肩後，無奈啤酒不是用來甩的，六只圓罐全砰砰咚咚奔向自由。

「笨蛋！這幾罐你負責開，我才不要被噴得一頭……」卡洛追著滾開的啤酒罐跑，眼前突然出現兩

雙腳。

是誰擋在這裡？兩個屁小子抬起頭。

「……」

「……」

「狄、狄……拉、拉……」卡洛的聲音不見了，里安多只能呆呆站在他身後。

不可能，不可能！

他們今天不但見到狄先生，還見到拉貝諾！一口氣見到兩個偶像啊啊啊——

「這兩個小子又是誰？」拉貝諾很權威地擰眉。

「提默的朋友，卡洛和里安多，他們見到我的前五分鐘通常是這種反應。」狄玄武面無表情。

「卡洛和里安多？沒聽過。」拉貝諾搖搖頭。

狄先生知道他們的名字耶！連拉貝諾也叫他們的名字了……卡洛和里安多樂得暈陶陶。

「嘿！你們兩個還楞在那裡做什麼？」守在門口走不開的提默兩手圈在嘴邊大喊：「過來幫瑪塔端食物出去，她那裡忙不過來！」

兩尊凜凜生威的門神森然看著他們，卡洛吞了吞口水。「好，我們馬上去幫忙，馬上去！」

兩人跑開，一面興奮地互撞拳頭，隱隱約約聽見他們在說「狄先生和拉貝諾認識我耶！」、「又不只你，也認識我」。兩位大頭頭都很無言。

臨時餐棚突然發生一陣騷動，狄玄武矯健的長腿立刻邁過去。

「這罐是我的！他媽的妳想偷我的水？」一個十六、七歲的少年用力從一名婦人的手中搶走罐裝水，他旁邊幾個年輕同伴大聲鼓噪。

「抱歉，我看水放在桌上，以爲大家都可以拿……」那婦人身邊偎著一個小男孩，慌張的大眼看著張牙舞爪的少年。

少年生氣地逼近他們。

一隻鐵掌從莫名其妙的方位伸過來，抓住他的後頸，指尖緊緊陷入他脖子兩側的肌肉。

「啊！」少年痛得大叫，驚駭地發現自己竟然兩腳騰空了。

「你有問題嗎？」單手揪住他的男人將他轉向自己。

少年的心頭被強烈的恐懼吞沒。

在跨越荒蕪大地的路上，有一天夜裡他們發現自己被跟蹤了，一群噬人獸聞到人類的氣味，緊追不捨。所有人嚇得四處亂竄，少年和他的同伴躲在草叢裡，大氣都不敢喘一聲。

夜色讓他看不清楚發生了什麼事，但四下響起的慘叫聲讓他明白，地獄正在他們眼前上演。可怕的血腥味包圍在他們四周，揮之不去，他緊伏在草叢後，不斷祈禱噬人獸不會發現他。

忽地，一雙紅光對準他的方向。

噬人獸，他們被發現了。

那短短的幾秒是他人生最難熬的時刻，他終於明白什麼叫「度秒如年」，那一刻他看見自己短短的一生從腦海中浮掠而過。

最後，不知是吃飽了或被其他慘叫聲吸引，那雙紅光在黑夜裡眨了兩下，慢慢轉身離開。

他的目光對上面前這男人的目光，突然間，他又回到那個夜晚，對著那雙腥紅的眼睛。

「你叫什麼名字？」那男人極端柔和地問。

「馬、馬汀……」

「馬汀，桌上的水是給每個有需要的人，不屬於任何個人，我想你應該把水還給那位女士，並且向她和她的孩子道歉。」

那男人的長相一點都不可怕，甚至稱得上英俊，但他眼中有抹躍動的殺氣，讓馬汀的四肢百骸僵凝。

馬汀生硬地將水瓶遞出去。

「沒關係的，你先喝，我們等一下再喝。」那婦人將小男孩攬得更緊。

頸骨的壓力增強，馬汀已經能聽見頸椎喀喀的響聲，他恐懼地將水瓶放回桌面。

「還有？」男人在他耳旁柔聲問。

「對、對不起。」馬汀艱難地擠出話來。

一股奇異的巨力將他甩到朋友堆裡，那三個年輕人趕快接住他。

狄玄武的目光和他們對上，幾個年輕人背心都是一寒。

「所有還能動的人通通過來。」他並未提高嗓音，音量便清清楚楚響遍整個篷區。

難民們聚集過來，臉上俱是大難甫過的驚魂未定，加入一些不知他要如何處置他們的憂懼。

「我叫狄玄武，所有人都叫我『狄』，以後你們會聽見另一個名字『Mr. D』，也是我。」狄玄武的嗓音清澈冷定。「你們現在站的土地是我的，旁邊這個社區是我的，你們四下看出去的土地都屬於我。我不清楚市政府對你們是否有其他處置，但你們可以暫時留在這裡。」

一些女人頓時激動地掩面啜泣。

「這位是溫格爾醫生，你們應該都認識他了，他身旁的護士是勒芮絲，我的女朋友。那邊那個男人叫喬歐，他是這裡的安全主管，以後他叫你們做什麼，你們就做什麼，叫你們待在哪裡，你們就待在哪裡。」

喬歐揮揮手，不羈的長髮飄散在他的臉側。

「那邊那個年輕人叫提默，他是我的徒弟，我不在時，他就代表我。」

提默舉一下手。

「廚娘瑪塔，樂蒂莎，梅姬，羅德里戈，道格，以及其他幾位社區居民，你們以後會慢慢認識。」

狄玄武看向難民，「跨越北邊荒蕪大地是一件要命的事，所有你們經歷過的苦我們都經歷過，我懂。」

「不，你才不懂……」這個聲音壓得很低，可能以為沒人聽見，狄玄武聽見了。

他一看，是馬汀同夥裡的另一個年輕人，年紀和馬汀差不多。

「相信我，你不會想和我玩『比比看』的遊戲。」他對上那少年的眼。

那少年一個激凌，不敢再出聲。

「你們所受的苦並未讓你們凌駕於他人之上，這裡的每個人都是從叢林出來的，所有你們走過的路他們都走過，甚至更危險，不要以爲你自己的人生特別悲壯。」

「他一個人走過三次。」喬歐往他一比。

難民裡響起一陣驚喘。

「在這裡生活很簡單，守我的規矩就好：不准鬧事，不准從事非法活動，不准傷害他人，尤其社區裡的人。沒有我的允許，任何人都不准進入社區大門。違反這幾點，我會把你踢出我的土地，我不在乎你如何在外面生存，明白嗎？」

所有人紛紛點頭，眼中依然含著對未來的擔憂。

打完電話的醫生走了出來，臉色十分難看。

「我和診所的人聯絡過了，他們非常樂意收治傷患，不過他們想先確定這些人有沒有社會保險。」他低聲告訴狄玄武。

想也知道剛來的難民不可能有保險，這個問題的白話文是：有沒有人替這些傢伙付醫藥費？

「送他們過去，醫藥費我會負責。」狄玄武簡單地說。

醫生的心裡又愧疚又感激。到最後，重擔還是落在他身上。

「不，醫藥費由我負責。」拉貝諾突然開口。

狄玄武看他一眼，點頭表示感謝。「你聽到了，醫生，需要什麼藥一起買回來，錢的事不用擔心。」

醫生感激地向兩人道謝，回頭張羅載送病患的事。

「狄先生。」

人群裡突然有名老者站了出來，應該只有六十出頭，長途跋涉卻讓他看起來比實際年齡老了十歲。他眼中的平和讓他有別於其他淒風苦雨的同伴。

「我的名字叫荷西，我只是想謝謝你收容我們。我們並不是你的責任，你本可不必為我們做這麼多，但你做了。我們沒有太多財物可以報答你，多數人的家當早已失落在荒蕪大地上，但我可以向你保證，我們會敬重你身為這片土地的主人，極力自律，不會為大家增添更多麻煩。」

說完，眼光若有似無看了馬汀那幾人一眼。

「很好。」狄玄武點點頭。「瑪塔，讓大家吃飯吧！」

新鮮出爐的餐食立刻流水般送進長棚裡。

卡洛站在充當餐檯的長桌後頭，把食物發放給排隊取餐的人。瑪塔只來得及煮一大鍋馬鈴薯燉肉，佐以熱麵包與起司，但，對於幾個月沒聞到熟食鮮香的難民，這已經是他們不敢奢求的盛宴。許多人領到熱餐，手微微發抖，不敢相信他們真的有新鮮食物可吃。

輪到剛才那幾個年輕人取餐，卡洛斜睨他們一眼。

「看在你們剛來不懂事的分上，不跟你們計較，有空最好去城裡打聽一下。」他往站到旁邊的狄玄武一比。「那個男人，是殺了城裡第二大幫幫主的狄先生，縱橫附近生存區無敵手，連豹幫新上任的幫主都不敢替自己哥哥報仇。他旁邊那個是第一大幫的幫主拉貝諾，他的好朋友。市長和警治署長都不敢不賣他們面子，你們幾個傻冒的，敢去跟他嗆聲？」

幾個年輕人悚然一驚，匆匆領了餐就走。

瑪塔好笑地用湯匙敲他一下，卡洛「噢」的一聲，扮了個鬼臉。

狄玄武和拉貝諾站在棚帳邊緣，望著眼前忙碌的景象。

「你知不知道最近城裡的幫派一到夜裡有個共通嗜好：在我的土地埋東西？」他突然問。

「圖剛？這件事不是已經處理好了？」拉貝諾皺眉。

「顯然有這個嗜好的人不只豹幫。」他扯一下嘴角。

「還有誰？」

「龍騰幫。」

「特羅多的龍騰幫？」拉貝諾的眉頭皺得更深。「我想像不出特羅多和圖剛會有共同點。特羅多是出了名的反我們三大幫，認爲我們是壟斷幫派生計的邪惡組織。」

「他的想法不能說有錯。」

「他們埋什麼？」拉貝諾給他銳利的一眼。

「你知情或不知情？」

「不。」

他尋思片刻。「好，我相信你。」

「小子，你接下來要煩的問題已經很多了，最好少管別人的閒事。」拉貝諾瞪他一眼。

他們看著一個父親小心翼翼地餵女兒一口燉肉，即使如此普通的食物，也讓小女孩露出心滿意足的笑容。

棚帳下的每張臉依然殘留著恐慌，但現實逐漸滲透他們的理智：他們已經走過最危險的荒蕪大地，站在一塊安全的土地上。

他們終於離開烽火連天的地方。

許多人吃到一半突然停住，呆呆瞪著碗裡的燉肉，然後流下淚來。

「拉貝諾，你該想想你的底線在哪裡了。」他平靜地說。

「你認爲我不賣武器給那些混蛋，戰爭就會停止？」拉貝諾的語聲透出一絲譏誚。

「不，但起碼是一個開始。」

拉貝諾沒有再作聲。

9

「吉爾摩。」

狄玄武站在門廊下，手指輕鬆掛在長褲口袋，長腿筆直，黃色馬球衫包住倒三角型的胸膛。這副獵豹般精實的身軀不是爲了撞穿磚牆或衝破鐵門——雖然身體的主人也做得到——而是爲了一秒內從零加速到百分之百的極端效率。

從石板路上走過來的男人完全相反。他起碼兩百公分高，一百五十公斤重，沒有一絲是肥肉，他的胸膛和臂膀是如此厚實，看起來幾乎沒有脖子，反射著油光的光頭讓他看起來更像一枚人肉砲彈。

這副身體的主人非但能撞破磚牆和鐵門，還能把躺在地上的鐵門揉一揉，做成一顆足球。

美中不足的是，他憨厚的笑容稍微破壞了他人肉推土機的形象。

「嗨，狄先生。」

「怎麼有空過來？有事嗎？」略微遲緩的吉爾摩是少數讓狄玄武特別拿出耐心的人。

「我今天休假，以前嘉斯、提亞哥和我都會來找你喝啤酒。」吉爾摩彆扭地搔搔後腦。「現在提亞哥不在了，嘉斯……嘉斯心情還沒恢復過來，我就想，我自己來找你喝酒好了，提亞哥知道了一定會很高興，對吧？」

狄玄武笑笑，拍拍大肉山的肩膀。

「你說得對，提亞哥一定會喜歡這樣。」他走下台階。「走吧！我們到外面去，我正想四處巡巡。」

他們來到營外的餐棚，有些難民正坐在棚下納涼閒聊。半個月過去，他們臉上的驚惶不定終於漸漸褪去，開始有了規律的作息；雖然夜間偶爾還是會聽見帳篷裡傳出做惡夢的驚喊，但總體來說，這些人總算找到安身立命之所。

提默拿了兩瓶冰啤酒給他們，回去繼續巡邏。狄玄武抓住瓶蓋直接一扭，連開瓶器都不用，一瓶給吉爾摩，一瓶給自己，兩人輕碰一下瓶身，對飲一口。

幾個難民的小孩子停在吉爾摩身邊，頭仰得高高，嘴巴張得老大，不敢相信世界上有這麼龐大的男人。

「他們爲什麼瞪著我？」吉爾摩和他們大眼瞪小眼，小傢伙們「哇」地一聲跑掉。

「他們是小孩子，小孩子都這樣瞪人的。」他還記得他以前被某個小丫頭整天瞪著。

一輛車子從荒地駛了回來，喬歐一下車就發現他坐在棚子下，對他打個手勢。

狄玄武放下啤酒瓶，「吉爾摩，我有點事得處理，你跟著勒芮絲，看她有什麼需要幫忙的地方。」

「喔，好。」吉爾摩楞楞的。

狄玄武和喬歐在車旁交頭接耳一番，兩人一起上車走了。

勒芮絲從大門走出來，正好看見車尾捲起的煙塵。

「他們又跑掉了？」

「對，狄說讓我跟著妳做事。」吉爾摩搔搔後腦，不曉得該幹什麼好。

勒芮絲看他的體格，一人能抵兩人用，正好派得上用場。

「好吧！我們現在正需要人手，跟我來。」她拍拍大傢伙的肩膀，要他跟自己一起走向道館後方。

吉爾摩經過時從窗戶看進去，法蘭克和道格那些年輕人正在練拳，一些居民在做重量訓練，其中不乏女人和老人家，不禁憨憨地笑了起來。

「老大也要你們做訓練啊？」

「你們以前也是嗎？」勒芮絲回頭笑道。

「當然，我們是專業等級的，你們這還是小意思，我們的整套訓練做完會讓你的腿直接斷掉。老大……我是說狄先生，現在不帶我們了，不過大家還是照著以前的舊規矩來。」

他們繞到屋後，柯塔和魯尼正在現場討論施工的細節。他們今天要從道館的備用水塔拉一條水管到牆外，讓難民以後取水更方便一些，所有需要的材料已經都買全了，就差施工而已。

說來這些錢還是市政府出的。

過去一個月果然不出所料，雅德市政府對這群難民不聞不問。幾天前市政府突然派了一位專員過來看兩眼，給他們幾千塊的補助金意思意思，人就消失了。

勒芮絲嘗試過和城裡的救世軍接觸，但救世軍光是蓋多區的貧民就自顧不暇，哪裡還伸得出援手？他們派來的代表看過安全區的難民營之後，竟然大表羨慕，一直誇他們的帳篷和環境都比蓋多區更好，還頻頻暗示能不能再多收幾個。

勒芮絲到底不是她那濫好人叔叔，立馬裝傻，找個理由把救世軍的人送走。幸好那天醫生去診所上班了，不然他們真的得再多十幾口人。

全社區都很清楚，這些難民從此是他們的問題了。

於是，他們這幾天來個大整頓，往長久之計考量。他們將整個帳篷區重新規畫一番，每頂帳篷前後左右都留出空間，保持一定程度的隱私性，中間有路，牆頭拉了探照燈作爲夜間照明用，整體看起來就像一個整齊的小型社區，只除了建築物是帳篷，社區的二十四小時巡邏也擴及到帳篷區。

他們又討論了一下，決定難民需要更方便的取水管道。終極來說，勒芮絲考慮在牆外也挖一口井，不過她不曉得挖井要花多少錢，改天得找伊果問問，目前暫時先從社區裡接水管出去再說。

「嗨，梅姬。嗨，佩洛先生，你也來了。」勒芮絲打聲招呼。

佩洛就是他們的承包商，身形精幹瘦小，但可別被他的外表唬去，勒芮絲就曾親眼見他扛起兩大包水泥，渾不當回事。

不過，最近好像常看佩洛出現在他們社區裡？

「勒芮絲小姐。」佩洛掀一下帽緣。

「佩洛先生今天不必工作，他聽說我們要給備用水塔拉水管，就過來看看能不能幫上忙。」梅姬清麗的臉龐不知怎地有點紅。

「聽說，嗯？」勒芮絲露齒一笑，梅姬的臉更紅了。勒芮絲知道她臉嫩，不敢再多加調侃。「這位是吉爾摩，狄的朋友，也是來幫忙的。好了，我們幹活吧！」

他們先把塑膠水管一根根接起來，繞了圍牆半圈，在牆上打一個洞讓水管穿出去，另一端接上備用水塔。

吉爾摩看似龐大笨重，卻有著出奇靈巧的手指，一個人就包辦了許多活兒。

當第一陣水花從牆外的水管噴出來，一群大孩子、小孩子興奮地尖叫，衝到水底下盡情玩耍。牆外的這一段還需裝上延伸的水管和水龍頭，但大人看著孩子們忘憂的笑顏，不禁跟著露出笑容，無法打斷他們歡樂的時光。

艾拉爬上牆頭，一起看著底下玩水的孩子們，眼中流露出渴望。

「妳想下去跟他們一起玩嗎？」勒芮絲溫柔問。

艾拉遲疑一下，搖搖頭。勒芮絲只能嘆息，不勉強她。

「勒芮絲，接下來只剩下收尾，交給我們就好，妳回去唸書吧！護理師檢定考只剩下兩個月。」梅姬在圍牆下呼喚她。

馬汀和他那幾個年輕朋友走了過來，把玩得正開心的小朋友通通趕走，自己佔據那一管清涼。

他們最年長的是二十四歲的文尼，其次是二十歲的馬蒂，十七歲的馬汀和同年的多瓦。

勒芮絲蹙起眉心。這四個人是麻煩分子，荷西說他們以前在家鄉就是地方混混，出逃的路上也經常搶奪其他人的食物，遇到困難卻逃得比誰都快。一路上其他人對他們能避則避，若是避不開，也只能盡量隱忍，因為情況已經不容他們再搞內鬨。

來到安全區之後，他們偶爾也會在帳篷區惹一些爭端，但都不嚴重，每次都搶在驚動「大人」之前自己鳴金收兵。而吃了悶虧的人大都不想再追究，喬歐他們也無法多說什麼。

喬歐警告了他們兩次，但檯面上裝乖是一回事，私底下是不是有什麼小動作就沒人知道了，其他人也不會來告狀。

勒芮絲告訴自己盡量不要太快對人下定論，這幾個年輕人有可能是天生的壞胚子，也有可能只是長期生活在嚴苛條件下衍生出的生存機制，無可厚非，畢竟戰爭不是一個適合培養無私人性的好環境。

吉爾摩看他們把小孩子趕開，怒眉一豎就想翻臉，勒芮絲伸手攔住他。

那邊的提默已經看見了。年輕人的事，讓他們自己解決，比大人插手更管用。

「讓孩子們玩。」提默走過來，不多廢話。

「他們玩完了。」文尼問那群小鬼：「喂，你們玩完了嗎？」

小孩子們不敢多話，囁嚅應一聲，飛快散開。

「看，他們玩好了。」文尼聳聳肩，笑得有些得意。

提默看他一眼，突然笑了起來。

這個笑讓提默的臉整個亮了起來。他本來就過分俊美，這一笑更讓人不禁看呆了。

勒芮絲心裡好笑。這小子眞是越來越像他師父，連出手前的鯊魚笑都學得十成十。

「我知道了，你們就是那種人對吧？」提默笑道。

「哪種人？」文尼雙眼一瞇，馬蒂和多瓦從旁邊圍攏，馬汀墊後，將提默包在中間。

「那種只敢欺負女人和小孩，還以爲自己很英雄的孬種。」

「你在說什麼屁話？」文尼上前一步，立刻被馬蒂抓住。

「不，文尼，他身後有很多人撐腰。」馬蒂故意用他聽得到的音量耳語，「他知道我們是新來的，只能寄人籬下默默忍受，才故意在這裡狐假虎威。」

文尼抬頭看一眼周圍的大人，不屑地撇了下嘴角。

「你也不過強在你命好。」

「放心，現在只是我們幾個年輕人玩玩，柯塔他們知道，無論發生什麼事都當不得眞的。」提默乾脆送他們一塊免死金牌。

四人忌憚地看大肉山一眼，吉爾摩雙臂一盤，很威嚴地點頭。

「你這輩子根本沒有眞正戰鬥過，不知道我們是怎麼活過來的。你知道戰爭是怎麼回事嗎？」文尼挑釁。

「哦？」提默假裝一臉驚訝，「那你們是怎麼活過來的，何不和我分享？」

「我們天天都在戰鬥，和人，和變異種，在荒蕪大地上甚至和噬人獸！你曾不曾正面迎接噬人獸的攻擊？哈，我敢打賭，你一看到噬人獸衝過就先腳軟了，但是我們三個，卻親手殺過噬人獸。」

噬人獸是地表最強的戰鬥物種，即使一隊男人都不見得殺得死一隻噬人獸。

「我太吃驚了，麻煩你告訴我，你們是如何殺噬人獸的？」提默虛心求教。

「你必須跟牠們正面對決，無所畏懼，直接從心臟一刀戳進去才能殺得了牠。」文尼冷笑，「你沒這個膽吧？我看你遠遠看到噬人獸過來，已經先落荒而逃，你敢像我們一樣正面跟噬人獸對決嗎？」

「你吹牛，」提默愉快地微笑，「你曉得我爲什麼知道你吹牛嗎？因爲，噬人獸，不是從正面殺的。」

提默突然出手。

他說到「因爲」時，文尼眼前一花，剛才還站在幾公尺外的年輕人突然晃到他身前；說到「噬人獸」時，一手虛招攻向文尼雙眼，文尼直覺抬起手擋格；說到「正面」時，手的招勢已滑向文尼中門大開的胸口，改掌爲拳，重重一擊！

文尼嘴巴像金魚一樣大張卻吐不出聲音。

馬蒂怒喝一聲，衝了過來，提默雙腳一錯，一眨眼便轉到文尼身後，速度快得他們甚至沒看清楚。他舉腳往文尼屁股一踢，直接讓他和馬蒂撞成一團。

「因爲，噬人獸的全身都韌如牛皮，根本沒有可下刀之處。」

提默從後頸拎起馬蒂，一手施展綿掌，撲頭蓋臉打了馬蒂一頓耳光，巴得他眼冒金星，頭昏腦脹。

多瓦和馬汀互視一眼，一左一右同時往他衝過來。提默提著馬蒂直接撞翻多瓦，然後又從莫名其妙的方位鑽到馬汀身後，一手便扣住馬汀後頸。

這招有似曾相識的感覺，他們剛來的第一天，狄玄武就是用一模一樣的招勢扣住他。

提默的內力還未練到可以單掌提起馬汀的程度，但這個手勢已經在馬汀體內引發相關效應，馬汀驚駭地去扳頸後的手指。

「噬人獸必須從這個地方刺進去，把牠們剖開。」

提默化掌爲指，使出一招「萬夫所指」戳中馬汀胸椎第五節，恰恰是噬人獸全身唯一柔軟的地方。馬汀下半身頓時發麻，動彈不得，頓時嚇得以爲自己癱瘓了。提默一腳踢開他的屁股，讓他摔倒在地上。

短短五分鐘，四個人全部躺平。

「這就是你殺噬人獸的方法。」提默微笑，傾身看著他們。「需要我示範如何殺獸血蛭嗎？你得先扯掉牠們的老二，讓牠們流血至死。」

四個年輕人臉色慘白，七手八腳從地上爬起來，衝回自己的營帳裡。

「耶……」吉爾摩只歡呼一聲就被勒芮絲捂住。提默陪他們玩玩還行，大人在旁邊歡呼就眞的欺負人了。

幹得好！她對提默眨眨眼。

希望這次教訓能讓那幾個小子學乖一點，若是再繼續惹是生非，他們遲早惹到更大的那一尾，到時連她都救不了他們。

艾拉趴在牆頭，看著牆下嬉笑玩耍的孩子黨。

「嗨，艾拉。」道格拍拍她的腦袋，「妳要不要下去跟他們一起玩？」

她搖搖頭，道格只好轉頭繼續巡邏。

通往牆外的水龍頭拉好之後，那個充氣泳池就沒用處了，於是大人便送給帳篷區的孩子們玩。只要有得玩，小孩子什麼都甘願做，自己到前頭的水龍頭一桶一桶裝水回來，把小小的泳池裝滿，四、五個孩子在太陽下互相潑水，蹦蹦跳跳，玩得不亦樂乎。

「嗨，妳要跟我們一起玩嗎？」一個小女孩突然抬頭跟她打招呼。她就是之前臉頰被抓破的小女孩，當時半邊臉化膿腫脹，醫生將她送到城裡的診所清創，現在傷口已經復原了。雖然臉頰不可避免地留下一條疤，但她年紀還小，隨著時間過去應該會漸漸淡一些。

艾拉趕快躲到牆後，不想讓他們發現自己。

「艾拉，如果妳想下去跟他們一起玩，不用害怕，我會在牆上看著妳。」繞了一段回來的道格輕聲向她保證。

艾拉用力搖頭。

過了一會兒，她偷偷抬起頭，幾個小孩子已經回頭繼續玩水，那小女孩居然還站在底下看著她。

「我們這裡有游泳池，妳可以下來一起玩。」小女孩熱誠地邀請。

「……我知道，那個游泳池是我的。」

「噢。」小女孩回頭看看泳池，再看看她。「那妳想拿回去嗎？」

「不，我再買一個新的就好。」艾拉悶悶地說。

旁邊兩個跟艾拉差不多年紀的小男孩鼓噪起來。

「瑪媞雅，她是高貴的小公主，才不屑下來跟我們玩呢！妳不必浪費時間了。」

「羅洛，不要這樣說，荷西教我們做人要慈善，不可以說別人壞話。」十二歲的瑪媞雅是這群小孩裡年紀最長的，板起臉來很有大姊姊的架勢。

「『小公主』又不是壞話。」羅洛撇撇嘴巴，不跟她一般計較。

瑪媞雅抬頭看一下，牆頭已經沒人了。或許羅洛說得對，那個小女生可能真的不想跟他們一起玩吧。

「你說我是小公主是什麼意思?是在罵我勢利眼嗎?」突然,一個兇巴巴的小女孩從門口衝出來,在羅洛身後恰北北地開罵。

他就跟她學校的那些臭男生一樣,只會在旁邊說別人的壞話,最討厭了!她才不要跟他們一起玩!

「我、我又沒怎樣,妳幹嘛這麼兇?」羅洛看她雙眼噴火的樣子,竟然眞的被喝住。

「嗨,我叫瑪媞雅,他是羅洛,他不是故意的啦,請妳不要生氣。」瑪媞雅趕快站在兩個小朋友中間,和善地對她笑。

伸手不打笑臉人,她一過來,艾拉反倒不好意思再發脾氣。

「……我叫艾拉。」

「艾拉這個名字很美耶!」瑪媞雅讚美她。

羅洛趕快趁機逃離戰局。哼,好男不與女鬥。

主要敵人消失,艾拉突然不知道自己應該幹什麼。

「名字就是名字,狄說我們取名字都很沒創意,只會用一堆拉、托、多、羅。」她彆扭地說。

瑪媞雅想想,好像眞的是這樣,不禁笑了起來。

「狄就是那位很厲害的狄先生嗎?我看過好幾次妳跟在他身後,他是妳爸爸嗎?」

艾拉嚇了一跳。「才不是!」頓了頓,「我爸爸是個混蛋。」

「妳怎麼可以這樣說?」輪到瑪媞雅被她嚇一跳。

「爲什麼不能?」

「妳不能叫自己的父親混蛋。」瑪媞雅的眉心打一個結。

「爲什麼不能?」

「不爲什麼,小孩子就是不能叫自己的父母混蛋。」

「如果他們眞的是混蛋呢?」她的神色不馴。

「呃,荷西說……」

「荷西又不認識我父親，我說他是混蛋，他就是混蛋！」艾拉嗆完，轉頭跑掉。

瑪媞雅只能瞠大眼，看著她奔回社區裡。

隔天艾拉忍不住又跑上牆頭看那些孩子玩。

「嗨！妳要不要下來跟我們一起玩？」瑪媞雅依然熱情招呼，好像前一天的爭執沒發生過。

「艾拉，妳可以下去跟他們玩，沒關係的，我會在牆上看著妳。」法蘭克鼓勵她的話跟弟弟差不多。

艾拉遲疑一下，到底一回生二回熟，終於繞出牆外站在她的新鄰居面前。

羅洛那幾個臭男生依然在旁邊玩水，但瑪媞雅提了一袋圓珠，坐在圍牆邊的小凳子穿針引線起來。

艾拉在她身旁看了一會兒，終於問：「妳在做什麼？」

「這是我媽媽給我的項鍊，我們逃難的時候弄斷了，爸爸先幫我用袋子裝起來。我本來以爲珠珠掉在路上，沒想到昨天整理衣服的時候爸爸在口袋裡找到。勒芮絲給我了一綑線，讓我把項鍊重新串起來。」瑪媞雅的笑容十分燦爛。

艾拉覺得好奇怪，她心情好像永遠這麼好。

兩個小女孩靜靜坐了一會兒，瑪媞雅先開口：「艾拉，妳今年幾歲？」

「九歲。」

「我十二歲，我有一個哥哥，妳有哥哥嗎？」

艾拉搖搖頭。

「我哥哥在……」瑪媞雅的眼光四處搜索一下。「那裡！他叫萊昂，今年十四歲。」

艾拉順著她指的方向看過去，她哥哥萊昂黑黑瘦瘦的，和提默在他這年紀時倒有幾分相似，都是只長個子不長肉，不過他鑽進尾端的那頂帳篷，是屬於之前被提默修理的那四個人的，她不喜歡那四個人。

「妳哥哥爲什麼要跟那四個人在一起，他們很壞。」

「妳不該這麼說別人的。」瑪媞雅諄諄教誨，「我爸爸說萊昂長大了，他管不動他。」

「妳媽媽呢？」艾拉問。

「她死了。妳媽媽在嗎？」瑪媞雅輕聲問。

艾拉點點頭。

「有媽媽在很好。」瑪媞雅清秀的臉蛋第一次失去笑容。

「……我只有媽媽一個人。」過了片刻，艾拉低聲說。

「妳爸爸呢？」瑪媞雅問得小心翼翼的，記起她們前兩天爲了艾拉爸爸的事吵架。

「他死了，狄殺了他，因爲他是個混蛋。」她又說一次。

「什麼？」

艾拉不想再和新朋友起爭執，乾脆轉移話題。「提默不會隨便打人，他會打那些人就表示他們不是好人，妳應該叫妳哥哥離他們遠一點。」

瑪媞雅突然露出一臉竊笑。

「荷西長老聽到我說這些話一定要教訓我，但……提默教訓他們一頓眞是太好了！他們在路上總是欺負比他們弱小的人，有一次馬汀要拿我的麵包，我不給他，他和文尼踢了我一腳，硬把我的麵包搶走。他們還常常偷拿別人的東西，上回提默教訓過他們之後，他們才收斂一點。有時候他們故意找麻煩，我們就會刻意跑到餐棚去，讓社區的人看到，他們就不敢跟上來。」

艾拉漂亮的小臉露出一絲笑意。

「提默很厲害的，他是狄的徒弟，狄說等我再大一點也要教我。」她驕傲地說。

「我們剛來的時候，本來以爲會被人欺負。後來狄先生出來跟我們說話，一臉很兇悍、很可怕的樣子，我們每個人都嚇壞了；可是醫生對我們好好，勒芮絲對我們也好好，瑪塔煮的菜很好吃，每個人都對我們好好，後來我就沒那麼害怕了。」瑪媞雅悄聲說。

「狄才不會傷害你們，他很喜歡小孩，雖然他自己不承認。他只會保護女人和小孩，即使要殺人也是殺那些非常非常壞的人，讓他們不能再傷害女人和小孩。」

「所以他會殺人？」旁邊的羅洛插嘴，男生總是先聽見這些很酷的關鍵字。

「只殺很壞很壞的人！」她強調。

幾個小孩圍成一團，開始嘰哩咕嚕地聊起來。

躲在牆頭的勒芮絲縮回去，和法蘭克蹲在一起偷笑。

艾拉交到新朋友了。她用嘴形說。

法蘭克豎起大拇指。

「狄在哪裡？」她小聲問。

「跟喬歐出去了。」法蘭克指指荒地。

又出去了？這幾個男人最近神神祕祕的，帶著一些奇怪的器材在荒地走來走去，不曉得在做什麼，有時是提默和狄玄武出去，有時是喬歐和狄玄武出去，問了他們也不說。

這男人每次迴避問題的方法只有那一招，她想了就全身發熱，但也不禁惱惱。

決定了，她一定要找一天堵提默，暴力脅迫他招出他們三個人到底在做什麼。她奈何不得大尾的，找小尾的下手總行了吧？

從城裡過來的方向突然揚起一陣車塵，法蘭克拿起望遠鏡端詳片刻，神色轉為凝重。

是警車！

「勒芮絲，我們最好叫狄回來。」

❦

狄玄武和喬歐從荒地回來之時，他們的訪客已經等在他和勒芮絲的家裡。

喬歐把金屬感應器放回儲藏室，和提默換手，讓提默跟他一起去瞧瞧那些人要做什麼。

一輛市政府的黑頭車和警車停在他家門外，兩名警察站在車旁戒備。那輛黑頭車屬於警治署長托魯斯專用。署長竟然親自來找他？不尋常。

狄玄武推門進去，玄關另有兩名警察在守衛。

醫生出門上工了，由柯塔陪著勒芮絲接待他們的貴賓。客廳裡，勒芮絲的對面坐著署長托魯斯，銀白的髮絲和一身高級西裝讓他一點都不像個警察頭子，反而像一名事業有成的企業家。但眞正讓狄玄武意外的是坐在柯塔對面的那個人——凶案組的組長，布魯諾．桑德斯。

他和布魯諾交過手，三年前畢維帝被暗殺的案子，就是布魯諾親自偵辦。

末世的警政系統是件有趣的事，每天街上都有人死亡，黑道凶殺更是不計其數。許多死亡事件，如畢維帝之死，沒有人期待眞正能破案，但布魯諾就是那個一定要破案的警察。

狄玄武必須給他評價，因爲所有他經手的案子也都「破案」了，只差在官方或非官方而已。

布魯諾就像隻鬥牛犬，一旦咬中一個目標，不查個水落石出絕不罷休。即使從市長到署長到警長的壓力逼他撤手，他也咬牙硬撐到最後，偶爾有些案子眞的扛不住被迫草草了結，他私下也絕不收手。

畢維帝的案子就是如此。官方上，畢維帝之死是個懸案，但狄玄武毫不懷疑布魯諾早已查清是誰下的手，只差在層層疊疊的利益網絡讓他這個小小的凶案組組長不能宣布破案而已。

像布魯諾這樣的警察令雅德市的高層頭痛萬分，但也是像布魯諾這樣的警察贏得了他們的尊敬。從布魯諾現在依然活著，一路升到凶案組的組長，而不是分成五塊浮在某條陰溝裡，想來市長還是挺他的，警治署長是不是有同感就是另一回事了。

狄玄武欣賞布魯諾，但布魯諾不喜歡他。無關乎個人好惡，只是他手中有幾條「懸案」要拜狄玄武所賜。

布魯諾今年四十七歲，有一頭淡棕色的頭髮，頭頂已經開始稀疏，淺金的膚色配上一雙淺琥珀色的利眼，讓他在以古銅色爲主的南美人中顯得十分醒目。他的性格獨來獨往，雖然依照規定必須有一個夥伴，但那夥伴的象徵性多過實質性，狄玄武懷疑對方留在辦公室裡幫他打報告的機率居多。

重點是，布魯諾出現在他的客廳裡，表示這不是一個社交性的拜訪。

柯塔起身讓狄玄武在布魯諾對面坐下，自己換到單人沙發，提默審愼地站在客廳與廚房的交界，確保視野看得見每個人。

梅姬從廚房端了茶盤出來，替每個人倒了一杯熱茶，然後退到提默的身旁一起看著。

「署長，組長。」狄玄武簡短地打聲招呼。

「狄，我聽說你回來了，可惜一直沒有時間碰面。」署長向他身旁的勒芮絲微笑。「必須說，你有一位非常美麗的女友，我很爲你感到高興。」

「謝謝。」勒芮絲禮貌地致意。

和雅德市的官僚打個幾次交道之後，她已經明瞭宴無好宴、會無好會的道理。

「布魯諾組長有些問題要請教你，我已經告誡過他，狄先生是本市的模範市民，他的態度務必謹慎。布魯諾，交給你吧！」署長對手下點點頭。

「狄先生，你十一月十五日那天人在哪裡？」布魯諾直接切入重點，完全沒在客氣的。

「那已經是一個月前的事，恐怕我沒有什麼印象。」他拿起桌上的茶喝了一口。

「狄先生，我親眼見過，你可以在十分鐘內記住一屋子陌生人的姓名，兩個月後依然叫得出名字，你卻不記得一個月前你去過哪裡？」

「人的記憶會隨著年齡而衰退，你何不告訴我今天的來意是什麼，然後我看看我能否幫得上忙。」他微笑。

布魯諾的眼神如刺，「十一月十五日，布爾市的情報頭子克德隆的總部被人入侵，你對這件事有印象嗎？」

「雅德市不總是能接收到布爾市的新聞，恐怕我對這件事沒有印象。」

「這可有趣了。」布魯諾從身旁抽出一只卷宗，把兩張照片放在桌上。「這是布爾市的街頭監視器拍到的。如你所見，畫面中有兩個男人，前面這個高大的男人不管走在哪個角度，都會正好避開監視器鏡頭，後面那個年輕的男人就沒那麼有經驗了。你認得出來這兩個男人是誰嗎？」

狄玄武低頭看著他的背影和提默的側面出現在相片上，站在角落的提默忍不住換了個姿勢。

「這是我和我的朋友。」他平穩如昔。

「這兩張照片是十一月十四日晚上八點四十七分在布爾市的塞洛街拍的，所以你承認你起碼十一月十四日人在布爾市？」

「你這樣一說我好像有印象了，或許。」他白牙一閃。

「你去布爾市做什麼？」布魯諾對他的笑不領情。

「難得有空，我帶我從未出過遠門的年輕朋友四處走走，拜訪朋友。」

「你們去找佛萊迪．布瑟，全生存區最有名的武器仲介商，任何人想要任何武器他都弄得到。」

「如我所說，我們去拜訪朋友。」他的微笑就像用膠水固定在他的嘴角。

勒芮絲微微看一下提默，提默的神色轉為嚴峻。

「布爾市的警方約談過佛萊迪，他說你們一起去他姊姊的館子吃飯，喝酒聊天，度過愉快的一夜，然後就分道揚鑣了。」

「他姊姊做的煙燻豬肉腸是全布爾市最棒的。」狄玄武同意。

「你們不可能當晚就離開吧？這表示隔天十五日你們依然在布爾市？」布魯諾緊迫盯人。

「我們在市區停留一夜，隔天一早就開車回來了。」

「所以，十一月十五日的晚上……比如說十點以後，你們不在布爾市？」

「組長，我已經回答你的問題，恐怕我得堅持你說出重點，不然今天的會面會拖得很長。」

布魯諾也沒期待他太容易動搖，轉身拿出更多照片攤在桌子上。

照片上是克德隆總部的警衛，每個人都被迷昏，歪倒在地上。

十六張照片，十六名警衛。

提默看見中控室那兩個人，一個被狄從椅子移到地上，一個翻倒咖啡。想起兩人呼呼大睡的模樣，他幾乎露出微笑。

「這是？」狄玄武對十六張照片挑眉。

「他們是克德隆總部的警衛。」布魯諾望進他的眼底，丟出炸彈，「他們都死了。」

提默的臉色倏然慘白，勒芮絲和梅姬倒抽一口氣，柯塔只能死死瞪著那十六張相片，無法動彈。

籠罩在這間客廳的沈默震耳欲聾！

狄玄武自始至終從表情、姿態、身體語言，乃至於嘴角的微笑，都沒有任何改變，冷靜得不像一個人類。「你的來意是？」

這一刻布魯諾明白，在他面前的，是一個能眼也不眨殺死十六條生命的男人。布魯諾心頭頓時涼颼颼的。

「這十六個人裡面，有四個是退役軍人，其他十二個都是平民。他們只是大樓警衛和清潔工，每天規律地起床上班，到克德隆的總部打卡，時間到了下班回家。他們有配偶、父母、小孩。」布魯諾的眼神嚴酷。「在我們的世界裡有一條不成文的規矩——雖然我個人不十分認同這個規矩——黑道互相仇殺是一回事，但不能傷害平民。一旦平民被殺害，就不再是單純的黑道事件，而是一樁謀殺案。這裡有十六條生命，總共十六樁謀殺案！」

提默的臉龐毫無一絲血色。

不可能……

他和狄殺了十六個人？

是他們的藥物下太重了？是他們疏忽了什麼？

這些人是平民，有父母家人小孩的平民……

他做了什麼？他殺了十六個無辜的人？

「這些人是怎麼死的？」狄玄武從頭到尾沒有瞄向提默。

「D—47，他們體內的濃度超過致命標準的四倍。」布魯諾的眼神冷冷的。「整棟大樓的人一夜死光終究不是件小事，這件案子在布爾市掀起巨浪，民怨沸騰，要求市政府務必找出兇手。布爾市警局承受莫大的壓力，過去一個月他們努力偵辦，發現案情可能跟雅德市的人有關；他們要求雅德市警方協同偵查，我看過他們的偵查報告，必須說，我認同他們的看法，這件事跟我們有關。」

「只因爲我十五日在布爾市，你就認爲我是案件關係人？需要我提醒你，十五日有其他八萬人也在布爾市嗎？」狄玄武完全不爲所動。

這男人一定見識過許多連鬼都沒見過的大風浪才能如此鎮定，布魯諾不得不佩服他，可惜他背後那年輕人不像他這麼有定力。

「布爾市警局先從克德隆的客戶查起。他們發現他最近的一樁生意有點發餿，他想黑吃黑的對象是芙蘿莎和圖剛，任何有腦筋的人都不會想動這兩人的其中一個，遑論兩個一起惹。於是他們往芙蘿莎和圖剛的身上查過去，發現克德隆殺了芙蘿莎的一個手下提亞哥，而提亞哥是你的舊手下和好朋友。

「所有布爾市警察和我訪談的人都說：『如果狄玄武有任何特點，就是他從不讓任何人動他的人而毫髮無傷地走開。』接著就是克德隆的總部被入侵，而很湊巧的，那一天你在布爾市。

「我問我自己，這個世界上有人能入侵克德隆的金庫而不被發現嗎？答案是：不可能。但若眞的有這樣一個人，而且這人不需要一支軍隊就能做到，那這人最有可能是誰？答案是你，狄玄武。

「布爾市警局跟我有相同的結論，於是我們進一步問自己：他是如何做到的？」

布魯諾抽出幾張照片，丟在已經成堆的照片山上。

那些照片乍看和其他照片格格不入，只是一雙年輕女孩在旅館房間自拍，窗外背景是一片夜空。

「不會有人在夜晚的高樓架設監視器，沒有意義，誰會半夜找死在天上飛？但那天晚上非常巧，對面九樓的旅館有一對姊妹花住進去，她們自拍了好幾張，其中幾張照片是從陽台往外拍，你注意到背景這個黑點嗎？」布魯諾把一張局部放大的照片放在桌上。「這個黑點是人，在接下來幾張照片都移動到不同角度，後來黑點往內移，那對姊妹的鏡頭就拍不到他了。」

狄玄武把所有照片拿起來檢查，旅館自拍的那幾張似乎是他唯一感興趣的，他反覆看了幾次。

布魯諾緊盯著他。「於是就來到我的結論：我認爲這些人是從頂樓進入克德隆總部，他們利用頂樓的風扇將D—47送入大樓內，迷倒樓內的每個人，然後進入克德隆辦公室。金庫門被破壞，只有克德隆知道裡面少了什麼，既然所有人都死了，入侵者毫無顧忌地破壞停車場鋼板離開。

「他們並不擔心克德隆會報警，因爲他們很清楚克德隆是以情報爲生，如果他的總部被入侵的消息傳出去，所有潛在客戶都會對和克德隆做生意產生疑慮。我甚至認爲蓄意大肆破壞是對克德隆的嘲笑，讓他明白他的堡壘沒有他想像的堅固，而他對此無能爲力。

「做這件事的人不只是要竊取情報而已，還含有私人的情緒在裡面，例如爲自己的朋友報仇之類的，你認爲我說得對嗎？」

「這幾張照片的時間非常晚了，恐怕那時我已躺在床上睡覺。」狄玄武把照片放回桌上，對他微笑。「布魯諾組長，你知道我在想什麼嗎？我認爲你們只有一個推論和幾張非常模糊的照片，卻沒有任何實質證據，我的臉甚至沒有出現在你們的照片裡，我依然不懂你想從我這裡得到什麼。組長，出事的是克德隆總部，黑吃黑的是克德隆本人，被殺的是他的手下，你不認爲你回頭找克德隆會比找我有用嗎？」

「克德隆死了。」

狄玄武翻看照片的手極輕微的一頓，隨即繼續。

布魯諾偵訊過的殺人犯沒有一千也有五百，狄玄武無疑是他偵訊過的人裡最難纏的。

狄玄武從頭到尾只咬定「跟我無關」四字，其餘都不多說，因爲一個人說得越少，將來越不容易有出入。他的頭腦足夠冷靜，立場足夠堅定，即使他們兩人都知道他沒說實話，他依然氣定神閒，臉不紅氣不喘，毫無正常人在警察面前會忍不住顯露的底虛。

然而，無論再氣定神閒，他終究不像布魯諾是以偵訊人爲生的警察。當狄玄武聽見克德隆死訊的那一刻，驚訝之色極快速從他眼中閃過，雖然他掩飾得極好，布魯依然盡皆收入眼底。

克德隆不是狄玄武殺的。

但那不重要。布魯諾提醒自己，今天他不是爲了克德隆而來，而是爲了十六條無辜的生命。

「怎麼死的？」狄玄武問。

「他在案發的隔天突然失蹤，跟他一起失蹤的還有四名和他貼身不離的隨行保鏢，警方最後找到他們的屍體——全變成一團肉泥。無論是誰殺了他們，此人將他們的屍體用工業碎木機絞成碎片，噴在草地上。你應該看看現場照片的，相當壯觀。這人還仁慈地留下一隻克德隆的手臂，克德隆的右手掌天生微微畸形，相當好認，我猜是爲了讓人方便辨識他的身分。」

「你們別想把這件事賴在狄身上，狄那時早就回到雅德市了，而且他絕對不可能殺任何平民！」勒芮絲激動地說。

狄玄武按住她的手，不讓她再多說。

「組長，我很遺憾你的偵查陷入膠著，還有什麼我能幫得上忙的嗎？」

布魯諾抽出他帶來的最後一張照片。

一支沾血的螺絲起子。

提默臉色大變。

「布爾市的鑑識人員差點漏掉它，這支螺絲起子卡在屋頂的排水口，稍微震動一下就會滑進排水管，沒有人會知道它的存在。警察偵訊過日班的清潔工，他們堅持這支螺絲起子白天時還不在那裡。他們每天都要沖洗頂樓，確認玻璃地板的透光度，而那天白天他們清洗時，沒見到這支起子。」布魯諾如鷹的眼盯住他。「鑑識組檢查過螺絲起子上的血跡，不屬於人類所有，而是某種禽類的鮮血，但他們確實在把手採到幾枚很清晰的指紋。」

現場沒有人說話，狄玄武的睫毛微微半掩，似乎在沈思什麼。

「我們推論，這支螺絲起子屬於兇手所有，除了清潔人員之外，他是唯一在十一月十五日那天上過頂樓的人。只要我們找到這枚指紋的擁有者，我們就找到殺死十六條人命的兇手。」布魯諾微微一笑，這可能是全世界最缺乏笑意的笑容。「我們比對過資料庫，找不到指紋相符的人。根據雅德市的法律，我可以要求所有嫌疑人提供指紋，供警方比對。基於以上種種推論，我認爲我有必要採集這個社區居民的指紋，以供查驗。狄先生，你認爲我會在這裡找到這支螺絲起子的主人嗎？」

提默臉色慘白，深吸了口氣。他不能再繼續躲在後面，那支起子是他遺落的，他必須爲自己的行爲負責。

「那是……」他上前一步。

狄玄武的鐵掌突然箍住他。提默全身劇震，一股強烈的電流從他被箍住的手腕湧入他體內，瞬間讓他全身失了力，連嘴唇都無法動彈。

「閉嘴，出去。」狄玄武看都不看他一眼。

柯塔當機立斷，跳起來把提默拉走。狄玄武的手掌鬆開的那一刻，提默的身體突然又能動了。他瞪著柯塔，「你讓我……」

「閉嘴！」柯塔用力捂住他的嘴，門口都是警察，改把他往二樓拖。

「柯塔，是我……」

「我叫你閉嘴聽見沒有？」柯塔臉色鐵青，將他往客房推進去。「狄知道自己在幹什麼，讓他處理就好，你少給我添亂！」

「你不瞭解——」提默斷聲道。

「我瞭解得很！狄要你閉嘴，你就給我閉嘴，安安靜靜待在這裡！」柯塔厲斥，然後衝下樓。

樓下的勒芮絲臉上毫無血色。她不知道到底發生了什麼事，但她明白，事情接下來只會往更壞的方向發展。她幾乎是癡癡地望著身旁的男人，期待一切壞事都不會出現……

「不必查了，入侵克德隆總部的人是我。」狄玄武淡淡開口。

客廳裡一片死寂。

勒芮絲的臉色雪白到幾乎快暈去。

不！不！不！

「上面的指紋並不是你的。」畢維帝一案，警政系統裡已有他的指紋。

「那不重要，螺絲起子是我從社區帶出去的，我整個晚上戴著手套，那個指紋八成屬於某個最後碰過這支起子的倒楣鬼。」

「不可能！絕對不可能！狄不可能殺無辜的平民，你們一定要查清楚事情的眞相！」勒芮絲說到最後已經有一絲崩潰，梅姬衝過來抱住她。

署長揉了揉眼睛，疲倦地嘆了口氣。

「布魯諾，可以讓狄先生看一下你身上的武器嗎？」

布魯諾有點不情願地掀開外套，身上沒有任何武器。

「員警，請你們讓狄先生看看你們身上的武器。」署長轉向門口的兩名警察。

他們同時露出腰間的槍套，裡面沒有槍。

「門外的警察也是一樣，我們今天沒有一個人帶槍出來。」署長回頭看他。「我知道即使他們帶了槍，你若是要反擊，他們八成不是對手，但最重要的是，狄，你擁有我的敬意，我相信你會做正確的事。」

狄玄武只是坐在原位，嘴角掛著淺笑，兩手交疊在小腹，彷彿不受眼前的一切影響。

「我希望你自願跟我們走。我們把警車開進來，就是不希望讓門外的人看見你戴著手銬的畫面。」署長誠摯無比地看著他。「狄，想想你身邊的這些人，你可以逃，但是你逃了，就必須永遠地逃。你不能再回來，不能見你心愛的女人，不能見你苦心爲他們建造這座家園的親人，這個代價太大了。跟我們走，相信司法，如果你是清白的，我發誓我會盡一切力量查出眞相。」

不！不！快走！這些人不會爲你做什麼！

我相信你沒有殺那些人！求求你，快逃吧！不要擔心我們！

勒芮絲的眼淚奪眶而出，只想站起來對他大吼，卻找不出一絲移動的力量。

「沒事的，寶貝。」他在她耳畔允諾。

怎麼會沒事？她伏在他懷裡，哭得不能自已。

梅姬堅毅地擦掉淚水，立刻轉頭打電話給醫生。

「狄玄武，你涉嫌殺害克德隆大樓十六名受害者。依據本市刑事法，凡涉及多起死亡案之重大嫌疑人，警方有權羈押偵訊。你有權維持緘默，你所說的一切將成為呈堂證供，你有權聘請律師，如果你請不起律師，公設辯護制度已經廢止，你可以選擇為自己辯護。請把手伸出來。」布魯諾從口袋裡掏出手銬。

狄玄武眼神冰冷地注視他們。

「狄，想想這些人，想想怎麼做對他們才是最好的。」署長輕聲說。

他伸出雙手，布魯諾將他的手銬上。

「不……」勒芮絲發出近乎呻吟的哭聲。

他們走出大門，署長在前，布魯諾和他在中間，兩名警察墊後。所有人全追了出來，包括被帶上二樓的提默。

艾拉和小雷南一直趴在對面的二樓看著警車，一見狄玄武被他們押出來，她大吃一驚。

他們為什麼用兩個鐵環綁在狄的手上？發生了什麼事？

「狄！你要去哪裡？」她一路尖叫著衝下來，雷南被她嚇得放聲大哭，跌跌撞撞地追在她身後。

梅姬及時在她衝出路面之前抱住她，將她緊緊鎖在懷裡。

「不不不！狄！狄！他們要把你帶去哪裡？」艾拉用力尖叫掙扎。「不！你們不可以帶走他！不可以！狄——」

「喂！你們想幹什麼？就算警察也不能隨便抓人啊！」喬歐看情況不對，火速衝了過來。

「喬歐，從現在開始，全區進入封鎖狀態，在我沒有回來之前，不准讓任何陌生人進來。」被押進警車之前，狄玄武冷靜地交代。

「好，一切交給我，你不用擔心。」該死，到底發生了什麼事？

「寶貝，我會很快回來。」

這是車門關上之前他的最後一句話。

勒芮絲抱起小雷南，心碎地看著她心愛的男人被警察帶走。

10

「什麼意思法官不願意讓他交保?」勒芮絲提高音量。「這是歧視,你們因爲他以前的工作而對他有偏見!」

「勒芮絲小姐,這是一樁多重謀殺案——」

「他認罪了嗎?你們證明眞的是他幹的嗎?沒有!你們什麼證據都沒有,只有一把該死的螺絲起子!」

「勒芮絲小姐,他認罪的那天妳也在場。」

「不,他只承認他進入克德隆總部和帶了一把螺絲起子,他從未承認他殺了十六個人,你們最多只能控告他一條非法入侵!」

他們眞不愧是情侶,連說的話都一樣。布魯諾苦笑。

「我同情妳的處境,眞的,但妳對我大吼大叫沒用,不能交保的決定是法官做的,通常涉及謀殺的罪名,法官都不會裁定交保。」

「不,我們問過律師了,法官不會不給交保,只是會設很高很高的保釋金,大部分的犯人都付不出來而已。法官可以設保釋金啊!不管多少我們都會籌出來。」

「勒芮絲小姐,抱歉,我無能爲力。」

勒芮絲憤怒地踱開幾步。

爲難布魯諾也沒有用,他確實不是法官。而且,他的態度出奇良好,害她覺得自己像潑婦罵街。她對他的印象一直停留在帶走狄那天的咄咄逼人,他突然變得這麼溫和,反而讓她難以適應。

「抱歉,我知道我不該爲難你。」她嘆口氣走回來。

布魯諾看著這一隊豪華探監團：一臉憂慮但爲了姪女而勉強掛起笑容的醫生，陰鬱的英俊海盜，看起來像某種暴躁動物的會計師，以及盛怒的叢林女神。

他不確定這時候提這件事會不會太冒險，但……還是讓他們有一點心理準備好了。

「我今天早上得到的消息，布爾市要求引渡狄玄武過去受審，司法局已經同意了。」

「什麼？」果然剛平息的核彈又爆發。

「勒芮絲小姐，這畢竟是一樁十六人的謀殺案，布爾市擁有完全的管轄權。」

「讓我搞清楚！」她伸出手指一條一條數給他聽。「你們爲了一件他沒做的事將他關在看守所裡，整整一個月不讓人探視。我們甚至不曉得他現在的情況如何，他很可能已經被你們刑求到體無完膚，牙齒掉光……」

「我們沒有刑求他。」誰有那個本事？

「……接著你告訴我你們要把他丟到布爾市？你們明知道布爾市當局已經對這個案子有預存立場，他去到那裡根本不會得到公平審判！」

「聽著，如果一切由我決定，我也會希望他留在雅德將案情交代清楚。但，根據『生存區引渡法』，同一生存區內的犯罪事件，由該案件發生地擁有司法管轄權，我們的司法局也不能拒絕這個引渡協議。」

「哈，我敢打賭他若是市長的兒子或司法局長的弟弟，他們就會有不同想法了。」勒芮絲敵視他，

「還有，你這麼好聲好氣幹嘛？你不是很兇很酷嗎？」

布魯諾苦笑。「你們是他的親屬，又不是兇手本人，也不是他的共犯，無論他在外面做了什麼，都不應該由你們來承擔。」

社會輿論往往無法認清這點，於是罪犯家屬總是承受過多的責難，布魯諾在這行待太久了，知道什麼是冤有頭、債有主。

「你就非得讓他是個好人不可！」勒芮絲抬頭對上帝發完不平之鳴，用力邁向訪客登記處。

「抱歉。」醫生快步跟在姪女身後。

布魯諾搖搖頭，無奈地離開看守所。

❦

勒芮絲一見到他，喉嚨裡的硬塊立時哽住。

他們分離的三年都不曾像過去一個月如此漫長，因為在他們分開的那段時間，她一直深信他在某個地方過得很好。然而，過去一個月他卻被囚禁在一間狹窄的牢房，這簡直像看著一隻野生動物被人類剝奪自由。

他的頭髮剃掉了。

他的頭髮向來剪得很短，髮質粗硬，跟他的性格一樣。然而過去這段時間，事情層出不窮，他的頭髮已經有一陣子沒修了，她都開始習慣撫摸他的臉時，順勢滑進他髮中的感覺。

而現在，他的髮削得比以前更薄，雖然不到光頭的程度，但摸他的頭頂感受到的皮膚會比頭髮更多。

還有他那身橘色的囚服——此時此刻，勒芮絲真希望他的體格不要那麼強壯。他寬闊的胸膛曾帶給她無盡的安全感，現在卻將那件囚服撐開成一片廣闊的橘色平原，她的眼睛幾乎受不住那強烈的色澤。

或許，她最不能適應的是這個小房間。

兩公尺乘兩公尺，一張鐵桌，三張鐵椅，一整面的雙向玻璃，不知道鏡後窺伺的是何人。完全無機冰冷的空間，和他勃勃的生命力形成對比。她好怕有一天這片冰冷會將她心愛的男人完全吞噬。

他手腕與腳踝都上了鐐銬，短髮讓他的五官更稜角分明，一身鋒芒幾乎劃得傷人。

看著一隻豹子被獵捕，被囚禁，被套上枷鎖，讓她心碎無比，因為在她眼前的就是這一幕。

他的眼神在看見她的那一刻溫柔下來，突然間，她體內的驚慌被撫平。

他對她總是有這樣的效果，彷彿有他在，一切都不會有事。

「嗨。」他打招呼。

「嗨。」她坐在他對面，立刻去握他放在桌面的大手。

「不准肢體接觸！」擴音器立時響起。

她只好退開。

喬歐對他露出笑容，努力抑止心裡的難受。

他們對於誰應該進來探視做了一番討論，一次只能兩名訪客，本來醫生要和勒芮絲一起進來的，但喬歐很理智地指出，他們兩人要跟狄說的話差不多，讓勒芮絲代表就好了，狄或許有些事要交代他，醫生只能嘆息同意。

他一直覺得就算有人要坐牢，他的機率也比狄大很多，沒想到造化弄人。

勒芮絲過去一個月四處奔走，夢想著趕快見到他，一見了面，反而不知道該說什麼。

背景有人在監聽，說什麼都不對。最後，她只能閒話家常。

「艾拉交到新朋友了。」

「眞的？誰？」他很感興趣。

「你記得那個臉頰被怪物抓破的小女孩嗎？就是她。」她勉強自己露出笑容。「她叫瑪媞雅，今年十二歲。」

「大艾拉三歲，她們談得來嗎？」在小孩的世界裡，三歲的隔閡等於三十歲。

「艾拉和她簡直無話不談，一有空就跑出去找她。」只除了他剛被帶走的那段時間，艾拉天天躲在房裡哭，後來才被梅姬哄了出來。「我們提醒她，社區裡的事不要出去跟別人說，其他就隨她了，她需要同輩的朋友。」

「我早說過，妳不用爲她擔心。」他微笑。

死氣沈沈的空間又安靜下來。

「那小子如何了?」他忽然問。

勒芮絲看一下喬歐。

「他心情很糟。」喬歐老實說。「他覺得一切都是他的錯,是他經驗不足才導致……你知道的。」

隔牆有耳,說每一句話都要非常謹慎。

提默受到的打擊某方面比上回莉蒂亞的事更大。那一回他終究是合理自衛,但這次,狄是他的師父,他的偶像,他在世界上最尊敬的男人,如今這男人爲了保護他而鋃鐺下獄,提默或許自己死了都不會更痛苦。

過去一個月,提默變得陰鬱灰暗,勒芮絲完全感受到他體內熊熊燃燒的憤怒——針對自己。他再度把自己封閉起來,變得沈默寡言。如果情況沒有好轉,她擔心提默會困在自己的繭裡走不出來。

但情況不會好轉,只會變得更壞。她不敢想像提默若是知道狄將被引渡到布爾市,會有什麼反應。

「跟他說不是他的錯,我知道我在做什麼。」狄玄武沈靜地說。

「其實也不是沒有好處,他最近一心一意只想保護社區安全,將功贖罪。他說,你自己親口講的,你不在,他就是你的代表,所以更要把你的工作做好。最近他天天板著臉,連馬汀那幾個混混都不敢惹他。」勒芮絲牽出一絲淺笑,想讓他放心。

「那就好。」

「布魯諾說他們要把你引渡到布爾市去……」忍了忍,她終究忍不住。

「我聽說了。」

他怎麼還能如此泰然?她咬了咬下唇。「我想,我可以到布爾市租間小公寓,這樣就可以常去探望你,安全區的事暫時先交給醫生他們……」

「不!我要妳留在這裡,跟所有人在一起,妳的考試不是快到了嗎?」他的鷹眼銳利起來。

「我哪裡還有心情去想那些?」

「勒芮絲,我要妳留在雅德市。」他耐心地重複一次。「好好把妳的資格考完成,如果妳一個人跑到布爾市，我就只好眞的越獄，帶妳浪跡天涯。我不認爲妳會希望下半輩子見不到妳叔叔。」

她發出一個介於啜泣和苦笑的聲音。

「好，如果你要我留在這裡，我就留在這裡。」最後，她柔軟地嘆息。

「妳找人來探勘過第二口井的位置了嗎？」他知道要讓她少擔心的方法，就是盡量給她找事做。

「沒有。」

「爲什麼沒有？」已經一個多月了。

「挖井很貴耶！」她悶悶的。「伊果說，當初是比亞市立學院地質系的教授聯絡他，根據他們研究推論，社區這塊岩層底下應該有地下水。以前他們不敢來挖，是因爲沒人敢到荒蕪大地上亂挖，後來看見我們的社區在蓋，他們才大起膽子要求合作。最後伊果和他們說定，社區的地可以給他們挖，如果他們沒挖到水脈，他們要負責復原，如果挖到水脈，那水井的費用我們可以出一點。他們有贊助經費，所以那口井我們只出了三分之一的費用而已。如果要我們自己出錢，那塊岩層非常堅硬，必須向比亞市立學院租用設備，一口井挖下來要好多錢。」

「多少錢？」

「十二萬。」她說。

「哇！」喬歐的眼珠子突出來。

「小姐，我相信我留下來的錢不只十二萬！」最近不是又賺了兩百多萬回來？

「現在時機不同啊！」她的聲音更悶。「我們需要替你請律師，伊果說這種大案子律師費不便宜，何況我們可能兩個城市的律師都要請，沒有人知道將來會花多少錢，幾十萬恐怕跑不掉，現在醫生又被開除了……」

喔哦，說溜嘴！

「啊？醫生被開除？」連喬歐都是第一次聽說。

「爲什麼？」狄玄武興味十足。

「哎呀，你不用擔心這些事啦！我們會處理的。」勒芮絲在心裡把自己罵個半死。

「不不不，拜託，請一定要告訴我，醫生爲什麼被開除？」狄玄武八卦魂爆表，這下子更是非知道不可。

勒芮絲掙扎了一下，終於還是招了。

「他一天到晚收治窮人，該開什麼藥就開什麼藥，沒在節省的，那些病患大部分付不出醫藥費；他一個星期又有兩天駐紮在我們營區，最後哈利森醫生——就是診所的主持人——終於很禮貌地跟醫生說，他們診所很高興擁有像他這樣醫術高明的醫生，但很遺憾的，出於診所經營考量，必須請他離開。」

喬歐和狄玄武互望一眼，同時拍桌子大笑。

「哈哈哈哈——」

「我、我從來沒想到……醫生……醫生會是……第一個維持不了一份工作的人……哈哈哈哈！」狄玄武很辛苦地抹淚。

喬歐本來已經笑得稍歇了，被他一說又笑到差點休克。

勒芮絲很悶地瞪著兩個男人。

「你們兩個夠了喔！」她警告。

「我想、我想、醫生還是適合自己開業……」狄玄武拚命順勻氣息。

「以後再說吧！」開業要租金，要設備，要錢，他們現在雖然不缺錢，但有這麼多張嘴要養，主要的兩大金主一個在坐牢，一個剛變成無業遊民，還是省著點花的好。

「不不不，我是說眞的。喬歐，」他覺得跟她說她又要爭論，乾脆換個討論對象。「我要你聯絡那個承包商——叫佩魯嗎？」

「佩洛。」喬歐告訴他。

「佩洛，告訴他在我們大門外的空地加蓋一間房子，然後讓伊果到市政府申請獨立的水電，我們給醫生弄間診所；再打電話給拉貝諾，跟他說醫生打算自己開業，如果他認識超音波、X光那些設備的中盤商，請他介紹給我們。」

「拉貝諾會認識醫療用品的中盤商嗎？」勒芮絲反對之前先好奇一下。

「不認識，不過他聽了一定會捐款。」他白牙閃閃。

原來如此。

這人要是不當「模範市民」，很適合當奸商。喬歐和勒芮絲一邊唾棄一邊佩服。

「診所開在荒地會有病患嗎？」勒芮絲深表懷疑。開一間診所的成本不用兩百萬也要一百萬，在荒地上只有倒閉的份吧？

「寶貝，拉貝諾知道醫生要開診所，就表示他的手下都知道醫生要開診所，就表示全雅德市一半的幫派分子知道醫生要開診所，就表示另外一半也會很快知道。妳曉得平時黑道分子受傷都去找誰嗎？」

「醫院？」

「若是槍傷，醫院依照規定必須通報警治署，而黑道最不喜歡的就是跟條子打交道，所以他們通常會找其他管道。就我所知，雅德市有兩名黑市密醫，一名酒癮不發作、手不抖的時候醫術很好，不過他酒癮不發作、手不抖的機率很低，另一名弄死的人比他醫好的人更多。妳說，這些黑道分子寧可去找黑市密醫，或是找一個有合法醫生資格、醫術精良、任何人求治都肯醫、不問太多問題的正牌醫生？」

「噢……」勒芮絲眼睛一亮，頓時發現新大陸。

「跟醫生說，只要是黑道上門，一律照行情加收兩成診金，這些人付錢會乾脆得讓你意外，收入保證比他受僱於人更高，還能讓他有餘裕繼續照顧那些貧病老殘。」他突然抬頭說：「荒地的醫生要開業，你們聽見了嗎？」

「聽見了。」擴音器說。

「醫生是熱心支持市政的好公民，市政府公務員前兩年看診八折優惠。」他對空氣說。

「也聽見了。」頓了頓，「這可是你說的。」

「瞧，我們已經有現成兩大族群的客戶了，賊和官兵。」他微笑。

勒芮絲腦子快速轉動。這不失為一個好方法，雖然初期投資金額頗高，但回本迅速，而且醫生是靠正當職業賺錢，總好過他水裡來火裡去的掙錢。診所經營得好的話，是一門長久生意，他們或許還能僱用其他醫生進來，她叔叔就算將來退休了，也能退居幕後繼續當所長。

嗯，這值得回去好好研究一下。

「好吧！我回去跟叔叔討論看看。」她終於同意了。

「寶貝，專心考試，把井挖好，把診所搞起來。」他的長指滑過她的手背。「不用替我找律師，我在布爾市認識一名律師，欠我一點人情，他會幫我義務辯護。我很快就會回家，相信我。」

勒芮絲聽得熱淚盈眶。所有情勢都不利於他，他為何能如此篤定？她無法理解。

奇異的是，她相信他！

他總是遵守自己的諾言。只要他承諾他很快會回來，他一定很快就會回來。

「我在家等你。」她綻出他熟悉的那抹勇敢無畏的勒芮絲式微笑。

「會面時間已經到了。」擴音器說。

「明明還剩五分鐘！」她怒視著雙面玻璃。

身後的門傳來開鎖的聲音，一名法警面無表情地站在門口。

「喬歐，我們在做的事繼續進行。」狄玄武突然對他一點頭。

「這還重要嗎……」喬歐一楞。

「很重要。記住，全面封鎖，直到我回來為止。」

「好。」喬歐點點頭。

他們在說什麼？勒芮絲瞪著他們。

決定了，就是今天！她非得把這群男人到底在神神祕祕什麼問個清楚不可。

另一個法警也來到門口。

勒芮絲依依不捨地看著他，多希望能有一個擁抱，哪怕是再短的擁抱都好……他們終究被法警硬請出去。

狄玄武等待押他回囚室的法警進來。

門再度打開，進來的卻不是法警，而是圖剛。

他依然陰柔得有些陰森，但一頭名家修剪的髮型和高級西裝，在多數人眼中都算是個英俊的男人。

狄玄武見過圖剛的次數不多，高峰會的那夜一次，在芙蘿莎那裡商量案子時見過一次，這次是第三次。

這次應該算是他最狼狽的一次，但他自在地坐著，目光直視，彷彿一切只不過是尋常的午餐邀約。任何人在這種時候落井下石也只會顯示出自己的人品猥瑣，圖剛很明白這點。

「抱歉佔用了你的會客時間，這是我唯一找得到的窗口。」圖剛在他面前鄭重地說。「我只是要告訴你，這次行動負責弄到D－47的人是我，但我保證它們都是原裝貨，我絕對沒有動過任何手腳。」

「我相信你。」

「哦？」圖剛貶了下眼，不得不承認自己有些訝異。

「因爲那些警衛在我離開時都還活著。」

「噢。」

「你們埋的是什麼？」他忽然問。

「什麼？」

「你的手下在荒地埋什麼？」他再問一次。

「那跟這件事有什麼關係？」圖剛蹙眉。

「如果你眞的覺得對我過意不去，可以回答我這個問題，就當滿足我的好奇心吧。」他的唇角掛起招牌式的冷淡微笑。

「這不甘你的事。」圖剛眼眸一瞇，不打算咬餌。

門再度打開，法警有點緊張地探進來。「時間到了，貝南先生，你該離開了。」

「我們已經談完了，馬上來。」圖剛緩緩起身。

另一名法警走進來，將狄玄武鎖在椅面的鍊條解開。

離開前，狄玄武回頭一笑。

「我遲早會知道的。」

利亞生存區的三座城市都有自己的監獄，但規模最大、最惡名昭彰、戒備最森嚴的一所在布爾市——

奈沙特市立懲戒所。

所有重大刑案的罪犯都關在這裡，所有最難纏、最危險、最暴力、最病態的罪犯也都在這裡：多重搶劫犯、多重強暴犯、殺人犯、連續殺人狂、隨機殺人狂、重度暴力罪犯……所有你能想得到的人渣惡棍都集中在這間監獄。

「奈沙特」關押的不只是布爾市自己的罪犯，其他兩個城市若有罪大惡極的刑案發生，兩個市政府都不願意收容的犯人，也會送到奈沙特市立懲戒所來。

就因爲這間監獄關押的人犯太令人生畏，布爾市政府和一般市民甚至不願意它蓋在市區裡。

十二年前回聲爆炸大毀之後，布爾市政府趁機將奈沙特監獄蓋在離市區三十公里的荒蕪大地上。

任何犯人若是逃獄——監獄的守備如此森嚴，至今無人成功就是了——他們只能逃進莽莽的荒蕪大地，任其自生自滅。

爲了降低監獄員工往來通勤的危險，市政府在監獄旁蓋了一個小型社區，所有員工和獄警每個月輪值一次，輪值期間就住在監獄旁的小社區。這裡的環境枯燥乏味，什麼都沒有，一來就要住上一整個月。

可以想見，這樣的生活不會讓獄警們太過愉快，因此奈沙特傳出虐待囚犯的新聞時有所聞，犯人之間相互鬥毆致死的案例也不是新鮮事，反正關在這裡的不是人渣就是惡魔，誰會在乎這些人發生了什麼事？

「新犯人來了！」

廣播過後，一個「嗶嗶」的開鎖聲，奈沙特迎來它最新一名重犯。

獄警處理完登記和搜身的程序，正式將犯人移往囚區。

犯人聚集的大廳一聽見俗稱「陰道口」的新人通道打開，便知道有鮮肉上門，立馬鼓噪起來。

「吼——吼——吼——吼——」

「嗚啦啦啦啦——」

鏘、鏘、鏘——

叩、叩、叩、叩——

各種吆喝、呼吼、敲擊聲從四處響起。

將新來的人嚇得當場尿褲子是他們的共通嗜好，牢裡甚至開了賭局，從「幾分鐘會哭」、「幾分鐘會尿」、「會不會嘔吐」、「第一次昏倒的時間」都有人賭。

此時此刻，每個人犯竭盡全力吆喝，無不希望自己的下注贏回本。

「哇靠！」

「什麼鬼東西？」

「這是在幹嘛？」

吆喝和敲擊聲中開始夾雜驚異的叫喊。

從「陰道口」走出來了十個人——

兩名獄警持槍在前面開路，兩名獄警持槍在後面戒備。問題是，他們持的槍不是對著其他犯人，而是對著新來的那一個。

那名新同學兩手兩腳都上鐐銬，再用身體鐵鍊連在一起，最大步伐只能跨二十公分。這還不夠，他前後左右另外有四名獄警，每個人持著兩公尺長竿，長竿底端有一個鐵環各扣住新同學四肢的鐵鍊，就像四顆衛星圍著一顆主星運轉，將他肢體活動的可能性降到最低。

他的臉上戴著防止囚犯咬人的鐵面罩，最後一名警衛捧著他的盥洗用具和棉被走在眾人之後。如果不是這八名獄警如臨大敵，看著他們一攤人熙熙攘攘的樣子實在有夠滑稽。

「媽的，這傢伙是誰？」

鼓噪聲終於停下來，所有犯人愕然聚攏。

新同學一群人沿著二樓的通道穿越一樓大廳的上方，繼續往裡面走。眾人犯抬起頭，嘴巴慢慢張開。

「他要進龍窟、他要進龍窟！」

不知是誰先喊了一句，犯人頓時又鼓噪起來。

是這樣的，奈沙特監獄關的雖然都是窮兇極惡之人，但窮兇極惡也還是有惡中之惡。

有些犯人的存在，對自己和對他人都是極大的威脅。這些人有的是天生病態人格，有的是極度暴力傾向，他們不顧一切攻擊獄警和其他囚犯，無論典獄長用任何手段懲治他們——關進暗無天日的黑洞，浸在冰水池裡，長時間單人囚禁，鞭打，施打藥物——通通無法改變這些人的行為。

他們依然一有機會就攻擊獄警或犯人，不死不休，最後典獄長終於無可奈何，只能使出殺手鐧——把他們丟進「龍窟」。

所謂「龍窟」，就是奈沙特最內層的隔離區。

若說奈沙特的犯人是窮兇極惡，那龍窟的犯人就是喪心病狂。

被丟進這裡的人，全部是無可救藥到連酷戾的典獄長都放棄。

進了龍窟的犯人不見得都被判死刑，但進了龍窟也等於被判死刑了。

龍窟是一個連獄警都不願進來的禁區。外面的大眾囚犯區，獄警每六個小時巡邏點卯一次，但龍窟四天才有人進來一次，每次一組十二人，重度武裝，來福槍裡不是塑膠子彈，而是真槍實彈。每次只有一個任務：巡一圈看看有沒有死的、傷的、殘的需要拖出去。如果有，監獄醫院修理得好的，就修一修再拖回來，醫院修理不好的就直接拖到監獄旁邊的墳場埋掉，再寫份報告交差了事。

龍窟裡天天有強暴、殺戮、凌虐、鬥毆的事發生，一踏進那道三寸厚的鐵門裡，你的生死就靠你自己，不會有人幫你。無論裡面出了什麼事，獄警們未到巡邏時間絕對不進來。

如果說奈沙特的犯人怕什麼，他們最怕的就是龍窟。典獄長要處罰一般犯人的終極方式，就是把他們丟進龍窟裡，四天後來收——至於是收人或收屍體就看個人造化。

通常在獄裡前科累累的犯人才會被丟進龍窟，這新人一來就直接進龍窟，若不是幹了什麼人神共憤的案子，就是上頭有人要整死他，抑或兩者皆是。

龍窟的鐵門打開，犯人停在門前，獄警開始一一打開手銬腳鐐。

最後一個鎖解開的那一刻，四根長竿用力把犯人推進去，床具和個人盥洗用品一起被丟進去，囚犯們只聽見一聲醇厚的「我何時能打電話給律……」，然後門就被關上了。

進了龍窟的新同學轉過身。

在他面前，一個人、兩個人、三個人……一群人慢慢聚攏。

「菜鳥，你的牢房是二〇二，自己去找。」門旁的對講機傳出聲音。

「我何時能打電話給律師？」他再問一次。

「三天後，如果你撐得到那時候。」通話結束。

他也不過就是剛才被關在一間小房間裡剝光搜身，四個獄警拿著鐵棍，喊一句「你很勇嘛！殺十六個人啊？」，然後劈頭劈腦打來，被他一陣眼花繚亂將四根警棍搶在手上，雙手一拗輕輕鬆鬆折斷，他們就覺得他是恐怖分子，把他關在一個黑房間裡六個小時才放他出來。

雖然他在某些人眼中確實是恐怖分子沒錯，但，有必要這樣嗎？真不友善。

他低頭把地上的棉被枕頭和盥洗用具撿起來，圍在他身前的犯人越包圍越近。

不愧是新來的，好乾淨。

嶄新的囚服還未沾上洗不掉的血跡，指甲底下沒有污泥，英俊挺拔的模樣看在他們這群老鳥中，簡直像一朵等人開發的小雛菊。

能夠徹底撕裂這份乾淨，讓他變得和他們一樣污穢將是多麼快意的事。

凌虐他，折磨他，看著他明亮的眼神在多日摧殘後逐漸失去生命力，哭著做出所有他以前沒想過自己會做的事……一想到就令人全身發熱。

摧毀永遠比建設更令人興奮。

「這小姑娘是我的。」站在最前面的男人陰狠地說。

他有一頭黏成一坨一坨的油膩長髮，讓人無法判別他是天生深髮或太久沒洗澡。他上排右邊的牙全部脫落，一股含著口臭和體臭的熏氣撲鼻而來，某方面回答了跟他頭髮有關的問題——絕對是出於個人衛生的緣故。

「放屁，盧卡斯，是我先看上他的。」

「媽的，你們兩個滾邊去！」其他犯人開始分贓不均地吵了起來。

在人群最後方站著四個壯漢，滿臉不屑的神情，彷彿他們這群人只是一群禽獸。這個想法倒也沒錯。

爲首的那人額上綁一條頭帶，打赤膊的上半身露出精壯的肌肉，不會誇張到過分，但足夠讓人知道捱他一拳絕不好過。他身旁三個同伴跟他差不多，看起來都像是在街頭比拳賽爲生的男人，在他們身後站了一個特瘦小的年輕人，看那張臉甚至會讓人懷疑他成年了沒有，是這群人裡唯一格格不入的。

這幫人站在角落，自成一格，顯然無意加入戰局。

「嗚嗚嗚，小姑娘害怕了，哭哭啼啼要找律師叔叔了。」一個胖壯的囚犯對新同學做出擦眼淚的動作。

新同學一語不發，只是站在那裡看著他們。

「你叫什麼名字？」第一個開口的油膩男盧卡斯推了他一把，新同學退了一步。

「說話啊，你啞了？」盧卡斯又推他一把，新同學再退一步。

人群裡有人朝他丟了一條吸飽臭汗的毛巾，新同學頭一偏避開，所有人開始嘻嘻哈哈哄笑。

對於新人，他們看太多了，通常不外乎幾種反應：

第一種是強作聲勢，一副很屌很硬漢的樣子，通常開口說不到幾句話就是「來啊！老子不怕你們」，想先下個馬威，讓人不敢動他們。這種人通常死得最慘。曾經有一個這種貨色，進來七個小時後就被拖出去，腸子從肚皮裡流出來，後來沒再活著回來過。

第二種是貪生怕死、苟且偷生之輩，一進來就苦苦哀求，開始說自己多可憐、多無辜、家裡有多少人靠他養，求他們不要傷害他。這種人下場也很慘，大部分是輪爲公用屁股，直到被操壞了拖出去爲止。

第三種是廣結善緣，仗著自己在外頭有些管道想給點好處，多交幾個朋友，提高自己的生存機率。這種人通常沒好結果，因爲第一天給一萬，第二天每個人就跟他要一百萬，龍窟裡有三十二個人，沒有人能負擔得起這麼多「好朋友」。

總結來說，沒有哪種人進了龍窟能有好結果。

這群人比外面那一群又更形容猥瑣，也更致命，但新同學似乎還沒進入情況，從頭到尾都沒什麼反應，所以他們還判斷不出他是這三種人的哪一種。

沒差。他們很久沒看到新屁股，每個人都癢得很。

又有兩個人推了那新同學一下，新同學捧著累累贅贅的棉被再退後兩步，依然沒什麼反應。

他沒來個基本的臉色發白，多少讓他們心裡有點不是滋味。

「嘿，他是東方人！」囚犯群裡突然有人喊了一聲。

「異國風情，我的菜。」盧卡斯抓抓自己胯下。

「不不不，我是說，他是東方人。」說話的那人瘦瘦高高的，擠到盧卡斯旁邊。「我昨天吃飯的時候電視跑出跑馬燈，克德隆那個案子已經抓到人了，兇手是一個亞洲人。」

其他人看向瘦子。

「然後呢？」

「你們想想看，我們這裡有幾個亞洲人？克德隆案的兇手是亞洲人，新來的是亞洲人，他一來就直接被丟進龍窟，這代表什麼？」

「代表什麼？」旁邊楞楞地問。

瘦子翻個白眼。「代表他就是幹了克德隆那個案子的傢伙！」

靠，他待在這種環境怎麼能不跟著變笨？

「哦──」腦袋不靈光的頓時恍然大悟。

站在人群後方那群壯漢眉頭一蹙，上上下下打量新同學一遍。

「看不出來你這麼禽獸，連普通老百姓都殺，還一口氣殺了十六個！」盧卡斯啐新同學一口。

「說得像是你很在乎似的。」這是他第一次對他們說話。

盧卡斯楞一下，隨即哈哈大笑。「你說得對，我並不在乎。我強姦了十七個女人，殺了其中十二個，吃掉兩個。」

「好胃口。」新同學頷首。

盧卡斯開始覺得哪裡怪怪的。

是新同學的態度，他發現。

龍窟裡的犯人就像一群鯊魚，恐懼是餵養他們的糧食；只要新人露出一丁一點恐懼，他們都嗅得出來，然後一撲而上將獵物撕碎。

但這男人不同。

他的身上沒有一絲恐懼。

他只是很平靜地站在那裡，臉上的表情近乎是無聊的，好像在等他們自己散去。

盧卡斯和其他敏感一點的犯人重新將他打量了一次。

他很高，但龍窟裡不是沒有更高的。他很強壯，但龍窟裡不是沒有更強壯的。他年紀不大，但龍窟裡不是沒有更年輕的。

可是他身周有一種奇特的氣息，讓他處在一個跟他們不同的境界。他彷彿是他那個世界的主宰者。

他哪裡來的自信在他們面前露出這副掌握一切的姿態？強烈的不爽升上盧卡斯心田，只想將那張自信的臉摧毀。

「他是我的！」盧卡斯再強調一次。

「別忙了，你記得那群屎蛋說他的房號是幾號嗎？」人群裡一道陰陽怪氣的嗓音響起。

「二〇二，那又怎樣……啊！」

可惡！

二〇二，所有犯人的眼光聚集在新人身上。

「看來上頭眞的很不爽你。好吧，你先回囚室，我們明天看看你還剩下多少。」盧卡斯冷笑。

「謝謝。」他平靜地穿過人群，走向他未來的家。

二〇二到了。

「女士們，睡覺時間到了，所有囚犯在兩分鐘內返回自己的囚室！」廣播聲響起。

後面一堆人發出呻吟。

非得現在不可嗎？他們等著看好戲！

「嘿，威塔，你的新室友來了，留一點給我們！」某個人大喊，所有人憾然回到自己的囚房。

狄玄武踏入二〇二的門，一個高大的男人背對著他正在洗臉。

狄玄武自己很高大，所以能被他稱之爲「高大」的人，就一定是眞的高大。目前爲止，他也只用這個詞形容過吉爾摩。

裡，就是得配合情勢。」

「我想睡下舖。」

「你打算如何讓我換給你？」威塔眼一瞇，鐵掌揪住他的手臂。

「嘿！」狄玄武轉了個身，順勢掙出他的掌握。

「你有兩個方法可以睡到下舖，一是出去舔那些屎蛋，讓他們替你換室友，不過我聽說他們不喜歡這一套，二是滾過來好好幫老子舒服一下，舒服完了或許可以讓你躺幾分鐘下舖。」

「這個抉擇太困難了，讓我想想看——我想我還是換室友好了。」狄玄武揉揉下巴。

「他媽的！敬酒不吃吃罰酒，既然你想玩，我就讓你玩個夠！」威塔低吼完一拳擊向他的太陽穴。

「吼吼吼吼——」

「開始了開始了——」

整個牢房的燈已經熄掉，興奮的叫囂從各個角落響起，更增添驚險氣息。

狄玄武的身形一扭，莫名其妙拐了個彎，威塔一拳擊在鐵床架上。

威塔不愧是硬漢，這麼重的一拳，換成其他人早已疼得滿臉發白，他卻恍若無覺，第二拳飛過來，胯下巨物隨著他的動作一起晃動。

狄玄武臉上的笑容消失。

身體突然騰空。

這間狹窄的牢房高度約三米二。他跳到空中，雙腿盤起，猶如一尊凌空的坐佛。

威塔見他整個人竟然騰高到半空中，頭頂差點碰到天花板，不禁一楞，下意識抬起頭。

人一抬頭，喉頭就是最好的空門。

狄玄武人在空中停留超乎物理定律的時間，左腳踢出，正中他的喉結。

「咯……咯……咯……」威塔捧住自己的喉嚨，跌跌撞撞退後，但後面已經沒有空間，他直接撞在牆壁上。

牢房外的其他囚室聽見撞擊聲更加興奮，不明就裡地瘋狂喊叫，有人拿漱口杯拚命敲擊鐵欄桿，氣氛一瞬間升高至沸騰。

狄玄武的身體下沈，還未完全落地雙手已捧住威塔的太陽穴，內力透出，威塔雙眼暴突，望出去的世界變成血紅色，彷彿有人用一柄槌子敲破他的腦袋，讓所有鮮血灌進他的眼眶裡。

狄玄武在他暈脹之際，雙手交錯扣住他的左右兩肩，用力一扳，喀喇喀喇，威塔龐大的身體像個兒童玩具一樣轉了半圈，雙肩立時脫臼，臉重重撞在金屬洗臉槽的邊緣。

「啊！」他發出模糊的嘶吼，四顆牙齒噴出來，鮮血橫流。

狄玄武的每一下都是重手，毫不容情。

「威塔，衝！威塔，衝！」其他囚犯還在大聲爲威塔助陣。

狄玄武的手扣住他巨大的頭顱，在他耳邊陰狠低語：「你知道這個世界上比強暴犯更令我作嘔的東西是什麼嗎？就是專挑小孩下手的廢物。」

磅！

磅！

磅！

磅！

他扳著威塔的腦門一下下撞在洗臉槽邊緣，威塔的額頭明顯凹陷進去。狄玄武最後一次揪住他的腦袋，按進他自己尿完不沖水的馬桶。

「咕……咕嘟……救……」威塔死命掙扎，模糊的嗓音伴著尿騷味飄上來。

狄玄武嫌惡地按下沖水鈕，將他的腦袋繼續壓在馬桶裡。

沖完水，威塔嗆到只剩半條命，額頭鮮血長流。狄玄武揪起他的頭，手指陷入他已經脫臼的肩膀，威塔痛得大聲嘶吼。

狄玄武用力一甩，將他整個龐大的身體撞向鐵柵門。

砰！

驚天巨響過後，威塔軟軟地滑落在地。

「嘿，慢著！」對面牢房隔著黑暗的走道，開始發現情況不對勁。「嘿！嘿！你們不要吵，他快殺了他了！」

「殺了他、殺了他、殺了他！」

「我不是說威塔殺了他，是他快殺了威塔！」

這句話並未讓其他人平靜下來，而是更狂熱的叫囂。

「吼——吼——吼——吼——」

「殺、殺、殺、殺、殺——」

威塔無功地扭動腦袋，近一點的牢房看見他臉上的鮮血，猶如海裡的鯊魚聞到血腥味，都瘋狂了。

「打下去、打下去、打下去——」

「打死他！打死他！打死他！」

「不死不休——不死不休——」

此起彼落的叫囂從龍窟各個角落響起，所有人的獸性被激發到最高點，死的是他們的老相識或新同學已經不重要，他們要血，新鮮熱辣的血，野蠻血腥的血！

鼓盈的興奮從每一串尖叫裡震盪而出。

狄玄武抓起威塔床上的襯衫，擦乾自己的手，隨手一丟。

威塔這輩子幹過的壞事用「惡貫滿盈」都不足以形容，他卻在那男人看過來的那一刻覺得恐懼。那雙眼在告訴他，眼睛的主人不在乎自己看的是死人或是活人，因為死活在他眼中都是一樣的。

狄玄武修長的雙腿往他走來。

「不……不……」威塔滿口是血，腦傷太過沈重，左半邊的肢體已經開始不聽使喚。

他不斷想後退，但後面只有鐵門，哪裡都去不了。

狄玄武坐在下舖的床尾，冷靜理智得完全不像剛把一個人打成腦震盪。

「人體有兩百零六塊骨頭，我剛才大概打斷你五、六塊。」他看一下威塔擺在床頭的鬧鐘。「距離明天早上七點開門還有十個小時，表示我平均每個小時得打斷二十塊才能趕上進度。」

「不……不……不……」劇烈的腦傷讓威塔無法恢復行動力，只能無力地抬起一隻手臂，又垂了下去。

「時間有點匆促，不過沒關係，我們趕一趕應該來得及，準備好了嗎？」他對威塔露出白牙。

「不……不……」

那一夜，威塔的尖叫伴了所有人一整夜，他們不斷聽到「喀、喀、喀、喀」的奇異聲音。

隔天狄玄武成功換了新室友。

11

嗶嗶！

會客室的門鎖打開，狄玄武的法律顧問——希斯洛先生走了進來。

「嘖，看來替人渣和垃圾惡棍辯護是很好賺的行業。」身後的獄警看著希斯洛先生一身高級西裝，以及價值自己一個月薪水的純牛皮公事包，不禁喃喃批評。

不怪他這麼想。其實，任何人第一眼見到希斯洛，不會先想到法律顧問，而是拳擊手，而且不是那種街頭打業餘賽賺外快的拳擊手，而是貨眞價實站上擂台以命相搏的職業拳擊手。

不過從希斯洛成功的外表來看，他顯然不需要登上擂台搏命，坐在涼涼的辦公室和法庭爲客戶動動嘴巴，就能賺進大把大把的鈔票。

「你這是在侮辱我的客戶是垃圾或人渣嗎？」希斯洛先生立時轉身鷹視他。「倘若你有如此嚴重的偏見，我非常樂意向司法局申請調查奈沙特監獄是否有虐囚行爲。」

獄警翻個白眼，轉身離去。

希斯洛先生在狄玄武面前坐了下來，挑剔地審視他那身醜到應該以核彈消滅的藍色囚服。

「狄先生，我從來沒有想過有一天我們會在這種情況下碰面。」說來有點諷刺。

「盡量享受這一幕吧！不會持續太久的。」狄玄武挑了下眉。「嫂夫人可還安好？」

「好得很，她的手藝要是再進步下去，我這套衣服就穿不下了。」希斯洛拍拍自己的肚皮。

「你的肚皮從我認識你的時候就長這樣。」

這是讚美還是挖苦？「你認識我的時候我是一身肌肉，現在是一身肥肉。」

「所以我說，從我認識你的時候就長這樣。」

挖苦，絕對是挖苦！

希斯洛咕噥兩聲，打開隨身帶來的手提箱。

「在我過來之前，我先打電話給你家鄉的女朋友，看看她有沒有什麼話要跟你說。以下是她的留言：大家都好，醫生的診所已經在籌備之中，不用擔心。我的資格考剛考完，兩周後才會知道結果，我自己是沒抱太大期望，下一次再努力吧！對了，梅若琳失蹤了，目前推測她是被人以握有藍尼清白的證據騙出去，至今下落不明。藍尼急瘋了，最後不得不回頭求助自己的夙仇巴洛迪檢察官，有最新進展我再向你報告。」

希斯洛先生狐疑地看著他。「這是『地下正義』的劇情嗎？布爾市最近也開始播了，我女兒天天黏在電視前，看完才肯睡覺。」

「我從不看肥皂劇的！」他道貌岸然地說。想也知道一定是那個覬覦她許久的變態總檢察長把她騙出去，他肯定就是一切事件背後的大魔王。

希斯洛先生瞇眼打量他片刻，把留言條收起來。

「你還好吧？」

既然他蹲在一間監牢裡，這個問題好像有點白搭。

「有幾件事我需要你處理。第一，告訴勒芮絲，提亞哥有一個在市區獨居的寡母，如果她願意搬到安全區，我們的人永遠歡迎她。第二，告訴提默他需要出去理個髮，轉換一下心情，他知道最好的理髮廳在哪裡。第三，告訴喬歐該做的事繼續做，有空的時候幫艾拉弄隻寵物，他是目前唯一有心情做這件事的人。第四，告訴伊果挖井。第五，告訴布魯諾，以下的話一字不漏：『你的時機掌握得太晚，我快要失去耐性了。』」

「你知道這種時候大部分是律師說話、客戶聽話的吧？」希斯洛盤起手臂，拳擊手般的肌肉在西裝下鼓脹。

「你只是『法律顧問』而已，我們還不是正式的客戶關係。」

希斯洛認命地提筆把他的要求記下來。

「還有嗎？」

「有，依法我的法律代理人可以調閱所有跟我案件有關的記錄，包括偵訊報告。案號A三〇二八三四二是克德隆的案子，他和我的案件是相關事件，我要我們這兩個案子的所有記錄。」

希斯洛把所有事情記下來之後，銳利地看他一眼。

「你自己呢？在牢裡有沒有遇到什麼問題？目前案件還有許多疑點，持續在調查當中，你剛剛到案，最多只能算重大嫌疑人，布爾市司法局沒有權力把你丟進監獄，更何況是『奈沙特』這種離市區幾十公里的監獄？市長那群官僚分明是故意讓你吃吃苦頭，我們正在爭取將你轉送回市區的看守所。」

「你在開玩笑嗎？在這裡我有得吃有得睡，有一整間牢房自己住，不必管上百口人的生計，不必處理永遠處理不完的問題，每天晚上十點上床，隔天早上七點起床。我都想不起來上一次作息如此規律是什麼時候，這裡簡直跟渡假一樣。」他怡然道。

「你為什麼沒室友？他們把你關在獨囚室？」希斯洛眉頭緊蹙。

「我的室友在我進來的第一天遇到一些『突發狀況』，十分不幸，獄方已經讓他進醫院接受治療，我衷心祈願上帝保佑他一切平安。」

他的笑容露出太多白牙，希斯洛又好氣又好笑。真不知道自己幹嘛為他擔心，這世界上如果有人能在一堆禽獸之中全身而退，大概就是狄先生了。

「好吧！我會在下一次會面時將你需要的資料一起帶來。」

「再見。」他主動對監視器做個手勢。

「你知道大部分囚犯都會盡可能延長會客時間，不想回牢房去吧？」希斯洛忍不住挖苦。

「我已經說了，我在渡假，別佔用我寶貴的時間了！」

❦

狄玄武的新室友在三天後搬進二〇二號囚室。

他的名字叫拉爾，就是之前那群街頭拳手裡最瘦弱矮小的男孩，近看年紀更是輕得不可思議，狄玄武都懷疑他到底滿十八歲沒有。

鐵門一在那男孩身後關上，某個角落的牢房便響起一聲暴喝：「新來的，你要是敢動拉爾一下，他媽的別想活著走出牢門，聽見沒有？」

其他囚房響起一陣「嗚——」的調侃聲。

拉爾捧著自己的鋪蓋非常緊張，窄窄的肩挺得筆直，把鋪蓋往上鋪一丟，在門口小小的空地跳來跳去，一副要找人打架的樣子。他的室友躺在下鋪的床上，兩腳在腳踝的地方交叉，手上拿著一本每間囚房都有的聖經正看得聚精會神。

「喂，下鋪是我的。」拉爾挑釁。

聖經微微一偏，露出一隻黑眼打量他幾下，然後又移回去。

「別以爲你打敗威塔我就怕你，哼！你聽見剛才嗆聲的人是誰了嗎？那是我堂哥費比希，我平時都跟他們混在一起，他們個個都是拳擊高手，費比希可是布爾市街頭文打第一名的記錄保持人，連盧卡斯那些人都不敢惹他。你要是敢動什麼壞腦筋，費比希會把你打成一團肉醬！」

聖經後的黑眼又露出來一下，再移回去。

「喂，跟你說了我要睡下鋪，聽到沒有？」

這次聖經連移都不移。

通常大部分的牢房是上鋪比較吃香，因爲下鋪等於對著馬桶，半夜尿尿的聲響和味道第一個影響到的就是下鋪。但在龍窟裡，沒有人會讓自己的背對著一個無法信任的人。

每間牢房無論看起來多無害，暗地裡都藏了各種武器，你永遠不知道下鋪的人會不會突然心情不好，半夜抽出一支原子筆磨成的刀往上一捅。

拉爾叫了半天，那人理都不理他，不禁有點氣結。

之前隔了一段距離還沒感覺，現在近看之後，拉爾發現這個新人比他以爲的更高大強壯。那人躺在床上，整副肩膀與床同寬，腳碰到床尾的鐵欄桿，如果這人站起來，應該比自己高出一顆頭吧？體重只怕是自己的兩倍。拉爾越想越害怕，臉上也裝得越勇敢。

「菜鳥，你叫什麼名字？」他繼續狺狺挑釁。

本來以爲這傢伙不會理他，沒想到聖經後面傳出一句：「狄。」

「D？這是什麼怪名字？」

狄玄武沒理他。

拉爾在原地繞來繞去。「好吧！既然你不肯讓出下鋪，那我要睡在旁邊的地板。」

聖經移開，這回那雙眼固定在他臉上，沒有移回去。

「只有一個人可以睡在我旁邊，而你不是她。」

那雙冰冷空洞的眼讓人霎時間與威塔尖叫的那一夜連結，拉爾全身每一根汗毛都豎了起來。

那一夜，一開始其他人還興奮得不得了，隨著腎上腺素漸漸退去，呼喊的聲音漸漸平息下來；沒有平息的，是一整夜怪異的「喀喀」聲，和威塔聲嘶力竭的慘叫。

無人知道這個神祕的東方人是用什麼方法整治威塔，到最後威塔已經沒聲音了，只剩下「喝、喝」的斷氣聲，而詭異的「喀喀」響依然持續。

那個夜裡，沒有人睡得好。

隔天是查房日，獄警幾乎是用鏟的把殘破的威塔從地板鏟上擔架。

「你幾歲了？」狄玄武突然問。

「跟、跟你有個毛關係？」

「你做了什麼被關進奈沙特？」

「關、關你什麼事？」

狄玄武只是直勾勾注視他，那雙眼讓人覺得，不回答他的問題彷彿會有什麼難以預料的後果，拉爾頓時有些呼吸不順。

「……我扒了幾個皮夾，怎樣？」

「你看起來最多十八歲，即使這輩子以扒竊爲生，也幹不了幾年。你是想告訴我，你被丟進一間專門關押重度暴力犯的監獄，還被丟進最險惡的龍窟，只因爲你扒了幾個皮夾？」

「……我沒必要告訴你我的人生故事。」拉爾挑釁地說。

「很公平。」狄玄武聳了聳肩，從床鋪坐了起來。

「午餐時間，所有人犯到餐廳集合，半個小時後停止供餐。」擴音器傳出播報聲，每間牢門「哐啷」一聲滑開。

狄玄武和他的年輕室友走出牢房，拉爾迅速跑向他堂哥那群人，費比希把他拉到身旁，給狄玄武一個兇狠的目光，狄玄武只作無視地往餐廳走去。

費比希的同伴圍成一圈，活生生的一道人肉鐵牆，將堂兄弟倆圍在中間。

「他有沒有動你？」費比希惡狠狠地問。

「沒有啦。」拉爾彆扭地說。

「我說眞的，拉爾，如果他暗示你有什麼不軌意圖……」

「眞的沒有啦！」

說眞的，拉爾也摸不太清楚他的新室友，可是到目前爲止，他從狄身上感覺不出什麼敵意，只能且戰且走。

狄玄武走向通往一樓食堂的樓梯，經過其他牢房時，所有囚犯有志一同地轉頭，各聊各的，完全將他當成隱形人。

這是自威塔被拖走之後整個龍窟的態度。

他們不確定他是什麼東西做的，所以最好的對策就是先無視他的存在。

「孤立」會對一個新加入的人形成巨大的心理壓力，尤其在奈沙特這樣殘酷血腥的環境裡。孤立感會進一步誘發強烈的不安全感，讓人開始變得疑神疑鬼。你知道你遇到什麼事都不會有朋友，到最後心理上會開始動搖，然後做出一些預期之外的蠢事——這是對一般人而言。對狄玄武來說，更糟的情況他都見過，該有的心理建設早已成爲他訓練的一部分，這些跳樑小丑的伎倆對他只是小case。

他繼續悠哉地踅向食堂，排隊等吃飯。

奈沙特的各種工作隊都是由囚犯組成，有洗衣、煮飯、庭園整理等工班。加入工作隊的人能領到極微薄的薪水，但重點倒不是錢，而是可以不必一整天關在牢房裡，所以許多囚犯不惜賄賂獄警也想進各種工作隊。

當然，這種工作隊只由一般囚犯組成，龍窟的成員對其他犯人的危險性太高，連吃飯都得和一般犯人隔離。

奈沙特監獄只有一個犯人食堂，其中一個角落突兀地以水泥牆隔成另一個空間，一個獨立的通道與龍窟連接。

一般區的犯人以排自助餐的方式點餐和領餐，但龍窟的人連點餐都沒有，只有牆上挖一個四十乘三十的方孔，牆的另一邊是派餐的廚房工班，牆的這一側是取餐的龍窟犯人。一人一份，打翻了就別想吃。

以前龍窟也像一般區一樣採自助餐檯的點餐方式，後來某個廚工夾菜的動作慢了一拍，被一個龍窟犯人揪住脖子硬從十幾公分寬的欄桿扯過來，造成廚工頭骨變形、全身癱瘓之後，典獄長就認爲將他們和其他人的接觸降到最低是最安全的方式。

狄玄武從洞裡取出自己的餐盤，坐在一張四人座的長桌前。

這間專門隔給龍窟的獨立餐室並沒有多大，他身邊所有桌位都坐滿了，只有他這張單單他一個人。

他渾不在意地吃著飯，眼睛盯著牆上只准播十分鐘的電視節目。

「呸！」一口唾沫吐在他的餐盤裡。

狄玄武頓了一頓，把塑膠叉放下，拿起旁邊的果汁。

啪！一隻熊手拍掉他的果汁。

他盯著潑在地上的橙黃果汁，慢慢抬頭。

「我不喜歡人家動我的食物。」

基本上所有認識狄玄武的人，無論是嘉斯塔渥那群舊手下，提默喬歐這些親近的朋友，或甘比諾那些工作上的舊識，此時看到他的表情早已頭皮發麻，開始找尋最近的逃脫路徑。

但眼前的這群人並不認識他。

盧卡斯站在他身前，身後十九個人呈扇形散開。

盧卡斯一掌將狄玄武的餐盤整個掃到地上，其他犯人立刻捧著自己的餐盤退到角落，讓出空間給他們，一面等著看好戲。

廚房的人透過送餐的螢幕看見隔壁有動靜，一下子全擠在小小的十四吋螢幕前。

有好戲看了！

「你們願意分享嗎？」狄玄武看向其中幾個手上還端著餐盤的犯人。

所有餐盤同時往他砸過來！

湯水、果汁、肉片、麵包、蔬菜……淋淋漓漓眼看將灑遍他全身，狄玄武突然按住桌角，往上一掀，整張鐵桌立起來擋去所有湯湯水水、叉碗瓢盤。

所有人——無論是挑釁或看戲的人——臉色全變了。

是這樣的，爲了防止桌椅變成武器，典獄長命人將所有桌椅焊死在地上，但他隨手一掀就把整張桌子掀了起來。

鐵桌朝人群飛過去，那十九個人如摩西分紅海般分開，鐵桌撞在水泥牆上，發出一聲巨響，那十九個人瞪著落地的桌子，臉色都十分難看。

「耶……」

拉爾的歡呼馬上被他堂哥巴一下頭打回去，他揉揉腦袋不敢再出聲。

狄玄武指了下盧卡斯。「我知道他是強暴犯，還有其他人也是強暴犯嗎？我們從強暴犯先來，我比較討厭強暴犯。」

另外兩個和威塔體格差不多的男人上前一步，一左一右站在盧卡斯旁邊。

「你今天會死。」盧卡斯對他獰笑。

「ＯＫ。」狄玄武聳聳肩。

他突然動了。

不是往前撲，而是往後倒。

那三個人看他往後倒，以爲他要逃，立刻撲過去。

狄玄武的倒，卻是以旁邊焊死在地上的椅子爲支點，右手撐住椅面，整副強壯的身體盪開來，有如體操的鞍馬動作。

他的身高一百八十五公分，當他只以一隻右手當支點，整副身體的橫掃範圍寬廣無比。

狄玄武的右膝屈起，撞在右邊那條大漢的胸口，左腳順勢踢出，直取他的面門，右邊大漢的鼻頭和嘴巴同時噴血，眼淚橫流，雙手捧著臉跌跌撞撞地退了開來。

狄玄武順著旋轉的勢子繼續掃過去，右腳正中盧卡斯胸口，盧卡斯往後飛了出去撞在牆上。

最後他兩腿套住左邊那個大漢的脖子，以全身的力量用力一扭，那大漢的脖子響起所有人聽得很習慣的「喀、喀」兩響，飛出去之後沒再爬起來。他是三個人裡面最倒楣的一個。

狄玄武掃出去的勢子到了底，他右手往椅面一壓，整個人利用最後的這一個施力飛在空中；他施個巧勁一扭腰，在空中轉了一圈，輕輕巧巧地落地。

「……」

「……」

「……」

沒有人見過如此美妙的打鬥絕技。他將體操和武術融為一體，形成最致命的華麗表演。

狄玄武緩緩挺直腰。

「抱歉，我原本沒打算下手這麼重。」但頭骨斷折而死的大漢已經聽不見他的歉意。

他繼續往盧卡斯走去。

盧卡斯到底天生勇悍，迅速穩住自己，怒吼一聲朝他的臉揮來一拳。

狄玄武仰頭避開盧卡斯的拳風，一記擒拿手扣住盧卡斯的手腕，順勢將盧卡斯帶了一圈，抓住他自己的手圈住他自己的脖子，屈膝往盧卡斯的屁股用力一踢。

這一整個抓拳、扣腕、轉身、鎖喉，流暢無比，從頭到尾只在一眨眼之間。

「咯……」盧卡斯的喉嚨發出一聲怪響，被自己的手臂勒住，狄玄武補的那一腳讓他往自己的手臂撞過去，肩膀立時脫臼。

「噢——」旁邊的觀戰者一縮。

盧卡斯的右肩脫臼並未讓狄玄武放開他的手，狄玄武繼續扯動那隻脫臼的手臂，讓盧卡斯的身體轉得更深，到最後那隻右手已經可以碰到自己右肩——是從他的脖子繞一圈之後碰到。

旁觀者又縮了一下。

盧卡斯被自己的手扭成的絞索勒住，已經出氣多入氣少，說不出話來，狄玄武一拳重重擊上他的太陽穴，盧卡斯腦袋裡爆出一陣白光，整個人軟軟倒了下去。

「還行嗎？慢慢來，我等你。」他鬆手讓盧卡斯倒下去。

從頭到尾他的語氣都是那般輕鬆友善，旁人閉著眼會以為他只是在跟普通朋友聊天，唯獨他英俊的臉龐訴說著不一樣的故事。

他的臉缺乏表情。

戰鬥中的狄玄武從來不曾出現絲毫情緒。他的臉在說，這一切對他只不過是一件例行公事，只需以專精有效率的方式完成即可，不必往心裡去。

這股冷漠淡定，往往是他手下的活口多年後憶起，最爲餘悸猶存之事。

你寧可跟一個暴跳如雷的怒漢對打，都不願面對的是一個機器人。怒漢對你的每個反應都會有反應，或許到了某個程度你們兩個都會覺得夠了，然後停下來，但機器人完全不在乎你的死活，在你沒倒下之前，它不會停止。

狄玄武很煩躁。

雖然外表沒有展露出來，他其實一直努力在壓抑體內的煩躁。

他不喜歡被關起來。

在他二十七歲那年，有一場行動出了意外，他和幾個手下一起被俘。他們都遭受慘烈的酷刑，其中兩個手下死在刑架上。

當時他只能運氣護住心脈，不讓臟腑受傷，但最讓他難以忍受的是每天晚上他們被人從刑架解下來，丟進一個一公尺寬、三公尺高的地洞裡，他只能直挺挺站在裡面，甚至無法坐下。

全然的黑暗並不會讓他害怕，狹小的空間也不會讓他產生幽閉恐懼症。他無法忍受的是那種命運掌握在別人手上、無法逃脫的絕望感。

每一秒鐘待在那個洞裡，他都必須專心地數著自己的呼吸和心跳，用這種方式強迫自己不要發瘋。

三天後他被他師父辛開陽帶人救出來，但那三天感覺起來像三十年。

他發誓他會盡一切可能讓自己不再陷入同樣的處境。

但現在他在一個牢籠裡。

這個籠子不只一公尺乘三公尺，有得吃有得睡，甚至有書看，但這個籠子在他心裡和他二十七歲那年的黑洞一樣，都是讓他難以忍受的禁錮。

他可以離開，這些人困不住他；但他若離開，就必須永遠離開勒芮絲，和每一個他關心的人。

安全區還未站穩腳步，目前又多了一個難民營，他是唯一能扛起一切的人。和雅德市的豺狼虎豹相比，飆風幫只是一群小兒科，如果他走了，勒芮絲他們會被生呑活剝。

所以，他選擇自主性進入這個牢籠，然後在這個方寸間，努力確定事情朝他想要的方向發展。

從開始到現在，他已經坐牢將近兩個月，今年的元旦都是在牢裡度過的。

他不應該一個人在牢裡跨年，他應該待在自己安全舒服的床上，抱著勒芮絲，或許中間躺著艾拉那個小電燈泡，三人中間擺著一大碗爆米花，看著電視上無聊到廢的跨年節目度過。

他很煩躁。他煩躁得幾欲發狂。

「好了嗎？」他彎腰問盧卡斯。

盧卡斯受到如此的屈辱，滿臉漲紅朝他的小腹撞過來。

「上啊——」他狂吼。

另外十八個人突然被他的粗吼喚醒，齊齊攻了上來。

雙拳難敵四掌，或三十六掌。狄玄武的身體多處同時受了無數腳，他運氣護住要害，兩手護住頭臉。

眼前看去只有無數的拳頭、腳丫不斷往他攻過來，累積多時的壓力在此刻完全爆發。

「喝！」

一聲暴喝，他一手一個，抓住兩隻揍到面前的拳頭。

內力從丹田湧向雲門穴，衝入天泉，匯進曲澤、臂中、內關，聚集在掌心的勞宮，五指十宣。他收指一捏，嗶嗶啵啵如爆米花的聲音，拳頭的主人慘叫，那兩隻硬拳頓時被捏成碎骨。

「喝！」

第二聲暴喝，內力從腳底湧泉迸勁而出，他騰空躍起，高於所有人的頭頂。

所有禁制在體內的枷鎖通通鬆脫了，狂哮的獸完全釋放。

他眼中看出去的世界只剩下腥紅的殺意，一腳踢出，踢中一個人的臉側，那人的腦袋直接呈一百八十度扭過去，看著自己的背，身體轟然倒地。

狄玄武落地，五、六隻拳頭同時向他的頭臉、身體攻過來。他兩手使出大擒拿法，圈住這幾隻手臂，以自己的肩膀當支點往下一折，劈里啪啦一串爆裂聲過，六隻前臂斷成十二截。

吼叫、尖喊、痛呼互相交織，餵養著他鼓盪充盈的殺機，他體內的興奮感狂暴得連他都壓抑不住。

他兩掌如爪射出，戳進面前的兩雙眼洞，鮮血立刻從眼洞裡噴出，他野蠻地大笑一聲，和慘痛的呼號融成一氣，強化了空氣中的魔性。

他勾住那兩雙眼洞，繼續往前插入，手指尖端感覺到軟組織、硬組織，內力再繼續推進，手指穿破頭骨，戳入更深處的柔軟。

兩名大漢的號叫聲戛然而止，他毫不留戀地甩開他們，腦漿從他抽回的指洞流出。

拳、腳、拳、腳、拳、腳，他同樣出拳出腿，對上每一隻攻過來的拳腳。內力在他全身脈絡間激盪充盈，勁隨意轉，運氣自如，每一隻迎上的手腳必然響起清脆的斷折聲。

他的身影陀螺般在眾人之中轉動，每看見一處要害，若不是五指成爪，就是足尖踢去，震裂、迸破、貫穿，鮮血泉湧。

他跳起一支致命而古老的舞步，足、指、肘、膝是他最好的舞具，也是他最好的武器。他的關節如水流，柔軟無比地彎曲，皮膚變成城牆，擋住所有擊打進攻。

他一掌拍出，震破一個太陽穴，另一掌迎面而去，將一張臉陷進頭顱。他的血流在歡唱，靈魂在暴力中昇華。

這是他熟悉的世界，呃呃啊啊的痛喊是背景音樂，熱騰騰的鮮血是沐浴之泉，血液的鐵鏽味混合著死亡時的失禁，是他永遠不會厭膩的氣息。

他不必克制自己，這些人是強暴犯、殺人犯、暴力犯，人類中的渣滓敗類。他甚至不需去想，只需讓本能執掌一切。

停……

喉頭，捏碎。關節，扭斷。手，扯斷。腳，折斷。

停手……

眼睛，爆開。耳朵，撕掉。鼻梁，斷裂。牙齒，敲碎。

停止……

腦袋，拍裂。心臟，擊爆。小腹，震破。

「住手！快住手！狄！狄——」

一聲年輕而尖銳的叫嚷切入他的感官，如此突兀，太煞風景了，他不想停。

他一拳擊出，染紅到已經看不出膚色的鐵拳堪堪停在一張年輕的臉前方。

拉爾臉色慘白地盯著鼻端前一公分的拳頭，它只要再往前送一點，他的臉就碎了。濃烈的血腥味從那隻拳頭衝入他的鼻端，讓他反胃。

拉爾。

他的室友。

一個十八歲的扒手。

他只是扒手，不能殺他。

狄玄武眼中的腥紅逐漸退去。

灰色的水泥牆，灰色的桌子，灰色的天花板……現實世界一點一滴沁入他的腦中。

「拉爾，你瘋了嗎？」費比希大吼。

拉爾只是舉手阻止堂哥衝過來。

「沒事了。」他緊盯著狄玄武，一字一句地說。「一切已經結束，他們都死了，你不必再打了。」

狄玄武如夢初醒，環顧他身旁的一片狼籍。

他們站在一個屠殺過後的現場。

攻擊他的二十個人，連同盧卡斯在內，沒有一個人屍身完整。

其他未參與攻擊的犯人站在角落，臉色都是慘白的。在他們的一生中見過許多血腥猙獰的場面，他們甚至參與過其中的一些，但沒有人見過像今天這樣的一幕。

他活生生將二十個人撕成碎片的場景，太令人震撼，他們的意識甚至無法處理這些畫面，以至於大腦都選擇性忽略，不願儲存在記憶裡。

四周安靜無聲。

餐廳。廚房。隔壁聽說有暴動的主廳。

狄玄武深呼吸一口氣，在胸口小運一圈，慢慢坐在一張椅子上，表情是壓力釋放過後的木然。

嗶嗶嗶——

蹲下！全部蹲下！隔壁響起雜沓的腳步聲。

餐廳門打開，全副武裝的獄警突兀地停住，後面大隊人馬幾乎撞在最前排的人身上。

幾張臉從前排人的肩膀探出來，他們看見被血染紅的空間，沒有人發得出一絲聲音。

「所有人蹲下，手放在腦後，面對牆壁不准說話。」不知是誰喊出命令，聲音有點不穩。

龍窟的犯人全蹲了下來。

拉爾蹲在狄玄武身旁，眼睛完全不敢瞟向他的方向。

「發生了什麼事？」今天的值星官終於找到聲音。

「他們撞在一起，然後就死掉了。」

狄玄武的語氣平靜無波。

❦

布魯諾第N次重看布爾市警局提供的街頭錄影，證人口供，檔案照片，然後揉揉疲憊痠澀的眼睛。

他知道他要找的東西就藏在某個角落裡，他只是還看不出端倪。

「嘿，已經晚上九點了，你還不回家？」他的夥伴拉金警探探頭進來。

拉金已經六十七歲，再兩個月就要退休了。他只想好好活到退休，領到保險金，所以幾乎不出外勤，平時都待在辦公室幫布魯諾和一些警察做文書工作。

「你怎麼也還在？」布魯諾問。

「老婆回娘家住幾天，我太早回去家裡也沒人，就留下來幫那幾個三組的小夥子打文件。」拉金走進來，坐在他的書桌一角，看著螢幕上暫停的畫面。「你還在查克德隆總部的案子，不是已經破案了嗎？」

「我們只是逮捕一個主要嫌疑犯，離破案還很遠。」

「我以爲狄玄武已經承認是他幹的？」

「他只承認他侵入克德隆總部，其他什麼都不說，警方沒解開的疑點還太多了。他只要找一個夠厲害的律師，隨時可以在法庭上把我們拆解得屍骨無存。」

「還有什麼疑點？」拉金皺眉。

「我相信他和他的那個叫提默的小朋友一起犯案，他們是從頂樓進去的，但他們是怎麼上到頂樓的？」

拉金搔搔下巴。「從外牆爬上去？」

「大樓外牆有一大段是滑溜溜的玻璃帷幕，他們就算是壁虎都爬不上去。如果說用五爪勾將繩索射到頂樓再攀爬上去，我們說的可是十層樓的高度，有哪種五爪勾發射器有這麼遠的射程？再說，我親自去現場探勘過，頂樓的女兒牆沒有五爪勾扣過的痕跡，他們簡直就像憑空變到樓頂一樣，他們是怎麼做到的？」布魯諾百思不得其解。

「從鄰近的高樓射繩索，再爬過去？」

「同樣的問題，圍牆上沒有五爪勾的痕跡。況且，最近的高樓就是這棟九樓的旅館，在四百公尺之外，底下會經過最熱鬧的主街，就算是夜裡，也還是會有未睡的遊客，他們被看見的機率太大了，狄玄武不是會冒這種險的生手。」

他再拿起旅館那兩個女客拍的頂樓黑影照，幾乎想把照片裡的黑影瞪穿。

拉金陪他研究了一下，兩個人提出幾個理論，都講不通。最後布魯諾把照片往桌上一丟，頹然嘆息。

「時間太晚了，這個時間我早該上床了，你也回家睡覺吧！明天腦袋清醒一點再來想。」拉金拍拍他肩膀。

「你剛才說什麼？」布魯諾腦子突然被觸動了某些記憶。

「我說時間太晚了，這個時間我們早該睡了。」

這幾張照片的時間非常晚了，恐怕那時我已躺在床上睡覺。

布魯諾的背猛然挺直。

「照片的時間太晚，他已經躺在床上睡覺！」

「什麼？」拉金一楞。

布魯諾突然興奮起來，抓過那幾張旅館照片。

「我去找狄玄武對質時，他說，這幾張照片拍的時間太晚了，那時他已經躺在床上睡覺！」

「然後呢？」哪個犯人不是這樣推拖？

布魯諾抓過滑鼠，點開他要播放的影片。「這是布爾市提供的街頭攝影機錄影。他們在克德隆大樓的幾個出入口附近都裝設了路口監視器，可是那些監視器一天到晚被破壞，顯然克德隆不希望政府拍到出入他大樓的客戶，對生意不好，尤其是面對克德隆大樓正門和停車場入口的那幾支。後來市政府修到懶得修，乾脆由得他去。

「警局唯一有的影片，是案發當日停車場轉彎那個路口的攝影機，這個角度拍不到停車場出入口，但，你看！」

布魯諾點了一下影片讓它播放。

拉金很認真的看完六分多鐘的影片。什麼都沒有啊！就很平凡的一個夜晚，街上幾乎沒有車子，偶爾開過去幾輛車也看不出什麼奇異之處。

「你要我看什麼？」

「你沒看到？你再看一次！」布魯諾堅持再播放一次。

拉金只好再看一次。他還是不知道自己要看什麼。

「好，再看一次。」這次布魯諾引導他，「這裡，看到沒有？」

攝影機面對一個T型路口，鏡頭是裝設在T型一豎的街頭，停車場的入口是在橫的那條路右側，攝影機只能拍到T字交叉口的路段。

布魯諾指的地方，就是在T字交叉轉向右邊那個路口的角度，在四分二十秒的地方，那個角度有個白光微微閃了一下，在解析度有限的街頭攝影機之下幾乎無法察覺。

布魯諾同一段又播了幾次，在四分二十秒的地方那個路口確實白光微閃，可是這又代表什麼？

「狄玄武是燒開停車場的鐵板大大方方離開的，這陣白光，就是他們燒開鐵板的火光，攝影機捕捉到亮影。」

他們再把接下來兩個連續性的影片都看完，沒有任何人影從那個路口走過去。

「這是正常的，他們可能已經藏了車子在某處，鏡頭上開過去的車子某一輛可能就是他們，狄玄武非常清楚街頭攝影機在哪些位置，以他的能力，要找出這些鏡頭的盲點絕對沒有問題。」

「好，那你頂多證明我們已經知道的事，他們燒開停車場的大門離去，那又如何？」

布魯諾深吸一口氣，指著四分二十秒處的眞實時間：十一月十五日晚上十一點零四分。

「你再看這些照片。」

旅館房客的拍攝日期：十一月十五日晚上十一點四十七分。

拉金瞪著兩個出入的時間，再慢慢轉向他。

布魯諾拿起螺絲起子的照片。指紋和血跡……

指紋是誰不重要，因爲狄玄武宣稱起子是從他們社區帶出去的，而他整晚戴著手套，所以無論上面是誰的指紋都不重要。

血跡，某種禽類的血……

鳥！

「我知道他們是怎麼上去的了！」布魯諾突然一拍桌子，拉金被他嚇了一大跳。

「怎麼上去的？」

「他們飛上去的！狄玄武，你這混蛋眞是他媽的有種！」他忍不住笑罵。

「等一下，飛上去？他們要怎麼飛上去？別告訴我他是變種人長翅膀。」

「不，他們租飛機飛上去！」布魯諾興奮得坐不住，在狹小的辦公室裡踱來踱去。「我們素來被教育，超過十二樓的高度是變異禽類的領域，飛行很危險、夜晚很危險、夜晚在天上飛更危險……我們的觀念已經根深蒂固，沒有人會去想有人敢在午夜的天上飛，但狄玄武本來就是個行事古怪的人，所有我們視爲合理的教條，在他眼中都不合邏輯，而他認爲合理的做法，在我們眼中也不合邏輯。」

布魯諾停下來盯著老友。「要從建築物外面到達它的屋頂，最簡單的方法當然是飛上去！現場有一根卡在排水孔口的螺絲起子，上頭沾了禽類鮮血。他們在高空中一定被異鷹攻擊了，他或那個提默用那柄螺絲起子刺向異鷹，但起子掉下來，卡在頂樓的排水口。狄玄武再神通廣大，也絕對猜不到起子掉在哪裡，所以那把起子才會被我們找到。

「他們跳機之前，只要設法控制飛機直直飛進荒蕪大地，等機油耗盡也已經飛出一、兩百公里，荒蕪大地就是吞噬證物最好的幫手。」

「在黑暗的夜空飛行，這太瘋狂了……」這可比拉一條繩索想走過鴻溝，在他們的世界裡不會有人做這種事。

但若眞有人這麼做，拉金相信就是狄玄武無誤。

「你知道你剛剛發現了什麼吧？」拉金緩緩說。

布魯諾點頭，將整件事重新整理一次。

「狄玄武和提默租了飛機，帶了D—47上到克德隆總部的頂樓，從通風管將D—47送進去，迷昏大樓裡的每個人。他們隨後進去，打開克德隆的金庫拿走他們要的東西，在十一點零四分時燒開停車場的鐵板離開。

「四十三分鐘後，有另一組人從他們燒開的開口進入克德隆大樓，他們只要很輕鬆地坐電梯就能上到頂樓，第二次釋放D—47，讓全棟樓內的人吸入過量的D—47死亡，附近的旅館房客拍到的是這第二組人。」

狄玄武若眞要殺全棟樓的人，不需要分兩次進入，第一次就可以直接釋放過量的D—47，第二組人才是眞正的兇手。

狄玄武是無辜的，他沒有殺那十六個平民。

「第二組人時間抓得這麼近，表示他們事前就知道狄玄武在哪一天動手，可能一開始就守在附近，等著他們離開，而狄玄武並不知道有這樣的一組人存在。」拉金指出。

螳螂捕蟬，黃雀在後。

這是黑吃黑。

這幾張照片的時間非常晚了，恐怕那時我已躺在床上睡覺。

你的時機掌握得太晚，我快要失去耐性了。

狄玄武那天看到旅館照片的時間就明白了，原來他一直在暗示自己。

既然如此，他爲什麼不說？

他只要提出這些疑點，布魯諾一定會繼續追查，他也不至於被捕入獄，甚至引渡到布爾市。

他想做什麼？

布魯諾想了半天，想不出個所以然來。

「我知道他沒做。」布魯諾突然說。

「嗯？你說誰，狄玄武？你知道他沒做這個案子？」拉金側目。

布魯諾點點頭。「雖然一開始他的嫌疑最大，但，我心裡一直有個角落相信不是他做的。」

「爲什麼？」

布魯諾沈默片刻。「因爲他問我，那些人是怎麼死的。」

拉金蹙了蹙眉，倒是沒說話。

「你和我在這行久了，各種殺人案我們看得太多。」布魯諾語重心長。「當我們上門通知某個人『你認識的某某人死了』，如果是親近的人，兇手和無辜者都會流下傷心的眼淚，表現得震驚痛苦；如果是仇視的人，兇手和無辜者都會表現出適當的情緒，頂多加一句『我很遺憾』，但你知道兇手和無辜者最大的差別是什麼嗎？——兇手往往忘了問：他們是怎麼死的？」

因爲兇手已經知道這個人是怎麼死的。

這只是一個極微小的地方，卻是警方第一個會注意到的線索。

當他告訴狄玄武總部十六個平民和克德隆的死訊時，狄玄武忍不住問，他們是怎麼死的？

當然這或許不代表什麼，但某方面已經讓布魯諾留上了心。

他突然拿起話筒。

「你要打給誰？」拉金問。

「軍火工廠。」布魯從一堆紙張中挖出D—47生產商的資料。

「這個時間他們早就下班了。」

「我直接打到他們老闆家。」有了，總裁馬索．羅葉，地址和電話是……

他撥出一串號碼，過了片刻，對方那端的人接起。

「您好，我是雅德市凶案組組長布魯諾，有幾個問題想請教羅葉先生。」

電話很快接通到馬索．羅葉本人。

「警官，如果你的問題跟克德隆的案子有關，我已經回答過太多次相同的問題。所有我能提供的資料我都提供了，我無法提供的，你們必須有法院的搜查令我才能告訴你。」羅葉顯然非常不耐煩。

「羅葉先生，這幾個問題很快就問完。D—47是你們公司的專利，你確定除了你們公司沒有其他家生產？」

「這問題對我們公司是一種侮辱，我們有D—47原礦的獨家開採權，即使有人偷到礦石，要將它提煉成D—47，沒有我們的專業配方是辦不到的。敝公司的實驗室研究超過七年才成功，我相信不會有其他公司能在短期內生產出跟我們相同的麻醉彈。」羅葉傲然回答。

「好，你們公司的出貨沒有任何異常？沒有員工偷竊？你非常肯定？」

「這是我們公司目前保密最到家的專利配方，你認為我會讓任何人有可乘之機嗎？」羅葉的語氣又回到不耐煩。「我們的製造線在最隱密的地點，每位員工進出都需要經過嚴格檢查，包括脫光全身的衣物，相信我，沒有人能將麻醉彈偷出而不被發現。我們的出貨一切正常，都有合法的單據資料。」

「我需要你們的出貨名單。」

長嘆的羅葉聽起來就像一個家長對一個小孩重複同樣的話無數次之後的無可奈何。

「這就是我無法提供的資料。做我們這一行，客戶的保密性是我們的第一要務，除非你有比亞市司法局發出的搜索令，否則恕我無法提供。而我必須提醒你，軍火工業是比亞市的生存命脈，司法局非常清楚客戶保密對每間軍火公司的重要性，他們願意發給你搜查令的可能性微乎其微。」

布魯諾很清楚。布爾市警局的人就是試過了，鎩羽而歸，所以記錄裡才一直沒有D—47的客戶名單。

「羅葉先生，我明白D—47是市場上獨一無二的產品，售價高昂，並不是每個人都買得起。」布魯諾尋思該如何讓他說出自己需要的資訊。「我相信你的客戶名單或許五根手指就數得完，我並不需要這份名單作為呈堂證供，只需要它印證我的一些推論。這是我私人向你請求，我答應你，這些客戶的名字不會出現在任何官方記錄裡。」

「不可能。」

「羅葉先生，我們在討論的是十六條人命，加上克德隆和他四個保鏢，總共是二十一條。」

「……」

「你完全沒有法律責任，我們今晚的對話沒發生過。你把客戶名單告訴我，我不會用任何形式把它記錄下來，如果它出現在官方記錄裡，你光是僱一團律師就可以把我告到工作都沒了，但我不會讓事情演變到這種程度。我向你保證，今晚的對話不會流出我的辦公室以外。」

羅葉沈默許久。

或許是多日來不斷被警方盤查，也或許是那二十幾條人命在他心中確實佔了份量，他終於發出一聲嘆息，布魯諾知道自己贏了。

「D—47原礦的提煉效率比預期中更低，目前產量並不高，我們只跟一間公司簽訂三年的獨家收購合約。」

一個客戶。布魯諾必須努力壓抑內心的興奮，才能讓他說話的聲音顯得一如平常。

「這個客戶是？」

「拉貝諾。」

這個答案讓兩個警察都頓了一頓。

「你們平時是如何出貨給拉貝諾的公司？這中間有沒有可能被人攔截？」

「我們不『出貨』，產品生產完成，直接放在我們公司的機密倉庫，由拉貝諾公司的人過來載走。我們會再三確認卡車司機的身分，才讓貨櫃出門。至於他們收到貨要如何處置，就不關我們的事了。」

羅葉掛斷電話。

布魯諾緩緩將話筒放回話座。

「我沒聽錯吧？他剛才說，拉貝諾？」拉金瞪著他。

布魯諾點點頭。

「所以，狄玄武和那組神祕人手中的D—47只可能從拉貝諾的手中取得？」

布魯諾又點點頭。

「所以，一切的起源是拉貝諾？」

現在，雅德市的三大幫派全扯進了這個案子裡。

「這不合理。」布魯諾深思片刻。

「為什麼？」

「他們三人之中，拉貝諾最沒有理由拉狄玄武下馬。事實上，狄玄武落馬對拉貝諾的壞處反而多過好處，他有些生意聘僱狄玄武走盤，少了狄玄武，他的人力和財物損失只會更高。」布魯諾深思道。

「或許拉貝諾厭倦了這個人卡在中間。」拉金聳聳肩。

「狄玄武的存在之於雅德市黑幫就像一張鬼牌，他善惡難辨，喜怒難料，武力值超群，卻有著奇特的忠誠感。面對這種鬼牌，和他為友比和他為敵更好。拉貝諾和芙蘿莎一直緊守這個原則，只有席奧當初站錯隊，但圖剛一來立刻站回對的這一邊。」

「如果拉貝諾沒理由，另外兩個人呢？」

「圖剛和芙蘿莎就是不同的故事了。圖剛的哥哥死於狄玄武手中，雖然他一副以大局為重的態度，但他心裡真的完全不在意嗎？如果有人殺了我哥哥，我無論如何都不可能裝作若無其事地和對方打交道。而芙蘿莎，所有人都知道她和狄玄武有些不清不楚的牽扯。狄玄武和她住在一起兩年，他們之間真的什麼都沒有嗎？任何人都看得出她對狄玄武的興趣，可是狄玄武兩個月前莫名其妙帶回了一個女朋友，芙蘿莎就被拒於門外……」

「嫉妒的女人是最恐怖的。」拉金不得不同意。

布魯諾思索半晌，突然又拿起話筒。

「你又要打給誰了？」拉金問。

「拉貝諾。」布魯諾露齒一笑。「無論背後操弄的人是誰，拉貝諾若知道D—47是從他的倉庫流出去，而且警方已經得到密報，應該會很有趣。」

該是攪亂一池春水的時候了。

12

「好，計畫很簡單。我們想辦法幫勒芮絲一個忙，她一定會很感激我們，然後我就說：『不客氣，只要妳以後也幫我們一個忙就好。』這樣她就欠我們一個情啦！」

「這樣好嗎？」里安多有點遲疑。

「這是唯一的方法，不然你還有更好的方法嗎？」卡洛一副想巴他頭的樣子。「想想看，勒芮絲欠我們人情，就等於狄先生欠我們人情；我們找她討人情，狄先生一定會幫她出面，就等於幫我們出面，喔耶！」

「勒芮絲對我們很好耶，我覺得不應該把她扯進來……」里安多悶悶的。

「不然你要找誰？」

「找提默啊！提默也很厲害，他是我們的朋友，一定會幫忙的。」

「他是很厲害沒錯，不過他就是個無名小卒，誰會怕他？要找當然找大尾的才夠力。」

「可是狄先生消失好幾個月，沒人知道他在哪裡。我聽說布爾市那邊有一條案子鬧得很大，好像跟狄先生有關，有人說他已經逃亡去了。」里安多想想不大保險。

「半年前他們也講狄先生死在荒蕪大地，他不是活得好好的冒出來？」卡洛翻個白眼。

「那……如果事情發生的時候，狄先生還沒回來怎麼辦？」里安多心頭不是很樂意。

卡洛氣得想一腳踹翻他。「你以爲我那麼禽獸啊？如果狄先生不在，我們當然自己想辦法，難道我會眞的叫勒芮絲一個人出面？」

「噢。」這才像話。

「好了，現在來想想如何才能讓勒芮絲欠我們人情。」卡洛揪著他走出藏身的角落。

「喬歐！」

說曹操，曹操到。勒芮絲從正在興建的診所大步殺過來，兩小子見獵心喜，立刻迎上去。

被點名的喬歐就沒那麼心喜了，頭皮發麻地轉身就跑。

「你敢躲的話給我試試看！」勒芮絲放話威脅。

喬歐只得認命地回來。

「提默呢？法蘭克為什麼也不見了？」她先問。

「提默有事出門幾天，我讓法蘭克跟他一起去。」喬歐了無生趣地回答。

「好，你今天一定得給我講清楚，你們幾個男人到底在荒地幹什麼？」她現在的耐性非常低，他最好乖乖回答。

「咳，妳等狄回來自己問他嘛，幹嘛問我……」

「勒芮絲，妳有什麼事需要幫忙，盡量說沒關係，我們現在有空，喬歐很忙的！」卡洛嘴甜地黏上來。

「對啊對啊，我很忙的。」喬歐投給他們感動的一瞥。

「你們兩個是來當救援投手嗎？」勒芮絲陰陰地瞄他們一眼。

喔哦，情況不妙，看來今天不是好時機。

兩人分別看過喬歐和勒芮絲，立刻對誰能惹誰不能惹做出判斷。

「算了，我們去旁邊好了。」兩人訕訕地走開。

這兩個死小子，這麼不講義氣？喬歐對他們的背影磨牙。

看來老天有心救他，帳篷區那邊，荷西突然帶了幾個男人走了過來。

「勒芮絲，我能和妳說幾句話嗎？」

喬歐一看機不可失，連忙丟下一句：「她有空，她有空，你們慢慢談，我先去忙了。」閃也！

這隻滑溜鬼，勒芮絲盯著他如風的背影，氣得牙癢癢。

「我是不是打斷了什麼？」荷西遲疑地看著她。

大庭廣眾也不是她能凌虐、欺壓、刑求喬歐的好時機，勒芮絲決定暫時放他一條生路。

「不，你有什麼事嗎？」

「我只是要感謝妳，僱用我們替醫生的診所施工。」荷西露出一絲笑意。

「別這麼說，大家都是自己人。」

新診所就蓋在大門旁邊，醫生每天只要走出大門，就能上工。

屋子的建築工事已經差不多了，現在主要在做內部的裝修，等待醫生訂的那些昂貴醫療器材送來。

診所建構的成本把狄最近的一筆收入幾乎用光，雖然他們手邊還有兩百多萬，這種花錢速度依然讓勒芮絲心驚。

狄不知何時才能回來，後續說不定還有大筆的律師費，他們光是節流已經不夠，必須想想開源的方法。

現在只能期望醫生開業之後，生意好一點，多少紓解一下安全區的經濟壓力。

「是這樣的，我們遇到幾個問題不知該找誰。」荷西對身後的男人一比，大家都點點頭。「從現在開始，安全區就是我們的家，我們並不想只靠社區之人的慈善活下去，我們得自己站起來。你們已經很慷慨了，可是我們如果繼續坐吃山空，遲早有一天整個社區也會被吃垮的。」

「對，對。」他身後的男人們連連點頭。

「最近一有機會，我們就會進城找找看有沒有合適的工作。我瞭解我們不是正式的雅德市民，或許條件好的工作不多，但只要有人願意僱用我們，任何工作我們都願意做。」荷西說。

「謝謝你。」勒芮絲嘆了口氣。

安全區現在有兩個區塊，一個是他們自己住的，大家都習慣叫「社區」，一個是難民們住的帳篷區，大家都叫「營區」。

在他們自己的社區裡，麥瑟那些有一技在身的人已經在城裡找到不錯的工作，但剩下來的十幾個人要分擔社區的巡邏瞭望，每天還要處理一百多人吃喝拉睡，幾乎都是全職的工作，眞正能出外賺錢的人沒有他們一開始預期的多。

昨天她和梅姬在討論這個月的預算時，她很坦白告訴梅姬：「我知道醫生聽了我的話一定不以爲然，但我們必須改變自己的觀點，不能再把營區的人視爲難民，而是鄰居。他們現在必須依靠我們，但我們若能輔導他們就業，讓他們開始有收入，我們就能每個月收取一些合理的租金，起碼抵銷營區的基本支出。」

梅姬鬆了口氣，「我早就有這個想法了，只是怕說出來好像顯得我很市儈。」

如果營區的人住下來已經是個不爭的事實，那麼他們越快能獨立自立，社區的負擔就能低一些。

「勒芮絲，應該是我們感謝妳，怎麼會是妳謝謝我們呢？」荷西連忙說。「現在的問題就在這裡，城裡的店家聽說我們是逃過來的難民，願意給的薪資都極端微薄。我們只有一個人問到時薪五塊錢的工作，其他老闆只願意付二到三元的時薪。」

「三塊錢的時薪？」吃人啊？

「沒錯。」荷西身後的約書亞上前一步。「勒芮絲，我們不挑剔，但算算時薪三塊錢，就算工作一個月也不過五百塊，扣掉午餐和來回的車費，一個月頂多就是打平，跟沒工作也差不多。如果遇到苛刻一點的老闆東扣西扣，說不定還要倒貼，這就失去我們幫忙分攤經濟的本意了。」

「三塊錢實在太誇張了！我也不要你們去做三塊錢的工作。」

雅德市的合法工資是一個小時十元，即使打個七折，好歹也有七元吧？更何況這只是基本薪資，營區裡頗有些學有專精的人，這種薪水根本是剝削。

「唯一的方法是拿到難民資格，起碼可以保障我們的基本工資。可是我們的資料已經送件很久了，到現在連難民證都沒發下來，我懷疑市政府根本沒有受理我們的申請。」荷西說。

通常拿到難民證還要經過一到兩年，才能拿到正式身分證，不過有了難民資格，起碼先保障了基本的居住權和工作權。

「勒芮絲，聽說社區的人只比我們早來幾個月，我們在想，如果你們的身分證也還在申請，我們可不可以一起辦？或許看在狄先生的分上，市政府願意加快速度？」約書亞問。

「我們已經拿到身分證了……」勒芮絲面露難色。

「啊？」荷西傻住。

「我們剛來不久，狄就送出申請，市長以『特速件』核准了我們的身分。」勒芮絲不知道爲什麼竟然覺得有點抱歉。

荷西和那幾人面面相覷。「那，我們可不可以請問，狄先生何時會回來？」

「很抱歉，我不是有意刺探，但我們在城裡聽見一些流言……勒芮絲，狄先生還會回來吧？」約書亞輕聲問。

「他當然會回來！」這話說得太兇猛，勒芮絲強迫自己用平緩一些的語氣回答。「他有事出城一段時間，但他很快就會回來了。」

他很快就會回來了。

他一定會回來的，她必須如此相信。

梅姬停在幾步之外聽他們的談話。

「或許我們可以請拉貝諾……」梅姬在旁邊輕語。

「不。」

勒芮絲現在已經明白雅德市是如何運作的了。撇開高樓大廈、汽車電視的現代化設備不談，這裡是另一個原始叢林。

所有叢林的本質都一樣，部落之間互相競爭，搶奪更大的生存機會。越強越不需要盟友的人，盟友就越多；越弱越需要朋友的人，往往成爲第一個被碾壓過去的犧牲品。

狄在的時候沒有人敢欺負他們，但狄離開一段時間了，幾次進城處理一些事情，她都感受到來自各方的試探。她不曉得安全區還能擋多久，但她必須做好準備。

雅德市只有一台有線電視台，新聞頻道播的都是本地新聞，即使如此，布爾市的消息也漸漸在傳過來之中。一旦狄確定被捕的消息傳出去，安全區可能會成爲第一個被碾壓的對象，而她不能仰賴目前看似友善的人會繼續對他們友善。

她現在能做的事是盡快將醫生的診所設立起來。在末世裡，醫生不嫌多，唯有提高自己的被利用價値，他們才有機會撐過狄不在的這段期間。

她不曉得狄當初建議醫生開業是不是已經先想到這一點。

她猜想是的，他總是爲他們做好萬全的準備……

「荷西，我會和伊果聯絡，盡量想辦法幫大家先申請到難民身分，在這之前，你們若找到好工作就先做，若找不到，再等一陣子沒關係，我們還不至於撐不了幾個月。」她說。

「咳，抱歉，我可以插個嘴嗎？」一直在附近潛伏的卡洛忍不住舉手。「勒芮絲，城裡每天都有工班車在幾個不同的地點招聘建築工人，都是按日計酬，我聽說工資還不差，你們要不要乾脆找台工班車每天早上過來招人看看？」

勒芮絲一怔。

他們的承包商佩洛走出施工中的診所，正往梅姬而來，聽見卡洛的話立馬點點頭。

「這倒是可行的方法。」

「哦？」勒芮絲看向佩洛。

梅姬看他停在自己身旁，芳頰浮起兩抹淡淡的紅暈。

「城裡有很多工程在進行，每一天都有好幾個地方在徵僱臨時工。這種工作都是當天做當天領，建築工人的薪水還不錯，通常一天能有一百元，即使你們沒有身分，打個折，一天七、八十也跑不掉。」

荷西的人眼睛一亮，勒芮絲連忙問：「請問你認識那些招工的人嗎？」

「我認識。」里安多舉手。「呃，也不算我啦，是我叔叔。他是開室內設計公司的，正好認識許多同行的人，在蓋多區招工的工班車就是我叔叔合作過的建築公司，我可以請他問問他們願不願意到安全

勒芮絲啞然無聲。

箱子。堆滿半個房間的箱子。

一、二、三、四、五……二十、二十一、二十二。

二十二個箱子！

三尺見方的箱子材質像日久經年的皮革，邊緣飾有鐵條，牆角一堆被敲開的大鎖頭，顯然箱蓋原本是被鎖頭鎖上的。

她走上前輕觸其中一個箱子，眞的是皮革做的。

皮革、鐵條和大鎖頭的箱子……這根本是每個男孩都夢想過的海盜寶藏。

她難以置信地看喬歐一眼，喬歐伸手一比，她打開其中一個箱子。

「……」勒芮絲踉踉蹌蹌地退到喬歐身邊。

鈔票！

滿滿一整箱的鈔票！

老天爺！

「裡面有多少錢？」

「一百萬一箱。」喬歐面無表情，早就過了驚訝的階段。

一百萬！

這裡總共有二十二箱，兩千兩百萬！

勒芮絲腦中一陣昏暈。

「這些是誰的錢？狄的？」她一輩子沒見過這麼多錢！

「不是，我們並不知道是誰的，只知道埋在我們的土地上。」喬歐走進房裡，指了指牆上的一張地圖。「我們一開始只能慢慢找，後來有金屬探測器速度就加快了，但範圍太大，還是花了許多時間。狄被捕之前我們找到四箱，後來我和提默又找到兩箱，把所有挖到的地點在地圖上標示出來，開始看出一個規律。」

勒芮絲上前一看，地圖上以一定長度標上一個紅色的叉叉。

「挖完一區之後，要找第二區又花了點時間，我們總共找到四個區域，每個區域埋五到七箱不等。」喬歐繼續說。「我估計我們的土地快挖完了，頂多再找到一、兩箱，市郊其他荒地有沒有就不知道了。」

勒芮絲努力從他們社區裡藏了二千兩百萬的事實中恢復過來。

「無論這些錢是誰的，他們一定會想把它要回去。」她突然心神一凜。「喬歐，你猜狄就是因爲這些錢被關進去的嗎？」

「不可能——吧？或許？我不曉得。」喬歐搔搔腦袋。「我們發現第一個箱子的時候，狄還沒接那個克德隆的案子，芙蘿莎是後來才找上門，兩件事好像不太有關聯。狄叫我和提默繼續挖，妳要我們停下來嗎？」

勒芮絲看著滿屋子的錢。

「不，如果他要你們繼續做，你們聽他的。」

狄一定有他的用意，她只需去想這些錢的主人若上門討該怎麼辦——這是指，如果它們的主人敢公開上門討。

喬歐的眉宇間滑過一絲異色，勒芮絲立刻像聞到鮮血的鯊魚盯住他，「喬歐，什麼事？」

還是不要告訴她另一種箱子的存在好了，她的心臟應該受不了。

「沒事。」

「你是一個糟糕透頂的騙子。」

是嗎？好像是。

「眞的沒有，我只是在想接下來會發生什麼事。」這可不算說謊。

「我也是。」她嘆了口氣，感覺所有壓力又湧回來。

「勒芮絲？」

「嗯？」她看向他。

喬歐的眼神前所未有的嚴肅。「我只是要告訴妳別擔心，即使狄一時三刻回不來，我會保護大家的，提默也在，我們絕不會讓安全區的人被欺負，我們一定能一起走過來。」

「謝謝你，喬歐。」她突然露出一絲笑意。「十年前我第一次見到你的時候，絕對想不到有一天我會感激你和我們在一起。」

喬歐有點尷尬地搔搔鼻梁。

「勒芮絲，喬歐，法蘭克說看到你們進來，你們在嗎？」道格突然在樓下用力敲門。

「道格，怎麼了？」

喬歐立刻把這臨時的小金庫鎖回去，兩人匆匆下樓。

「有人來了，你們快出來！」

他們跑出社區大門，對面屋裡的醫生聽到動靜，放下正在整理的藥品一起出來。

一輛貨卡從城裡的方向駛過來，停在他們大門附近，車子用力一甩尾，捲起濃厚的塵煙，讓左近之人咳嗽連連地退開。

坐在棚架下聊天的女人停了下來，正在玩耍的小孩趕快跑回母親身邊。在診所施工的人也停下手邊的工作，走出來一探究竟，佩洛立刻把梅姬擋在自己身後。

從貨卡的車斗跳下四個人，看來都不像善類。前面的車門打開，駕駛座走下一名看起來像頭頭的男人，身上穿著流動掮客遠行時常穿的避沙長袍，不過他的長袍乾乾淨淨，沒有任何塵埃。

五名虎背熊腰的壯漢在貨卡前站成一排，每個人身上都配戴著致命武器，只有那名領頭的男人兩手空空，悠閒地打量從社區走出來的人。

「你是誰？」喬歐脾氣很衝地踏上前，那領頭人雙眼一瞇。

他和那名領頭人都是偏長的深色棕髮，兩人乍看倒有點像，但那領頭人較像個普通的市井流氓，缺乏喬歐的英俊不羈。

醫生制止喬歐，自己平穩地迎上前。「你們好，我是溫格爾醫生，有任何事我能為你們效勞嗎？」

「我叫拉瑪，是龍騰幫的副幫主。這裡，」拉瑪踩踩腳下的黃土地，「是我的地盤，根據道上的規矩，你們住在我的地盤，必須繳保護費。」

棚架下的女人們倒抽了口氣，趕快把小孩子往後拉，診所施工的人都是自己人，臉色登時沈下來。

「我想你誤會了，這塊地是狄先生買的，登記在我的名下，並不是龍騰幫的地。」醫生沈著回應。

那幾個男人笑了起來。

「我說的不是『地』，我說的是『地盤』。」拉瑪朝四周揮了下手，「蓋多區東北方一帶屬於我們，連畢維帝和豹幫的人都承認。你們的屋子蓋在東北的延伸方向，所以你們也屬於龍騰幫。」

「放屁，你何不自己過來拿？」喬歐語氣不善地嗆道。

拉瑪雙眼一瞇，微微上前一步，醫生立刻擋在兩個男人中間。

「我想這應該有什麼誤會，我們已經在這片土地住了三個月，從來沒聽過繳保護費這件事。」

「你們新來不久，我們幫主認為應該免去你們三個月的保護費，以示歡迎之意。」拉瑪謙虛地按住心口。「現在優待期滿了，你們跟所有人一樣必須乖乖繳保護費。」

「你的意思是，那三個月狄在這裡，你們沒種過來惹事吧？你何不等狄回來，當面跟他要？」喬歐不屑地撇了下嘴。

拉瑪的臉色一沈。

「你們以為他還會回來？他不會回來了。」拉瑪轉了一圈，對營區和社區所有人喊。「你們聽到沒有？你們的救世主狄玄武不會回來了！他已經被捕，丟進布爾市最惡名昭彰的監獄，即使他有命活著出來，最起碼也是五十年後的事。」

他轉回來面對勒芮絲，露出一絲狠惡的笑容。「布爾市是個執行死刑的城市，他宰了克德隆總部十六個平民，即使再過五十年我也不認為他回得來。幸運的話他能逃過死刑，判個終身監禁、不准假釋，妳或許還有機會在探監的時候幫他打個手槍。」

營區的人紛紛圍了過來，表情都震驚不已。

勒芮絲的雙眸一寒。

「狄並不是被捕，只是去布爾市協助調查。他是無辜的，很快就會回來。」她揚聲對每個人說，雙眼卻是緊緊盯著拉瑪。「而你，何不在他回來之後，把你現在說的話當著他的面一字不漏重複一次，大英雄？」

拉瑪的臉色霎時變得很難看，一巴掌朝她搧來，喬歐及時推開勒芮絲一掌接住，身後五個男人立刻舉起武器瞄準他。

喀噠喀噠，一陣退槍枝保險栓的聲音響過，社區牆頭以道格、柯塔、魯尼等人爲首，所有巡邏者的槍全架在眼前，連樂蒂莎都拿了一把長槍不客氣地比住他們，火爆氣氛一觸即發。

「T字帶。」醫生忽然冷冷地說。

「……什麼？」

「人的雙眼和鼻子形成一個T字型，軍警術語將這一塊稱爲『T字帶』（T-Box），」醫生解釋。「這一區是人體最致命的地方，所有大腦的重要組成都在『T字帶』後方，而且沒有太堅硬的頭骨保護。在戰鬥模式中，子彈直接射入『T字帶』是殺死一個人最有效也最人道的方式，中彈的人甚至在有痛覺之前就已經死亡，所以情況允許的話，軍警的狙擊手都會盡可能瞄準這個部位。」

「你說這些的目的是？」拉瑪嘲諷。

「我是個醫生，當然知道人體有哪些致命的要害，但『T字帶』這種軍事術語是狄告訴我的。我身後的這些人，都是他一手訓練，相信我，在這麼近的距離內，他們不會失手。」醫生沈聲說。

拉瑪和他身後的四個人臉色大變。

「你想要錢？帶更多人來拿吧！王八蛋！」喬歐給他一根中指。

「你他媽的……」

醫生舉起一隻手制止拉瑪咒罵。「和狄相反，我傾向救人而不是致人於死。那邊正在施工的是我的診所，半個月後將開幕。我不拒絕任何病患，不問太多問題，除非對象是疑似受虐的婦女或小孩。你們是道上混的人，很清楚自己有多容易受傷，我建議你和你的朋友現在就調頭回去，將來你們出了事，需要一個不問太多問題的醫生時，你會很感激自己今天做的決定。」

拉瑪身後的四個人交換一眼，露出不豫之色。其中一個人上前跟拉瑪咬了下耳朵，拉瑪下顎一緊，終於僵硬地點點頭。

「再給你們一個月的寬限期，然後你們像其他人一樣，繳保護費！」

拉瑪一揮手，所有人上車離去。

「醫生……」

「現在煩惱這些也沒用，日子還是要繼過下去。告訴大家提高警戒，我們一切照舊。」醫生低沈地說。

勒芮絲的心情極沈鬱。第一隻豺狼上門了，後面還會有幾隻呢？

❦

胖壯的身體砸在滿牆的鐵架上，一堆武器和軍火灑落在佛萊迪身上。

「你這個混蛋！」提默追進來，一手揪起佛萊迪的衣領。

「你、你竟敢……」佛萊迪的氣管突然被掐住，下面的話一起被封住。

一群火大的手下追了進來，法蘭克只好抽出槍對住他們，所有手下也抽槍，他們的槍比較多支。

「好了好了，大家冷靜一點，都冷靜下來。」希斯洛先生趕快卡進兩方人馬中間。

「他媽的，你又是什麼鬼東西？你們上哪兒找來這個保鏢的？」眾手下火氣很大。

「我不是他們的保鏢，我是狄先生的法律顧問，這是我的名片。」希斯洛抽出一張名片遞給他。

「不要因爲人家體型很大就假定人家是打手好嗎？你們有很多槍，但法蘭克的槍法更好。一旦演變成槍擊事件，警察就來了，你們最近的麻煩難道還不夠多？」

「那小子快把我們老闆打死了！」帶頭的手下抓過名片隨便往地上一扔。

「提默不會這麼做的，對吧？提默小子。」希斯洛回頭吆喝。

砰！

哎唷，這一記一定很痛。

「提默，你能不能好好用說的？」法蘭克無奈去攔他。

「我保證不會讓提默殺死佛萊迪，你們也知道狄先生出了什麼事，他會生氣也是天經地義。」希斯洛說。

「那也不能拿我們老闆出氣啊！」一群怒氣沖沖的手下舉起槍。

外頭的店面已經半毀，客人都跑光了，一群小姐擠在角落嚇得花容失色。

「我跟來就是要控制場面的，你們一直說話害我分心，你們老闆當然被揍得更慘。」希斯洛極力安撫。「相信我，一切都會沒事的，我絕不會讓他殺了你們老大。法蘭克，你進去好好跟他們說，我們在外頭等你。」

法蘭克立馬閃進佛萊迪的軍火庫，希斯洛馬上把厚重的鐵門拉上。

「你搞什麼鬼？開門！開門！」

「你們相信我，法蘭克性好和平，一定會擋著提默。」希斯洛連連安撫。「我們吃法律這行飯的人最奉公守法了，絕對不會讓現場出人命的。我都留在外頭當你們的人質還不行嗎？」

砰隆！佛萊迪又被丟到另一面鐵架上。

屋內。

「提默，你殺了他就沒人回答你的問題了。」法蘭克把槍收好，過去把佛萊迪扶起來。「你沒事吧？」

佛萊迪指著他背後的提默，氣得全身的肥肉都在顫抖。「你、你好大的膽子！連狄都要敬我幾分，你這小子是什麼東西，竟敢上門找場子，你知道我是誰嗎？」

「就是知道你是誰才要揍你！」

提默又要衝過來，法蘭克立刻攔住他，把他推到另一個角落，自己卡在兩人中間。

「有話好好說！」

「他媽的這死胖子陰我們，你擋在那裡做什麼？讓我打死他！」提默指著佛萊迪的鼻子發狠。

「我陰你們什麼？」佛萊迪怒目而視。

提默突然從莫名其妙的方位閃過法蘭克，一把將佛萊迪舉高，佛萊迪肥胖的脖子又被箍住，差點緩不過氣來。

「我、我是全布爾市……最有名的……你敢……」

「你是全布爾市最有名的武器掮客！你在我們來的那天假裝你認不出D—47，你是以為我多蠢會想不出有鬼？」

「提默！提默！」法蘭克大喝，從身後硬掰開提默。

「我沒有裝……」

佛萊迪脫身之後死命鑽到另一個角落，拚命揉脖子。

「你他媽的還說謊！」提默想衝過來，被法蘭克死死抱住。

盛怒中的提默雙眸噴火，怒髮衝冠；相反的，善良和平的法蘭克努力擋在惡龍面前，臉上掛滿歉意，在佛萊迪眼中簡直像天使一樣散發出金光。

「我沒有說謊，我只是迴避真相。」說真的，如果換成在暗巷裡，他說不定真會以為修理自己的是狄。

「佛萊迪，我只希望在情況變得更糟之前帶提默離開，請你告訴他他想知道的事好嗎？我不希望他殺了你，然後像狄先生一樣被關進牢裡。」法蘭克努力擋住提默。

「我師父會坐牢都是他害的，我今天不殺了他絕對不走！」

們收貨的中間人，我甚至連箱子都沒開！」

「我沒有！」佛萊迪揉著疼痛的下巴低吼。「狄是我的朋友，我為什麼要陷害他？」

「你把另一半的D—47交給別人，你以為我不知道嗎？」提默指著他暴怒。「說！你交給誰了？」

「我沒有另一半的D—47，那天你們帶走的就是全部送來的東西，連訂都不是我訂的，我只是替你們收貨的中間人，我甚至連箱子都沒開！」

「放屁！如果你心裡沒鬼，為什麼假裝認不出它？」

「我……好吧！我假裝的原因只是不想以後惹上任何麻煩。D—47太少見了，無論狄拿它去做什麼，一查起來很容易扯到我這裡。如果將來警察找上門，我一推三不知，什麼問題都沒有。」

「放屁！你就知道一定會出事？法蘭克，放開我，讓我揍他！」

「你冷靜一點。佛萊迪，快告訴他！」法蘭克大叫。

佛萊迪趕緊躲到另一個角落。「你知道一罐D—47有多貴嗎？一罐就可以撂倒一屋子的人了，他要了這麼多罐，想也知道一定是大案子，怎麼可能會沒聲沒息？」

「你也知道D—47有多貴？你就是想私下賺一筆，才扣下一半的貨對不對？給我說，你到底賣給誰了？」

「你他奶奶的到底要我講幾次，我沒扣貨！狄出事之後，我在道上打聽了一下，才聽說最近黑市裡有D—47在暗中流通。」

「誰？誰在流通？」提默怒喝。

「我怎麼知道？」

提默突然閃過法蘭克，一把抓向佛萊迪的喉嚨，法蘭克情急之餘從背後抱住提默，硬轉一圈把他擋在自己身前。

「佛萊迪，告訴他！」

「我真的不知道。」佛萊迪已經躲到沒地方躲了，第一次發現他的祕密軍火庫太小了，早知道當初就蓋大一點。

「那源頭是從哪裡流出來的？你說啊！」提默被法蘭克像章魚一樣抱住，氣得滿面猙獰。

「……」佛萊迪遲疑了一下。

「你還敢不說？法蘭克，放開我，不然我連你一起揍！」

「好吧，好吧，拉貝諾，OK？我聽說是從拉貝諾那裡流出來的。」

法蘭克一楞。「雅德市的拉貝諾？」

「不然還有哪個拉貝諾？」

「媽的！你說謊，拉貝諾是狄先生的朋友，爲什麼要陷害他？」提默又想衝過去。

「嘿！我只說流出的是拉貝諾的倉庫，我又沒說是拉貝諾陷害他。」佛萊迪趕快躲。「市場上唯一的D—47購買管道是一間比亞市的軍火公司，但他們的貨已經給拉貝諾包斷，這件事說不定連警察都不知道，起碼我肯定布爾市的警察一定不知道。那間軍火工廠受到『比亞市軍火法』保護，要他們吐出客戶名單比登天還難，但我佛萊迪在哪個城市沒有人脈……」

「你少給我自誇！」

「好，好，總之，拉貝諾在比亞市最大貨倉的高階主管是我認識的人，他說，D—47一接觸到空氣就會揮發，所以每一批進貨的D—47都原裝封得好好的，但你總要給客戶驗個貨吧？尤其這種礦產提煉的東西，每一批原礦的品質多少有點誤差，因此，軍火公司每出一批貨，會附送一罐同一批原礦提煉的D—47作爲驗貨品。

「拉貝諾那裡入庫登記的是正式收到的箱數，驗貨的散品通常送進實驗室，驗完就直接銷毀，所以很少登記。你想想看，拉貝諾一年收幾百批貨？那些散品加下來也不少罐了。只要你能買通倉庫管理員和實驗室的人，將幾罐散品暗槓下來，哇啦！你就避過雷達取得D—47了。」

佛萊迪吃力地站起來。幹，背剛才撞那一下好痛。「狄出事後我問過那個高階主管，他說，出貨給狄的二十罐是從他們倉庫出去的，這點毫無疑義，當初用的是芙蘿莎的名義向拉貝諾調貨，但是！

「拉貝諾的貨倉不只一個，我朋友管理的那間雖然是最大的，卻不是儲存D—47最多的一間。他們的人私下在傳，其他幾個貨倉的驗貨品不明失蹤了好幾批。我已經說過了，每批D－47都會有些微差異，只要布爾市鑑識局分析過屍體的D－47成分，再跟拉貝諾實驗室的數據比對，就知道那批D－47是從哪個倉庫流出去的，要找到流出的人和流出的對象就不難了。問題是，警方連拉貝諾是D－47的獨家買主都不曉得，他們有可能去查這些嗎？」

「既然你知道，爲什麼不跟警察說？」

「你瘋了？我們是搞黑市的，哪個賊會去跟警察合作？」佛萊迪瞪著他。

「如果屍體裡有兩種不同來源的D－47，驗得出來嗎？」

「他媽的我哪裡長得像實驗室老鼠，這問題你來問我？我朋友說，這種東西跟濃度有關，那十六個人吸了好幾倍不明的D－47，體內測得出來的應該是濃度最高的，鑑識局的實驗室應該驗得出來。」佛萊迪指著他鼻子，「我是看在狄的分上才跟你說的，那傢伙還算個不錯的人，現在你知道了，你自己去想辦法吧！滾！」

法蘭克拍拍他，提默再給佛萊迪一眼，惱怒地走出去。

刷，刷，刷！

門一打開，六、七把槍對住他們鼻子。

「沒事沒事，世界一切和平，人類一切安好，佛萊迪在裡面活跳跳。」希斯洛趕快滑到兩方人馬中間。

「嘿，佛萊迪，你還活著吧？」

「讓他們出去！媽的，下次那小子再出現，如果不是跪著爬進來，你們誰看見就一槍打死他！」

「好好好，我們走、我們走！」希斯洛推著兩小子，陪笑著往外走。「這是我的名片，來來來，以後有需要歡迎光臨本事務所，我們有最專業的律師和法律顧問爲各位服務。」

一群手下衝進去救老大，三人頃刻間消失在屋外的圍觀人潮裡。

走出好幾條街之外，確定他們徹底離開佛萊迪的地盤，提默和法蘭克互捶一下肩膀，「黑臉／白臉」這招果然歷久不衰。

「謝謝你陪我們來。」兩人分別和希斯洛握手。

「你們是狄的小朋友，我總不能見你們被那幫傢伙生吞活剝。」想想眞令人唏嘘，以前他也是個木訥寡言的老好人，誰成想做了幾年生意，人都油滑了。「你們想好接下來要怎麼做了嗎？」

提默點點頭。「我們回雅德市去。」

「你的名片在他們手中，那些人不會上門找麻煩吧？」法蘭克到底老成持重，不禁爲他擔心。

「哈！讓他們照著地址去找人好了，我沒差。」希斯洛笑得閃閃生輝。「我現在的家在這裡，不能陪你們回雅德，凡事自己小心，狄先生如果有任何交代，我會第一時間轉告你們。」

「謝謝你。」兩個年輕人上車離去。

「他媽的，那個鬼律師的名片在哪裡？給我拿來，我要向司法局投訴他！」

手下從滿地名片裡隨便撿起一張，佛萊迪憤怒地抽過來一看：

通天律師事務所　約聘顧問

卡特羅・希斯洛

13

「……後來我跟他說，我有不好的預感，他笑我大驚小怪。」啵。「結果我們出門不久，隔壁突然發生瓦斯氣爆，三棟房屋都被炸毀。」啵。「他本來還不想出門，要不是我硬拉他出去，他現在已經變成一隻烤雞。」啵。「後來他就決定，以後要相信我的預感。」啵。「所以，你看吧！我眞的有感應力。」啵。

拉爾坐在自己的上鋪，兩隻腳掛半空中晃盪，對著牆壁丟棒球，棒球每打在牆上就「啵」的一聲。

「告訴你，這只是其中一個例子而已，我還有另外一件更神的，有一次我和費比希去找他朋友……」

下鋪的狄玄武把聖經往旁邊一放，突然坐起來按揉眼睛。拉爾把棒球接在手上，立刻活力十足地跳下地。

「你看聖經看膩了嗎？沒法子，典獄長只讓龍窟的人看聖經，不過我堂哥有路子弄到其他的書，我的棒球也是他弄來的，要不要我幫你關說幾句？看在你是我室友的分上，他說不定會算你便宜一點。」

狄玄武舉起一隻食指阻止他，另一手繼續覆著眼睛，好像哪裡不舒服。

「喂，你沒事吧？你是不是毒癮發作了？你沒毒癮吧？」

「不，我正在問上帝。」

「……」靠，拉爾以爲他看聖經是爲打發時間，沒想到他眞的有虔誠信仰。「你在問上帝什麼？」

「我在問上帝爲什麼老是讓我身邊出現這麼吵的人！」狄玄武額角爆青筋。

先是提默，再來是這個叫拉爾的小鬼，他到底做了什麼，老是被這種話很多的小鬼纏上？

這傢伙每天早上一睜開眼睛就開始說話，從天氣、時間、個人興趣、明星八卦、過往事蹟無一不聊，聽得他快抓狂！

以前他還能閃到其他地方避開提默，現在他甚至沒地方躲。

「噢。」拉爾吶吶的。

哐啷，牢門滑開，放風時間到了。

奈沙特每天早上九點有三十分鐘的庭院活動，下午和晚上各有兩個小時的室內放風，除了每餐吃飯的半個小時，這就是囚犯少數能離開牢房的時候。

狄玄武迫不及待閃出門。

「狄，我堂哥說他想跟你談談，你有時間嗎？」拉爾在他身後急追而來。

「不！」

這小鬼要是跟上來，狄玄武發誓他會扯掉他的舌頭。他發誓！

「嘿，不要打我啦！不要推我……不要拉我褲子……走開啦！」後面陷在人堆裡的小鬼拚命抵抗，

幾個新來的鄰居哈哈大笑。

「呃——」其中一個哈哈大笑的新鄰居突然發現自己笑不出來。

一隻鐵鉗扣住他的後頸，手指分別陷入他脖子兩側的肌肉裡。他頸子劇痛，那股強勁的指力讓他明白，對方只要稍一使力，他的頸椎說不定就會斷成兩截。

他張大嘴巴，只能吐出「呃、呃、呃」的聲音，所有同伴立刻回頭。

狄玄武冷冷盯著他們。

「想死啊你們？去其他房打聽一下你們住的這幾間爲什麼空出來！」拉爾趕快躲到他身後。

這時候就知道狐假虎威了。狄玄武無言地看他一眼，把那大漢扔進新鄰居堆裡，轉身繼續走開。

費比希和他的朋友在前方擋住他，狄玄武只看他們一眼，直接繞過去。

「嘿，費比希！」拉爾立刻跑到堂哥身邊。

「我有話對你說。」費比希對著他的背影說。

狄玄武繼續走開。

費比希瞪了他片刻，對同伴一招手，所有人擠進他的牢房裡，兩個人負責站在門口對每個經過的人怒目而視。

「你覺得那姓狄的傢伙如何？」費比希先問他。

「我覺得他人其實不錯，雖然看起來兇兇冷冷的，不太愛講話。」

「誰跟你比起來都『不太愛講話』。」旁邊的凱薩糗他。

「喂！我是說眞的，他看起來雖然不好相處，不過不會仗著自己的個子大，以大欺小；我在他旁邊做什麼，他頂多裝作沒看見，有時找他聊天，他高興就接兩句，不高興就不理我，有時候我以爲他沒在聽，可是我若講到跟前面有出入的地方，他會突然出聲問一句，表示他都有聽進去。」

「還有呢？」費比希皺眉。

「有些事我也講不出來，這是感覺的問題。總之，我覺得他跟其他犯人不太一樣，雖然他對我很不耐煩，要是有人欺負我，他會回來保護我。你記得幾天前你去會面那次嗎？」

費比希點點頭，神色微微陰沈。

「那天你們有兩個人不在，凱薩又被其他生意纏住，可是典獄長剛放新的囚犯進龍窟，我有點害怕。那天下午我一直跟在狄身後，平常他最討厭我黏著他，但那天他沒有趕我，好像知道我一個人會害怕。後來有幾個新人想過來找麻煩，他只是抬頭看他們一眼，那些人就摸摸鼻子走掉了。」

「不是每個人都摸摸鼻子走掉。」凱薩糾正。「其中一個拍翻他正在喝的水杯，姓狄的把杯子撿起來，捏成一團球塞進他嘴裡，其他幾個才走掉。」

「把杯子捏成一團球？」費比希重複。

幾個目睹事發經過的同伴都點頭。

他們的杯子是統一規格的五百ＣＣ軍用鋼杯，把它捏成一團球啊……

好吧，這解釋了爲什麼一個新囚犯第一天就被送進醫務室。

「我會送他一個新杯子。」費比希決定。

「不用了，他把那個新人的拿去用了。」拉爾咧嘴一笑。「你們說他在克德隆的案子裡殺了十六個人，都是平民？」

費比希點點頭。

「除非那十六個人是罪大惡極的罪犯，不然我很難想像他會殺了十六個無辜的人。狄玄武讓我感覺他有一股奇特的正義感，無法忍受比他弱小的人在他面前被霸凌。」拉爾總結。

如果說這些話的是其他人，費比希會相信他們傻了。「正義感」這種事不會發生在龍窟裡，但說這些話的人是拉爾，所以費比希相信他的判斷。

拉爾或許外表看起來很年輕——實際上也眞的很年輕——但他是全布爾市最厲害的扒手。

當扒手的第一項本領就是察言觀色。拉爾更奇特的是，他並非當了扒手才擅長察言觀色，而是天生對人就有一股敏銳度——或許就是他常掛在口中的「靈感力」——使他從九歲開始就成爲一個厲害的扒手。

一個厲害的扒手懂得如何從一群人當中迅速做出判斷，挑最容易得手的目標下手。除了拉爾被人陷害而被捕的那次，費比希還沒見他失手過。

「走吧！我們去找他談談。」

「費比希，你不會跟他打起來吧？」拉爾有些擔心。

說眞的，他們兩個如果打起來，他覺得費比希應該不會贏……

「不會，走吧！」費比希鑽出牢房。

他們在書報區找到狄玄武。

所謂的書報區，其實只是一張鉚在地面的鐵桌和四張椅子。

獄警每四天查房一次，會順便帶一份報紙進來，不過所有時事相關的版面都拿走，只剩下一些藝文花絮或明星八卦。偶爾有什麼獄方認爲不合適的報導還會直接挖掉，這份七零八落的報紙就是書報區的唯一讀物。

狄玄武坐在桌前，正聚精會神讀一篇跟栽植玫瑰花有關的介紹，費比希往他對面一坐，凱薩和拉爾坐在另外兩張椅子上。他只瞄了他們一眼就繼續看報紙。

「我知道你是誰。」費比希直接說。「狄玄武，曾是畢維帝的第二把交椅，打遍利亞生存區無敵手，近三年才冒出頭就驚天動地的男人。盧卡斯那些混蛋關在牢裡太久，沒聽說過你，我想他們現在應該在地獄裡很後悔了，但我進來才一年半，有幸在外面聽過你的名號。」

真的假的？拉爾頓時對自己的室友刮目相看。

「客氣。」狄玄武繼續把那篇專題讀完。

「我叫費比希，今年二十八歲，因為連續搶案而進來蹲。官方記錄說我搶了三家市立銀行，得手贓款一千四百萬，有一個同夥轉為污點證人，警察才抓得到我們這幫人，但是他們找不到贓款。」

「印象深刻。」他把看完的報紙往旁邊一放，扭扭脖子，舒活一下筋骨。

「法官判他們三個十八年，判我二十七年，不過他們給我一個減刑條件，只要我願意將贓款都吐出來，司法局可以將我們的刑期減為七年。」

「聽起來是個很划算的交易。」

「是很划算，只除了我沒有一千四百萬給他們。」

「花在『性感邦妮』和『激情桃樂絲』身上？」狄玄武微笑。

「才不！費比希把錢拿來……」拉爾被堂哥一瞪，把後面的話吞回去。

「哦？」

「邦妮和桃樂絲再性感激情都值不了一千四百萬，我沒有錢給他們，是因為他們的數學有問題。」

費比希野蠻地一笑。「布爾市立銀行替市長和一些高官洗錢是眾所周知的事，我搶的那三家銀行是洗得最兇的。那些錢都是民脂民膏，被我搶走也不過剛好而已。」

「所以你覺得自己是羅賓漢？」

「噢不，我是個銀行搶匪，非常厲害的銀行搶匪。無論我們搶到的錢拿來做什麼用途，都沒有改變我們是銀行搶匪的事實，我們對自己的事業也十分引以爲傲。」他旁邊的同伴紛紛點頭。「我們是一群壞胚子，無庸置疑，被抓到也沒什麼好怨的；問題在於，我們被捕後才知道自己搶了一千四百萬。」

「哦？」

費比希微微傾身。「我們只搶了八百萬，那群混蛋把市長虧空的市政基金一起掛在我們的帳上，所以，就算我想把所有的錢吐出來——而我並沒有這個意願——我也沒有一千四百萬。」

「政客，你能指望什麼？」狄玄武聳聳肩。「恕我直言，你們人關在牢裡，即使有八百萬也派不上用場。」

「噢，二十七年很快就過了，我們有耐心。可惜，典獄長沒那麼有耐心。」

「典獄長？」

「所有銀行搶案，能夠協助警方起出贓款的人可以領到三成的獎賞。一千四百萬的三成是四百二十萬，大約是典獄長兩輩子的薪水，所以他很急著讓我把贓款的地點招出來。」

「我猜這跟我們今天的對話有關？」他想回牢房睡午覺了。

「他。」費比希向拉爾一指。

拉爾一臉吞了顆臭雞蛋的表情。

「拉爾扒了三個皮夾被警方逮到，這是他唯一的犯罪記錄，法官判他七個月，堪堪在六個月必須服刑的門檻之上。這種小罪通常在城裡的監獄蹲一蹲就能出去，猜猜他最後被送到哪裡？」費比希往四周一指。「奈沙特。幾乎他一踏進監獄，就被直接送進龍窟，你說這是爲什麼？」

狄玄武看了下他的室友。

「牽制你？」

「答對了。」費比希扯了下嘴角。「在這裡，二十萬你就能讓犯人自願殺掉自己的老母，何況是四百二十萬？拉爾再兩個星期就出獄了，但我知道他並不安全。典獄長的勢力太大了，到處有願意賣他人情讓自己或在牢裡的親友好過一點的罪犯，拉爾一個人在外面根本撐不了多久。這次被逮就是他上了別人的當，接下來他只會不斷被用更多罪名抓進來，直到最後再也不是幾個月就能出去的小罪。」

「噢。」

「拉爾是個好孩子。」費比希告訴他。

「拉爾是個小偷。」狄玄武告訴他。

「我不是！」拉爾臉色一變，霍然站了起來。

「你會進來就是因爲你偷東西。」狄玄武提醒他。

「我知道，但是……啊！」拉爾氣得坐回去，看都不想看他一眼。

「拉爾確實是個扒手，他那個窩囊廢父親若說這一生對拉爾有什麼貢獻，大概就是把自己的一身絕活傳授給他。等到拉爾青出於藍，那廢柴甚至每天賴在家里，只等著拉爾出門扒錢回來供他喝酒花用，沒扒到錢當天就等著捱揍，拉爾那時才十二歲。但我在他十六歲那年將他接過來住，從此以後拉爾沒有再做過一次犯法的事。」費比希拍拍堂弟的腦袋。

「顯然一個銀行搶匪是最佳的行爲模範。」

「噢，我確實是。」費比希居然點頭。「如果你知道我們家族專出一堆垃圾人渣，你就會明白我已經算是最正常的人，而拉爾過來跟我住也是他這一生最接近正常人的生活。我愛拉爾，他是我唯一的小弟弟，他在我這裡有得吃有得穿，每天晚上不必擔心捱打。我供他讀書，不讓他再回去當個陰溝裡的老鼠。他在學校的成績很好，有一天他或許會成爲我們家族第一個大學畢業的人，不必像我和他老爸一輩子在爛泥裡打滾。」

拉爾低頭瞪著桌面。

「但他依然因爲扒竊被抓進來。」狄玄武喜歡幫人認清事實。「很高興和各位閒聊，我美容覺的時間到了。」

他站起來，費比希的三名同夥立刻圍過來。

「坐下！」

「你們想『幫』我坐下嗎？」他的笑容露出白牙。

拉爾全身汗毛都豎起來，趕快推開其他人。

「好，今天到此為止，謝謝大家的參與！」

「我想請你幫我一個忙，交換條件，我也會幫你一個忙。」費比希依然坐著不動，在位子上看著狄玄武。

「我沒有需要你幫忙的地方。」狄玄武輕輕撥開凱薩的手，轉身走開。

「我知道你沒有殺那十六個人，這不符合你的行為模式。」費比希在他身後說。

「你並不認識我。」他繼續走。

「我不需要認識你。你在雅德市奮鬥三年，存錢蓋了一座社區，就為了到某個地方把一群人帶出來，之後又收留另一群從東區流浪而來的難民，無償供給他們食宿。」費比希側身看著他。「相信我，我瞭解你這種人的行為模式，這樣的男人不會殺十六個平民。」

「你調查過我？」狄玄武終於停下腳步，回頭迎上他的視線。

「這個世界上沒有不透風的監獄，只要有心，任何人都能繼續得到外面的資訊。」

「你調查我想必有原因？」狄玄武慢慢坐回位子上，又露出那種讓人毛骨悚然的鯊魚笑。

「你知道一個成功的銀行搶匪最需要什麼嗎？」費比希告訴他，「人脈。你以為克德隆每天坐在家裡就可以得到一堆情報？不，他是找像我這樣的人幫他探聽情報。」

「你替克德隆工作過？」狄玄武靠回椅背，長眸迷離難解。

「我們論件計酬，他在各地都有幾個像我這樣的人提供他資訊，稱我們為他的『調查員』。他需要我們在當地的人脈，而我們不介意賺點外快。」費比希聳了聳肩。「我說了，這是一個互惠原則，你幫我，我就幫你。你想查什麼，跟我說一聲，在布爾市很少我查不到的事，出了布爾市，我在其他地方也有管道。」

「交換條件是什麼?」狄玄武偏頭打量他。

「他。」費比希指了下自己的堂弟。「拉爾再兩個星期就出獄了,他需要一個安全的地方,一個不會把他拖回這個泥沼的地方。你收留拉爾,我就幫你查出是誰陷害你入獄。」

「你要我把一個小偷送進我家裡?不,謝了。」狄玄武又站起來。

拉爾決定自己受夠了。

「我不是小偷,你不知道發生了什麼事,就給我閉嘴!」他的神情和平時蹦蹦跳跳、半天靜不下來的樣子不同,語氣帶著一種壓抑的憤怒。

「拉爾……」

「不!如果他要侮辱我,起碼必須知道發生了什麼事。」拉爾瞪著狄玄武。「我有一個小時候一起長大的朋友,命運也跟我差不多,只差在我家的是老頭子,他家的是他那個當妓女的媽媽。有一天他說他打工的錢被一群混混搶走,他還有房租和他媽媽高利貸的錢要付,如果他拿不出錢來,那群人威脅要燒了他家,最後我答應幫他扒回那些人的皮夾。沒想到我一出手,旁邊很神奇地冒出幾個警察,而我朋友拔腿就跑,從此沒有再出現過!」

「小鬼,到底要我講幾次『我不在乎』你才聽得懂?」狄玄武捏捏鼻梁。

「是你開始的,你起碼要聽完!你大可拒絕費比希的條件,我不在乎,但我要你道歉,我不是小偷!我已經發誓不會再回去過那種生活。我朋友的事,你可以說我天真,可以說我好騙,但我的目的不是在偷另外一個人的錢,我以為我在幫我朋友拿回他的錢,你沒有權利叫我小偷,道歉!」拉爾捶一下桌子。

他短短的人生一直在努力掙脫陰暗污濁的童年,好不容易以為自己成功了,卻又被打回原形,淪為階下囚,他所有的挫折和自我懷疑都在這一刻發洩出來。費比希和凱薩肌肉緊繃,提防狄玄武變臉。

狄玄武看了他半晌。

「抱歉。」

這聲道歉出乎所有人意料，費比希楞了一下。

「拉爾不會給你的人帶來任何麻煩，如果他犯了錯，你們大可把他踢出來，但我知道他不會。」費比希看自己堂弟一眼。「如何？你願意做這個交易嗎？狄。」

「我考慮看看。」狄玄武起身走開。

經過牆上的某一處刻痕，他停了下來。

「這是什麼？」他回頭問費比希。

「爆菊榜。」費比希嫌惡的表情像聞到什麼惡臭。

「……」狄玄武的表情非常精彩。

「每個犯人把他們進奈沙特爆過的菊記下來，前十名有資格寫在牆上。」凱薩聳了聳肩。「這跟是否為同性戀無關，當你被關在一間只有單一性別的地方，有沒有洞比帶不帶把重要。」

狄玄武翻個白眼，看著牆上的名人榜。

第一名，T．貝南。後面的數字是九十二。

「我恰好認識一對叫貝南的兄弟，他們兩人的縮寫都是T．貝南。」他的眸色一深。

費比希走到他身旁，跟他一起看著那個名人榜。

「這對兄弟不會正好是席奧多爾（Theodore）．貝南和圖剛．貝南吧？」

「你也認識他們？」狄玄武看他一眼。

「我知道席奧．貝南死了。」費比希沒說他知不知道席奧是怎麼死的。「你想不想聽一個故事？」

有何不可？狄玄武聳聳肩，重新坐了回去。

「在我來的前半年，龍窟有一個叫拉斯多的犯人。沒有人知道他是從哪裡來、犯了什麼案被抓進來，大家只知道他已經在龍窟裡蹲了兩年，當時他的數字是八十四。」費比希迎上他探詢的目光，受不了地翻個白眼。「不，我們幾個『守身如玉』，多謝關心。」

狄玄武笑了起來，嚴峻的五官突然一亮，更顯得英俊非凡。

幸好拉斯多現在不在了。費比希心想。

「總之，我覺得這人又噁心又令人感興趣，於是我傳話要外頭兄弟幫我找出這人的一切。」費比希蹙眉。「最後我得到的資料，這人只是短暫來布爾市出個差，馬上就要回他自己的地方去。在他離去那天，旅館的清潔人員在他房裡撿到一張照片，似乎是不小心滑落，卡在床和地毯之間。照片裡是一個全裸的男孩，神情據清潔人員的描述是『令人毛骨悚然』。

「清潔人員覺得不對勁，立刻把照片交給旅館經理，雖然照片看起來並不血腥，但那男孩的神情讓經理覺得這不是一張活人的照片，最後他們報警。若說布爾市的警方有任何優點，就是他們不容許任何針對孩童的犯罪，拉多斯在離開布爾市的前一刻被捕，他們從他的行李箱搜出另外三張不同孩童的裸照，二男一女。

「那幾個孩童確定是最近失蹤的孩子，但拉多斯無論被如何逼供都不招，他只堅稱這是他在黑市買的兒童色情圖片，他很清楚持有兒童裸照的罪比謀殺兒童更輕。

「警方只能先用這條輕罪將他下獄，這段期間努力查訪那三個小孩的下落，但他們就像人間蒸發一樣，再也沒有人見過他們，而旅館房間找不到任何毛髮血跡。即使這裡眞的發生過凶案，拉多斯也將現場清理得十分乾淨，警方的辦案陷入死胡同。」

狄玄武看著牆上「T．貝南」的刻字，面沈如水。

「再過半年，他的刑期滿了，持有兒童色情圖片頂多就讓他坐這麼久的牢，布爾市警局依然沒有任何進展，最後法官不得不放他走，不過他們將他列爲不受歡迎人物，從此不允許他入境。在出獄之前，他已經是爆菊榜上的第一名，其他犯人要求他刻下姓名，於是他刻下這一個。」

T．貝南。

「我想你應該知道這個T．貝南是哪一個。」費比希看他一眼。

他知道。

T．貝南在牢中蹲了三年，一年前才出獄。

原來如此。

他不是對他哥哥的死無動於衷，而是無法立刻到雅德市，豹幫足足等了兩年才見到他們的新幫主。

「九十二個人？」拉爾在旁邊聽得毛骨悚然。

「拉多斯不是他外表看起來的樣子。」費比希看著狄玄武。「我只能告訴你，他興奮起來會變得力大無窮，好像體內藏了一隻冬眠的巨獸。這九十二個人裡不乏虎背熊腰的壯漢，他們在醫務室最短的待了三天，最長的沒再回來過。」

我不是他的菜。芙蘿莎曾說。

她確實不是圖剛的菜，因為圖剛喜歡小孩，在監獄裡只能退而求其次。

終有一天，他和圖剛得好好談談。

「我答應你的交換條件。」他忽然說。「我要你查出每一件跟圖剛．貝南有關的事，包括他喜歡用哪個牌子的牙膏，吃哪種零食，所有的犯罪記錄，哪怕只是一張罰單沒繳。」

「你要的是可以作為呈堂證供的證據，或是你自己知道就好的資料？」

「我知道就好，但必須有準確性。我會給你一支電話，你的人蒐集到任何資料，送到一個叫希斯洛的人那裡去。」

「成交。」費比希伸出手。

兩個男人握手為信。

❦

奈沙特會客室。

芙蘿莎帶著嘉斯塔渥和吉爾摩站在雙向玻璃前，她自己深吸了口氣，身旁的兩個男人卻無法掩飾臉上的憤怒。

「你們把他像隻動物一樣拴起來？」嘉斯一把揪住獄警的衣領。

吉爾摩神色猙獰地舉起拳頭，被芙蘿莎攔下。

雙向玻璃的另一面，狄玄武坐在一張椅子上。

那張椅子，最適合的形容就是「電椅」的不通電版。椅背高過頭部，狄玄武的脖子被一個一公分厚的粗鐵環鎖在椅背上，同樣粗的鐵環固定他的胸膛、腰部、大腿，兩邊的手腕和腳踝。

這樣還不夠，他們用一條五公分粗的鐵鍊將他全身牢牢綁在厚重的實木椅上，確保他眞的動彈不得。

即使一隻猛獅被推進人群裡，可能都不會被縛得這般牢固。

「放開他！」值星官用力扯回自己的同伴。「你們想知道我們爲什麼這樣拴他？讓我告訴你們一件事——

「『奈沙特』是全利亞生存區最惡名昭彰的監獄，所有重大刑案的暴力犯都關在這裡，我們平均每十天會拖出一具屍體，大部分是被其他牢友殺死的囚犯，少數是我們獄警自己的。沒有一個罪犯聽見自己將被關進奈沙特而不會感到恐懼，尤其是重度暴力犯集中的『龍窟』。

「我們每隔四天進龍窟巡邏一次。這男人來的第一次查房，我們拖出布爾市最惡名昭彰的連續強暴犯兼殺人狂，威塔。醫務室說威塔全身有兩百零六處骨折，請問你要如何把一個人打到全身兩百零六處骨折？最慘的是，威塔甚至沒死，但他下半輩子只能當一顆馬鈴薯。

「這人來之後的第二次查房，整間餐廳浸在血泊裡，清潔工得用鏟子把地上的屍體鏟起來，醫務室拼湊半天才終於拼出二十具死屍。

「典獄長放了十六個人進去塡補空位，畢竟奈沙特最不缺的就是喪心病狂的傢伙。就在三天前，那十六個人剩下八個，更別提這段期間有人滿嘴的牙齒被一個鋼杯敲掉、手斷腳斷這種『小事』。他每一次都等對方先動手，製造正當防衛的理由，讓典獄長奈何他不得。

「目前的最新發展：他沒走出牢房，其他犯人不敢先走出來，他沒坐下吃飯，其他犯人不敢先坐。他們幫他端餐盤、倒水、拿報紙，只差沒幫他捶背和擦澡；他們尊稱他『狄先生』，滿嘴都是『請、謝謝、對不起』。我們在說的可是一群強暴犯、搶劫犯、殺人犯、無惡不作的混蛋，我唸國中的兒子都沒他們懂禮貌。今天他要出來會客，你說我們有沒有必要把他五花大綁？」

「……」

「……」

「……」

嘉斯收回剛才的話，狄先生被綁成這樣不是侮辱，是致敬。

「他確實有這種能耐沒錯。」最後，芙蘿莎嘆息。「我們可以進去見他了嗎？」

獄警輕哼一聲，按下開關，鐵門「嗶嗶」一聲打開。

狄玄武看著他們進來，臉上帶著怡然安適的笑意，彷彿這一切只是個再尋常不過的茶敘。

「別被你們看到的困擾，其實我往牆上一撞，這把他們以為很堅固的木椅就碎了，但這些鐵鍊似乎給他們一種虛假的安全感，所以我能配合的地方就盡量配合。」他主動安慰他們。

獄警的喉間響起一陣氣息堵塞的聲音，嘉斯和吉爾摩不得不清清喉嚨，免得笑出來。

芙蘿莎在他的對面坐下，低調的黑色絲質襯衫以大膽的剪裁在她胸前形成一個深V領口，雪嫩飽滿的雙球夾著一道深溝，讓男人一見便不由得深呼吸，彷彿這樣可以嗅到她滿溢的女人香。她下半身是一件同樣保守的黑絲窄裙，但只要一動，開到腿根的高叉便露出瑩瑩膚光。

她無論走到哪裡都是一朵活色生香的魔花。

芙蘿莎看他片刻便受不了了。「我沒有辦法跟一具木乃伊說話，起碼把他脖子的鐵環鬆開。」

「不。」獄警轉頭出去，反手欲拉上鐵門。

「我想你沒搞懂。」芙蘿莎氣極而笑。「我很不希望今晚跟你們的市長說，昨夜讓他高潮到差點死在床上的女人今晚沒心情跟他做愛，因為她的前任安全首腦被鎖在椅子上的畫面太令她沮喪了，你猜你多久會收到解僱通知？」

獄警僵了一僵，最後終於不情願地回來，掏出腰間的鑰匙解開他脖子的鐵鎖。

狄玄武的牙齒突然喀噠一咬，獄警嚇得整個人彈開。低沈的笑聲從他胸膛震出來，芙蘿莎又好氣又好笑，他看起來英俊邪惡得過分，獄警氣得滿臉發青衝出去。

「會面只能一個訪客。」擴音器說。

「噢，那我們出去。」吉爾摩走到門口，突然回頭跟他說：「狄先生，我有空都會跑去安全區幫忙，大家都很好，你別擔心。」

「謝謝。」他頷首。

走出去想想不放心，吉爾摩又探頭進來，「狄先生，你不要再跟芙蘿莎小姐打起來了。」

他們兩個每次獨處都會打架，害他都不曉得要幫誰好。

「走了你，煩不煩？」嘉斯又笑又罵地推他出去。

窄狹的會客室終於只剩下他們兩人。

芙蘿莎看著她面前的魔鬼，眞是又愛又恨又惱。

「這都是你自己的錯。」活該！

「我貌似因爲閣下的工作進來的。」

「你大可以走，這些人根本關不住你。」她往四周一比。「就算不走，警察手中也沒有直接針對你的證據，你是爲了保護那個蠢小子才進來的。你本來是個英雄，現在卻變成一個狗熊，爲什麼？就爲了那個粗俗不堪的農家女？我眞沒對你更失望過。」

「妳夠了沒有？」

「沒有，我認眞地想過，我應該殺了你，這是防止你在我心中徹底瓦解的唯一之道。」

他們兩個人都知道她不是在開玩笑。

「妳可以試試看。」他告訴她。

「哼，別引誘我！」芙蘿莎冷笑一聲。「我見過你的『法律顧問』了。」

「他還不錯吧？」

「你應該告訴我你已經這麼絕望，起碼我可以幫你負擔請律師的費用。」她頓了一頓。「我們已經找到D－47的源頭，拉貝諾。」

「現在才找到？妳想告訴我妳一開始不曉得？」他劍眉一軒。

「信不信由你，D－47是圖剛負責的，我知道拉貝諾那裡有，但我不知道只有他有。拉貝諾獨家搜購D－47的合約十分保密，我以為圖剛是從其他的管道取得，顯然最後他是以我的名義向拉貝諾購買；同理，殺死那十六個人的D－47也是拉貝諾的。」

「嗯。」

「怎麼，不相信你的老朋友會出賣你？」不知道為什麼，看見他被人五花大綁的樣子，而且一切都是他自己招來的，她就忍不住想戳他幾下。

「那倒不是，我從不認為你們三個會有絕對的忠誠，一切只看條件符不符合而已，我只知道他暫時在我名單的最後一名。」

「為什麼？」

「他曾試圖警告我，不過那天我們被其他事打斷了。」

「如果你們被打斷了，你怎麼知道他想警告你？」

「就說是一些客觀事實的判斷吧！」

那天拉貝諾特地跑到安全區，必然是因為發生了某些他預料之外，而且跟狄玄武有關的事，唯一符合的就是D－47了。

D－47被牽扯進克德隆一案的消息傳出來，拉貝諾四下拼湊一番，一定猜想到，唯一有能力替芙蘿莎幹下這案子的人只有狄玄武。如果那天他們沒被突然出現的難民打斷，他就可以先從拉貝諾這裡聽聽他的說法，不過一切沒差就是了，該來的總是要來。

「好吧，那我們三個人裡只剩下一個有嫌疑。」芙蘿莎聳聳香肩，深V的乳溝露得更深。

「事實上，是還剩兩個。」狄玄武對她白牙一閃。

芙蘿莎的貓眸瞇了起來。「你認爲我和他同夥？你這個混蛋！別忘了半個月前是我告訴你，圖剛消失的那三年很可能在布爾市坐牢。」

「瞧瞧我現在在哪裡？」

「怪我囉？」如果現在桌上有杯子，她一定會拿起來朝他砸過去。「你想保護那群蠢笨的鄉下人，把自己搞到這種地步，値得嗎？你跟我在一起的三年成爲雅德市人人敬畏的『狄先生』，你跟他們在一起三個月成爲布爾市的階下囚。那些人只會拖累你而已，我眞的不懂你到底爲什麼要把自己和他們綁在一起。」

妳當然不懂。

「妳如何知道圖剛在奈沙特坐過牢？」他問。

「還用說嗎？慾求不滿的男人在床上什麼都會招。布爾市長見過我和圖剛在一起，覺得圖剛很眼熟，但用的名字是他不熟悉的，所以他一時無法肯定。」

「說眞的，到底還有哪些重要人物妳沒睡過？」他嘆息。

「你。」她豔麗的臉龐綻開一抹妖魅的笑。

「除了我以外？」

「怎麼？你吃醋？」

他連答都懶得答。

「所以，你進來找的那個人到底是不是圖剛？」芙蘿莎無法理解這件事爲什麼對他如此重要，他甚至得親自到奈沙特探一探。

「顯然是他。有一些跟他同期的人還在牢裡。」

「他爲什麼被關進來？」

「無論是什麼原因，都跟我被關進來的案子無關。」

「你爲了一個跟你無關的案子，把自己搞進一座聲名狼籍的監獄？你瘋了？」芙蘿莎瞪著他。

「我有我的理由。」

「那你現在滿意了？準備出去了嗎？」芙蘿莎雙眸微瞇。

「差不多。雅德市的凶案組組長如果有我聽說的那麼厲害，他也該開始找出一些頭緒。」他要卡特羅傳的話不假，他眞的快失去耐性了。

他容許自己被囚禁起來也就這麼長的時間，布魯諾如果還沒想通，等他想辦法把自己弄出去，某組長手中的「懸案」可能會再增加好幾條，包括他自己的。

「我或許猜得出背後的大魔王是誰。」芙蘿莎意味難明地盯著他，兩人互視的眼中有一種「我知道你知道，你也知道我知道」的默契流過。

「嗯哼。」

「但我沒有證據，而且我想不通他把你拉下馬有什麼好處，你自己心裡也有個名字吧？」她銳利地問。

「兩個，但我更傾向其中一個。」

她慢慢思索一下。「嗯……這兩人確實都有能力，但另一個跟你的關係又更遠一些。你爲什麼猜這一個？」

他冷冷地笑。「因爲他看著我的眼睛，摯誠無比。」

「如果我們想的是同一個人，你只能自求多福。現階段我沒有能力扳倒他，對我也沒有好處。」

「這是我的事，妳不需要扳倒他，只要別妨礙我就好。」他沒有特別改變語調，但語氣裡的警告意味無庸置疑。

她背後的門打開，獄警面無表情地站在門口。「探訪時間結束。」

她再看他一眼，這畫面莫名讓她想哭，他應該是昂首闊步奔馳在野外的獵豹，不是被鍊住的貓。

「希望下一次見面，我們已經換到另一個不同的地方。」

芙蘿莎拿起鱷魚皮包，揚著一陣香風而去。

14

布爾市司法局。

局長辦公室裡很少同時擠進這麼多人，除了局長本人，還有雅德市凶案組組長，奈沙特典獄長，一名律師，一名顧問，一名黑道大姊頭。

「來了嗎？」布魯諾對身旁的卡特羅咬耳朵。

「沒有。」卡特羅終於能脫掉那身彆扭的西裝和領帶，恢復他慣穿的T恤和長褲，一時間「黑幫分子」的昔日氣息破表。但他現在已經安分許久，只是個尋常的帕里拉連鎖店老闆。

「咦？你不是狄玄武的律師嗎？」坐在旁邊的典獄長對他產生懷疑。

「不是律師，是法律顧問。」卡特羅笑得嘴巴開開。

「你偽裝成律師闖進我的監獄？」典獄長不敢相信，「局長，他假冒律師是違法的，我們應該立刻將這個人逮捕。」

「錯，我從來沒假冒過律師喔！」卡特羅掏出他的名片放在局長桌上。「上面寫的很清楚，我是『約聘顧問』，法律事務所的顧問簡稱叫作『法律顧問』，我沒偽裝律師出庭啊，法律沒規定我不能進去監獄看我們律師事務所的客戶對吧？」

「你假藉律師名義，調閱本市檢警機密記錄！」典獄長怒拍一下桌子。

「不，調閱檢警記錄的是戴瑞先生，他是正牌的律師。來，戴瑞先生，跟大家打個招呼。」

瘦小的戴瑞坐在最角落，戴著一副起碼兩千度的近視眼鏡，說話的聲音尖尖細細的，跟瘦皮猴的長相有種莫名的搭配感。他的長相一點威脅性也沒有，說有多不起眼就有多不起眼；若是在法庭裡，他不說，別人可能會把他當成旁聽的路人甲，絕不會以為他是來開庭的律師。

「嗨，我是通天律師事務所的負責人，卡特羅是我們事務所新聘的顧問，我的律師證號是……」一長串背出來。

看典獄長還要再說，布魯諾不耐煩地打斷他。「我相信希斯洛先生的身分並不是今天會面的重點。」

「既然大家都到齊了，我們開始吧！」司法局長習慣性地拿起槌子敲敲桌面。

芙蘿莎撫了撫自己的窄裙，保守的黑色套裝穿在她身上就是看起來風情萬種。

布魯諾再看一眼門口。有個小子遲到了。

如果提默在荒蕪大地被吃掉，只能說狄玄武自己命不好，他無能為力。

「局長，你們抓錯人了，放人吧！」

哇，這麼直接？卡特羅差點為他起立喝彩。

「什麼意思？」司法局長冷眼一翻。

「狄玄武不是克德隆案的兇手。」布魯諾將第一張照片放在桌上。「這是克德隆停車場出入口的照片，這一抹白光是侵入者燒開鐵板而發出的火光，這張照片的時間是晚上十一點零四分……」

布魯諾花了半個小時完整解說一次時間的出入點，和兩組人馬存在的證據。

他甚至丟出一份目擊者的證詞，當天晚上十點二十七分住在旅館高樓層的住戶聽見「一陣機器運轉的聲音」從頭頂經過，就是那架輕航機的引擎聲。

「即使如此，那也只能證明有人前後進去兩次，你如何得知不是狄玄武回頭再施放一次毒氣？」司法局長冷冷將照片丟回桌上。

「抱歉，我來遲了！」提默衝進來，氣息微促，後面兩個警衛追得滿頭大汗，槍都拔出來了。

布魯諾鬆了一口氣，時間抓得剛剛好，再晚兩分鐘他們就被趕出去了！

「這位是提默，他是我的……調查助理。提默，你把證物都帶來了嗎？」

「帶來了。」主街該死的正在封街辦市集，他繞了快半個小時就是進不來，最後他乾脆把車子停在路邊，用跑的跑過來，雖然多花了半小時，總算還是趕上了。

提默把一包厚厚的牛皮紙袋交給布魯諾，他打開紙袋迅速找出自己需要的資料。

「D－47會因爲原礦開採的地點不同，每一批的礦物質含量稍有差異。死者體內的D－47分析數據在此，由布爾市鑑識局提供。」他再丟一份文件，「這一份是拉貝諾先生在律師和警方見證下的口供，承認D－47是從他的倉庫裡流出。其中二十罐登記有案，以芙蘿莎．畢維帝的名義被買走，拉貝諾的實驗室提供了這二十罐的成分分析，和死者體內的成分並不相符。但，拉貝諾發現倉庫人員私自偷竊了另外四十一罐的D－47，根據他實驗室的報告，這四十一罐D－47符合死者體內的礦物質組成。」

所以，第二批被竊的D－47殺死那十六個人。

「妳提供D－47給犯罪分子使用？」司法局長尖銳的眼神投向芙蘿莎。

「不，我買來當禮物送給朋友，並不曉得他拿去做什麼，我無法爲他的行爲負責。」芙蘿莎聳聳香肩。

「哪個朋友？」

「圖剛．貝南。」

「圖剛．貝南在哪裡？」司法局長銳利地看向布魯諾。

「請恕我直言，那是布爾市警方自己要去查的，不在我的管轄範圍。此外，成分分析已經說了，芙蘿莎送給圖剛的那箱不是致死原因。」布魯諾再抽出一份口供放在桌上。「拉貝諾將偷竊D－47的倉管人員扭送雅德市警局，這些人已經承認不諱，他們將那四十一罐D－47透過仲介轉賣給第三方客戶，這是他們的口供。」

這個人的文件眞的丟不完，卡特羅提醒自己千萬不要跟布魯諾打文件戰。

「第三方客戶又是誰？」司法局長不悅地問。

「絕對不是我。」芙蘿莎撇清。

「請恕我直言，那依然是布爾市警方自己要去查的，不在我的管轄範圍。」布魯諾把所有文件和口供攤開。「這些證據清楚地顯示，有兩批人一前一後進入克德隆總部，第一批人先搭飛機從屋頂進去，然後從地下停車場的出口離開。第二批人直接從停車場進入，來到樓頂，釋放致死量的D－47，殺了全棟樓十六個人。」

「好，就算如此，你們也不能證明狄玄武不是第二批人。」

通天律師事務所的瘦皮猴律師尖尖細細地插嘴：「局長，根據布爾市刑事審判法第七條第五項，『犯罪人須罪證確鑿，不得有任何合理懷疑之空間始得定罪』，也就是說，我們必須證明犯人有罪才能定他罪，而不是『不能證明他無罪』來認定他有罪。」

「好，那帶血的螺絲起子又是怎麼回事？」典獄長對他們怒目而視。

「這是狄玄武的證詞，」布魯諾抽出另一份文件，唸了起來：「克德隆是個情報頭子，我警告過他，他的金庫並不安全，他不相信我，於是我跟他打賭我能證明他錯了。那天晚上，我從屋頂進入他的總部，留下我進來過的證明便離開了，中途從家裡帶出來的螺絲起子不愼掉在大樓內。我的目的單純只是想讓克德隆覺得難堪而已，並未取走任何大樓內的物品。」

「眞是放……」典獄長及時想起有女士在場，把下一個字吃掉。「你們眞的相信他進入克德隆的總部，燒開金庫卻沒有帶走任何東西？」

「狄先生可從頭到尾沒說保險箱是他破壞的，既然有第二批人進去，誰知道保險庫是不是他們破壞的？」卡特羅馬上說。

這個論點沒有人能反駁。提默看他一眼，眼神露出笑意。

「我說，缺了什麼東西，你們去問克德隆不就好了？如果缺的東西是狄拿走的，你們就再加他一條竊盜罪也就是了。」芙蘿莎彈彈指甲，放在唇邊吹一下。

「克德隆已經死了。」司法局長皺起白眉。

戴瑞律師又尖尖細細地開始說起來：「根據刑事審判法第十一條第二款，『證據之完整性，須爲……』」

「我知道刑事審判法第十一條第二款是什麼！」司法局長不耐煩地道。

「那您也一定知道，當事人死亡不得作爲缺乏證據之理由。」戴瑞頂了下眼鏡。

司法局長和典獄長互望一眼。

「他殺了那十六個人！您不能讓他們把狄玄武帶走。」典獄長陰沈地說。

「他沒有殺那十六個人，致死的麻醉劑不是由他釋出，他甚至沒有提到他用了D－47。根據他的口供，他躲過每一層樓的警衛，潛到地下室，然後在警衛能衝過來逮人之前燒開鐵板離去。到目前爲止，我們沒有任何證據證實狄玄武碰過D－47，沒有他的影像、他的指紋、他殘留下來的空罐。至於圖剛取走的D－47做了哪些用途，或那批下落不明的D－47到了誰手上，又爲什麼會出現在死者體內，這是布爾市警局自己必須查明的事。」

布魯諾並不想幫狄玄武說話，但事實是，證據就只能證明如此。

即使那些人眞的是狄玄武殺的，只要證據無法證明，任何人都不能定他的罪，這就是法律。

一切的源頭還是在於布爾市的警方見獵心喜，抓到一個人就以爲破案了，不肯再繼續深入追查，以至於留下這麼多空頭的線索。

若說布魯諾痛恨什麼，除了殺人犯之外，就是做事馬虎的警察。

「目前的證據只能證明我的客戶『進入』克德隆總部，」戴瑞繼續尖尖細細地開口。「在法律上，這甚至不符合非法入侵的原則，因爲他和克德隆先生打賭，克德隆先生充分明瞭我的客戶打算測試他的安全系統，這個行動明顯得到克德隆先生的允許。」

卡特羅忍不住拍手。

「他們把一切推到一個死人身上，明明知道死人不會說話！」典獄長火大。

「你到底那麼想把一個無辜的人押在你牢裡做什麼？」提默冷冷地開口。

典獄長氣息一窒。

因爲他不相信狄玄武是無辜的！

狄玄武眼也不眨就殺了他監獄裡的二十幾個犯人，這種人不可能是無辜的！

「局長，在你們能充分證明一個人有罪之前，不能憑著個人好惡將他丟進牢裡。當初我將他交給布爾市，是給貴市警方一個查清他犯罪事實的機會，而不是動私刑。」布魯諾直視司法局長。「我敢保證，如果這麼多證據說明狄玄武不是犯下克德隆案的兇手，而布爾市政府一意孤行不肯放人，我會向巡迴法庭提出仲裁，敝市市長和警治署長也授權我捍衛雅德市公民的人權。這件事一扯開來，最後難堪的是布爾市警方和司法局。」

「我有狄玄武會客時的錄音，他們談了許多跟案情相關的資訊。」典獄長雙眼一瞇。

「擅自竊聽我當事人的私人談話嚴重侵犯他的人權。」戴瑞象徵性地抗議一下。

「我和他的會面沒什麼怕人聽的，你呢？」芙蘿莎看向卡特羅。

「我們就閒話家常。」熊爸聳了聳肩。

「事實上，我們的對話只是更證實狄和整個案情無關，歡迎你們一一去調查對話中提過的人。」芙蘿莎送給他們一個嬌豔絕倫的笑容。

典獄長咬了咬牙，看向司法局長。「狄玄武進我的監獄三個月就殺了二十八個人，他不能被放出去。」

「你有他的鬥毆影片嗎？」布魯諾皺眉。

「當然，奈沙特有最先進的監視系統。」典獄長驕傲地說。「我已經把相關影片都拷貝出來。」

「那我們可以立刻查驗影片內容，倘若看完之後，局長有任何理由延長羈押，我們完全尊重布爾市司法的決定。」

提默立刻銳利地看他一眼。

電視和播放設備迅速被推進來，接下來半個小時，所有人看完監獄的錄影畫面，其中幾段必須快轉，因爲局長的胃承受不了。

三十分鐘後，整間辦公室陷入一片死寂。

「咳，雖然這些囚犯死亡的方式『很不平和』，」戴瑞覺得自己眞是個輕描淡寫的高手。「但影片裡明顯是其他人先攻擊我的當事人，他只是合法自衛。」

典獄長無法反駁這個事實。

「而且影片裡的人死得歪七扭八，肢斷體殘，鮮血四處噴，你們看克德隆總部的人死得多乾淨俐落啊，一看就知道跟狄的手法不符！」卡特羅快人快語。

「……」

「……」

「……」

這些話一點幫助也沒有，好嗎？提默無語問蒼天。

❦

噗嗤。噗嗤。

艾拉趴在牆頭，對底下的帳篷打暗號。

過了一會兒，瑪媞雅從帳篷鑽出來，對她揮揮手。

「嗨，艾拉，妳要下來嗎？」

「吵死了！」瑪媞雅身後突然鑽出一個大男孩。「老子只是想睡個午覺，妳們兩人跟麻雀一樣，算了，我去找我朋友。」

萊昂嫌惡地走向文尼的帳篷。

艾拉左右看看，小腦袋突然從牆頭消失。

過了一會兒，瑪媞雅看見她繞過牆角跑了過來，漂亮的小臉蛋十分嚴肅，好像有什麼要緊話要說。

艾拉拉著她進去他們家的帳篷。瑪媞雅的爸爸一大早就出門上工了，萊昂又走掉，正好沒人。

艾拉一進去就把篷門的拉鍊拉上，嚴肅地看著自己的好朋友。

「我要去找狄。」

「妳知道狄先生在哪裡嗎？」瑪媞雅嚇一跳。

「勒芮絲說他在警察局裡面，暫時不能回來，等他幫完警察之後就能回來了，可是她不曉得是哪一天。」艾拉點點頭。

「我不曉得警察局在哪裡……」

「沒關係，我們進城之後問別人就可以了，妳要不要來？」

「我不曉得……有人說狄先生在坐牢耶！」

「他不是坐牢，他只是去幫警察的忙！」艾拉小臉蛋的表情更固執。「就算是坐牢，也可以會客，電視上都有演，我們去會客就好了。」

「可是，我們是小孩子，警察會讓我們見他嗎？」瑪媞雅有些遲疑。

「如果警察不讓我們見狄，我們就不回家，大哭大鬧到他們讓我見他爲止。他們沒有權利不讓家屬見他！」艾拉最近看了很多警匪連續劇，對什麼權利啊、會客啊這些名詞很有概念。

「艾拉，大人叫我們不要自己亂跑……」

「好吧，妳害怕就不要跟來，我自己去！」艾拉轉頭拉開帳篷的門。

「等一下，艾拉，妳要怎麼去？」她急問。

「我有腳踏車，我自己騎過去。」

「我們只要一騎出去就會被社區的守衛看見了。」瑪媞雅透過門縫偷看一下牆頭的道格。

「妳要一起來嗎？」艾拉眼睛一亮。「我已經想好了。這陣子荒蕪大地有異鷹飛過來，大家注意北邊比較多。我們一出去就拚命騎、拚命騎，即使被道格他們發現也是好幾分鐘以後的事，我們如果不肯回頭，他們也不能怎樣。等他們追出來，我們早已騎到蓋多區了！」

艾拉滿臉鬥志，信心十足。瑪媞雅總覺得好像沒那麼容易……

「算了，妳不想去，我自己去。」艾拉看她一副擔心的樣子，頓時有點洩氣，賭氣的拉開帳門。

「好啦好啦，我跟妳去。」瑪媞雅總覺得不能丟下她一個人。「我載妳，我力氣比較大，騎比較快。」

「好，我回去準備一下。」

艾拉溜回社區，揹起裝了水和餅乾的小背包，牽出自己心愛的腳踏車出門。她常到營區找瑪媞雅那些小孩騎腳踏車，守門的法蘭克看到也沒覺得有什麼不對，只叮嚀她「騎車小心一點」。

或許她們今天眞的受命運之神眷顧，北方的天空眞的又出現好幾隻異鷹的影子。最近變異禽突然增加，醫生和德克教授推測，應該是逃出來的難民屍體散佈在荒蕪大地上，才會把牠們引過來。異禿鷹能察覺十公里外的死屍，等荒蕪大地的屍體吃完，牠們又會飛回獵物較豐足之處。

兩個小女孩覷到空檔，跳上腳踏車往城裡方向拚命騎。

騎出一小段路，她們就發現距離比她們以爲的更遠。社區離城裡約十公里，即使成年人也要騎一個小時，絕對不是她們想的「幾分鐘就到了」。

艾拉在後座空自著急，爲什麼距離一點都沒有縮短？爲什麼蓋多的水塔老是在那麼遠的地方？

背後飄來道格大叫的聲音，她們被發現了！

快！快！瑪媞雅拚命踩動踏板。

頭上突然有一大片黑影掠過，瑪媞雅的把手晃了一晃。那道巨大的黑影又掠了回來，這次強風壓得更低，刮起的黃沙遮蔽了她們的視線，有一瞬間兩個小女孩什麼都看不到，只能把臉埋進手臂裡。

兩個小女孩尖叫一聲，腳踏車突然倒地。那陣黑影再刮回來，艾拉感覺背上的包包一緊，整個人突然騰空。

「啊——」艾拉尖叫。

「艾拉！」瑪媞雅也跟著尖叫，拚命跳起來想抓住她。她的身體離地面越來越遠，半公尺、一公尺、兩公尺……

「不！不！不！」艾拉在半空中拚命搖晃身體，想讓自己從背包的束縛滑脫，但異鵰巨大的爪子抓緊背包，連帶讓背包帶子陷進她的腋下，完全無法掙脫。

頭上響起驚人的拍打聲，巨大的翅膀揚起的氣流讓她心顫膽寒，地上的瑪媞雅尖叫著拚命想跳起來抓住她的腳，卻徒勞無功。

異鵰是所有變異鷹科裡體型最大的品種，站立的高度為一百五十公分，雙翅伸展開來將近五公尺，一掃能斃虎熊，每次搧動都能揚起一陣驚人的風，腳爪連一個成年女人都抓得起來。

牠們的主食是地面中小型的哺乳動物，包括人類小孩。

「不——」艾拉尖叫，只見地面離她越來越遠，越來越遠……

汽車引擎的怒吼不知從哪個方位衝了過來，揚起一陣不亞於異鵰拍翅的塵沙。那輛汽車衝向一片有坡度的板岩，整台車射向半空中。

一條黑影猶如流星從車內疾射而出，撲向迅速升空的巨禽。艾拉感覺上方重重一沈，好像有什麼東西撞在那頭異雕背上，異鵰發出一聲驚怒交加的尖鳴，不斷上升的身體突然又開始快速下沈。

她再度嚇得尖叫，看著地面以驚人的速度朝她撲過來，抬頭只看到晃動的黑影和刺眼的陽光，強烈的恐懼幾乎將她撕成碎片。她會摔死，她會摔死，她會摔死……

異鵰再度發出一聲淒厲的尖叫，「喀啦」一響，牠快速振動的左翅突然折斷，軟軟地垂在身側，像一件黑色的羽被蓋住艾拉，斷翅的異鵰下墜速度更快。

「啊——啊——」她尖叫。

一隻強壯的手臂突然圈住她，將她硬扯出異鵰的巨爪。她撞進一副寬闊的胸膛，只剩下一隻翅膀的異鵰終於支撐不住，摔向地面上。

她和圈住她的男人在半空中滴溜溜地迴旋一圈，比雀鳥更加靈活地落在地上，異鵰痛苦地在地面撲騰，揚起一陣驚人的聲勢，男人小心避開牠掙扎翻動的羽翼，走到牠身旁，一腳重重踹向腦門結束牠的折磨。

「妳以為妳在幹什麼？誰教妳自己一個人跑出來的？」狄玄武把她抓起來用力搖晃。

艾拉呆呆地瞪著他。

另一個嚇呆的年輕人從車子前座鑽出來。

「看起來像什麼？」伊果發出一陣嘖氣聲。「打發時間兼賺外快囉！」

「你們裡面有一個警察，一個黑幫老大，一個會計師和一個醫生。」他瞪著這四個人。

「那又怎樣？」拉貝諾拄的手杖敲敲地面，威嚴十足。

「警察是抓黑幫老大的，黑幫老大綁架過會計師，而醫生是個痛恨暴力的人道主義者，你們不覺得

你們四個人湊一桌很不協調嗎？」

四個人互相看一看。

「會嗎？」

「不會啊！」

「陳年老事就不用再提了。」

「看診空檔需要調劑身心。」

狄玄武受不了地搖搖頭，把小艾拉放下地，回頭找他的女朋友，一陣小影子突然刮回他面前。

「幹嘛？」他雙手插腰兇巴巴地問她。

艾拉也雙手插腰兇巴巴瞪著他，兩人大眼瞪小眼瞪了半晌，她突然一臉厭世地搖搖頭。

「妳搖頭是什麼意思？」他質問。

「美樂蒂說得果然沒錯。」她悶悶的。

「誰是美樂蒂？」這名字好像在哪裡聽過？

「美樂蒂留在叢林裡沒有一起出來，她是誰不重要，重要的是她說過的話：男人都不能信任！」

「……這話是什麼意思？」看看她那什麼眼神！

艾拉扳著手指開始數。「你先騙我你要出去打獵，然後三年都沒有回來——」

「我們又要從頭來一次？」

「然後想把我丟在貝托營，自己去史多哥蓋牆。」她繼續怒數。

「後來我不是讓妳跟上來了嗎？」

「等我們到雅德市，你就莫名其妙失蹤了四個月，四個月，四、個、月！」她用力跺腳。

「妳以爲我願意啊？」他完全準備好跟她大吵一架。

「是你說我們永遠都不會分開的，結果呢?結果呢？」她悶燒的心火越來越旺。「我上個月已經十歲了，你知道嗎?我現在是兩位數的歲了，兩、位、數！」

他瞪著她高高舉起的兩隻手指，無法反駁。

「我七歲生日的時候你不在，我八歲生日的時候你不在，我九歲生日的時候你不在，連我十歲生日的時候你也不在！」艾拉每說一句就用力揮手。

「……」他開始意識到自己可能會潰不成軍。

「這是我第一個兩位數的生日，以後我再也回不到一位數了，你知道一個人這輩子只會有一次從一位數變成兩位數嗎？」艾拉乘勝直追。「我七歲、八歲、九歲你人在外地也就算了，我十歲的時候你明明已經跟我們在一起，可是你還是不在!你跑到哪裡去了?是誰說他永遠都不會離開我？」

「……」

「……」

「……」

「……」

「……」這些沈默都是狄玄武一個人的，因爲太長太長了。

醫生一掌拍在臉上，社區的人全無力地搖頭。這兩人每次吵起架來都幼稚到不忍卒睹。

「而且你還告訴我，除了我以外，沒有其他的小女生，那她是誰？」艾拉不滿地比向他身後。

狄玄武回頭一看。

「嗨，我是妮娜。」妮娜愉快地揮揮手。

「她不是我的小女生，她是卡特羅的小女生。」終於有件事他站得住腳了!狄玄武立時健腰一挺。

「妮娜?就是你掛在客廳牆上的那個『妮娜』？」艾拉雙眸微瞇。

「噢，那幅漫畫是我畫給狄的，感謝他救了我爸爸。」妮娜好心解釋。

「妳的每幅畫我不也都掛在牆上？」

「所以她跟我一樣重要囉？」艾拉聲勢滔滔。

「……」

「男人！」她痛心疾首地搖頭。「美樂蒂是對的，他們只會花言巧語，一點都不值得信任。我終於學到教訓了，從現在開始，我再也不相信任何男人的話！」

看破世事紅塵的小女孩再度一臉厭世貌，扛著她沈重的枷鎖走進社區。

「……」

「……」

「……」

「……」這段長長的沈默依然是同一個人的。

拉貝諾突然仰天長嘆：「真沒想到，最後竟是一個十歲的小女孩將他撕碎啊。」

伊果立馬發出噗嗤噗嗤的獾笑。

狄玄武心靈殘破地看向勒芮絲，她只好抱著他秀秀。

「她進入青春期一定會更難搞。」他委屈地說。

「好啦好啦。」她安慰地抱抱他。「以後不要跟她吵架就是了，反正你也吵不贏。」

伊果的獾笑變成狂笑！

狄玄武隨便套上一件運動褲，步履輕快地下樓。他光裸的背上有幾道抓痕，考慮到這些抓痕是發生在極度銷魂的時刻，他不怎麼介意。

打開廚房的冰箱拿了罐啤酒，最後一次檢查過所有門窗的鎖，他的步伐最後在前門一停，然後回廚房拿第二罐啤酒，開了門走出來。

提默及時回頭接住他扔過來的啤酒，師徒倆坐在台階上，打開啤酒灌了一口。

南半球的夏天燠熱萬分，但社區蓋在一片荒地上，熱幅射效應讓夜晚的氣溫大幅降低，變成怡人的溫度。星子輕眨，月娘灑落銀衣，唧唧蟲鳴在庭樹間交響成寧靜安詳的夜曲。

「抱歉，我不想打擾你們。」想也知道他和勒芮絲今晚一定「很忙」。

「那小子安頓好了吧？」狄玄武再喝一口啤酒。

「嗯，拉爾以後和喬歐一起住，正好讓喬歐看著他。」提默點點頭。「他已經跟我們說你們是怎麼認識的了。對了，你知道他大哥用搶銀行的錢資助好幾家孤兒院嗎？」

「嗯哼。」

「我不是說這麼做就能合理化搶劫的行爲，不過，你得承認這還滿酷的。」

狄玄武聳了聳肩，不置可否。

「勒芮絲和我去找過提亞哥的母親了，她很感謝我們，但她說她要留在她兒子爲她買的房子裡。勒芮絲回來之後跟大家說，以後有誰有事進城，盡量抽空過去看看她。」

「謝謝你們。」

提默把啤酒握在雙手間轉動，感覺瓶身被他的體溫烘暖。

「我還有好多事不懂。」他終於說。

狄玄武喝了口啤酒，沒有搭腔。

「我們來到這裡，你開始教我拳腳功夫，我練了幾個月就發現自己變得很強，連我自己都喜出望外。之前營區那四個痞子想找麻煩，被我幾下就打趴在地，我以爲自己在同年齡層的人裡面已經最厲害了……事實證明，我依然什麼都不懂。」提默看進夜色裡。

狄玄武把喝完的瓶子隨手一放，拿過他不喝的那瓶繼續喝，免得浪費。

「我不曉得如何躲過路上的監視器，不懂用什麼武器造成什麼傷口。我曾經以爲只要變得很會打就夠了，直到這次的事情我才明白，只是會打根本走不了多遠。」

無助。狄出事的這段期間，他最大的感覺就是無助。

在羅納和飆風幫的淫威下，他曾經是個脆弱無助的小孩，然後他們死了，他以爲自己不會再感覺到無助。狄開始教他功夫之後，他更相信這個世界上除了他師父，再沒有人打得倒他。

直到狄被抓進牢裡，他自以爲厲害的假象完全瓦解。

就算他打得過全世界的人又如何？他依然害他的師父被關進牢裡，他只會成爲愛他之人的負擔。漫天徹地的慌亂朝他撞過來，他重新回到那個名爲「無助」的囚籠，才知道自己錯得多離譜。

「你並不是突然變強。」狄玄武的嗓音驅開一部分黑暗。「功夫有內力和拳腳、身法之別。眞正難練的是內功，一旦基礎打好了，練起外家身法就事半功倍。現代人已經不練內力，所以誰的拳腳招術厲害，誰就贏。你在我離開的那幾年一直勤加修練，所以只要你的拳腳招術趕上，就會感覺自己好像一夜之間變強好幾倍。這些都不是投機取巧來的，如果過去幾年你一直在偷懶，連我也教不了你。」

「可是我依然害你被關進牢裡！」提默寧可被抓進去的是自己。

「因爲我教你的是功夫，不是戰鬥。」

「什麼？」

「一個功夫高手不必然是一個戰士，一個戰士也不必然是天下第一的高手。」他教提默的是功夫，並不是開啓戰鬥模式。

「但你兩種都會。」提默看著他。

「因爲那是我從小到大的生活方式，我被訓練爲一個戰士和一個功夫高手。」

「那你爲什麼不教我？」

狄玄武思索片刻。「或許我希望你永遠用不上這些技巧，學會功夫，能保護自己和家人就夠了。」

「我寧可你什麼都教我，讓我自己決定夠不夠。」提默兇猛地說。

成為一名戰士並沒有口頭說的如此簡單，一個戰士從來不是活在溫馨和平的世界裡，和平的世界並不需要戰士。

戰士的世界是血腥的，暴亂的，殘酷的。一旦打開這個門，就關不回去了。

成為一個成功的戰士，意味著一個人必須將他的感官知覺調到最高，隨時處在警戒狀態，對四周的動靜無所不知，走進一個房間必須立刻辨認出最有威脅性的是哪些人，發生衝突之後應該先除掉哪幾個，安全的逃脫途徑在哪裡。

他必須呼吸、心跳、毛細孔分泌的都是對暴力的覺悟，明白自己將面對什麼樣的挑戰，經過反覆不斷的淬鍊，直到殺戮變成他的直覺。

然後，他必須學會如何停止。

每天晚上，當他躺下來，閉上眼睛，世界只剩下他和他的良知，他必須能睡得著覺。

所有好戰士都當不了模範公民，因為他們已經把自己變成一把出鞘的刀，隨時會割傷人。這就是海豹部隊、綠扁帽部隊那些特種兵退役之後往往無法立刻適應平民生活的原因。

提默在狄玄武心中一直是那個樂觀開朗的十五歲男孩，即使在十九歲的現在也依然保有那份天性。

或許在他的潛意識裡，並不希望那個快樂的大男孩消失。

「好吧！」他欠了欠身站起來。「明天到伊果那裡幫我拿一份資料。等你回來之後，我會問你三個問題，或許是路上一些顯而易見的事，也或許是微不足道的細節，只要你回答得出來，就代表你有當戰士的天分。」

「好。」提默跳起來。

「然後聯絡拉貝諾和布魯諾，我們該找時間談談那些箱子的事了。」

15

拉貝諾和布魯諾並不十分明白他們被約過來的目的是什麼。

狄玄武的客廳裡已經有一些社區的人在，醫生、勒芮絲、提默、喬歐和柯塔。

最特別的，還有馬修斯先生。

他們甚至不知道狄玄武認識馬修斯。

「所有人都到齊了。」即使大部分的人互相認識，狄玄武依然介紹一下，「拉貝諾，事件關係人。布魯諾組長，職責所在。我們這邊有喬歐和提默，我的幫手。醫生、勒芮絲和柯塔，安全區代表。最後這位是馬修斯先生，前任市長，在市政府服務十二年，四年前才退休，我相信幾位都認識他。」

勒芮絲微訝地瞄他一眼。

是的，馬修斯不只是全生存區最富有的人，也曾是雅德市最有權勢的人。這個「曾經」只是修飾法，狄玄武懷疑現在的情況會改變太多。

雅德市向來就是個金錢與政治密不可分的地方，而馬修斯兩者都有。

「馬修斯先生，從你先開始，請告訴大家去年十月你來找我的目的。」他兩手放在桌面，盯著前任市長。

「你有我在找的答案了嗎？」馬修斯先凝視他。

「是的。」

馬修斯緩緩點頭，心頭萬千思緒奔湧，過了一會兒才開口。

「我有一個……『有過』一個兒子，雅德市的老市民都知道，他在去年死於癌症。」客廳裡蔓延的，是一位老父的悲傷。

「我很抱歉。」醫生是在場最能理解這種生離死別的人。

馬修斯對他輕一頷首。「我兒子是我這一生的驕傲，他和我太像太像了，我們都有一身傲骨。從他小時候，我們兩人對他的未來都十分明確，但是在十五年前，一切計畫突然走樣，有一天晚上他和朋友去了他幾乎不太去的酒店，認識了一個酒店小姐。我想接下來的事你們大概都能猜到，他愛上了那名酒店小姐，幾個月之後告訴我他們要結婚。

「我勃然大怒，告訴他那個女人配不上他，把她當情婦就好，他的妻子必須是一個能幫助他未來的世家千金。他不為所動，最後我甚至威脅要將他從我的遺囑除名，他的反應是走出家門，從此不再回來。

「有七年的時間我們完全失去聯繫，我側面聽說他曾搬到比亞市，後來又搬回來，但我固執地不願意去打聽他的下落。第八年，他終於主動打電話給我，告訴我他想念我，無論如何我都是他的父親，而我只問他一句話：『你還和那個女人在一起嗎？』

「他的回答總是：『是的。』於是我二話不說把電話掛掉。」

勒芮絲的眼前彷彿能看見同樣驕傲的一對父子，在電話線的兩端，充滿對彼此的愛，卻誰也不肯先低頭。

「我想要一個聽話的兒子，卻忽略了他已經是屬於他自己的男人。」一個父親沈痛地告白。「接下來他每年都會打電話給我，而我總是問他同一個問題，只要聽到『是的』便無情地掛斷電話。我不知道的是，其實他們在他和我聯絡的隔年就分開了，恐怕這並不是一個美好的愛情故事。

「那個女人要的確實是馬修斯家族的地位和財富，當他為她拋開一切之後，他們之間的裂痕越來越深。她努力撐在那裡，期待有一天他依然會回到家族的財富中，直到她終於明白他的硬骨氣。在我兒子為了一份工作機會搬到比亞市的那年，她終於跟另外一個男人跑了——他的上司。

「最後他失去了工作，失去了女人，只剩下兩個小孩。他帶著兩個兒子搬回雅德市，非常思念我，但他的驕傲不容許他讓我以為他是在外頭混不下去才回來的。

「他總是回答我『是的』，是因爲我們父子祖孫三人若要眞正團聚，我必須放開對他兒子母親的偏見，他必須確定我不會在他的孩子面前詆毀她。他不願意他的孩子在這種充滿敵意的環境中長大，唯有我拋開成見，他才願意向我坦承一切。」

「他是個好父親。」勒芮絲溫柔地說。

「他是的……而我不是。」馬修斯的雙眼又蒙回掌心裡。

「請不要這麼說。」勒芮絲按住他肩膀。

馬修斯的手放下來，眼中隱隱有淚光閃動。「艾德在去年患上一種惡性極高的癌症，他覺得他該開始爲他孩子的未來做準備，於是他從醫院打電話給我，而我……再度問他那個該死的問題，這次他的答案不同，他說：『父親，你必須放下對她的偏見，我們生命裡有其他更重要的事，無論如何她都是我愛過的女人，你必須接受這一點。』

「我該聽出來他的聲音有多疲憊的，但我和我該死的驕傲！我只說了一句：『如果答案不是否定的，那麼我們之間無話可說。』然後把電話掛斷，他在一個星期後過世。」

客廳裡一片沈寂。

狄玄武從頭到尾沒有打斷他的話，或許明白他需要這段訴說的過程。

「醫院裡有個老醫師認出他，打電話給我，我才知道他死了……有好幾天我完全不敢置信，直到我親眼見到他躺在醫院的太平間。」馬修斯顫巍巍地吐了口氣。「我領回了他的屍體，然後去他的家裡……他在力瑪區租了一間房子，或許在其他人眼中這是很正常的小房子，但他是一個從小在富裕環境下長大的孩子，我不懂，這間小屋子就是他追求的一切嗎？屋子裡一個人都沒有，我想，或許那女人出去了，我也不想見到她，所以只是自己默默收拾一些對艾德有意義的東西，但我卻發現了他孩子的照片！

「好多照片！一開始照片裡的孩子還小，他們還是一家四口，但後來那個女人從照片裡消失了。我看著他們父子三人在比亞市，然後是雅德市，我知道他給我留下兩個孫子！」

馬修斯的嗓音微微顫抖，這次不是因爲悲傷，而是興奮激動。「那兩孩子，一個是十四歲的麥爾，一個是十一歲的加雷斯。我立刻衝到隔壁，四處問那兩個孩子的下落，後來有一個鄰居告訴我，艾德住院期間，兩個小孩都是託給附近一個保母蕾娜照顧。於是我問明了蕾娜的住處，立刻上門去接小孩。」

說到這裡，他的神情突然陰暗起來，每個人都知道一定出了什麼狀況。

「蕾娜立刻認出我的身分，臉色大變，告訴我加雷斯還在她這裡，但老大麥爾三天前就失蹤了。」

「啊！」勒芮絲和柯塔不由得驚呼出聲。

「她說她已經報警，但她不確定警方是否有在查案。我立刻打電話給警治署長托魯斯，告訴他我孫子失蹤的消息，失蹤人口組的警察在極短的時間內上門。他們暫時沒有任何進展，但承諾一定會盡全力找到我的孫子。

「我先把加雷斯帶回家，接下來五天，全市警方翻天覆地搜尋麥爾，但他們已經錯過了最重要的黃金七十二小時。」馬修斯的唇抿成嚴苛的線條。「他們盤查每個接觸過麥爾的人，鄰居，學校，同學，當然還有蕾娜。一開始她的嫌疑最大，但他們發現她的供詞並未反覆，最後一個看見麥爾在街上騎車的鄰居和蕾娜宣稱的失蹤時間相符。

「他們調查過她的背景，她今年二十八歲，確實一直在當專職保母。警方過濾她所有交往的對象，她兩年前和前任男友分手，之後一直沒有再交新男友，那男人只是個普通的上班族。她的母親去世，父親是一名平凡的工人，唯一的弟弟在大學唸書，關於她的所有事都查證屬實，沒有任何重大嫌疑，於是警方被迫排除她和她家人涉案的可能性。

「然後，在麥爾消失的第八天，歹途將他失蹤那天穿的一隻鞋子寄到她家。」

勒芮絲的手掩住雙唇，狄玄武只是面色淡淡地聽著這整個經過。

「蕾娜驚慌失措地打電話報警，警察到了之後，她確認那是麥爾的鞋子，因爲那雙鞋子是她不久前才爲麥爾買的。麥爾的失蹤正式被確認爲一樁綁架案，那陣子我親自進駐她家，等待與歹徒的近一步接觸，三天後……」馬修斯的嗓音哽了一下，然後破碎。「三天後，有人在四十公里外的樹林裡發現一具小孩的屍體，證實是麥爾。」

「仁慈的上帝……」勒芮絲忍不住靠在狄玄武肩頭，狄玄武輕拍她的背。

「他死了，麥爾死了，我辜負了他父親，現在又辜負了他……」馬修斯再也藏不住老淚。「他被發現時全身赤裸，連頭髮都被剃光了，但沒有明顯外傷，死亡的原因是藥物過量。我第一眼看見他躺在冰冷的金屬床上，以爲他只是一具假人……他才只是個孩子，如此蒼白瘦弱……」

「我萬分抱歉。」醫生沈重得幾乎說不出話來。

即使是見多識廣的拉貝諾，聽著這件人倫慘事，也不禁惻然。

馬修斯掏出手帕，拭了拭淚，必須平撫一下心情才能繼續說下去，沒有人催促他。

「警方推測，歹徒綁走他之後，他應該是驚慌哭鬧，歹徒想用藥物讓他安靜下來，卻不愼下手太重……我的心整個碎了，有好一陣子以爲自己跟著我的艾德和麥爾一起停止呼吸，但我還有加雷斯必須照顧，我強迫自己堅強起來。

「我害怕同樣的命運再發生在加雷斯身上，於是有了前去找狄先生的這件事。我希望他幫我強化現有的保全規格，確保同樣的事不會再發生；如果可能的話，幫我找出是誰綁走麥爾，因爲警方已經失去所有線索，陷入死胡同。」

布魯諾陰沈地放下手中的咖啡杯。

「狄先生答應我保全的委託，但他告訴我他不是私家偵探，他能幫我四處問問，但不保證一定有結果。」馬修斯深深看了狄玄武一眼。「可是，在半個月後，你打電話給我，告訴我你可能有這件事的線索，我答應你多少錢我都願意付，只要你能幫我找出綁架麥爾的人，但接下來發生了一連串的事情，你被捕入獄，半年過去了，我本來以爲這件事又石沈大海。」

狄玄武點點頭。「布魯諾，你是警察，你對剛剛聽到的事有什麼看法？」

「你已經明白我要說什麼了。」布魯諾沈重地回答他。

「這整件事是個騙局。」狄玄武點頭同意。

「什麼？」馬修斯火速抬起頭。

所有人都直直瞪著他英俊的臉孔。

「通常一個小孩被帶走只有兩個原因，一，歹徒要的是人，二，歹徒要的是錢。如果歹徒要的是人，無論是出於自己的需求或想將這孩子賣掉，孩子不見就是不見了，家屬唯一再見到這孩子的機會除非是屍體，歹徒永遠不會跟家屬聯繫。

「如果歹徒要的是錢，他才會主動聯繫家屬，提出具體的贖金要求，接著就是一連串協商和交換人質的過程。」

「馬修斯先生，麥爾被發現時，已經死了多久？」布魯諾插嘴。

「法醫檢驗的結果，大約五天。」

布魯諾點點頭，做個手勢請狄玄武繼續說。

「麥爾被帶走的第三天，你二度報警，前後總共八天的時間，歹徒完全無消無息。通常綁匪留置人質的時間越長，越容易被發現，他或他們八天完全不聯絡家屬，這是一件很不尋常的事。通常在這種情況下，我會認定歹徒一開始帶走麥爾，應該是要他的人。

「但是，在第八天，對方突然和你們接觸了：家屬收到一隻麥爾的鞋子。裡面沒有附上紙條，沒有任何其他要求，只有一隻鞋子，歹徒從頭到尾也不曾打電話。如果這是一樁綁架案，爲什麼綁匪沒有趁機提出他的贖金要求？」

馬修斯吸了口氣，神色越來越嚴酷。

「三天後，麥爾的屍體出現了，死亡時間是在你們收到鞋子之前；也就是說，歹徒寄出鞋子之時，他已經死了。許多綁匪不小心弄死肉票，怕拿不到錢，不敢讓家屬知道，於是假裝肉票還活著繼續勒贖，這是很正常的事，但對方只是寄出那隻鞋子，不曾進一步提出要求，那他寄出鞋子的意義是什麼？」

「我不懂，這代表什麼意思？」醫生蹙著雪白的眉頭。

「這代表麥爾的失蹤不是一樁綁架案，寄給你們鞋子的人只是依照她自己對綁架的認知，但她完全沒有這方面的經驗，所以做得似是而非，更有可能是她看電視或電影學來的，任何有經驗的人一看就發現破綻。」

「你是指，蕾娜？」馬修斯神色震驚。

狄玄武拿起咖啡喝了一口。「我對她的背景又深入調查了一下，她告訴警方的話大部分是眞的，只除了她不敢說，附近有一個幫派分子對她很有意思，一直在追求她，那個人叫利卡多，是跟著圖剛一起從渥太爾市過來的心腹。麥爾失蹤那天，利卡多剛來蕾娜的家裡找過她。」

「我理解這女人說的話很有問題，但有個豹幫的愛慕者追求她，並不能證明什麼。」拉貝諾第一次開口。

「我親自盤問過蕾娜，她眼底的罪惡感和慌亂都不是假的。我認爲她一開始並不是故意讓麥爾被人帶走，在麥爾失蹤後，她可能猜到帶走他的人是誰，於是報警，希望警方能把麥爾找回來。但她和帶走麥爾的人都沒料到的是，麥爾竟然是雅德市最有權有勢的馬修斯家族長孫。

「這下子他們捅到馬蜂窩了，任何人都明白你絕對不會輕易善罷干休，尤其你的兒子才剛過世，你一定會千方百計想找回孫子。帶走麥爾的人不能把他放回來，因爲十四歲的他已經能指認綁架他的人，麥爾必須死。那人將這個決定告訴蕾娜，可能甚至威脅她若跟任何人說，他會咬定她是共犯。蕾娜驚慌之下，找出一隻麥爾留下來的鞋子寄回給自己，故佈疑陣，希望讓警方相信麥爾是眞的被人綁架，和她無關，但她的本意從不是勒贖，自然不會有任何紙條和要求。」這是這整個綁架案最大的破綻。

「蕾娜知道是誰拐走我的孫子，而她欺騙了我。」馬修斯瞇起雙眸，恨得咬牙切齒。

「我知道是利卡多拐走你的孫子，但重點是，爲什麼？」狄玄武起身，到後面的書房取了一疊資料出來，將其中幾張放在桌上。「雅德市一直有失蹤人口，這不是什麼大新聞。在圖剛來到雅德市的半年間，九歲到十五歲之間的小孩失蹤量突然增加。我聯繫了布魯諾組長，他爲我們調出過去半年警方受理的辦案記錄，符合這個年齡層的是十二件。」

馬修斯翻弄那些檔案照，手開始微微發抖。

狄玄武再把剩餘的資料往桌上一放。「這是圖剛在渥太爾市期間失蹤的九歲到十五歲兒童，他在那裡住了六年，失蹤人數是一百七十二個。在他來到雅德市的三年前，他在布爾市以『拉多斯』的名義被捕入獄，罪名是持有兒童色情圖片，在那段期間有三名兒童失蹤，正巧是他持有的兒童照片主角。這些失蹤小孩不見得全都跟他有關，但他一定佔很高的比例。」

「我的天……」勒芮絲後知後覺地想起來，麥爾就是他們在城裡看過、失蹤告示上的那個十四歲男孩。

醫生、柯塔等人的臉上寫滿震驚，一百多個孩子……

孩子是人類未來的希望，在末日之世，每個孩子都是一個珍貴的寶藏，卻有一百多條小生命無聲無息地被邪惡吞噬。

馬修斯翻弄檔案的手抖得越發厲害。

「麥爾、蕾娜、利卡多、圖剛，這條線連了起來。」狄玄武靜靜地說。「利卡多是圖剛的心腹，他一定清楚自己老闆的嗜好，或許這些年來也進貢過幾個『玩具』。所有失蹤的孩子屍體從未被人發現，麥爾是唯一的一個，但倘若其他小孩的屍體被發現，我相信死法也一定和麥爾不同，因爲麥爾是被滅口的，他的屍體必須被發現才能結案。喬歐，麻煩你。」

喬歐冷峻地點點頭，從書房搬出一個勒芮絲見過的箱子，裡面裝滿錢的藏寶箱。

「圖剛的手下在我的土地偷埋海洛英，被我發現了。我和他對質時，他承認他的手下偷了他的貨，當場殺了那三個人，但他說溜了嘴，讓我知道他們以前就在荒地上埋過東西。這件事發生時，拉貝諾也在場。」狄玄武看向拉貝諾。

「是的。」拉貝諾點頭證實。

「於是我很好奇，他以前在我的土地上埋什麼？這些日子以來，我們一直用金屬探測器在搜索。」

他看向喬歐。

喬歐先掏出口袋裡的地圖，讓每個人看看他們在地圖上標示的記號，然後打開箱子。

「這是一片很大的土地，花了我們幾個月的時間才挖得差不多，裡面是一百萬，我們總共挖出二十四箱。」

二千四百萬。

馬修斯掙扎著在腦中理出頭緒。「圖剛在你的土地埋錢，和麥爾被綁架的事有什麼關聯？」

狄玄武看向布魯諾，凶案組組長嘆息。

「蕾娜的說詞破綻太多，任何一個有經驗的警察都會知道有問題，何況是辦慣了失蹤人口的警察？但他們告訴你蕾娜沒有任何嫌疑，這件案子就這樣草草了結。」布魯諾沈沈地解釋。

馬修斯有好幾分鐘說不出話來。

「你是說，警方是故意的，他們想幫某人掩飾……」

狄玄武只覺得一股噁心感在體內徘徊不去，無論沖澡多少次都洗不掉。他可以接受各種形式的暴力，獨獨無法接受針對小孩和女人的。

「圖剛埋的那些錢不是他的，是他賄賂某個警方高層的錢。那個人知道圖剛做了什麼，半年多來一直默不作聲，甚至指示手下不得再查下去，放任十二個無辜的孩子，連同你的孫子，在一個戀童癖殺人狂的手中失去生命。」

「我不懂，他們幹嘛把錢埋起來？這不是很蠢嗎？雅德市應該有很多洗錢的方法，圖剛是豹幫老大，他一定知道才對。」提默忍不住提出疑問。

他看徒弟一眼。「黑道洗錢是很常見的事，但有兩個問題。第一，豹幫負責金流的人是札克，而札克是馬修斯先生的好友。即使一開始還未發生麥爾的事，馬修斯終究是前任市長，把札克牽扯進來，代表洩露出去的風險更大。

「第二，圖剛賄賂的那個人不是黑道，而是政治人物。政治人物的金流管道不像黑道那麼活絡，如果這個人的銀行記錄出現頻繁而大量的轉帳行爲，即使是透過洗錢之後的正常名目，依然太顯眼了，他如何解釋他的金融活動比他的年收入多那麼多倍？」

「政治人物喜歡現金，通常是夾雜在禮盒、禮品裡一起送，直截了當，沒有任何記錄留下。」拉貝諾以過來人的身分提供解釋。

狄玄武點頭同意。「在我的世界裡，曾經有個國家因為官員收賄太多，直接將國內的千元大鈔作廢，讓他們囤積在家裡的現金一夜之間變成廢紙；也曾有某小國的第一夫人，趁著出訪的外交專機想夾帶二千萬美金的現鈔出境，結果被海關發現。政治人物只喜歡現金，不喜歡走洗錢路線。」

「所以，圖剛綁架和殺害兒童，然後賄賂一名政府高官幫他掩護？」醫生沈痛地重複。

柯塔安靜片刻。「狄曾告訴我們，雅德市和叢林並沒有太大不同，只除了在這裡的野獸是兩隻腳的人，我曾經認為他說得太誇張了……現在，我完全改變想法。」

勒芮絲忍不住拿起麥爾的報案記錄。照片裡的小男孩笑容如一顆燦爛的太陽，拍這張照片時，他一定不知道他即將失去他的父親，還有他自己的生命。

她想到在麥爾人生的最後幾天不知有多麼恐懼，心裡就覺得撕裂般的痛苦，馬修斯先生只會比她更痛百倍、千倍、萬倍。

「喬歐？」狄玄武又喚。

「我不要碰那個，提默，你自己去拿，我放在我的工具櫃裡。」喬歐敬謝不敏。

其他人不曉得他在說什麼，提默嘆了口氣，離開狄玄武的家。

幾分鐘後，他抱著兩個箱子進來。這兩個箱子比裝錢的箱子小一點，材質是不易損壞的鐵箱，勒芮絲只知道裝錢的箱子，完全不曉得還有這種鐵箱。

狄玄武點了點頭，提默把兩個箱子打開。

裡面是什麼？

「噢！」勒芮絲驚嚇地閃到沙發後面，差點和喬歐撞在一起。

頭髮！

滿滿一箱的頭髮！

不只是頭髮而已，是連著頭皮的頭髮！

頭皮的部分經過特殊處理，變成乾燥的深褐色，整體乍看只像一頂假髮，但勒芮絲看多了人體的各種結構，她一眼就知道連結頭髮的是頭皮無誤。

箱子底下似乎還有其他東西，但滿滿一箱頭皮連著頭髮，實在太詭異太恐怖了，令人打從心底生出毛骨悚然的感覺，她甚至不想再看一眼。

喬歐拚命揉手臂，好像想揉掉什麼恐怖的東西。他不是沒有看過更可怕的景象，但這一箱頭皮假髮，有點超出他的忍受程度。

狄玄武蹲在箱子旁，用一支筆撥弄裡面的東西。

「錢箱埋在蓋多水塔的右邊，正好是我的土地，這些頭髮埋在蓋多水塔的左邊，市政府的土地。」

布魯諾臉色鐵青，從口袋裡掏出塑膠手袋戴上，開始檢視箱子的內容物。

這兩箱加起來總共有二十包用密封袋裝起來的頭髮和衣物，髮絲的質地柔細，長短深淺皆有，色澤飽滿，一望而知不是屬於太老的人。

衣物的部分，全部是童裝，男女都有。

每一個密封袋都放著一張寫有名字的紙條：安娜、佩帝、李奧納多、安德魯、維克多、莉薇雅……

二十個，不是十二個。

布魯諾的神情恐怖到極點。

馬修斯雙手發顫，拿起標示著「麥爾」的那包衣物，衣服、鞋子、褲子……然後找到標有「麥爾」的頭髮，這是裡面唯一一包不含頭皮的頭髮。

他想到他的孫子被找到時的模樣：頭髮被剔光，全身赤裸……

「許多連續殺人狂都有留下紀念品的嗜好，在他們沒有時間做案時，可以藉由紀念品重溫犯案時的快感。」狄玄武淡淡地道。

「你挖到這些東西，爲什麼不交給警察？」布魯諾憤怒到全身發抖。

「你認爲交給警察有用？」和他相反，狄玄武清淡的嗓音在這種詭異的氣氛下有一種超現實之感。

布魯諾瞪著那箱頭髮和衣物，忍不住發出一聲憤怒的低吼，在室內走來走去。

「他殺了我的孫子。」馬修斯嘶啞地說，「圖剛殺了我的麥爾。」

「是的，而且有人包庇他。在麥爾之後，有另外四個小孩失蹤。」

其他非官方的記錄，或許是有案底的父母不敢報警，或許只是街頭浪童，消失了也不會有人知道。

二十條小生命，六個月之內。

「誰？」馬修斯的眼中已經不是悲傷，而是怒火，熊熊的、憎惡的、復仇的怒火。

「在雅德市只有兩個人有足夠的權勢做到這件事，市長涅槃與警治署長托魯斯——」

「不是涅槃，他的叔叔和我是至交，是我幫他坐上市長的位子，他不會背叛我。」馬修斯不等他說完就否決。

雖然狄玄武認爲在這種世界沒有眞正的至交，只有條件夠不夠好，但在這件事上，他同意馬修斯的看法。

「涅槃只是普通的政客，對警察沒有那麼大的影響力，他想指使警察也必須再透過托魯斯，而我不認爲圖剛會分兩階段做事。要是我，我會直接買通托魯斯。」

托魯斯。

警治署長。

雅德市的警察之首。

最應該守護市民之人。

「箱子是誰埋的？也是豹幫？」布魯諾終於擠出一絲聲音。

「不，特羅多的人，龍騰幫。」

「什麼？」

「什麼?」布魯諾和拉貝諾同時出聲。

不怪他們,特羅多痛恨對女人和小孩施暴的人在道上是出了名的。他並不特別愛宣揚自己的背景,但也不是什麼祕密。特羅多的父親是個酗酒的暴力主義者,從小就把特羅多和他母親當沙包打。他母親在他十四歲那年終於被打死,而特羅多小時候被打到骨折或腦震盪住院的記錄多不勝數,後來他父親酒駕肇事死亡,特羅多在街頭長大之後成為地方幫派老大。他曾經有一個得力手下,酒醉之後將自己的妻子打到進加護病房,女兒的肋骨斷三根,特羅多知道之後親自處決他。

此外,特羅多特別痛恨壟斷雅德市的三大黑幫,無論如何都不可能跟三大黑幫合作。若說他會幫圖剛埋藏這些殺童的「紀念品」,拉貝諾和布魯諾無論如何都無法置信。

「想聽聽我的理論嗎?」狄玄武對在場所有人挑了下眉。「席奧死後,圖剛沒有立刻來到雅德市,是因為當時他在布爾市坐牢。後來他出獄,躲到雅德市避避風頭,但長年的嗜好讓他忍不了太久。我不確定是他犯案在先,托魯斯發現之後藉機勒索他,或他們一開始就講好,他拿錢賄賂托魯斯,托魯斯負責讓警察對這些失蹤案睜一隻眼閉一隻眼。總之,最後的結果,他負責幫托魯斯處理那些賄款,托魯斯負責幫他藏這些紀念品,甚至有可能是兩個人互相牽制的交換舉動。

「荒地向來沒有人敢來,托魯斯發現我在荒地蓋房子,一定明白這裡是安全的,於是他建議圖剛將東西藏在荒地裡。圖剛有自己的人可用,但托魯斯不可能找警察幫他埋,他還能找誰?當然找另一幫道上兄弟,尤其是那些誰都不靠的街頭幫派。畢竟,誰不樂意幫警治署長一點小忙,換來署長欠他們人情?

「最後托魯斯選中中立的龍騰幫,特羅多忠於約定,沒有查看箱子裡面是什麼,否則特羅多絕對不會答應。他叫了兩個幫中最微不足道的手下去處理箱子,表示他不認為這是什麼大事。

「那兩個手下被我抓到的那晚,正要把遺物箱挖出來換地方,可見我在荒地挖這些箱子的事,圖剛和托魯斯一定都知道,畢竟任何人拿個望遠鏡躲在蓋多區就能看到。於是,我成了他們的大問題,托魯斯和圖剛必須決定該拿我怎麼辦。他們不可能殺得了我，如果買通殺手，被我捉下來反訊問的話，他們的麻煩更大，所以，他們該如何解決一個不是那麼容易被殺、又急需讓他永遠消失的男人？」

「把這個麻煩人物關進牢裡，讓他被判個終身監禁或死刑。」拉貝諾沈聲說。

「所以，你去坐牢的事，從頭到尾都跟這一切有關聯。」勒芮絲從他的陳述中領悟過來。

「聰明的女孩。」狄玄武對她點點頭。「在這個時候，克德隆黑吃黑的事發生了，圖剛一定看出這是一個機會，克德隆殺了我一個老手下，他知道我絕不會袖手旁觀，於是和芙蘿莎一起來找我，希望幫他們扳回一城。」他對布魯諾一笑。「這是賊的事，細節你不必知道。但這樣還不夠，如果將來有人追究起來，不能追回他身上，於是他檯面上以芙蘿莎的名義向拉貝諾購買二十罐D－47，然後檯面下私自再買了流出的那四十一罐D－47。」

「將來任何人查起來，D－47都是我拉貝諾的，和他無關。」拉貝諾冷冷說。

「是的，檯面上佈署完成。在我告知芙蘿莎要行動的那天，圖剛派了另一組人等在旁邊，等我離開克德隆總部之後進去毒殺全棟樓的人。」他冷笑。「事後誠懇的警治署長帶著他得力的凶案組組長親自上門，將我逮捕，引渡到布爾市，進入人人視之如地獄的奈沙特監獄，從此世界一片美好。他們絕沒有想到，最後讓他們功虧一簣的是兩名旅客在房間陽台拍的幾張照片。」

「但你一開始就可以指出照片的時間不對，你卻選擇坐牢。」布魯諾雙眼一瞇。

「我必須。」他平靜地迎上勒芮絲的雙眸。「圖剛是一個連續殺人狂，專門獵殺兒童，他就在我的地盤上出沒，我絕不會讓艾拉和雷南生活在他的威脅之下。」

勒芮絲嘆了口氣，點點頭。

「你們確定芙蘿莎跟他不是一夥的？」拉貝諾神色陰沈。

「目前沒有任何證據證明芙蘿莎也有關係。」他說。

所有人都安靜下來，感覺身上黏膩無比。並不是他們真的出汗，而是全身像被一張無形的血網罩住，腥紅難聞，只要動一下，就能聽見空中響起稚童的哭號。

勒芮絲可以瞭解剛才喬歐一直揉手臂的反應，那是一種想把全身皮肉都刮掉一層、徹底弄乾淨的感覺。

「馬修斯先生，你曾說你願意付出一切代價找出是誰殺了麥爾。經過幾個月的調查，我正式向你報告：豹幫幫主圖剛殺死你的孫子麥爾，警治署長托魯斯是他的幫兇。」

馬修斯極緩、極慢地點了下頭，背心挺直地站起來，彷彿一個即將上戰場的鬥士。

「謝謝你，我明白了。」馬修斯轉頭走出去。

「圖剛．貝南是我的。」狄玄武在他身後說。

馬修斯的步伐停住。

「你可以拿走托魯斯，他和你是同一個圈子的人，或許只有你才能對付得了他，但圖剛是我的。」狄玄武說。

「不！」布魯諾突然堅定地開口，「我知道法律讓你們失去信心，但你們必須相信法律。我會像一隻餓狗緊緊咬住他們不放，直到將他們繩之以法為止，任何人都阻止不了我。」

馬修斯搖搖頭。「托魯斯是你動不了的人，狄說得對，只有我才能處理他。」

「即使如此，這些案子必須破案。」布魯諾翻動桌上的檔案照片。「這些孩子的家人還在等著他們，這些人需要一個答案。」

「你沒有任何證據。」狄玄武冷靜地指出。「所有我們剛剛的對話都只是推論，即使我們知道事實就是如此，沒有人能證明什麼。特羅多絕對不會承認他幫署長的忙，無論他知道事實之後有多痛恨。倘若他變成一個告密者，雅德市黑白兩道都不會再相信他，龍騰幫等於完了。

「圖剛被偵訊時，頂多說這些錢都是他的，說不定還控告我一個侵佔，沒有人能證實他和署長之間的協議；而所有失蹤的小孩，除了麥爾，沒有任何人的屍體被尋獲。你追查到最後的結果，只會是兩個龍騰幫的小鬼出來當替罪羔羊，承認這兩箱遺物是他們的。」

這件事，沒有辦法以法律來解決，只能以道上的方法。拉貝諾和他互視一眼，兩人都心知肚明。

「不，給我時間，三個月，讓我重新建構整個案情，將圖剛繩之以法。」

「我們每拖一天，都有一個小孩面臨被殺的風險，你不知道他何時會出手。」

「我會派人緊緊盯著他，警方甚至不必假裝什麼都不知道。圖剛只要看見警察二十四小時跟著他，就知道有問題了，絕對不敢在這種時候出手。」布魯諾沈痛地道，「幾十條人命，橫跨三個城市、兩個生存區，他不可能做得天衣無縫，我必須和各地的警察機關聯繫，蒐集所有證據，我需要的只是時間。」

狄玄武沈默半晌。

「三個月後，無論你有沒有足夠的證據，他都是我的，在這段期間他若做出任何蠢事，他也是我的。」

「三個月。」布魯諾點頭成交。

馬修斯沈默地戴上帽子，轉身出去。

「馬修斯先生！」

勒芮絲追了出來，馬修斯轉頭看著她。

「不要將加雷斯包在安全泡泡裡。」她輕聲說。「我知道經過這一切，你可能只想打造一個城堡將他保護起來。請記得，你養出一個很令人驕傲的兒子，他勇敢、堅毅、負責任，勇於追求自己的夢想。現在他將他的孩子留給你，信任你能將他兒子撫養成一個跟他一樣的男人，請不要辜負你兒子的期望。你可以讓加雷斯生活在安全的環境裡，但不要害怕讓他冒險，不要讓他變成一個只敢待在安全泡泡裡的孩子，讓他跟他父親一樣勇敢、堅毅、負責任，勇於追求自己的夢想。」

馬修斯的眼睛濕潤，輕輕和她相擁。

「謝謝妳，我會的。」他看向她身後的狄玄武，嗓音粗嗄。「你有一個十分美麗的女友，她的心靈更勝於她的外表。」

「我知道。」狄玄武的唇角浮起一絲隱約的笑意。

馬修斯點點頭，轉身離去。

❦

這是一處不太有特色的郊區的一條不太有特色的路旁的一棟不太有特色的屋子。灰色的柏油路不太有特色。駛過去的車輛不太有特色。偶爾走過去的行人不太有特色。

事實上，當初席奧囚禁他的地下室就在幾條街之外。顯然這片工業用地變更爲住宅區卻開發失敗之後，很適合用來做些偷雞摸狗的事。

「我們約定好的，你的報酬。」馬修斯站在一扇不太有特色的棕色門前。「謝謝你替我保管這麼久。」都過了半年了。

馬修斯搖搖頭。「說好的就是說好的，你完成了你的承諾，我也該依約完成我的。」

馬修斯從高級西裝的內袋裡掏出鑰匙。這扇看似普通的門，所用的鎖卻是最精良的三段式門鎖，合併最後一道指紋鎖。

門一打開，過厚的門板洩露出它其實是一道外表以木板掩飾的鋼門。

隨行保鏢留在屋外等他們，馬修斯帶著他穿過空無一物的一樓，直接走向地下室。下到最後一階，馬修斯掏出另一把鑰匙打開鐵門，一陣穢臭的氣味立刻撲鼻而來。

他們兩人都沒有進去，只是站在門口，狄玄武伸手打開牆上的開關。

燈「啪噠」一亮，克德隆直覺抬起手遮蔽乍亮的光線，手腕的鐵鍊牽動出清脆的聲響，他的腳也被鐵鍊鍊住，長度僅容他在一公尺內的距離移動。

他右手衣袖裡空無一物。

屋內臭氣的主要來源是牆邊一個坐式馬桶，地上的食物殘渣貢獻一部分的腐臭味，其餘來自半年來都沒洗過澡的克德隆。

他的頭髮和鬍子已遮蔽大半張臉，皮膚因長期照不到日光而呈現病態的蒼白，營養不良和缺鈣讓他的身形開始佝僂。

門打開的一瞬間他跳了起來，有如驚弓之鳥，往日縱橫商場的情報教父再無任何叱吒風雲的氣息。

「你是如何抓到他的？」狄玄武不得不佩服。

當初他要求馬修斯以克德隆來交換他調查麥爾的兇手時，他並不十分相信馬修斯做得到。

馬修斯長嘆一聲，看他的表情像在教訓一個不懂事的小孩。「你以爲馬修斯家族能維持好幾代的鉅富，是天生幸運嗎？我能活到現在，就是因爲我們有自己的人脈管道，或許那些管道和黑道或警方不一樣，但運作模式並未相差太遠。」

他明白，所以他才以克德隆作爲交換條件。

「他四個貼身不離的傭兵之一是我的人。」馬修斯對囚室中央的男人點了點頭，「購買情報的缺點是，等你取得你要的情報，對方同時也知道你想做什麼了。克德隆不是以高標準的職業道德聞名，我認爲在他身邊安插一個保險很重要。」

「所以死亡的四個保鏢和一個主子，實際上只有三具屍體？」狄玄武微笑。

「和一隻右手。」馬修斯點點頭。

當一堆屍體被絞成肉泥，你很難分清這一堆肉泥裡總共有幾個人。

「爲什麼？」克德隆絕望地喊，「我從未對你做過什麼，你爲何要這麼對我？」

狄玄武走進來，臉上沒有任何情緒。

「你殺了提亞哥。我不在乎你想對誰黑吃黑，我本來就沒那麼看好你的人格。只是你黑吃黑之時，不能殺我的人。」

「但你不再爲芙蘿莎工作了！」克德隆的臉上只有一片絕望。

「提亞哥不只是個手下，他是我的朋友，你眞以爲你能殺了我的朋友而不付出代價？」狄玄武平靜地說。

「我不打擾你們了，我在樓上等你。」馬修斯轉身走上樓。

門外的保鏢看見主子走出來，立刻打開車門，馬修斯搖了搖頭，在門廊的搖椅坐了下來。

十分鐘後，狄玄武出來了。

「這麼快？」

「六個月寢食難安的折磨已經夠他受的了，我只是要他不再呼吸而已。」狄玄武掏出手帕擦拭手中的血跡，再塞回長褲口袋裡。

「看來我們要面臨一段情報的空窗期，直到下一個克德隆出現為止。」馬修斯看向遠方。

「要是我就不會太擔心這點，我起碼知道有一個人能接收克德隆的事業，或許比他更有職業道德一點。」

「哦？」

「不過你大概還要再等一下，他得在牢裡蹲幾年，幸運的話不久就能出來了。」

「我想我還能撐上幾年沒有祕密情報的生活。」馬修斯露出隱約的微笑。

「你想好如何對付托魯斯了嗎？」片刻後，他靜靜地問。

「是的。」馬修斯的笑容消失。

狄玄武沒有問太多，只是走下門廊，往自己停在路邊的車而去。

「不要讓他太快死。」馬修斯低啞的嗓音追在他身後而來。「慢慢來，我要他死得越痛苦越好。無論布魯諾能不能找到足夠的罪證，我要你答應我，讓圖剛死前的每一分鐘都感受到麥爾的痛苦和恐懼。」

「我會。」

狄玄武點點頭，上車離去。

16

「勒芮絲！」

勒芮絲停在車門旁，看著卡洛和里安多站在她身後。

「嗨，卡洛，里安多，好一陣子不見，你們都跑到哪裡去了？」她露出大姊姊的親切笑容。

「我們聽說狄先生回來了，恭喜。」卡洛清清喉嚨。

里安多站在他身旁，只是看著地上，神情鬱悶不樂。

「是啊，他已經回來好幾天了，最近怎麼都沒看見你們？」

這兩小子從一開始就常常往他們這裡跑，久而久之社區裡的人都習慣看到他們了。後來提默教他們幾招格鬥搏擊的技巧，他們學出興趣，來得更加起勁，不過，過去一、兩個星期他們突然變得很少看見人影，搞得社區一堆人都在問卡洛和里安多怎麼失蹤了。

「呃，勒芮絲，那個……妳記不記得之前我們說過有事情要找妳幫忙？」卡洛不斷清喉嚨，好像喉嚨裡長了蟲。

里安多微微看他一眼，繼續盯著地上。

「記得啊！」勒芮絲乍現的笑容燦爛如太陽。「謝謝你替我們介紹工班的人，後來有兩車固定會來我們這兒招工，有些營區的人摸熟了城裡的環境，甚至找到其他更穩定的工作，真是太感謝你們了。說吧，你們需要我幫什麼忙？」

里安多忍不住在背後捏他一下，卡洛對他齜牙咧嘴，躲開一小步。

「是這樣的，我們有一個朋友叫克里斯，我們三個從小一起長大的，克里斯比我們兩個人大一歲。那個……克里斯加入龍騰幫，可是待一陣子覺得不太適合……那個……他想回來跟我們一起當普通人就好。」卡洛又咳一聲。

「龍騰幫，就是有拉瑪當副幫主的那個龍騰幫？」勒芮絲的美眸微冷，不好的記憶頓時湧上心頭。

「對，妳也知道他們？」里安多有點吃驚。

她嘆息。「卡洛，里安多，本來這不關我的事，但你們也不是小孩子了，你們兩個今年幾歲？」

「十九。」兩個一起說。

「跟提默一樣年紀。你們總不能一輩子待在街上吧！有沒有想過將來要做什麼？如果暫時對未來沒有想法，何不先回學校上課？總比天天無所事事的好。」

「提默也沒有上學啊！」卡洛彆扭地說。很久沒被人這樣訓話了。

「是沒錯，但提默知道他要什麼，而且很努力地往那個目標前進。我並不是說你們非得功成名就不可，但天天在外頭混，待在我們社區還無所謂，如果跟你們朋友克里斯一樣惹上幫派的麻煩，該怎麼辦？」

「克里斯現在就是遇到大麻煩，」卡洛沮喪地說。「龍騰幫的幫主特羅多要克里斯跟在他堂弟小羅的身後照顧，可是小羅就死屁孩一個，任性又不成熟，克里斯不想再過這樣的日子，就跟小羅說他想退幫，結果小羅說，他要退幫除非拿二十萬出來，不然小羅會跟特羅多講，讓龍騰幫的人搗毀我們這條街，克里斯哪裡拿得出二十萬？我和里安多想了想，唯有親自去找特羅多說清楚，看看他要怎樣才肯放人。」卡洛小心翼翼地看她一眼。「勒芮絲，妳可不可以幫個忙，『找人』陪我們一起去？」

妳知道我講的「找人」是找誰吧？知道吧？知道吧？

「特羅多是個什麼樣的人？」勒芮絲想了一想。

「就龍騰幫老大啊！脾氣滿暴躁的，他身旁又有拉瑪那些人，都不是好對付的，老實說，我們兩個都有點怕。」里安多悶悶地解釋。

「他會打女人嗎？」勒芮絲問。

「那倒不會。特羅多再怎麼蠻橫都不對女人和小孩動手，這一點在道上是出了名的。」

「那好，我陪你們去找他，上車。」勒芮絲拉開車門。

卡洛和里安多嚇了一跳。

「妳？不好吧！特羅多是幫派分子耶！妳要不要再找個『人』陪我們一起去？」妳應該知道我講的是誰啊！例如姓狄的……

「提默和狄進城找伊果談事情，喬歐不能走開，這個時間出門工作的人都還沒回來，只有我正好要進城上課，趁離課堂開始還有一點時間，我陪你們去找那個特羅多問問，看他到底要什麼。」

「不好吧？勒芮絲，真的不好吧？」里安多有種感覺，他們就算沒被特羅多怎樣，也會被某個人剝皮，例如姓狄的……

「我又不是要去找他打架，你們怕什麼？能談得成就談，談不成起碼我先弄懂他到底要什麼，回來之後再和其他人討論看看。」勒芮絲極有耐心地看著他們。「上車。」

卡洛和他對看一眼，不得已，只好硬著頭皮上車。

「我們騎了機車來，我騎車跟在你們後面。」里安多說。

一路上卡洛努力想說服她多找「一個人」，到最後已經乾脆在說服她打消主意了。

勒芮絲只是耐心地要他閉嘴，乖乖帶路就好，半個鐘頭後，他們駛上城裡赫赫有名的一條花街。

勒芮絲停好車，站在他們目的地的門外。一路過來兩側都是酒廳夜店，想也知道這一帶是什麼地方，奇怪的是，這間屋子平凡得像一間中產階級郊區小屋，猛一看會有這屋子蓋錯地方之感。

紅瓦白牆，籬笆內種了玫瑰花，庭院裡甚至有一間狗屋和給小孩子玩的沙坑、玩具。

「這是什麼地方？」勒芮絲忍不住問。

「海瑟夫人之家。」卡洛硬著頭皮回答。

騎機車的里安多終於抵達了，卡洛看見他鬆了口氣，誰知里安多臉色青一陣白一陣，突然一扭車頭，自己就跑了！

「喂，里安多！」卡洛氣急敗壞地追出去。

里安多頭也不回地騎走。

可惡！這個不講義氣的傢伙，虧他平時一副忠肝義膽的樣子，竟然一遇到狀況自己先開溜！卡洛氣得牙癢癢，這輩子算是認清他了。

「沒關係，我們兩個進去就好，不要勉強他。」勒芮絲看著里安多遠去的車煙，嘆了口氣。

她踏上四級以石磚做成的台階，踩在居家氣氛十足的門廊，順手把一個歪倒的盆栽扶正，然後敲敲那扇鑲著天使彩繪玻璃的門。

「咳，勒芮絲，我看我們還是改天……」

「歐拉！」一個看起來頂多二十歲的小女僕出來開門問好，嗓音悅耳歡快，黑底白圍裙的制服包裹著她過度婀娜的身段，領口低到露出四分之三顆乳房。

勒芮絲頓了幾秒鐘，莊嚴肅穆地開口：「我們有事找特羅多先生，請告訴他我是安全區的勒芮絲，這位是我的朋友卡洛。」

「等一下。」女僕好奇地打量她兩眼。

幾分鐘後，女僕出來應門，「特羅多先生願意見你們，請跟我來。」

勒芮絲點點頭，依然保持莊嚴肅穆的神情踏進去，卡洛在後面覺得自己快要死了……

他們一進門是一個完全居家的玄關，右邊一道通往二樓的樓梯，一個清潔婦手中拿著一條抹布，正趴在樓梯上擦梯面，一切都很正常，只除了她年輕貌美、豐滿誘人得不像一個清潔婦，只除了她的短裙被從臀身撩高，只除了她撩高的裙後趴著一個肥胖男人，只除了那男人雙手抓住她雪白的臀肉揉捏，在她股間拚命抽動，兩人發出銷魂蝕骨的呻吟。

勒芮絲立刻目不斜視，跟在性感女僕身後繼續沿著長廊走下去。途中他們經過一間客廳，裡面有五個包廂座位，桌上擺滿美酒佳餚，各種奇情冶豔的性愛活動在座位間上演。

所有女人全穿著家居式的衣服——這是指如果她們身上的衣服還沒被剝掉的話——有絲質晨褸的女主人，穿著高中生制服的過度發育女孩，拿著小提琴的優雅千金，女僕、女僕、更多的女僕、廚娘、家庭教師……

每個女人的穿著一眼即可認出她們的身分，但每件衣服都過度合身、過度低腰和過度低胸！所有女人或前或後或左或右都有個男人，小提琴手跨坐在男客的腰間，晨褸女人趴在男客腿間，高中制服女被兩個男人前後夾住……

海瑟夫人之家是一間妓院！

這間屋子裡的每個女人都是性服務者。

她回頭凌厲地瞪卡洛一眼，卡洛已經眼神死。

一雙毛毛手往她豐滿的胸部摸過來。

「嘿！我不在這裡工作！」勒芮絲眼明手快揮開那雙色手。

那雙色手屬於一個五十多歲的地中海禿男人，在下午四點就已經喝了太多酒。

或許是勒芮絲表情傳達出來的訊息讓他住手，他的手停在半空中，沒有全收回去，似乎在衡量該不該相信她的話。

「她是狄先生的未婚妻。」卡洛立刻在她身後狺狺露牙。

「哦！狄已經很久沒來了，妳來這裡也抓不到人。」那男人的酒立刻醒了一半，匆匆退走。

「……」

「……」

「他以前來過這裡？」勒芮絲沒有回頭。

「我不清楚！」卡洛立馬表明立場。

「這邊走。」前方的女僕停在走廊尾端，往右手邊一比。

勒芮絲轉過彎角，尾端只有一扇門而已。很好，她不確定她能再忍受更多淫聲浪語的畫面。

女僕輕敲了下門，裡面一陣粗啞的喉音要他們進來。女僕幫他們打開門，然後禮貌地告退。她才剛彎過他們走來的轉角，幾個男人大笑著圍住她，女僕半推半就被抓離勒芮絲的視線之外，然後就是一陣

「別這麼說，我現在只是一介平民，家裡還有百來口人待養，將來我們說不定得靠龍騰幫賞口飯吃。」狄玄武悠閒地將花生米扔進口中。「對了，聽說我不在的期間，你們派人到安全區收保護費？嘖嘖，特羅多，我還以爲雅德市的黑白兩道都有共識，安全區屬於中立地帶，我不幫任何一方，你們也不能在我的地盤上胡來。」

特羅多銳利的眼神殺向拉瑪。

「我……我以爲那裡是我們的地盤……」拉瑪的冷汗直下。

「我並不知道這件事。」特羅多僵硬地看回狄玄武臉上。

「你不知道？現在的龍騰幫到底是誰在管事，你或拉瑪？」

這個問題比刀還犀利，拉瑪瞬間臉色死灰。

一個從小在暴力中長大的人，內心深處永遠缺乏安全感，無論變得多強都一樣。若說特羅多最痛恨的是打女人和小孩的男人，那麼排第二的一定是想取而代之的手下。

「龍騰幫的幫務不關你的事，你要什麼？」特羅多極力壓抑怒火，不想讓他看好戲。

「我只是想確定你還在狀況內，因爲你不知道的事似乎很多。」狄玄武從口袋抽出一張照片，往桌面一扔。「包括你和某人的交換條件。告訴我，特羅多，你知道那些箱子裡裝了什麼嗎？」

特羅多狠狠盯著他，慢慢拿過那張照片，迅速瞄一眼，這迅速的一眼馬上變成定住，再也移不開。

「這什麼鬼東西？」特羅多把照片丟開，暴怒地跳起來，眼神猙獰無比。「你給我看的是什麼？」

「箱子裡的東西。」狄玄武把吃完的花生殼往桌上一丟，站了起來，輕輕扶起勒芮絲。「恭喜，這些日子你一直在幫忙掩護的，就是這些東西。」

坐在旁邊的男人拿起來看，頓時露出難以置信的表情，其他人立刻接過去，照片在幾人之間傳了開來。

卡洛和里安多馬上轉頭走出去，他將勒芮絲護在胸前，自己墊後。

「媽的，姓狄的，你給我說清楚！這些頭髮和衣服到底是誰的？那些孩子在哪裡？發生了什麼事？」特羅多在他們身後咆哮。

狄玄武只是輕輕推著勒芮絲往外走，她想起什麼，踮腳在他耳旁說了幾句。

「對了，那個叫『克里斯』的小鬼是這兩個傢伙的朋友，從現在開始他們都是我的人了，我希望龍騰幫不會做什麼傻事。」

說完，狄玄武頭也不回地帶著他女人和兩個毛頭小子離開。

❦

車內的氣氛安靜得詭異。

提默一開始就先回安全區，沒跟他一起過來。卡洛和里安多早已興高彩烈回去告訴克里斯，從現在開始他們是「狄先生的人」，現在車內只有他們兩個人。

勒芮絲看身旁的男人一眼，決定還是不要提醒他她還有學分班的課好了。

車子駛出蓋多區著名的水塔，突然停在荒地中央，狄玄武把引擎熄火，坐在方向盤後盯著空無一物的前方。

「告訴我，妳一個人跑去找一個幫派老大怎麼會是個好主意？」他終於開口。

「我不是一個人，還有卡洛。」

他轉頭，用他那名聞遐邇的死光眼神盯著她。

勒芮絲嘆口氣。「狄，我明白你想保護我，最好用一個無菌的罩子把我罩起來，讓所有人都碰不到我——」

「防彈比無菌更好，我投防彈一票。」

她翻個白眼。「但我沒有辦法住在一個被保護得好好的世界裡，我必須能自主地處理許多問題。在你不在的期間，診所偶爾會有幫派分子來求診，我對於如何和他們打交道並不是全然沒經驗。他們不見得都是好人，但也不是每個人一看見女人就會想綁起來強暴，我完全知道如何應付他們。」

「是嗎？」他的微笑讓人毛骨悚然。「請解釋，如果妳正好不幸就是遇到會把女人綁起來強暴的人，妳打算如何應付他們？」

「我事前打聽過了，特羅多不會對女人動粗。」

「妳確定那些傳聞都不會錯？如果不小心錯了呢？」北極上空的星光應該就跟他此刻的眼神一樣冷。

勒芮絲決定攻擊就是最好的防禦。

「幸好我去了，有人好心告訴我，你以前是海瑟夫人之家的常客。」

他的黑眸微微一瞇。

被質詢的滋味不好受吧？她甜甜一笑。

「……我不是那裡的常客。」

「噢，我聽到的可不是這樣。『狄已經很久沒來了，妳來這裡也抓不到人』。」她模仿那位男客的口音。「言下之意就是以前常常來囉！」

「我以前的老闆是畢維帝，他們黑道談事情都約在這種地方，不表示我自己很愛去。」他瞪著她。

「哦，所以你到了那裡都循規蹈矩，乖乖坐在角落，兩手放在膝蓋上，等你的老闆談完事情再跟他一起離開囉？」

狄玄武在腦子裡把他們的對話重演一遍。爲什麼會突然轉到這裡來？他哪個環節出錯了？

「勒芮絲，記得我們約定過……」

「是，是，我們對彼此沒義務。」每次都來這一套。「我明白了，開車，回家。」

輪到她坐在位子上，盯著空無一物的正前方。

狄玄武看了她許久。

「妳想知道我過去三年的生活嗎？」

「不，」她語音輕快得不得了。「走吧，開車，回家。」

狄玄武又盯了她許久。「我在夢見妳的那天夜裡夢遺了。」

勒芮絲眼角瞄他一眼。

「我從十六歲起就沒有再夢遺過，」他說。「通常我有紓解管道，性慾對我來說就像食慾一樣，肚子餓了必須吃東西，口渴了必須喝水，性慾來了就把它解決掉。我可以維持很長的時間不吃不喝，但我終究不是神，最後依然必須滿足該滿足的生理需要。」

「你不用對我解釋。」她對著他的方向舉起一隻手。

「如果我們兩個人對彼此有承諾，我可以沒有性生活不是問題，男人有很多自己解決的方法，我永遠不會對妳不忠。」他的神色告訴她，他是認眞的。「但在我們彼此都是單身時，我處理生理需求就跟處理其他基本需求一樣，只要找最簡單直接的方式解決即可。芙蘿莎顯然不是個好選擇，這女人太危險了，和她胡搞的風險太大。」

「謝謝你。」

「我每個月有兩天的假，在蓋多區有個鄰居是一心想當演員的女服務生，她乾淨健康，長得不錯，身體沒病，需要額外的收入支持她四處試鏡和置裝的費用，所以我和她談好交易，一個月兩次，就這樣。」

呃——勒芮絲現在後悔自己提這個話題了。

「我眞的不想知道這些！」

「妳當然想。妳會永遠在心底疑惑，所以我們乾脆說清楚。」他公事公辦的語氣像在交代一件公事。「這個交易甚至沒有維持太久，一年後她正式出道，運氣還算不錯，幾乎是一炮而紅。她跑來找我，希望這件事成為我們兩人之間的祕密，我同意了，從此沒跟任何人提過我跟她的交易，只除了妳。」

勒芮絲有點鬱悶地看向窗外。

……慢著，她突然轉頭瞪著他。

「你的前任床伴是個女明星?」

「她當時只是一個服務生。」

「但她現在是電影明星?」她的好奇心挑起來了,「是誰?」

女人,她們的好奇心跟貓一樣。

「到底是誰?我看過她的電視或電影嗎?」她積極地問。

「……看過。」

不行,這下子她非得知道不可。「是誰啦?我發誓我不會跟任何人說,這個對話只限於這輛車子裡,離開這輛車就完全不存在。」

「安妮.卡布里。」他嘆了口氣。

「誰?」沒聽過。

「她的藝名叫希夢.桑多斯。」他無奈地說。

!!!!!!!

不可能!

不、可、能!

不——可——能——

「梅若琳?你的前任床伴是梅若琳?」她幾乎彈起來,撞到車頂板。

「『梅若琳』只是一個角色。」他防衛性地說。

「我的天啊!我的天啊!我的天啊!梅若琳!連藍尼都還沒和梅若琳上床,他們只接過吻而已,你竟然跟她上床過!你知道梅若琳是我最喜歡的女明星嗎?目前影藝圈的女星裡沒有人比她更紅了!」她突然有點不是滋味,「她就是你這麼喜歡看『地下正義』的原因?」

「我從不看肥皂劇——此外,不是。」是男主角的劇情線比較好看。

她突然伸手去拉他的褲頭拉鍊。

「妳要做什麼？」狄玄武警覺起來。

「我要看一眼跟梅若琳上過床的寶貝。」她堅定地說。

「妳今天早上才看過。」

「那個時候我不曉得你的寶貝到過哪裡，現在我曉得了，這是朝聖。」

「……」

他的拉鍊就這樣被她拉下來，寶貝被她掏出來，他從頭到尾無言。勒芮絲看了半晌，突然俯身含住他。

噢……這個發展他喜歡。

他的大手按住她的後腦，享受她濕滑暖潤的口腔包覆他的感受。

「她幫你做過這件事嗎？」她抬起頭看他。

「或許……」一絲火花在他深不見底的眸中亮了起來，拖得長長的嗓音慵懶迷人。

她漂亮的巧克力色眸子瞇得更細，把他的椅背放倒，然後開始伏回他的腿間施展魔法。

這眞是太棒了。

他後悔了，他們應該早點進行這場對話。

她擠到他和方向盤之間，脫掉自己的上衣，飽滿豐盈的乳房瞬間彈跳出來。他眼神一暗，她捧住自己的酥胸揉弄他。

「這個呢？」

「或許。」

她脫掉下半身的衣物，拉掉他的長褲，跨坐在他的腰間，將他納入體內。

「這個呢？」

「噢，寶貝……這是一定要的。」

她輕輕呻吟，開始上下起伏。

他強壯的大手握住她柔滑的腰，隨著她的韻律起舞——幾公里外。

「有一輛車停在那裡動也不動。」喬歐拿著望遠鏡看了一會兒。

「好像是狄的車子，他們拋錨了嗎？」提默也拿起望遠鏡觀察。

喬歐再看一會兒，突然把望遠鏡放下，神情儼然，無比肅穆，內心譙遍了所有髒話。

「他們的車子一直在晃，可能眞的拋錨了，我出去接他們。」提默把望遠鏡放下來，轉頭就走。

「不用。」喬歐面無表情地拉住他。

「這一段走回來很遠耶！勒芮絲一定也在車上。」

「勒芮絲鐵定在車上。」

該死的傢伙，下次辦事找個隱密的地點好嗎？不然他就眞的開門放提默了！

「眞的可以嗎？」

「可以啦！我和里安多都聽到了，狄先生親口說的，我們三個都是『他的人』。」

「你們確定？聽說，自己胡亂跑來安全區的人麻煩都很大。」

「我們都聽到了。」里安多向克里斯保證。「走吧！瑪塔需要人幫她搬瓦斯，弄完之後我們去找提默，我們今天要比賽，兩個對他一個。」

三個小子一轉頭就遇到正好從喬歐的屋子走出來的拉爾。

「喂，你是誰？」卡洛非常有地域性地喝住他。

「我？我叫拉爾。」拉爾好奇地停下來。

「誰管你叫什麼，我是問你在這裡幹嘛？」

「噢，我現在住在這裡，狄帶我回來的，我們是在布爾市認識的朋友。」拉爾的笑容十分開朗，看起來又比他的年齡少了幾歲。

什麼？卡洛和里安多大受打擊。想他們兩人在安全區混了這麼久，每次都是自己眼巴巴送上門！這小子竟然是狄先生的朋友，還住在這裡，憑什麼？

「你好，我是克里斯。」克里斯完全沒感受到兩個同伴的妒意。

「嗨，克里斯，醫生請我幫他整理藥品櫃，你們要一起來嗎？」拉爾熱情邀約。「醫生說我很有天分，將來說不定可以當個醫生。」

什麼？連醫生都稱讚他？天眞的要塌下來了！

不曉得這小子什麼來頭，先看緊他！卡洛和里安多互換一眼，立時有了默契。

「好啊，走。」卡洛笑得有點咬牙切齒。

四個人經過道館前面，狄玄武突然打開門走出來。

克里斯馬上僵住，卡洛和里安多挺胸立正，只有拉爾快樂地叫了聲：「狄！」

狄玄武瞟他們一眼，隨便點點頭，繼續走向自家的方向。

「喬歐！柯塔！」他隨口一喚，兩個男人立刻從兩個不同的方向跑過來。

他長腿邁開的每一步都充滿陽剛和自信，邊走邊丟出一串指令，跟什麼大學來挖井的事有關的。喬歐和柯塔兩人應了一聲，各自散開辦事。

大丈夫當如是也！四個毛頭小子深以爲然。

一個小影子突然叮叮咚咚跑過來，看見克里斯，對狄玄武勾勾手指，狄玄武立刻彎下腰。

「那個人在我們剛來的時候差點撞死我。」艾拉的聲音雖小，幾個男人都聽得見。

克里斯滿頭黑線。

狄玄武回頭看他一眼，用跟她同等的音量說：「差點撞死妳的是另一個小鬼，勒芮絲說這一個需要我們的幫助。」

醫生常常說，行有餘力時要幫助他人，因爲有一天我們或許也需要別人的幫助。艾拉想了想，很愼重地點頭。

「好。」

他抓抓她的髮心，正欲走開，看見她又揹了那個透明的大水壺。上次她溜出門找他時，背包裡也有這個大水壺，他立刻狐疑地瞇起眼。

「妳又想溜出去？」

「去營區，找瑪媞雅玩。」

「去外面玩需要揹這麼大的水壺嗎？」他更狐疑。

「這不是水壺，是我的寵物。」艾拉立刻珍而重之地把水壺抱在胸前。

寵物？

「我看看。」他接過她三公斤重的透明水壺，看來看去什麼都沒看到。不就一壺清水嗎？他以爲裡面起碼有條魚。

「怎麼沒有？在這裡啊！」艾拉指了指水壺。

「……妳想唬我對不對？」

「吼！你眞是的。」艾拉翻個白眼，把水壺搶回來，扭開瓶蓋倒進路邊的人工溪。

從水壺裡流出來的不是水，而是一股透明、軟溜軟溜、像凝膠狀的物質。那東西「咕嘟」一聲掉進小溪裡，完全跟水同化成一色，頂多就感覺水裡好像有一片水波在飄浮。

「這是什麼鬼東西？」狄玄武根本看不出來牠是什麼。

「牠叫作『溜溜』，是我的寵物，喬歐說你叫他幫我找個寵物，喬歐就買溜溜給我。」艾拉喜愛地撩撥著水澤。

溪裡突然翻起一大片足以包住她半個人的凝膠，整片朝她撲過來。

狄玄武大駭！他看過這種東西，成衣廠的化學池裡就藏了一隻！

他立刻揪住她往後飛，那片凝膠狀物質撲了個空，可憐兮兮地溜回水池裡。

WTF？

「喬歐！喬歐！」他抓狂大吼。

「什麼？什麼？」喬歐飛快衝回來。

「你給她買那什麼鬼東西？」

「什麼？」喬歐一頭霧水。「噢，你說溜溜嗎？寵物啊，你不是叫我給艾拉找個寵物？」

「我叫你找寵物，你給她買了隻怪物回來？」他破口大罵。

「溜溜才不是怪物，不准你在牠面前這樣說。」艾拉趕快奔回溪邊，溪面立刻拱起一條透明水柱，在她臉頰「啾」了一下又沈下去。

狄玄武無法相信自己的眼睛。這什麼？這鬼東西還會玩親親？

他媽的，世界末日眞的到了！

「你知不知道這種東西會吃人？我親眼見過一隻泡在化學池裡的液獸把一個活人吃掉！」他怒喝。

喬歐懂了。「溜溜不是卡拉馬液獸，是馴化種的萊森小液獸，這兩種就好像狼跟狗的差別。現在城裡的小孩最流行的就是養小液獸，一隻好好養可以活上二、三十年。」

「對嘛！」艾拉手伸進溪水裡，那隻小怪物竟然裹在她的手臂上，看上去好像黏著一大片痰。那透明凝膠又突出一隻觸手在她臉龐偎來偎去，親熱得不得了。

狄玄武看得渾身起雞皮疙瘩。

「我說的寵物是眞正的寵物，貓或狗那種寵物！你就不能弄隻阿貓阿狗給她嗎？」

「大驚小怪的，懶得理你。」喬歐搖搖頭走開。

「溜溜，來，我們去找瑪媞雅，她才不會像狄那麼沒禮貌。」艾拉拿起自己的水壺，那隻透明怪物竟然自己咕嘟咕嘟鑽了進去，艾拉蹦蹦跳跳地走開。

他受夠了！

「這個世界到底有沒有正常人？」狄玄武振臂一吼。

現場只剩下四個毛頭小子，四個小子互相看一眼。

「我覺得狗狗不錯。」卡洛聳聳肩。

「貓咪也滿可愛的。」里安多接話。

「狄，你可以幫她買一隻啊。」拉爾建議。

「不過小液獸眞的很好玩……噢！」三隻肘子全往克里斯身上撞過來。

狄玄武抹抹臉，決定回家去。

「師父！」提默突然從門口走進來。

又怎麼了？他回頭一看。

特羅多。

克里斯臉色霎時一白，不會是來抓他的吧？

特羅多連看都沒看他們一眼。三個小子連忙偷偷溜走，拉爾一臉莫名其妙地跟在他們身後。

「我要知道發生了什麼事！那些小孩呢？」特羅多站在狄玄武面前，神色陰鬱。

狄玄武對提默點了下頭，提默回頭向法蘭克打個手勢，法蘭克要特羅多的的兩名手下在門外等，把鐵門拉上。

「看來拉瑪不再是副幫主了？」狄玄武看一眼他帶來的人。

「龍騰幫從來沒有什麼副幫主，一直都是我一個人的。」特羅多面無表情地說。

「回我家談。」

提默跟在他們身後。

他們進到屋子，狄玄武到廚房拿出啤酒，一人一罐，特羅多陰沈地接過來，打開喝了一口。

必須承認他有點意外，這是他第一次來到荒地的社區，整片社區的建設比他想像中完善，規模也更大，竟然十分適宜人居。

然而，此刻他沒有參觀的心情。

「告訴我那兩個箱子是怎麼回事？」他堅持道。

「別告訴我你猜不出來。」狄玄武喝了口啤酒。

「……那些小孩都死了嗎？」

「嗯哼。」

「總共有幾個？」

「二十個。」

特羅多握著瓶身的指關節發白。「是誰幹的？」

「你回答我的問題，我就回答你的問題。」狄玄武對他挑眉。「是誰把那兩個箱子交給你的？」

「你知道是誰！」特羅多瞪著他。

過去的三個星期，雅德市非常不平靜。

警治署長托魯斯的收賄案越演越烈，他的帳戶裡出現不尋常的金流，經過詳細追查之後，都指向利亞生存區各城市的黑道分子，這件事甚至驚動了巡迴稅務官和巡迴法官。雖然托魯斯大力否認，但許多他以妻子、親戚等人頭戶開立的銀行帳戶一一被挖出來，甚至在他別墅裡找到大量現金。其中有好幾筆他和豹幫幫主圖剛之間的匯款，更是啓人疑竇。

賄賂這種事是這樣的，市民們都知道那些高官不可能沒收錢，只要事情沒爆出來，大家可以假裝不知道；但一旦被扯爆，常年的積怨都會一起爆發出來，那股千夫所指的責難幾乎是排山倒海而來。

托魯斯在雅德市深耕多年，枝繁葉茂，所有警察都是他的手下。一開始大家還持觀望態度，認爲他或許能全身而退。誰知，素來與他交好的市長一反常態，在鏡頭前嚴肅譴責公務員貪污，副市長幾度公開表示不縱容任何貪腐，司法局長跟進，然後是警治署其他聰明的高層。

官方的風向定了之後，城裡的有錢人立刻明白籌碼應該下在哪一邊。以馬修斯家族爲首的富豪停止和托魯斯往來，其他企業主更是深怕名字和他連在一起，於是托魯斯短短時間內有如落水狗，人人喊打，無人伸出援手。

由於這件事牽扯到三個城市，托魯斯應該會被引渡到巡迴稅務總部所在的比亞市，以貪污的罪名被起訴。托魯斯即使在雅德市的警政圈勢力再大，也對付不了巡迴法庭，更何況現在人人避他唯恐不及，所有人都不看好托魯斯此次能安全下莊。

狄玄武不確定馬修斯是怎麼弄出那些資金流轉的證據，可以想見札克幫了不少忙。以札克的功力，不可能洗錢被查到，還都指向圖剛的私人帳戶，顯然馬修斯有個好幫手。

由於金額已經往「億」的數字邁進，一旦成罪之後，估計唯一能收容托魯斯的只剩下奈沙特監獄。對一個人的終極報復，不是殺了他，而是剝奪他最看重的名譽、財富、地位和尊嚴，然後讓他在地獄裡活下去。

「你為什麼幫他？」狄玄武只想知道這點。

特羅多沈默片刻，「我厭倦了雅德市只是拉貝諾、畢維帝和豹幫這三股人，他答應我，只要我幫他『保管』這兩箱東西，他同意將拉貝諾拉下來，扶植龍騰幫上去。」

原來如此。

拉貝諾和狄玄武，他們兩人是這次事件的主角。

圖剛要狄玄武，托魯斯要拉貝諾。

拉貝諾雖然和官方的關係一直不錯，但這些年來生意越做越大，托魯斯明白終有一天拉貝諾會不再受他管束。比起來，一個由自己一手扶植的龍騰幫就聽話多了。

「現在輪到你了，告訴我那兩箱衣服和頭髮是怎麼回事！」特羅多兇猛地瞪著他。

於是狄玄武將所有事情告訴他。

特羅多聽完沈默良久。

狄玄武說完的那一刻，他有種跑出門找個地方嘔吐的衝動，眼底的震驚根本無法以任何言語形容。所有童年的夢魘在這一刻都衝回心田。那些孩子經歷的折磨，他都受過，完全明白那二十……不，那上百條小生命在人生最後的過程，處在何等的絕望驚怖之中。

「我應該打開來看的。」他喃喃道，「我應該把那兩箱東西打開來看，不該以爲裡面只是髒錢和珠寶。」

「看了你也不能怎樣。」狄玄武再喝一口啤酒。

「我他媽的可以宰了圖剛！」

「不，圖剛是我的。」

「我要幫忙！」特羅多兇獰地瞪著他。

「怎麼幫？當布魯諾的污點證人？」

特羅多嗤之以鼻，「不！等你準備殺他的時候，我要在場。這種人不值得獲得法律的保障，即使是死刑。」

狄玄武思索片刻。「我不能保證，但若情況許可，我會盡量讓你參與。」

特羅多點點頭，起身走出去。

「狄！」法蘭克突然衝進來，差點撞到正要出門的特羅多。

「什麼事？」狄玄武立刻站起來。

「你以前的老闆……快來！」法蘭克喊完自己衝出去。

所有人全動了起來。

三輛車揚起一陣塵煙歪歪扭扭地衝過來。第一輛的車頭已經半毀，竟然還開得動。第二輛引擎蓋冒出濃煙，隨時會起火燃燒。第三輛在接近大門還有一公里時突然爆炸起火。

「趴下，所有人趴下！」狄玄武大吼。「醫生！醫生！」

醫生和勒芮絲早已聽見爆炸聲，從診所衝出來。

「我能做什麼？」特羅多迅速問。

「離開，我會再和你聯絡。」狄玄武神色鐵青。

特羅多點點頭，不浪費他們的時間，直接召了手下離去。

喬歐衝過去將第一輛車的前門拉開，但整個車頭變形卡住，車門竟然拉不開。

「法蘭克，給我氣壓剪！」

狄玄武衝向第二輛車，他人還在五公尺外，車頭已經冒出火花。

「退開！所有人都退開！」他大吼。

提默迅速將跑得慢的營區女人半推半擠到後面去。

不行，他們停得太近了，如果車子爆炸，整個棚架和營區前半段首當其衝。

狄玄武衝過去，拉開第二輛車的前門，把駕駛拖出來自己坐進去。

「不！」勒芮絲剛趕到第一輛車旁，看見他鑽進冒火的車子裡，整顆心幾乎停止跳動。

車頭的火越燒越烈，幸好引擎尚未熄火，狄玄武轉動方向盤，立刻衝往荒地的方向。

在最緊急的一刻，他停下車子，下了車鑽進後座，將裡面的人抱出來。

所有人只看到他的身影消失在後座裡，然後車子就爆炸了！

「狄——」勒芮絲尖叫著想衝過去，提默飛快攔住她。

「待在這裡，不准動！」提默吼完，回頭衝向變成一團火球的車體。

濃密的黑煙夾雜著電線的化學氣味，在一團濃煙中，一道高大的形影衝了出來。

勒芮絲幾乎腿軟地坐倒。

狄玄武懷中抱著一副白底紅花洋裝的嬌軀，但細看才發現，那不是紅色的印花，而是一團一團的血跡。

剛剛從駕駛座被推出來的是路易茲，爆炸那刻及時從另一邊的門跳出來的是菲利巴。

勒芮絲閉上眼深呼吸兩下，強迫自己回到第一輛車旁邊。

它的門終於被撬開，嘉斯大腿及小腹各中一槍，被喬歐從駕駛座扛出來，後座是吉爾摩和岡薩列茲。

每個人身上不是刀傷就是槍傷。

「第三車的人是誰？」狄玄武的大吼比他本人更先到達。

「A3隊的人……」嘉斯吞了口口水，艱難地回答。

當初他訓練的城內分隊之一。

「按著他的傷口，按住這裡！」醫生指揮拉爾和里安多幫忙止血。「道格，我們需要擔架！」

「醫生！」勒芮絲立刻衝向狄玄武和他抱著的人。

狄玄武感覺懷中的人一顫，立刻停下來，將她放在地上。

芙蘿莎豔麗的容顏依舊，卻臉如金紙，氣若游絲。

她失血太多了。

「我……從沒想到……我會比你早死……」她勉強擠出一絲笑容。

「禍害遺千年，妳不會死。」狄玄武冷酷地說。

「恐怕……死神……不聽你的……」她冰冷的手輕撫他剛毅英俊的臉龐。「我不想死……我還沒……讓你和小農女分手……」

「妳不會死，我和勒芮絲也不會分開。醫生？」

「柯塔，魯尼，擔架！」醫生回頭大吼。

她的大腿動脈裂開，幸好她自己反應快，以皮帶綁住，但血依然汩汩冒出來。醫生用力將皮帶收緊，芙蘿莎痛楚地痙攣一下。

「是誰做的？」狄玄武抱緊她。

「圖剛知道……我們知道了……他……先下手……」一口血哽住，從她的嘴角流出來。「我死了……把我埋在……你的後院吧……」

「妳想都別想！」勒芮絲堅定地說。「妳若死了，我會把妳埋在最遠的荒蕪大地，讓他下半輩子都看不見妳，所以妳最好撐下去。」

擔架來了。

柯塔和狄玄武合力，一個人抬頭一個人抬腳，盡量平穩地將她放在擔架上。

醫生和勒芮絲迅速將她推進手術室。

17

「圖剛攻擊芙蘿莎！他開始反擊了，我眞不該答應你三個月的期限。」狄玄武低吼。

「我知道你很憤怒，但我們不確定發生了什麼事。」

「我該死的跟你說過兩百次發生了什麼事。他埋伏一組殺手在她出門必經之處，把她的車隊射成蜂窩，殺了我幾個舊手下。他並不在乎那裡是大白天的路邊，你想不想猜猜看他爲何如此大膽？」

「警察已經在調查芙蘿莎被攻擊的事件，我們不能假定圖剛攻擊她一定和我在查的案子有關。圖剛和芙蘿莎是生意夥伴，很可能他們的哪樁交易餿了，他才會動手。」

「他們的交易當然餿了。」狄玄武挖苦。「你以爲圖剛是白癡？他知道發生了什麼事。托魯斯官司纏身，名譽掃地，他到任何地方都有警察二十四小時跟隨。我拿走他們埋在荒地的錢，龍騰幫也發現那兩個箱子裡有什麼。拉貝諾火大他的程度跟席奧在世時相比都小巫見大巫，豹幫的生意處處受到打壓，芙蘿莎不再站在跟他同一陣線，他已經被逼進牆角。」

當你把一隻野獸逼進牆角，就得做好牠反撲的準備。

「聽著，我這裡開始有進展了，三個城市的警治署都對幾樁舊案子重新展開調查。渥太爾市的警察最近挖到兩具童屍，可能跟圖剛的案子有關，他們打算重新解剖另外三具舊屍體，我需要時間！」光聽嗓音便能想見布魯諾最近承受的壓力。

「你或許不懂我的意思，讓我再說得更清楚一點——圖剛，被，逼進，牆角了。」他語氣中的嘲諷若是再濃一些，空氣都要凝結了。「正常人會在這種時候開始爲跑路做準備，但圖剛什麼都不在乎，他現在只有一個目標：在他倒台之前把所有敵人都消滅。他甚至不在乎警察是不是會懷疑他，所以才敢在大白天埋伏芙蘿莎，某方面他正在對你們比中指。你期望我怎麼做？拖張椅子坐在牆邊，像個乖小孩一樣，等他先殺光我關心的人？」

布魯諾頓了一下。「你關心芙蘿莎？」

「她的每一個手下都是我親手訓練的，她被視爲目標就表示他們被視爲目標，裡面有幾個人恰好是我的朋友。或許你很意外，不過我心情好時也會交朋友。」他諷刺道。

「例如提亞哥？」

「什麼意思？」狄玄武長眸一瞇。

「幾天前電信公司的工人在北邊荒地施工，發現一具被野獸吃到只剩下骨頭的屍骸。奇特的是，法醫將屍骨拼起來，發現它少了一隻右臂。」

「這件事和我的關聯是？」狄玄武的口氣更冷。

「法醫無法從骨骸驗出致命傷，最後只能推斷它是另一名在荒蕪大地遇到不幸的旅人，我猜它又會是另一樁『懸案』。」布魯諾挖苦道。

「如果你有這麼多時間關心這些『懸案』，或許你並不如我以爲的那麼認眞在查案。」

布魯諾在那端粗聲不知道咕噥了什麼。

「一個半月，我還有時間！」電話掛斷。

狄玄武將話筒摔回去，一轉頭，勒芮絲正站在門口。

「抱歉，我回來拿點東西。」她立刻轉向樓梯。

他一把拉住她拖進自己懷裡。

「我知道妳不喜歡芙蘿莎。如果她讓妳心煩，等她傷勢穩定之後，我會讓她轉到城裡的醫院。」

當他用如此專注的眼神注視她，好像全世界只有他正看著的這個女人最重要，她能明瞭芙蘿莎爲何愛他愛得死心塌地。

「我是個護士，這是我的工作。只要芙蘿莎需要醫生，我們不會回絕任何病患。」她淺嘆一聲，撫過他的臉頰。

狄玄武打量她半晌，點點頭，吻了她一下。

「任何時候她讓妳感到困擾，跟我說。」

勒芮絲推開診所的其中一間病房，立刻被嚇到。

「妳在幹什麼？」

芙蘿莎一絲不掛站在洗手間門口，透過洗手檯那張小小的鏡子查看自己全身。

「檢查縫合的傷痕明不明顯啊！唉，看來以後穿比基尼遮不住小腹的疤，或許擦點潤色的防曬乳有用。」她捧起豐滿的乳房擺弄成不同的角度，左顧右盼。

「請妳立刻回床上躺好，妳身上的管子雖然都拔掉了，但是大腿的傷還無法支撐重量，如果跌倒了怎麼辦？」更何況任何人都有可能進來，醫生啦，梅姬啦，狄啦……

噢。狄。

「拜託，這點小傷算什麼？我若輕輕擦傷一下就躺上大半個月，畢維帝一派早就被併吞了。」

雖是如此說，芙蘿莎還是乖乖回床上去。她的行動十分緩慢，畢竟她的腹部貼滿紗布，大腿被繃帶纏得如樹幹一般。

任何人在這種時候都不可能好看，但芙蘿莎永遠有辦法讓自己看起來性感冶豔，活色生香。

她簡直有蜥蜴般的復原力，正常人在這個時候依然半死不活地癱在床上，她卻從鼻胃管和導尿管拔掉之後就開始蠢蠢欲動。

醫生說，適度活動有助於傷口的復原，勒芮絲得在醫生看診時幫忙，逼得梅姬只好百般不情願地成為芙蘿莎的人工枴杖。

果然最後的點滴也拆掉之後，就擋不住她了。

「妳大腿中了一槍，腹部中了兩槍，肝臟的出血差點要了妳的命，這些絕對不是小傷，我真不敢相信妳自己下床亂走就為了檢查傷口好不好看，躺好！」勒芮絲把藥盤放在桌上，為她準備注射的針劑。

「這針止痛藥會比吃藥更快一點，如果妳怕打針，我可以改成吃藥或打點滴。」

「哈。」

是，是，妳是黑道女王蜂。

肝傷會造成明顯的疲勞，果然不需多久，躺在床上的芙蘿莎露出睏倦之色。勒芮絲幫她換過傷口的紗布，芙蘿莎看著她半晌，忽然輕笑。

「放鬆，我不是來搶妳男人的。」

「我不擔心妳搶走任何人。」勒芮絲的動作和語氣從頭到尾沒頓一下。

「如果這會讓妳好過一點，我跟他之間從來沒有任何事發生過。」芙蘿莎想了一想。「嗯，只除了那次我幫他含了幾下，不過他沒射就抽出去了，所以我想那應該不算。」

「當然，沒射就不算。」勒芮絲對她漾出甜蜜的笑容。笑容消失，繼續換藥。

「我真不懂他看上妳哪一點。」芙蘿莎換上深思的表情。

勒芮絲的眼一瞇，她立刻說：「別誤會，我不是在攻擊妳，是真的不懂。或許在我眼中，狄玄武這個男人就不是一個適合跟任何女人定下來的人吧！」

「只除了妳？」

「噢不，即使跟我都一樣。像他這樣的男人，魅力就在他的難以預料，誰都捕捉不了他。現在發現他變成一隻家養的寵物，我一想到就覺得恐怖，幸好我們兩個沒有在一起，我不確定我能忍受他變成這個樣子！」她皺皺鼻子。

「狄不是任何人的寵物。」勒芮絲眼神一冷。

「妳真的很怕我死掉，對不對？」芙蘿莎的唇角浮起一絲笑意。

「我不希望任何人死掉。」

「騙子。」她愉悅地微笑。「妳怕我死掉了，狄就會永遠記住我死在他懷裡的模樣，沒有哪個女人能跟這種鬼魂競爭。所以妳再不喜歡我，心裡都在瘋狂祈禱上帝一定要讓我痊癒，好好踏出你們社區的大門。」

「妳現在躺在病房裡，診所在社區門外，嚴格說來妳還沒踏進大門。」她淡淡說。

「但妳知道狄不會在我生命受到威脅的情況下趕我回去，尤其這種威脅的環境是他製造的，妳已經在擔心該如何處置我。」她神色依然蒼白，笑容卻更歡。

「妳眞的很努力讓自己不受歡迎，對吧？」

「噢，拉莉絲，我們只是兩個女人，正好愛上同一個男人而已，有什麼大不了的？這不表示我們非得是敵人不可。」她寬容地拍拍勒芮絲的手。

「『勒芮絲』。」勒芮絲糾正她，「妳的邏輯眞的跟正常人非常不同。」

「確實。」芙蘿莎聳聳肩。「若情況反過來，狄現在是和我在一起，我一點都不介意妳當他的情婦。我明瞭人類都有性慾需要，要求人類只對一個人忠貞是違反人性的，我自己都做不到，又如何能強求他。」

勒芮絲覺得自己一定遇到外星人了，才會芙蘿莎說的每個字她都聽得懂，卻無法理解。

「妳可以接受妳的男人另外養情婦？如果他眞的愛妳，他不會想和其他女人發生關係！」

「拜託！」芙蘿莎揮揮手，好像她說了什麼天眞可笑的話。「妳不會相信肉體忠貞就等於情感忠貞吧？這種傻話是騙家庭主婦用的。讓我告訴妳，肉體和情感是不相關的兩件事，我們拿市長來舉例。涅樂非常愛他老婆，他們從高中就相戀，大學畢業不久就結婚；四十幾年過去，她的外表不再美麗，重心都放在孩子身上，一個月和他上床不到兩次。涅樂依然愛他的妻子，只是他的身體需要性，每當他一有機會，他便剝光我的衣服，急急洩出他的需要，我也有我的需求，所以我張開腿讓他鑽進來。」

芙蘿莎聳肩。「我們都知道這只是單純的生理需要，他不會離開他老婆，我也不想要他離開他老婆。我們兩個都喜歡這種偷情的感覺，把這段關係扶正反而失去刺激感。回家之後他依然是個愛家愛老婆愛小孩的好男人，我也依然愛著狄，這並沒有改變什麼。」

勒芮絲瞪著她。

「我決定我不要再和妳說話了。」她宣布。

「哦，別這樣，妳不會眞的連思想都像個小農女吧？」芙蘿莎嘆息。「我眞不懂狄看上妳哪一點，他明明是個見多識廣的男人。」

「他的見多識廣不會用在四處跟人上床上面。」

「他讓我幫他含了不是嗎？」

「你們沒做完……」不，這不是重點，天哪！這女人的話有毒，簡直會入侵他人思想。「我知道狄那三年內是怎麼過的，他都告訴我了，而我相信他。」

「當然。」芙蘿莎安撫她。

噢，這個該死的女人！勒芮絲受夠了。

「知道嗎？我一直告訴自己把妳當成一個普通病人，一視同仁地對待妳，現在我改變主意了！妳根本不想讓自己被一視同仁地對待。」她把換下來的紗布往藥盤一丟，準備走人。

「親愛的，妳不會是生氣了吧？我沒有要刺激妳的意思，我說的每句話都是出於摯誠。」芙蘿莎在她身後喊。

勒芮絲堅決不再理她。從現在開始，自己只負責換藥，絕對不會再跟芙蘿莎．畢維帝多說一句不必要的話。

「妳知道妳可以叫狄把我踢出去，他現在對妳正著迷，一定會答應的。」芙蘿莎笑吟吟。

這不只侮辱她的感情觀，還侮辱她的專業！

「如果我要踢人，我會自己來。」

她轉身離開病房。

「那個怪裡怪氣的男人說，只要我們把那個小女孩交給他，他就付我們每個人二十五萬。」
「你聽到了嗎？不是全部的人二十五萬，是一個人二十五萬！」
「我不知道……」
「不知道個屁。你想想看這輩子要多久才賺得到二十五萬？你一輩子都賺不到。」
「他要那個小女孩幹什麼？」
「關我們屁事！」
「咳，文尼的意思是說，他看起來只是個想要小孩的有錢人，你也知道，很多有錢人自己生不出小孩，都會到黑市買小孩回家養。」
「那他爲什麼不去買個年紀更小的嬰兒？」
「鬼知道，你的問題爲什麼這麼多？他就喜歡這種半大不小的女孩不行嗎？」
「我覺得不太好……」
「聽著，萊昂，你想在這個爛地方住多久？你知道你爸爸身體不好，每天還要出去做工養你和你妹妹，他再拚不過幾個月就累死了。眼前有更好的賺錢機會，你就算不爲自己想，難道也不爲你爸和你妹想嗎？」
「他只見過你們四個，又沒把我算進去……」
「我們四個人一人二十五萬，每人拿出五萬給你，就是五個人每人都二十萬，這樣公平吧？」
「萊昂，機會只有一次。」
「可是我跟她也不熟啊！」
「廢話！她跟你妹是好朋友，下次她出來找你妹玩的時候，你負責把她們兩個帶到我們帳篷來，其他的事我們四個自己搞定。」

「喂，你們不要動我妹喔！」

「拜託，你以爲你妹是誰？有人出二十五萬買她嗎？」

「可是，被狄先生知道會死得很慘吧？那小鬼是狄先生的小公主，如果狄先生知道我們想綁走她……不行不行，我覺得不好。」

「幹！開口閉口『狄先生』，你有點出息好不好？外頭都說他接一個案子幾百萬，他有拿一毛錢出來分你嗎？我們一個人要給你五萬耶！」

「我保證姓狄的絕對不會知道。你把她帶到我們帳篷裡，我們用藥把她迷昏，然後塞進行李箱，她這麼小一隻一定塞得進去。」

「對，然後我們四個跟社區的人說，我們決定搬進城裡，立刻提著行李離開。只要你讓你妹的嘴巴閉緊一點，保證什麼事都沒有，有事也是我們四個扛。」

「……」

「你想清楚。我們一拿到錢就把你的那份放在約定好的地方，你現賺二十萬！要是害怕，頂多帶你爸和你妹趕快走，有了二十萬，你還怕沒地方去？」

「眞的，萊昂，這是你唯一讓你家人過好日子的機會，一生只有一次，來吧！」

❦

「她爲什麼還沒走？」梅姬看見勒芮絲經過，匆匆從儲藏室跑出來，懷裡抱著她上哪兒都不忘了帶的筆記本。

「誰？」

「那隻女妖精，她爲什麼還沒走？她的傷口早就拆線了，卻一天到晚在我們社區晃來晃去，明明可以離開了吧？」梅姬瞪她。

「梅姬，只要醫生和狄說她可以留下來，她就可以留下來。」勒芮絲繼續走向大門口。

梅姬挫敗地瞪著她的背影，一轉身，芙蘿莎似笑非笑地在門廊看著她。

這間屋子除了擔任社區儲藏室，二樓也充當鄰時客房。之前卡特羅一家回雅德市省親，就是借住二樓，後來他們回布爾市，芙蘿莎受傷，理所當然住了進來。

一開始社區外還有她的幾個保鏢，後來狄把他們叫過來不知說了什麼，那些虎背熊腰的壯漢全離開了，大概也知道他們的主子留在狄身邊，沒有人動得了她吧！

但住到現在夠了吧？

梅姬平時把儲藏室的一樓當成她的辦公室，跟樂蒂莎對面而坐，社區的人有任何跟錢相關的事都會來這裡找她。現在這女人住了進來，她只好步伐一轉繞回家去，眼不見爲淨。

芙蘿莎悠哉游哉地出去找狄玄武，最後在圍牆外找到他。

他和提默、兩個地質專家正在研究哪裡適合鑿第二口井，最後他們敲定地點，地質學家把方位標示完畢，跟他約定好明天帶設備與挖井公司一起過來。

她等地質學家離開才悠然晃過來，提默一看到馬上遠遠的閃到一旁，好像她會咬人。

「你的人不喜歡我。」她在狄玄武身後涼涼說。

「自何時起妳開始在意別人喜不喜歡妳？」狄玄武繼續繞著圍牆走一圈，提默依然跟在他們身後，但保持一段很大的距離。

「我當然不在意，我只是覺得那群女人像老母雞一般，幫你的小農女提防我的樣子很有趣。」她悠哉地跟在他後面。

「勒芮絲不是小農女。」他拉一拉後門，確定它的鎖頭依然牢靠。

「我知道那具獨臂無名屍的事。」芙蘿莎半噙著笑。「我早知道你不可能就這樣算了。」

狄玄武只是瞄她一眼，步伐不停。

非常時期，他每天都會檢查整個社區的外圍環境。他隨時都有一百件事待處理，實在沒工夫跟她聊這種無聊的話題。

「還有一千四百萬，你爲什麼叫嘉斯幫你帶那些錢去布爾市？」她好奇道。

「嘉斯用的是他私人時間，交換條件是在他回來之前讓妳待在這裡，其他不干妳的事。」就是因爲嘉斯用的是自己累積的長休假，問他也不說，她才更好奇。

「狄！」

勒芮絲突然帶著荷西從前頭繞了過來，清豔的臉龐烏雲滿佈。

狄玄武停下腳步，對提默招了招手。「帶她進去，然後盤點一下社區的武器庫，把我們的彈藥和槍枝數目統計出來，明天我們進城補貨。」

提默露出痛苦之色，隨即恢復面無表情。「芙蘿莎小姐，請跟我來。」

芙蘿莎睨他們師徒一眼。算了，反正她也累了，慵慵懶懶地跟著提默回去。

「嗨，拉莉絲。」錯身而過時不忘打聲招呼。

「『勒芮絲』。」勒芮絲面無表情地走過去。

「寶貝，發生什麼事？」狄玄武的手指撫上她絲滑的臉龐。

「噢，他叫妳寶貝……」芙蘿莎回頭吃吃笑。

兩個人都瞪向她，芙蘿莎踩著華爾茲般的舞步飄走，提默從頭到尾只希望自己在地球的另一端。

「荷西，請你把剛剛告訴我的話再說一遍。」勒芮絲神色緊繃地道。

「狄先生，很抱歉，我明白你一定很忙……」

「直接說。」這些人怎麼老是喜歡講一堆發語詞？

「我們被人剝削了！」荷西趕快進入正題。

「誰？」他目光一利。

「工頭。我們打從最初就說好，每個工人一天的工資是七十元，正常工人一天可以領一百到一百一，我們已經算領得很低。前兩個月工頭都還照付，接下來他開始找理由扣錢，例如說我們吃午餐時間太長、跑太多次廁所，要不就是在工地發給每人一塊餅乾，美其名爲請我們吃，等當天下班領錢時才突然扣掉一筆錢說是白天的點心費。

「一開始大家都覺得有工作就好，不要惹事，盡量隱忍，然而到了後面實在太過分了，例如昨天，我們有二十二個人出門上工，理論上總工資可以領到一千六百五十塊，但實際到我們手中的，大家加一加竟然只有七百多塊，其中一人甚至被扣到只領了二十塊！」

「你們有沒有犯他們指責的那些錯？」狄玄武冷冷地問。

「絕對沒有！」

「這是眞的。瑪塔上個星期無意間聽到兩個營區的女人聊天，在談她們丈夫最近一直被苛扣工錢的事。瑪塔立刻回來告訴我，我想想不對，聯絡佩洛，問他有沒有辦法幫我查證一下。接下來幾天佩洛派了兩個他自己的工人去同樣的工地工作，但沒讓工班知道他們的身分。那兩個工人回來報告，安全區的人並沒有特別出格的行爲，我們的人眞的被吃了。」勒芮絲說。

「你們爲什麼不早點來告訴我？」

「我、我們在想你最近事情似乎很多……」荷西吶吶道。

「我不容許任何人佔安全區的便宜，你們如果不回來說，我不會知道，那些混蛋只會更變本加厲。下次再遇到這種事，立刻回來告訴我！」

他一嚴峻起來，連嘉斯塔渥那些大漢都會怕，何況常人？可憐的荷西被他嚇得只能頻頻點頭。

「今天去上工的人何時會回來？」他問勒芮絲。

「五點半，還有一個多鐘頭。」

「叫梅姬打電話到工地去，請工頭下班後親自載我們的人回來，我要和他談談，他最好不要讓我過去找他。然後要她聯絡佩洛，今天五點半她和佩洛在前門跟我們碰面。」

「好。」勒芮絲安慰地拍拍老人家。「荷西，一切都會沒事的，讓狄去處理。」

又驚又疑的荷西不知道他要做什麼，只能先回營區。

五點三十分整，社區這邊他要的人都到齊了，荷西等人也坐在不遠處的棚架下。

梅姬非常刻意地打扮過，換上她從城裡買來的套裝，把頭髮梳成髻，懷中抱著一本皮質帳本，十分精明能幹的模樣。

「妳看起來美極了。」佩洛露齒而笑。

梅姬霎時花顏泛紅，什麼精明能幹通通不見了，只剩下一個嬌羞的女人。

勒芮絲故意在旁邊清清喉嚨，扮演一下電燈泡。

「妳看起來美極了。」狄玄武也給女朋友來上一句。

她好氣又好笑地戳他腰眼。

一輛卡車載著一批疲憊的工人駛了過來，每個人臉上的笑容斂去，狄玄武神色淡漠地注視著駛近的卡車。

卡車停妥後，營區的男人陸續跳下車，好幾個人的神情不是很好看，想來又被找理由扣薪了。往常的慣例，他們下了車便回妻小身邊，今天卻意外地看見狄玄武領著幾個人在門外等。

營區裡不管男人女人，對這嚴峻威猛的主事者都有一股懼敬交加的心理。下了工的人心知應該有什麼事，腳步開始在大棚子附近流連不去，一些家眷跑出來迎接丈夫或親人，也圍攏在旁邊觀望起來。

司機和工頭一左一右從前座下了車，這名工頭竟然是狄玄武見過的。幾年前畢維帝的宅邸毀於清算之夜，整修的工程公司就是這個工頭的公司。當時管事的人依然是賈西亞，狄玄武還只是個沒沒無名的貼身保鏢，只有在安裝防彈玻璃時親自到場監看，和這工頭交談過幾次。

當然，現在他們都知道他的地位已不可同日而語。

「狄先生！」工頭立刻換上親熱的笑容，兩手握住他的手搖晃。「我聽說你回來了，又離開，又回來了，你眞是個大忙人。」

「皮克。」他簡單地點了下頭。

「你要找我？」皮克的笑容中多了一絲試探。

「你爲什麼搶我的錢？」

皮克楞住。勒芮絲在旁邊不禁好笑，他從不浪費時間，講的第一句話永遠直攻核心，讓人家一點心理準備都沒有。

「呃，狄先生，我不懂你的意思。」

「我再問一次，你爲什麼搶我的錢？」

狄玄武眼中一點情緒都沒有，這種時候和他說話的人會絕望地想把一絲情緒放進那雙眼睛裡，哪怕是怒氣都好，因爲唯有出現情緒時，他們才感覺自己面對的是個人。

「很抱歉，我眞的不懂……」皮克的笑容消失。

「今天有上工的人通通過來排好隊。」他並未提高聲音，所有人卻聽得清清楚楚，一排男人立刻站了出來。「皮克，給我今天的薪資單，我要知道他們今天每個人賺了多少。」

排隊的男人眼中開始出現希望之色。皮克相反，臉色難看起來。

「聽著，狄先生……」

「薪資單。」

「今天有一些狀況……」

「現在！」

「臨時工沒有薪資單，都是現領現結的。」皮克額頭的汗冒出來。

「好吧，梅姬？」

梅姬端著她精明能幹的神情過來。「各位，請把你們今天的薪資報出來讓我登記一下。」

營區男人掏出身上的錢，一個一個報數。皮克幾次要打岔，都被狄玄武一記冷眼定住。

二十二個人的工錢都登記完，梅姬拿到狄玄武面前讓他過目。

「今天領到最高工資的人是五十五元，最低……二十三元？你在開我玩笑？」狄玄武「啪」的一聲將帳本合起來，皮克差點跳起來。「皮克，我再重複一次，你爲什麼搶我的錢？」

「我沒有搶你的錢！」

「這些人是我的人，你苛扣他們工錢就是搶我的錢。」狄玄武拇指往身後一比，所有男人霎時挺了挺腰。

「你不明白，這些難民常常互相掩護，跑去偷懶……」

「我們才沒有！」

「你總是掰出一堆藉口扣我們錢！」

「我連帶出去的水壺喝完了，在水龍頭盛水都要被扣錢！」一堆惱怒的控訴如子彈般飛來。

有幾個老成的人卻開始擔心，得罪了皮克，明天會不會就沒工作了？

「他們沒有偷懶。他們跟正規工人一樣，午休的時間午休，工作的時間工作，我的人都看見了。」佩洛站出來。

「你在我的工地安插眼線？」皮克難以置信。

「因為你做的事是違背良心的。」佩洛毫不屈服。

「他們只是難民，有一份工作讓他們糊口就已經很好了，你們知道城裡其他公司會付他們多少錢嗎？」皮克憤怒地說。

「他們會付我跟他們談好的價錢。」狄玄武的雙眼冰寒至極。「你把我的人今天的工資補齊，承諾以後不再這麼做，我可以不計較你想搶劫我的事。」

「好吧！不過這是我最後一次僱用安全區的人，以後他們也別想在我和朋友經手的工程工作。」皮克身體一僵。「讓我提醒一聲，我在這行幹了二十多年，有很多很多朋友。」

幾個老成的人臉色發白，這就是他們最擔心的事。

「錢。」狄玄武不理他，只是彎彎手指。

梅姬立刻打開帳本。「二十二個人，總共是一千六百五十元，你還要再付我們八百元。」

「你吃掉他們一半薪水，皮克，你這隻豬。」狄玄武嫌惡地道。

皮克鐵青著臉，掏出皮夾將其餘的工錢全部發還，二話不說要和司機一起上車前，狄玄武叫住他。

「你還需要什麼？狄先生。」皮克諷刺道。

「我是一個禮尚往來的人，你剛剛說，你以後不會再僱用安全區的人，也會告訴你的朋友照做？」狄玄武對門口的提默點點頭，一支無線電話交進他手中，他按下一串號碼。「馬修斯先生，我需要你幫我一個忙……」

皮克一聽他叫出馬修斯的名字，臉色就變了。

「有一名工頭侵吞了我的人薪水，我想確定他的公司是不是承包了你的工程。皮克，你公司叫什麼名字？」

「嘿！嘿！嘿！何必這樣呢？有話好說。」皮克立刻滿臉堆笑地走回來。「狄先生，我們只是有一些誤會，談清楚就沒事了，何必勞動到馬修斯先生？」

狄玄武微微一笑。「看來問題解決了，有需要我再打給你。」

電話收線，提默把話筒接過去。

「你威脅我？你知道前一個敢威脅我的人現在在哪裡嗎？」狄玄武臉上的笑容消失。

「聽著，狄先生……」

「不，你給我聽著，我只要打幾通電話，市長，馬修斯，拉貝諾，費立得家族……」他每說一個名字就戳皮克胸口一下。

「還有畢維帝。」芙蘿莎倚在門口嬌笑。

「還有畢維帝，這些人都不會再和你們公司簽約，而這些人的相關事業就包含了雅德市一半以上的開發工程，更別提他們也有他們的朋友。下次你想威脅人的時候，最好確定你手上有足夠的籌碼。」

旁邊的男人歡呼出聲，多日來的鳥氣終於一口氣全出了。

皮克面紅耳赤。「我們今天有個不順利的開場，但我們到底是老朋友了，老朋友之間沒有什麼不能說的，好，一口價，以後每個人一天七十五……」

「八十五。」

「呃……」

「已經是正常工資的八五折，在他們拿到正式身分之前，我夠客氣了。」

「好，八十五，除非他們眞的出狀況。」皮克只好同意。

營區的男人一聽，他不但不敢再亂扣他們錢，工資還調漲了，另一波鼓掌和口哨聲爆出來。

「以後下了工載他們回來，把當天的薪資交給梅姬，讓她點收，她會負責發給每個人。如果金額短缺，你最好有一個說得過去的理由。」

梅姬一聽，不由得背心一挺。

「如果他們眞的出狀況呢？」皮克略微不滿。

「你有權處置他們，只要是合理的原因我都接受，但再被我發現一次你莫名其妙扣他們工錢，下次就不會這麼簡單了。」狄玄武冷冷地看著他。「把話傳出去，我要你所有的朋友都知道！」

任何人不准對安全區的人搞鬼，這是一個清楚明確、不容打折的信條。

皮克和他握手成交，灰頭土臉地帶著司機一起離開。

整個營區再度歡聲雷動，幾個年輕一點的男人衝過來想抱他，狄玄武的表情讓他們自動降級為握手，不敢造次。醫生倚在診所門廊旁觀，臉上滿是讚許的微笑。

「不用高興得太早，所有人聽著。」他沈厚的嗓音壓過一片歡呼聲，所有人又安靜下來。「從現在開始你們就是安全區的一分子，不是難民，也不是施捨的對象，你們要開始為自己的生活負責。」

每個人都點點頭，他繼續說：「這兩天會有人過來鑿井，所有費用由我負擔，不過你們從現在開始要付房租。」

醫生一怔，踏下門廊慢慢走來，眾人臉上開始出現惴惴不安。

「每一頂家庭用的帳篷，一個月租金二十五塊，含三餐費用二十五，加起來總共五十塊。大頂的帳篷算人頭，一個人含食宿一個月二十元。這些錢勉強能負擔營區的基本開銷，不夠的我來墊。」

所有人鬆了口氣，又露出笑容。說眞的，如果狄先生獅子大開口，在與蓋多區差不多的租金下，他們都寧可住在安全區，因爲在這裡代表著有他保護，他們在城裡工作過一段時間，已經明白「狄玄武」這三個字在雅德市就是一塊金字招牌。

何況五十元根本就是友情價，在蓋多區最破爛的一頂帳篷租金都要八十，還不含三餐。

「我知道你們有些人是單親、老人或病人，無法外出工作，這些人只要得到醫生的證明，你們的食宿費全免，到梅姬那裡去登記；有工作能力的人，連續三個月付不出租金，就自己想法子去外面生活。」他無情地說。「我的土地不收留無所事事的人。帳篷住起來再如何方便，都只是一時的，我希望你們找到工作，讓自己自立，有一天能搬進眞正的房子裡。」

眾人一聽紛紛點頭稱是。

「目前先這樣，如果在外面遇到任何問題，回來找我。去吃晚飯吧！」他轉身走人。

在震天價響的歡呼聲裡，醫生露出稱許的笑，在姪女的額頭親吻一下。

「他是一個很好的年輕人，我想，當初妳撿到他，是我們的福氣。」

「我知道。」她偎了偎叔叔的肩膀。

想起當年第一眼見到他的情況——全身瘦得皮包骨，滿頭亂髮，迷昧昏亂，破敗的軀體找不到一塊完整的皮膚。

等他再醒來是用一根針筒殺了一名壯漢，但他的眼底只有瘋狂之色，並不比被他殺的路卡好多少。

不知不覺間，這個男人成了她的愛人，佔有她的身與心，爲他們撐起一片天地。

她的眼睛和另一方的芙蘿莎對上。

很抱歉，他是我的，我不會將他讓給妳。

他也不是一個容許自己被讓的男人。

芙蘿莎轉身走進社區，心頭酸酸澀澀，說不出的滋味。

無論其他人怎麼說，包括狄玄武自己，某方面她一直覺得他是她的，即使不在感情上，也在事業上。他會再度爲她工作，她會天天看到他，宅邸旁的道館會有他將嘉斯、羅伯那些人操得慘兮兮的身影，一切都會如舊，只待他現在搞的這個社區安穩下來就好。

她可以天天放他下班回家無所謂，隔天他依然會回到她身旁。

但親眼見到這一切，她明白他不會再回到她身邊了。

他自己或許還未發現，但強者往往會吸引其他人來歸附，一開始是脆弱需要他保護的人，最後是強壯而志同道合的人；在他領悟之前，他已經成了一方霸主。

拉貝諾、豹幫、畢維帝都是這樣起來的，有一天，狄玄武也會這樣起來。

「妳應該回房休息，妳現在還很容易累。」那個年輕的小夥子——提姆，不，提默——手中收著長長的電線，從她身旁經過。

芙蘿莎跟在他身後，看著他把電線捲在自己手臂，一路走向儲藏室。

「嗨，提默，你們還需要什麼嗎？我要把食品室上鎖了。」體格驚人的欒蒂莎正要下班。

「不，我上樓整理一下東西就好。」提默把電線放回工具室，繼續往樓上走。

芙蘿莎跟著他上到二樓，左轉是通往她的房間，另一邊是存放庫存品的倉庫。提默打開燈走進倉庫，不知在翻找什麼。一回頭，就見她倚在門框，似笑非笑地打量他。

「妳不是要回房休息嗎？」他一愣。

「馬上要吃晚飯了，我可不想錯過瑪塔的拿手好菜。」

她原本就冶豔無端，丰姿萬千，半個多月的休養在她身上產生了驚人的效果。她的肌膚回到健康的粉櫻色，略微清減的體態反而讓她豐滿的酥胸更見高聳。

「還有一個小時，妳可以休息一下。」提默有些不自在地移開視線。

「聽起來你很關心我？」她慢慢踏進倉庫，身子依然擋著大部分的出口，提默如果要出去，非從她身旁擠過不可。

狄玄武要他盤點軍火，其中兩箱就藏在這裡，提默當然不想當著她的面把東西拖出來，可是她擋在那裡，他頭皮發麻，總覺得硬擠出去不是好主意。

「狄竟然在這裡幫你們做這些討價還價、採辦食物的小事，太可悲了。你知道他一個人可以讓比亞市最大的軍火商甘比諾一看見他就發抖嗎?而他現在卻成了一個無足輕重的管家。」芙蘿莎對著四周嘆息。

「我師父不是管家!」提默瞪著她。

「那他是什麼?外頭那群死老百姓一有事，他就幫他們四處跑腿，挖井開地，這個就叫管家。」

「我師父，不是管家。」提默上前一步，直視進她的眼底。

芙蘿莎心頭一跳，他說話的神情氣勢像極了他那令人又愛又恨的師父。

「抱歉，我說錯了，不是管家，跑腿的通常叫『僕役』。」她也迎上前一步，整個人擋在他身前，

體香馥郁，吐氣如蘭。「怎麼?你生氣了，想打我?」

提默眨眨眼，突然發現他們靠得太近。她高聳豐圓的乳房幾乎貼住他的胸膛，他連忙後退一步，卻

撞到後面的整排罐頭紙箱，沒位置退了。

「或者，你心裡有其他想法?你想怎麼處罰我?」芙蘿莎得寸進尺地再進一步，嬌軟嗓子如誘惑地

輕語。

提默一伸手就能將她推開，但他從來沒有對女人動過手，年輕臉嫩的他根本不知道該怎麼辦。

芙蘿莎正處在芳華最盛的年貌，有如一朵怒放的玫瑰，全身每一顆細胞都散發性感香味，連他師父

都無法否認。她天生的強烈性吸引力，隨時讓身旁的男人籠罩在濃烈的費洛蒙裡，幾乎令人窒息。

相較於健康亮麗的勒芮絲，她就像甜膩入骨的棉花糖，男人知道吃多了對健康有害，但就是無法抗

拒它的吸引力。不是所有男人都是狄玄武。

在這麼近的距離下，盯著她蛇妖般誘惑的雙眸，提默根本沒有任何招架之力。

「妳……妳眞的應該回房躺下。」提默幾乎是閉著氣不敢呼吸。

「你要來嗎？」她的指尖滑上他的胸膛，留下一道癢癢的感覺。

「我……」

她突然踮起腳，送上自己的櫻唇，提默全身僵住。她的舌趁機溜進他唇間，和他的舌糾纏，他整個人暈乎乎的，全身的血液彷彿都往大腦沖——還有另一個地方。

她的舌挑逗，勾誘，逗弄，假裝要退出來時他不由自主地捲住她，吸吮她在他口中的軟滑。

樓下傳來樂蒂莎關門的聲音，整棟屋子只剩下他們兩人。

「過來。」芙蘿莎在他耳畔輕語，從肩膀將自己的上衣褪到腰間，一對美麗豐滿的女性嬌乳立刻彈進他眼中。

提默的眼睛完全無法移開，甚至無法眨眼。

「你是處男嗎？」她誘惑地舔了下他的臉頰。

「我……我……」提默眼睛只能盯著那兩團乳白，中心的兩點朱紅不斷在他眼中晃動。

「放心，我會教你，這是你的，摸摸看。」她抓起他古銅色的雙手貼住自己的乳房。

他握滿她，輕輕擠壓，她的軟白從他指間擠出來，他的古銅映著她的乳白，美到讓他目不轉睛。她的兩朵朱紅在他粗糙的掌心漸漸變硬，他年輕身體的某個部位一起跟著變硬。

芙蘿莎的手滑向他的後腦，將他按向自己的豐盈。提默著迷地嗅聞著她的體香，含住她的軟肉不斷品嚐，她發出嬌哦的呻吟聲，聽在他耳裡讓他更加放肆瘋狂。

他們一起倒在地板上，提默模模糊糊只記得自己把門踢上。她身上的衣服全部脫掉，腹部的傷痕對她完美無缺的嬌軀毫無影響，反而讓這副身軀多了幾絲狂野的氣息。

提默的腦中轟然爆炸，再也無法從如此極致的誘惑裡抽身移開。

「過來，我的身體全都是你的，你想怎麼做就怎麼……」芙蘿莎張開白嫩的雙腿，撫弄自己，將所有女性的祕密向他袒裎。

他顫抖地撫上她媚香四溢的柔軀，投入他不曾進去過的神奇祕境……

18

萊昂被摔在地上，文尼用自己的體重壓制他，手臂陷入他的氣管，神色猙獰。

「讓我說得再清楚一點，你已經是計畫的一部分，我們把一切都告訴你，你以爲我們會讓你就這樣脫身？」

「萊昂，她現在就在你們家的帳篷裡，和你妹一起，你只要把她叫過來，我發誓我不會讓文尼和馬汀傷害你。」馬蒂在他耳旁誘哄。

萊昂無助地看著圍繞他的四個人。十四歲的他在成年的文尼和馬蒂面前，猶如一隻脆弱的小獸。

「你若不聽話……我們總歸得送一個小女孩過去的，抓不到艾拉，那就拿你妹抵數吧！」馬汀咋咋舌頭。

「你們答應過絕對不會傷害我妹妹！」萊昂激動起來。

「你不也答應幫我們？」文尼冷冷地說。

「我發誓，我們要的是艾拉那個小鬼。趁現在還不到中午，上工的人都出門了，女人全到井邊洗衣服，營區裡沒剩多少人。你把她叫過來，我們立刻離開，你一點麻煩都沒有。等他們中午發現那小鬼沒回去吃飯，我們早已拿到錢走遠了。」馬蒂對他承諾。

「讓我起來！」萊昂掙扎一下。

文尼讓他起身，他遲疑地看了四個人一眼，終於走出去。

他掀開自家帳篷，瑪媞雅和艾拉正在逗溜溜玩。她們拿一個洗臉盆裝了水，將溜溜倒出來，溜溜正變幻成各種形狀逗她們，一見他進來，咕嘟縮回水中。

「嗨，小瑪，艾拉，文尼他們在城裡撿到一盒遊戲好像很好玩，說要送妳們，妳們要不要過來看看？」他擠出笑容。

艾拉搖搖頭，「我不要，撿來的遊戲盒有很多細菌，一定很髒，醫生說會生病。」

「不會啦，文尼把它擦乾淨了。」他立刻說。

「我不要，我有溜溜就好了。」艾拉依然搖頭。

溜溜從水盆偷偷突起來，一看見他又鑽回去。

瑪媞雅遲疑片刻。萊昂平時很少理她，老是覺得他是小大人了，難得今天有心送她們玩具，她不太想讓他失望。

「艾拉，我們過去看一下，如果不好玩再回來，好不好？」她試探地問。

「好吧。」艾拉嘆息。

萊昂鬆了口氣，趕緊爲她們掀開帳門。

來到文尼的帳子外，馬汀和多瓦站在門口，一看見她們，立刻漾出親切的笑容。艾拉向來不喜歡這四個人，尤其提默還和他們打過架。提默個性這麼好，如果連他都會生氣，錯的一定是這四個人。

「嗨，艾拉。」滿臉笑容的馬汀對她揮揮手。

艾拉在帳篷前幾公尺突然停住，總有一種不太想進去的感覺……

多瓦把帳篷門掀開，文尼和馬蒂坐在裡面，對她們揚揚一個遊戲紙盒。

「妳們看，文尼找到一款遊戲盒，好像很有趣耶！」馬汀說。

「我們進去看一下就走。」瑪媞雅在她耳畔低語，艾拉終於點點頭。

馬汀和多瓦鬆了口氣，營區現在只剩不到三分之一的人，其中一半是女人和小孩，都在井邊洗衣玩耍，但時間久了，還是有可能讓人看見她走進他們的帳篷。

艾拉先進去，瑪媞雅跟在她身後，馬汀卻卡在瑪媞雅前面擋住，萊昂火速從後面捂住妹妹的嘴巴，抱了就跑。馬汀退入帳內，留多瓦在門外把風，迅速把帳門拉上。

瑪媞雅咿咿嗚嗚一直驚叫，萊昂低斥她閉嘴，躲進另一頂帳篷內。

艾拉才剛進去就感覺馬汀推了她一下，她回頭一看，身後的文尼和馬蒂突然撲過來，一人壓住她，另一人從背後拿出裝有不明藥物的注射針筒。

艾拉大吃一驚，死命反抗。

「放開我！救——」

馬蒂火速捂住她的嘴巴，她拚命扭動想掙脫，一腳踢出，正中文尼拿注射筒的手，注射筒飛進角落的雜物堆。

艾拉使盡全身的力量扭動。狄玄武已經開始教她一些簡單的擒拿手，她全身被制，無法施展，但體力比尋常的十歲女孩好不知幾倍，她一瘋狂掙扎起來，兩個男人竟然有些壓不住。

馬蒂低咒一聲，「該死，她力氣很大！」

馬汀和文尼同時撲過來想按住她的腳，帳篷裡就這麼點空間，兩個人撞成一團。

「媽的，你白癡嗎？」文尼揍他一拳。

艾拉用力咬住嘴巴上的手，馬蒂痛叫一聲，她嘴巴上的手頓時鬆開。

「救命啊，狄！救——」

狄玄武氣凝丹田，運行少陽經，身形騰空而起，一足踢出，一套「開陽錯空腳」施展開來。

開陽神功總共有九重，目前唯一練完整套開陽神功的只有他師父辛開陽，他自己練完第八重，剛進入第九重。最後這一重必須隨著內力慢慢增進，方能功德圓滿，急不來的，就如同小孩體格再強健，也得等年紀夠大才能讓身體完全成熟。

他師父天賦異稟，三十七歲那年就練完第九重，但師父也跟他說過，以狄玄武的進境已經算是少有的佼佼者；若一切順利，他在四十五歲之年可望成就。

來到這個世界，他行功練氣從未間斷，自認這三年來進展神速，或許不到四十歲就能竟成全功。

救……

他一套腿法使得圓熟自如，輕跳靈躍，正練得淋漓暢快時，突然聽到什麼聲音。

他定住身形，四處聽聲音是從哪裡傳來的。

「艾拉？」他覺得有點像她的聲音，可是很微弱，又有點不確定真的是她。「艾拉？」

他從後院走出來到前面的石板路，又沒聲音了。

叫了幾聲，對面梅姬的屋子裡也沒人，艾拉可能跑出去找那個瑪什麼的小女孩。

或許他聽錯了。

狄玄武聳聳肩，回到後院，繼續練下一套拳法。

❧

艾拉驚恐萬狀，三個男人合力制住她，她只能不斷扭動撕咬，馬蒂一個火大，重重甩她一個耳光。

「嘿，小聲一點。」文尼噺聲道。

艾拉被那一掌甩得頭暈腦脹，耳朵裡嗡嗡直響。文尼趁她現在稍微安靜一點，回頭趕快去找那管迷幻藥。

艾拉極快回復過來，使勁踹了馬汀一腳，用力咬了下馬蒂的手臂。

「狄！狄！」她放聲尖叫。

「該死。」馬蒂撿來一隻襪子想塞進她嘴裡。

艾拉死命扭動臉蛋不讓他得逞，三、四隻手拚命堵她的嘴巴。

❧

狄！

他停下拳招，飛快轉動身子。

「艾拉？」真的是艾拉，他沒聽錯，她在叫他。「艾拉！」

狄！唔……

這次的聲音更微弱，他鎖定聲音來源，在牆外。

「艾拉！」他足尖一點，人已經在圍牆頂頭。

正在牆上巡哨的法蘭克兄弟嚇了一跳，沒想到他突然就像一隻大鵬鳥飛了上來。

「艾拉？艾拉？」

他在牆頭四下探望，雄渾的叫吼以內力傳遍整座營區。

法蘭克兄弟匆匆跑過來。

「狄？」

「發生了什麼事？」

狄玄武不理他們，直接躍下四公尺高的牆頭。

「艾拉！艾拉！妳在哪裡？」他一頂營帳、一頂營帳翻開檢查。

在井邊洗衣服的婦女沒料到他會如飛將軍般騰空而下，不知所措地停下來。

帳篷裡的文尼聽見狄玄武的呼喚，大吃一驚。

那見鬼的東方人是從哪裡冒出來的？他怎麼可能一出現就在他們帳篷後方。

須知文尼的帳篷在營區後半段，不過對應過去是社區中段，狄玄武的房子在社區後方，跳過來正好在剛挖的井不遠處，離文尼的帳篷一百多公尺。

「該死！抓住她，不要讓她發出任何聲音。」文尼急促地低語。「馬汀，把那管該死的注射筒找出來！」

馬汀閃到角落的雜物堆亂翻。

艾拉的聲音又不見了，狄玄武知道他絕對不會聽錯，她突然狂叫他一定有問題。

「艾拉！」他大吼，展開輕功，掠過大半片營區，衝向瑪媞雅的家。

文尼等人突然聽見他的嗓音如龍吟般從頭頂掠過，緊張萬分，都不敢出聲。

他用力掀開瑪媞雅家的帳篷，裡面沒人，溜溜的水盆依然擺在地上，溜溜火速從盆子裡「站」起來，拚命扭動透明的身體，不曉得想講什麼。

「FUCK！」早該叫喬歐買隻狗給她，起碼狗會吠叫。

艾拉絕對不可能把溜溜丟著，自己跑掉，她在哪裡？

「艾拉？瑪媞雅？妳們在哪裡？」他沈渾的大吼飆遍整片營區，所有留營的老弱婦孺全探出頭來。

「發生了什麼事？」有人問。

「你們見到艾拉了嗎？」他提氣大吼，「誰見過艾拉？」

營裡的人紛紛搖頭，在井邊的婦人小孩也不知道。

萊昂慶幸自己躲進另一頂帳篷裡。瑪媞雅的淚水濕了他的手，他低聲在妹妹耳畔說：「不要出聲，不然我們都會被殺。文尼說，他們如果沒抓到艾拉，就要來抓妳。」

瑪媞雅一怔，扭頭看著哥哥，不懂這世界到底發生了什麼事。

另一頂帳篷裡。

馬蒂死命將身體壓在艾拉身上，手緊緊捂住她的口鼻。

「閉嘴！不要叫！不准叫！」

「唔！唔……」

他捂住她的鼻子，她無法呼吸了……艾拉扭動得更厲害，想讓鼻子掙出他的掌緣。

文尼用力壓住她的腳，不讓她再製造任何聲響。

她不能呼吸……

她快死了……

多瓦在帳外緊張不已。

狄玄武什麼都不顧，開始有系統的一頂頂帳篷翻倒、扯開。

有人的帳篷驚叫連連，沒人的帳篷被他直接踩過去；每遇到一個人就問「艾拉在哪裡」，有人看見艾拉和瑪媞雅在一起，但都以爲她們在瑪媞雅的帳篷，無人知道兩個小女孩現下到了何處。

「艾拉？艾拉？」他繼續搜索。

醫生、提默和喬歐等人都從前面跑過來。

「狄，出了什麼事？」柯塔大喊。

「閉嘴！所有人不准弄出任何聲音。」他咆哮。

跑過來的人立刻放慢腳步。

「艾拉！」

瑪媞雅家周圍的帳篷全被他翻過，醫生那群人立刻散開來幫忙找。

她不能呼吸，她要死了……

狄在找她……可是她快死了……

艾拉努力想吸氣，按住她鼻子的手卻不留空隙，她的意識逐漸昏沈。

「瑪媞雅！」勒芮絲翻開牆邊的一頂大帳篷，終於找到他們兄妹倆。「瑪媞雅，萊昂，艾拉在哪裡？」

守在門口的多瓦冷汗直流。狄先生再不到五分鐘就會找過來，他們失敗了，如果他發現那個小鬼在他們的帳子裡……

一陣恐懼攫住多瓦，他突然拔腿就跑。

一團亮晶晶的物事突然從瑪媞雅的帳篷飛撲而出，彈在中間的帳篷上，借勢往前飛，「啪」的一聲落在多瓦頭頂。

「啊！」多瓦只覺得整顆頭冷冰冰的，拚命用手去抓。

溜溜緊緊蒙住他的頭，最後連他的臉都被透明的凝膠狀物質包住。

「唔……唔……」多瓦努力抓扯臉上的凝膠。

溜溜死巴著他不肯鬆手，多瓦把牠拉得再長都無法將牠扯下來，兩者掙扎之間發出一陣「咕嘰、咕嘰」的詭異聲音，好像手指滑過擦得很乾淨的平面之聲。

狄玄武瞟到這個角落的動靜，一個起落已經飛撲過來，攔在多瓦面前。

多瓦臉孔漲紅，不能呼吸了。狄玄武粗魯地將溜溜扯掉，溜溜立刻鬆開多瓦，被甩到一旁。

「艾拉在哪裡？」

此刻問話的，是一個怒發如狂的惡魔。

多瓦的喉頭滾動一下，不敢反抗，眼睛看向他們的營帳。

「艾拉！」

狄玄武施展輕功凌空而至，落在帳篷旁，厚實的帆布被他一把撕開。

文尼、馬蒂和馬汀乍覺天光大亮，駭然抬起頭，狄玄武看見被他們三個壓在身下的艾拉，所有理智完全斷線。

艾拉！彷彿有人大喊一聲，隱約是勒芮絲的聲音，但他眼中的世界縮小、縮小、再縮小，直到只剩下那隻封住艾拉口鼻的手。

他體內的獸瘋狂咆哮，眼中看出去的世界唯剩一片腥紅。他直接抓起那隻手，往後反折。

「你們都該死！」

啊——

有人慘叫一聲，就在他耳邊，但聲音顯得如此遙遠。他腦中突然失去所有情緒，沒有憤怒，沒有急痛攻心，只剩一股完全的霜寒。他將那隻手折成三截，然後是連著那隻手的肩膀，然後是連著肩膀的脖子，然後是連著脖子的軀體，然後是連著軀體的臀部，然後是大腿，小腿，膝蓋，腳踝。

身旁的世界已經陷入一團混亂，醫生迅速幫艾拉做CPR，勒芮絲配合做人工呼吸，每個人都在大叫，營區所有人全圍在附近，努力想幫忙。

多瓦欲逃，被提默抓了回來，文尼和馬蒂全身僵硬地凝在原地，完全無法動彈。

他們只能眼睜睜看著曾經是他們同伴的一個人，變成不再是一個人的形狀。

馬蒂的慘叫聲在狄玄武耳中已經沒有意義，狄玄武確定他的身體變成一個肉囊之後，才讓他死去。

「啊——」文尼受不了眼前這一幕，狂喊一聲逃跑。

一根鐵掌抓住他的後頸，喀喀兩響，他的膝蓋斷裂，趴在地上。

馬汀和多瓦擁有同樣的命運。

「你們都該死。」他嗓音已經不像人類發出來的聲音，而是野獸滾在喉間的低鳴。「但你們不會立刻死。」

三個人肝膽俱裂。

艾拉的睫毛顫動兩下，終於緩緩張開，床邊的人鬆了口氣。

年幼的身體躺在病床上是如此脆弱，她張開眼，終於看見那個翻天覆地找她的男人。

「你找到我了……」

「當然。」他傾身親吻她的額心。

「溜溜……」牠沒有水會死掉的……

「溜溜很好，營區的婦人將它撿到水盆裡，已經送回妳家。」頓了頓，他加一句：「牠很勇敢，撲到其中一個壞蛋身上救了妳。」

艾拉露出一個虛弱但驕傲的笑容。

坐在病床另一邊的梅姬，再也忍不住地抱緊女兒落淚。

她好害怕，從飆風幫差點殺了狄和艾拉的那一夜之後，她就不曾如此恐懼過。

艾拉差點在他們的眼前死掉！如果不是狄正好聽見她的呼救，沒有人知道艾拉現在會是如何。

「媽咪，不要哭……」艾拉慌亂起來，昏迷前的最後一絲記憶湧回腦中，想到那三個兇神惡煞壓在她身上，她的力量和他們比起來猶如螳臂擋車，無論她如何掙扎都無法掙脫……後怕襲來，她不禁和母親抱在一起放聲大哭。

狄玄武溫柔拍撫的手和他陰鬱的眼神形成對比。

「爲什麼他們……要傷害我……我從來沒有……對他們做過什麼……」艾拉抽抽噎噎，哭得喘不過氣。

「不是妳的錯。」狄玄武身後的勒芮絲軟聲安慰。「他們是壞人，有一個壞人想透過傷害妳來傷害我們，但狄阻止這些人了，他也會阻止那個壞人的。」

「瑪媞雅……」

「她和她的家人會搬到其他地方。」狄玄武沒什麼表情。

艾拉看了他一會兒，又躲回母親懷裡啜泣。

狄玄武起身走出病房，勒芮絲立刻跟上，站在門口的醫生嘆了口氣，讓梅姬陪著女兒，自己也出去。

瑪媞雅和萊昂的父親已經被人從工地叫了回來。

「離開。」狄玄武看都不想再看他們一眼。

「求求你，狄先生，萊昂知道錯了，請你再給我們一次機會！」他們父親追上來苦苦哀求。「我們沒有地方可去，安全區是唯一肯收留我們的地方，求求你……萊昂並沒有跟他們一起傷害艾拉，請你看在瑪媞雅是艾拉好朋友的分上……」

「你應該感謝你女兒是艾拉的好朋友，這是你們唯一活著的原因。」狄玄武霍然轉身，近乎猙獰地對他露齒。「離開，你們只有兩個小時。兩個小時後，如果你們還在我的土地上，你的兒子就會加入他們。」

他的手往前方一指。

三根木柱立在荒地中央，三具身體被綁在木柱上，全身剝光，烈日將他們的皮膚曬得通紅，但已沒有差別，那三個人的身體幾乎沒有一塊完整的皮膚，五官已經被打到看不出原貌。他們即使還沒死，也不遠了。

在文尼、多瓦和馬汀的腳下是一具焦黑的屍體，馬蒂。

曝屍荒野。

任何人攻擊他的家人，都必須付出代價！

醫生長聲太息。這個做法嚴重違反醫生的道德信念，但狄玄武只是給他一個冰冷的目光，勒芮絲輕輕握住叔叔的手搖頭，要他別管。她不確定任何人能阻止得了狄，包括她自己。

萊昂和瑪媞雅站在父親身後，過度驚恐讓他們的表情一片空茫，猶如兩尊無生命的娃娃。

狄玄武大步走進社區，直接進入右邊的儲藏室拿起話筒。樂蒂莎一看見他的神情，二話不說把電話推過去一點。

「特羅多？」電話一接通，他毫不拖泥帶水。「你說你也要算一份？今晚午夜，在我這裡集合。」

他切斷電話，再撥一通。「今晚，你要加一腳嗎？」

拉貝諾沈默片刻。「發生了什麼事？」

「他派人綁架我的小鬼。」

「……你要多少人？」

「五十個。」

「什麼時候？」

「午夜。」

「布魯諾那裡呢？」

「從有人想動我的小鬼開始，布魯諾就出局了。」他的臉上沒有一絲表情。

「嗯，午夜見。」

拉貝諾掛斷電話。

他撥出最後一通。「馬修斯先生，這次我眞的需要你幫一個忙，你認不認識……」

做完所有的佈置，他轉身出來，勒芮絲在門廊等著他。她身後，醫生、柯塔、法蘭克、提默、喬歐、羅德里戈……所有人都站出來，有人在石板路上，有人在自己的門廊上，連總是窩在書堆裡的德克教授都出現了。

「你要開戰。」這是一個陳述，不是詢問。

「圖剛不能繼續存在。」

「我知道。」她嘆息一聲，倚進他懷裡。

他的性格一向如此，他不在乎那些人是否傷害他，但他無法容忍他愛的人受到傷害。

「警察如果再上門把你抓走呢？」德克教授憂心忡忡。

「不，這是道上的事，跟老百姓無關。」

雅德市不成文的規矩，黑道間的事由黑道自行解決，況且警治署最近已自顧不暇。

「我們也要去。」法蘭克上前一步。提默從頭到尾沒說一個字，因為他去定了。

「不行。」狄玄武搖搖頭說。

「他們想綁架艾拉！」羅德里戈瞪著他。

「喬歐把圖剛做過什麼都告訴我們了，這種人不能再讓他逍遙法外。」樂蒂莎昂起下巴。

「他殺了那麼多小孩！」

「你說得對，這種惡魔不能繼續存在，我們要幫忙！」其他人紛紛出聲。

「這個世界有法律。」對於瞪過來的視線，醫生只是嘆息，「但法律不總是能保護每個人，所以我同意你們的說法，這個人必須與社會永久隔離。」

他只是希望有其他更好的方法。

狄玄武明白他們的心情。

圖剛是個禽獸，任何一個有基本人性的人都會覺得必須阻止他，但戰爭是完全不一樣的事。

擒拿一隻禽獸，你不會有罪惡感，但與一群人開戰，表示你必須殺死許多擋在這隻禽獸身前的人才能抓到牠。一開始的正義熱血，在面對你沒見過的人那一刻會產生動搖。

這個人是誰？他是壞人嗎？他只是個打手，他有家人和小孩。我為什麼要殺一個陌生人？

這些想法在事後都會衝回來，於是你會開始懷疑：我是不是殺了罪不至死的人？是不是還有其他方法？一定要正面對決嗎？如果我們當初沒這麼做，同伴裡的誰誰誰是否就不會死了？

過程中的血腥、恐懼、死亡，事後的良心譴責，通通構築成「創傷後壓力症候群」。他從未有這方面的困擾，因為他生來就是為了征戰，但他眼前這群人不同，他們純樸熱血，有正義感，他們無法承受這些。

但狄玄武很明白，若不給他們一些事做，他們不會退縮。

「我確實用得上你們。等我們開戰之後，圖剛不會坐以待斃。如果我是圖剛，我會派出一批手下過來突襲，逼迫敵人回防。今晚不會是安全的一夜，我們必須守住這個社區。」

「我們不怕！」羅德里戈大聲說。

「喬歐？」

「我在。」喬歐立刻上前一步。

「我要你們把營區的人通通叫進來，整個社區進入封鎖狀態，隨時提高警覺。」

「是！」喬歐大聲說。

「我今天殺了三個人，不確定他們現在的情緒如何，我們必須假定會有人趁機反抗。」

「我不認為……」醫生皺了皺眉。

「醫生，我從不讓『認為』取代應有的警戒。」他轉向每個人，「你們今晚有兩個目標，穩定營區的軍心，以及守住我們的家園，做得到嗎？」

「做得到！」每個人大聲應道。

「很好。」他看向自己的徒弟，「提默，你今晚跟我一起。」

提默嘴角一扯，嚴肅地點點頭。

19

三大幫派的領導人裡，芙蘿莎住在雅德市北邊的一座山坡下，拉貝諾住在市中心富人的別墅區，而圖剛住在碉堡裡。

說它是碉堡一點都不爲過。這處產業是當年他哥哥席奧蓋的，席奧買下東南城郊的空地，佔地一公頃，林木全砍得精光，讓視野不受阻礙，然後蓋了這座碉堡。

碉堡以一圈高牆圍起，內部是廣大的庭園，但依然是一片光禿禿的土地，沒有園樹草叢或任何造景，只有東邊圍牆下放置的消防砂及備用油缸。

超過一千坪的面積上總共有三棟建築。兩層樓的主屋在當中，左右兩旁的側屋同樣雙層但面積較小。圍牆的四個角落築有四座哨塔，但沒有巡邏步道，牆頭整排的探照燈將內外照得燈火通明，任何人車接近，在幾百公尺之外都會立即被發現。即使潛入牆內，也沒有任何東西可以隱藏形跡。

平心而論，這不是一個容易進攻之處，但狄玄武研究過了。

事實上，遠在席奧在世之時他就研究過了，他喜歡做好準備。

「你確定？」拉貝諾在他身旁問。

「是的。」

拉貝諾會親自出馬讓狄玄武有些驚訝，但拉貝諾對他的驚訝只是瞇了瞇眼，一副「你敢說什麼惹毛老子的話你儘管說沒關係」的表情，狄玄武很識相地什麼都不說。拉貝諾身旁的四名保鏢應該夠保護他安全。

他和拉貝諾的手下一路，嘉斯領著他的昔日手下一路，特羅多的人一路，分別在探照燈照不到的距離之外，也因此他們只能以望遠鏡監視。

他拿起無線電對講機，低沈的嗓音傳送出去：「記住，十二點四十五分整，電只能停一個小時，備用電源會讓四個塔哨的探照燈亮起來。我負責先進去破壞備用電源，五分鐘後一切陷入黑暗。你們有十分鐘的時間潛入，撂倒各自負責的塔哨，第四個我會處理。一旦解除塔哨警戒，你們剩下四十五分鐘完成各自的任務，每個人設好自己的時間。」

對講機傳來另外兩方的確認。

他抬起手錶計時，然後看著時間。

十二點四十四分二十七秒，四十六秒，五十秒，五十五秒。

五，四，三，二，一。

全市陷入黑暗。

即使心理有了準備，在燈光全滅的那一刻，所有人依然一凜，人類本能對黑暗的排拒。

幾秒鐘後，五百公尺外的牆頭亮起四盞探照燈，牆內建築陸續亮了起來，但只是微弱的緊急照明。

拉貝諾轉頭一看，剛剛站在身旁的男人已不見蹤影。

「跟隻變色龍一樣。」拉貝諾咕噥。

五分鐘內，他是否能跨越五百公尺的距離，無聲無息潛入三公尺的高牆內，破壞整座產業的備用電源？

五分鐘後，碉堡陷入一片黑暗。

他奶奶的，這小子！

「去！」拉貝諾低喝。

他身後的五十個黑衣人同時行動。

另一路，嘉斯帶領的二十七名兄弟負責後門和右後方的塔哨，吉爾摩留守在總部保護芙蘿莎。

這次的行動並未獲得芙蘿莎的授權，據她的說法：「警方的調查未出爐，圖剛名義上依然是我的合夥人，我派人攻打合夥人的消息傳出去，以後在其他城市就不用混了，但我同意放你們一天假，你們私人時間要去做什麼，不關我的事。」

於是嘉斯把城裡的兩個小隊調來守總部，他和昔日跟著狄先生出生入死的那群弟兄和後哨警衛都來了。

狄把所有的事都告訴他們，包括圖剛在克德隆案的圖謀，以及他在其他城市做過什麼。他們會來不只出於對狄的忠誠，還爲了那些亡靈和提亞哥。

是，他們都不是什麼好東西，但他們再混蛋都不會對小孩下手，更何況豹幫前後兩任幫主狙擊了畢維帝前後兩任幫主，圖剛必須爲他做的事付出代價。

每個人戴上夜視境，快速衝向圍牆邊，菲利巴射出爪釘，將繩梯固定在牆頭，一群大漢迅速爬上去。

圍牆內和主宅響起一些呼叫，似乎在確定電源出了什麼問題。

嘉斯和另外兩個兄弟沿著牆頭偷偷走到負責的那處崗哨，地面突然一只手電筒照射過來。

「嘿！你們有沒有看到什麼不對勁的？」庭院內的人問。

三人火速跳下牆，以兩手掛在牆外。

「沒有，看起來是整個雅德市都停電，不只我們。備用電源爲什麼沒運作？」塔哨的人回問。

「不曉得。電路好像哪裡故障，有人正在檢查，你們眼睛放亮一點。」手電筒移開，庭院的人繼續往前走。

掛在牆外的三條大漢用力一撐，輕悄地撐上牆頭，在塔哨的人發現是怎麼回事之前，已經被人從身後割開喉嚨。

停了電的世界變得如此寂靜，往常聽習慣的各種背景音突然消失，即使踩碎一顆石子的聲音聽在耳裡都響亮無比。

夜視鏡將眼前的景象呈現爲詭異的暗綠色，四邊的塔哨已經沒有人影——拉貝諾、特羅多、他們自己和狄玄武都得手了——側翼和主屋窗戶內有人影在走動，圍牆內客觀來說只是一片大空地，原本巡邏的人在空地上放慢行走的速度，拿著手電筒亂照，嘉斯等人一落地便散開來，緊貼著牆面，避開被照到的可能。

圖剛的保鏢尚未發現宅邸已被入侵，依然維持固定路線。嘉斯在心裡暗想，如果換成他們是這種警覺心，狄可能早已公開否認認識他們——在把他們都痛揍一頓之後。

狄不再是他們的老大並不重要，他一手訓練他們，帶領他們提升到更高的層次，他永遠會是他們第一個想到的精神領袖。

一束光線突然往他們的方向掃過來，嘉斯大吃一驚，那束光線突然固定。

然後，手電筒換了一手，白光後方的人軟軟倒在地上。

狄玄武的臉孔短暫出現在手電筒後，燈光隨即投在地面，嘉斯鬆了口氣，往他潛近。狄玄武把手電筒交給他們，指指主屋。

這裡是他們今晚的目標。

「狄先生，沒想到我們還有機會一起幹架。」菲利巴突然吃吃笑，其他人頓時熱血沸騰。

狄玄武白他們一眼，菲利巴趕快收住笑容。

啪、啪、啪、啪、啪，消音槍的聲音突然從主屋右側的偏屋響起。

許多人以爲「消音器」就像電影演的只是一聲輕響，事實上，消音器只是降低子彈以超音速射出而產生的音爆而已。一把手槍的擊發音量約在一百五十分貝上下，甚至更高，加了消音器最多只能讓音量降到一百分貝左右。

一百分貝絕對不是一個安靜的聲音。

果然，槍聲一響起，所有呼喊立刻從圍牆內各個角落吼出來。

「有人開槍！」

「在哪裡？」

「各組回報、各組回報！」

「媽的，瞭望哨的人沒有回應！」

一團驚慌的腳步聲從各個角落衝刺而來。

槍聲響起。

兩棟側屋。

特羅多和拉貝諾的人出手了。

庭院的人從全然的安靜進入全然的混亂，手電筒亂閃，槍口四處揮舞，所有人努力弄懂發生了什麼事。

他們混亂的這十幾秒，已經給了狄玄武充裕的時間。

「去！」他低喝，自己衝向庭院中心。

他是這次行動中唯一沒有戴夜視鏡的人，天上的微星已足夠爲他照明。

庭院中的保鏢衝向他，伴隨著側屋和主屋的槍聲同時響起。

他人在半空中，啪、啪、啪、啪——消音槍先撂倒最遠的那一個。手電筒的光照範圍有限，他們根本沒有眞正見到他人在哪裡，就已經有一排人倒下。

最外層的人倒下之後，還有八個人繼續朝他衝過來。他拋開手槍，落地時已抽出皮帶，反握著皮帶的尾端，運勁一吐，整條皮帶竟然拉直，與其說是一條帶子，不如說是一把短棍。

皮帶的釦頭被他甩出去，堅硬猶勝鋼鐵，最先撲到的第一個人右臉頰中了一記，半張臉消失，哼也不哼地倒在地上。

第二人趕到，手電筒已先曝露他的位置，甩出去的皮帶釦順勢繼續帶出，擊中第二人的太陽穴。狄玄武此時全身的眞氣鼓盪充盈，一出手就是殺著，那人的頭蓋骨如豆腐皮陷入腦內。

第三個，第四個，第五個……

狄玄武的身影始終在地面與空中翻舞，快到敵人的手電筒根本抓不住他的身影。每當他們感覺一抹黑影落地，手電筒照過去，那抹黑影又消失，十來個人，十來支手電筒，沒有一個人追得到他的動靜。

他手中的皮帶揮出，總有一人倒下。

槍聲在三棟建築裡如爆竹般響起，圖剛的人摸黑作戰，對比戴了夜視鏡的入侵者，完全無法抵敵。

忽地，遠方的城市亦爆出槍響。

貝南宅邸離市中心還有一段距離，但在無燈無火的靜夜裡，市中心的槍聲竟遠傳至此。

是的，他們並不是所有的人都攻來，而是兵分兩路，一路攻向碉堡，另一路攻下豹幫在市中心的兩個據點。

他的指令很明確，反抗者殺無赦，投降者將他們集中在一起關起來，直到事件結束爲止。攻城的那路由提默和拉貝諾的得力助手艾多巴領軍。

這不是一場暗殺，這是一場滅幫行動。

如果他只是要圖剛死，他自己悄悄來割了圖剛腦袋即可。

但所有人都受夠了。拉貝諾受夠了。芙蘿莎受夠了。龍騰幫受夠了。他受夠了。

豹幫就像癌細胞，稍稍給他們一點喘息空間，他們總是再繁衍出更大的問題。對於癌細胞，只有將它挖除一途。

今夜，是由黑道自行發起的清算之夜。

城市的槍聲交錯著他四周的槍聲，當狄玄武的身影終於在庭院中央停下來，四周已不再有閃動的手電筒。

十幾具屍體橫陳腳下，他轉身走向主屋。

對比於隔壁兩側的熱火衝突，主屋的一樓平靜到讓人覺得不自然。

大門進去是一間挑高的大廳，左手邊一道圓弧型樓梯通往二樓，左右兩側各有一條走廊通往兩翼。

此時大廳地面橫著四具屍首，他運氣一聽，左右兩側的走廊有三個人在走動的聲音，開門檢查，關上，開門檢查，關上……這是自己人。

不久，那三道輕巧的身影回到前廳，一看見他高大的身影嚇了一跳，隨即認出他而平靜下來。維多、岡薩列茲，和羅伯。

二樓深處響起消音器的槍聲，他對三人一比，要他們守住前門，自己往二樓而上。圖剛顯然並不喜歡身邊圍太多人，整個主屋的保全比預期中更少——考量到他的特殊嗜好，若他的「課外活動」是在這裡進行，似乎就能理解。

二樓幾乎被清空了，走廊的每扇門都打開，裡頭不是空房便是死人，嘉斯的人守在底端右側的一個房間外，空氣中飄著新鮮的硝煙味。

兩邊側屋的槍聲也逐漸安靜下來，勝負已定。

「你們贏不了的，趁現在放棄抵抗出來，我可以給你們一條生路。」嘉斯背貼著牆壁對裡面喊。

「裡面有多少人？」狄玄武突然從他們身後冒出來，差點嚇死他們。

好幾把槍和戴著夜視鏡的腦袋回頭，看見他鬆了口氣，槍口垂低。

整條走廊目前只有兩扇門關著，一扇是嘉斯他們守的這一道，一扇是最尾端的主臥室。

嘉斯喊：「你有五秒鐘，然後我就丟手榴彈進去了。五、四、三、二……」

門終於從裡面打開，其實嘉斯沒有手榴彈。

門邊的人持槍進去，押出三個雙手在腦後交叉的人，其中一人的衣著比另外兩名保鏢更高級一些。

「你是利卡多？」狄玄武若有所思。

「是的。」那個年近四十的男人抬頭，眼中驚疑不定。

「就是你帶走麥爾的？」他的白牙在黑暗中一閃。

嘉斯一干人的毛全聳了起來。

「我不知道你在說什麼。」利卡多的眼中蒙上一層防衛。

「馬修斯先生要我代他向你問候。」狄玄武隨手抽出路易茲胸前的筆型手電筒，送進利卡多的右眼。

兩名保鏢倒抽了口氣，跌退了兩步，被身後的槍抵住，連嘉斯都忍不住輕吸了口氣。

那支筆型手電筒只有十二公分，兩端都是鈍的，但他將筆頭插入利卡多眼中的動作如此之滑順，你會誤以為他是用熱刀切開奶油。

利卡多的身體甚至沒有立刻反應，幾秒過後才轟然倒下。

「你、你承諾不會殺我們……」其中一名保鏢發顫大喊。

「放心，這是私人恩怨，跟你們無關。」狄玄武善良地安慰。

他們兩個都不像被安慰到的樣子……嘉斯嘀咕。

後面兩個人過來把保鏢押到門外，空地中央已經開始出現從偏屋押出來的活口。

只剩下最後一扇門。

嘉斯看了他一眼，狄玄武沒有說什麼，直接轉動門把。

門沒鎖。

其他人一驚，手中的武器全對準門扉，狄玄武開門走了進去。

圖剛穿著一身家居的黑長褲和白襯衫，清俊的臉上架著一副閱讀用眼鏡，正聚精會神讀著一本書，圓桌上的蠟燭在無風的室內穩穩照亮他周圍小小的空間，圖剛的神情顯得寧靜而安詳。

他又看了幾段才合上書頁，擲起瓷杯喝了一口。平心而論，豪華臥室內，英俊的男人，恬靜的氣息，其實頗有幾分聖潔之感。

狄玄武站在微光陰暗之處，猶如在夜色邊緣徘徊的狩獵者。圖剛的淺膚金髮對上他的黝黑神祕，猶如天使與惡魔的遭遇。

但背後的人都知道，這兩人之中，誰是天使誰是惡魔。

不，這兩人之中，沒有天使，只有惡魔。

有時，一個惡魔必須另一個惡魔來對付。

「你終於來了，讓我等了好一會兒。」圖剛輕鬆啜了口茶，對門外一條條荷槍實彈的硬漢恍若無覺。

狄玄武立刻側身讓路，圖剛將杯裡最後一口茶喝完，步履輕盈地走出去。

圖剛站起來。「既然你來了，我們何不到院子裡把問題解決掉？」

「抱歉，外頭有點事耽擱了。」

❦

他們踏入庭院的那一刻，雅德市響起「嗡、嗡」兩下輕鳴，整個城市突然恢復心跳。燈光亮了起來，熟悉到恍然不覺它們存在的電流和電器。城裡響起警車、消防車的警鈴聲，消失了一個小時的城市文明重新回到人間。

突襲行動和他預期的時間差不多。

三棟屋子外被拖出二十幾具屍體，二、三樓有幾扇窗戶撞破，屍身掛在窗外，泛著腥氣的血澤悄悄蔓延在地面。

庭院的空地中央，三支夜襲隊伍共一百一十二個人，全數生還，只有幾個非要害中槍的人已被送往安全區的診所。

這是一場強勢突襲，目的只求快、狠、準。

放棄抵抗的黨羽約莫二十餘人，陸續被押了出來，跪倒在地上。

活口沒有他們預料的多。其實，整個宅邸的兵力都沒有他們預料的多。

整排牆頭的燈光將庭院映得亮如白晝，圖剛看了一圈打敗他手下的黑衣人，眼中沒有任何恐懼，反而帶著一種空洞的笑意。

「這些人是爲我而來的？」他轉向狄玄武。

「我給你一個我曾經給過另一個人的條件：在這裡，一對一，只要你能打贏我，我就讓你走。」他面無表情。

圖剛想了想，點頭。

「好。」

圍觀的人退開兩大步，讓出更大的空間給他們。圓圈中央，一深一淡的男人互相對望。

圖剛只是站在那裡，沒有要出手的意思，狄玄武不想拖上一整夜，決定先動。

這一架和當年的賈西亞不同，圖剛從未跟任何人對戰過，無人知道他武力值高低。

狄玄武並不輕敵，腳踩迷蹤步，身形飄忽地攻向圖剛，忽而左忽而右，看似欲繞到圖剛身後，卻一晃眼到了他面前，一掌擊出。

圖剛不避不躲，右胸硬生生受了他一掌，身體晃了一晃，腳步卻連退半步都沒有。

這一掌看似下手不重，圖剛沒有動，旁邊的似還不以爲意，狄玄武卻霎時提高警覺。

只有他知道，這掌暗藏了回勁，看似平淡，實則威力十足，即使跟他的師伯師叔們練打之時，他們也不會直接受他這掌。

正常人這時豈止後退？肋骨斷裂，刺入肺裡吐血的都有。

他和圖剛的面孔相距幾尺，圖剛對他微笑，隨手把閱讀用眼鏡扔掉，然後擰起拳頭給他一拳。

狄玄武整個人飛出去。

「喝——」

強烈的一聲抽氣聲在人群裡響起。

特羅多那幫人不熟也就罷了，拉貝諾的人跟他一起走鏢過，嘉斯這群是他的老搭檔，他們都很清楚狄玄武的功力在哪裡。

相識至今，他們只見過狄玄武一拳將人擊飛，從未見過他被一拳擊飛。

所有人臉色一變，看向圖剛的眼光都不一樣了。

狄玄武也是血肉之軀，當然捱過拳頭，但旁人能將他打退一步就已經算厲害，現在他卻是直接在他們面前飛出兩公尺。

狄玄武翻身伏地，先將在胸腔內的那口淤氣呼出，才慢慢站起來。

「抱歉，我出手太重了？」圖剛客氣地問。

「不，是我的錯，我出手太輕了。」他露出笑容。

然後揉身而上。

他施展開陽神功裡的快招，第一式「瞬息萬變」，第二式「疾如旋踵」，第三式「電光石火」……招招快如閃電，拳風驚人。這套快拳旨在擾敵耳目，虛招極多，偏偏在敵人以爲下一招又是虛招時化爲實招，委實讓人防不勝防。

他手攻向圖剛面門，圖剛伸手擋格，他已變招攻向圖剛胸口，圖剛再擋，他又變招攻向圖剛體側，沒一招打實。

眾人看得眼花繚亂，短短幾十秒內他已變換了超過二十招。圖剛雙手往下一格，擋住他襲向小腹的招式，他突然掌風一翻擊中圖剛的胸口。

砰！

這一拳打得硬硬實實，他施出八成功力，便是一棵千年古木也要筋斷脈損。圖剛晃了一晃，終於退了一小步——只有一小步——狄玄武趁隙再攻，這一次圖剛完全不擋不格，硬碰硬和他互換一拳。

圖剛站在原地，狄玄武飛了出去。

「幹！」

「媽的……」

「邪門了！」嘉斯那群人喃喃道。

狄玄武在半空中挺腰打了個旋，輕輕巧巧落在地面，約莫是剛才站起來的地方。吸氣再順一順內息，這次胸口的淤氣不是呼出來的，而是用咳的。

嘉斯他們這輩子從沒見過他被人打到咳出來。

如果第一次是巧合，第二次不可能再是巧合。

圖剛眞的把他當彈子打，而狄玄武毫無招架之力。

這種事怎麼可能發生?每個人望向圖剛的眼神已經不像在看平常人。

狄玄武再深呼吸一口氣,將紊亂的內息平復,剛才擊中圖剛胸口的那拳已經讓他明白些許端倪,知道哪裡不對。

「吉哈洛?」他問。

「吉哈洛」是西班牙語「鵝卵石」之意。

萬物相生相剋,這種道理也發生在提煉D—47上。

D—47是一種由礦物提煉出來的強烈麻醉劑,在提煉過程中,科學家發現它會產生一種衍生物質。這種物質實測具有迷幻藥的功效,成品長得像灰色的鵝卵石,才有了「吉哈洛」之名;但它和海洛因、古柯鹼那種迷幻興奮劑不同,吉哈洛能真正改變人體外表,讓人變成一個「超人類」。

這個世界上並沒有變種人,若要說最接近變種人的,就是服用了吉哈洛的人類。

一旦服用下去之後,人體的皮膚會在極短的時間內迅速增厚,除了臉孔、頭皮和關節的皮膚之外,全部變成岩石般的厚角質層。

這種角質層之堅韌,一般子彈甚至無用武之地,需要穿甲彈才打得穿。某方面,這種藥物會以石頭來命名,也是出於此理。

吉哈洛的另一個特性是,它會刺激大腦的生物電以不正常的速度放電,導致人體的肌肉組織受到刺激,變得力大無窮。

一個能舉起一百五十公斤的舉重手,服用過吉哈洛之後,將能舉起超過五百公斤。

可以想見當初吉哈洛被發現之時,第一個對它感興趣的一定是軍方和警察機構——想像一群刀槍不入、力大無窮的超級士兵或超級警察,這將帶給政府多強大的軍力優勢?

但,變成超人是需要付出代價的。

人體本來就不是設計來承受如此極端的變化,在轉化的過程中將產生激烈痛楚,遠超過人體所能負荷,許多服用吉哈洛的自願受試者最後都心臟衰竭死亡——而這還是幸運的。

軍方的人體實驗以大規模的悲劇收場，因爲少數幾個沒有休克死亡的人直接進入癲狂狀態，殺了整個實驗室的人，並衝到街上繼續狂殺。軍方召來的支援完全無用武之地，最後是狙擊手以穿甲彈連開數十槍才將這幾個「超人類」當場格斃，從此沒有人再去服用吉哈洛。

直到他眼前的這個男人。

狄玄武幾下拳頭下去，感覺擊中的不是正常人的皮膚，他終於明白了。

但他不明白的是，圖剛看起來思路清楚，能正常與他們對話，根本沒有任何服用吉哈洛的副作用。

「不，我。」圖剛搖搖頭。

「你？」

「公平起見，我應該提醒你，無論你對自己的戰鬥力多麼有信心，和我打，你不會贏的。」圖剛說。

「我聽過幾次類似的話。」結果通常跟說這話的人預測相反。

他的腳突然作勢一抬，圖剛立刻防備，但他並沒有眞的踢出去，只是微笑地繼續繞圈子，尋找空檔。

「我和他們不同。」圖剛告訴他。

「這句話我也聽過幾次。」

他們的對話讓其他人恍然，隨即每人升起相同的疑問：爲什麼圖剛還未痛死或發瘋？

圖剛微微一笑，用力扯破身上的襯衫，一身厚如盔甲的灰色角質映入每個人眼中，眞正如石頭一般。

狄玄武第一次見到服用吉哈洛的人體，圖剛的胸膛、手足都膨脹一倍，唯有關節的部分依然是皮膚，卻是如皮革般的深棕色澤。

這副身體已經不像眞人，圖剛卻又是個眞眞實實的人。看著他移動，堅硬的角質拉扯著深色的關節皮膚，令人產生一股毛骨悚然的詭異感。

「這不是我第一次服用吉哈洛，連我自己都數不清幾次了。」圖剛的表情自始至終都是輕鬆適意的微笑。「我天生沒有痛覺，從我小時候開始，我的父母就帶我去做各種檢查。有些人會以爲沒有痛覺是一種天賦，那是因爲他們不知道『異於常人』是什麼感覺。

「我很努力融入這個世界，眞的！但我身邊的小孩都覺得我是怪胎。我踩到釘子不會哭，被蠟燭燒到也沒有反應，一開始他們覺得很有趣，但是當他們看我表演用打火機把指尖燒焦，再面帶微笑的用刀片削掉燒焦的皮肉時，他們開始覺得不好笑了。漸漸的，越來越多人說我是被附身的魔鬼小孩。

「我不曉得發生什麼事，爲什麼前一刻我是全校最紅的人，下一刻我變成一個人人避之唯恐不及的『魔鬼』？於是我做更極端的事想讓同學對我印象深刻，結果只是把他們逼得更遠。我終於明白自己和別人不一樣，但我只想和所有人一樣。我拿各種武器不斷自殘，希望有一天我會有感覺，甚至拿刀肢解其他動物，看牠們痛苦的神情，模仿牠們的樣子，但無論表情模仿得多像，我依然無法體會『痛』是什麼感覺。

「我開始想，或許人的反應和動物不同，我應該拿人做實驗，如果我瞭解人體對痛楚的反應，或許我能『學會』這件事。

「我在十一歲那年殺了第一個同學，我把她誘拐到一間廢棄的小屋，用小刀一寸寸割開她的身體。我把她每個痛苦尖叫的表情拍下來，但我依然不能理解，於是我只好繼續試、繼續試、繼續試。

「所有人都說小孩最是天眞無邪，人類未來的希望，事實上，小孩是全世界最殘酷的動物，他們會毫不猶豫地傷害你，攻擊你最痛的地方，而且不會感到一絲後悔。所有小孩都是天生的魔鬼，我痛恨他們，這個世界沒有小孩會比較好。我每消滅一個，都覺得世界變得更美好一些。」他露出眞誠的笑容。

在場的人都不是什麼好東西，但所有人在腦中想像他描述的情景，都覺得背心發寒。

「圖剛，我一直覺得你哥哥是個混蛋，但我認爲你的問題比他更大。」狄玄武告訴他。

「他確實是個混蛋，席奧就是帶頭欺負我的孩子王之一，有什麼比欺負自己的弟弟更不怕付出代價？他是第一個帶領一群小鬼罵我不正常的人，把我推給他那群走狗練拳頭。他們把我的頭髮燒掉，全身的衣服剝光趕到街上去，讓我全身赤裸地走十條街回家。

「每隔一段時間同樣的事就發生一次，我或許沒有痛覺，不表示我沒有感覺，我確實會覺得屈辱和受傷。」圖剛誠懇地看著他。「我一直沒有機會好好謝謝你替我殺了席奧，眞的！光你幫我殺了他這點，我就覺得該留你一條命。」

頭髮和衣服，這就是他必須將那些孩子的頭皮剝下來、衣服脫光的原因。

許多人都被霸凌過，有很多人確實留下一輩子的創傷，但這不給他們變成連續殺人狂的理由。受虐的童年是一個原因，但不是一個藉口。

「可惜我不能承諾相同的事，我已經答應馬修斯先生要讓你死得痛苦無比。」

「看來你注定要失約，因爲我無法『痛苦無比』。」圖剛嘆息。「馬修斯先生……唉！我明白他的痛苦，如果我事先知道那孩子是他的孫子，或許問題會少一點，但發生的事就是發生了，又能如何？如果這會讓馬修斯好過一點，請告訴他，我並沒有凌虐那孩子太久，我只電擊過他幾次，然後他的臉就出現在每台電視新聞裡，最後我只好草草結束，甚至很好心地讓他的家人找到他的屍體。他是唯一一個被找到的，其他小惡魔到最後幾乎都不剩什麼了。」

「多謝你了。」狄玄武的微笑上方有一雙全世界最冰冷的黑眸。

「你他媽的變態混帳王八蛋——」特羅多忍不住要衝過來揍他，手下趕緊把他拉住。

如果連狄玄武都會被打飛，普通人鐵定更不會有好結果。

「沒關係，我知道你們每個人都想殺我，尤其是你，」他指了下狄玄武。「我只希望有機會能嘗嘗你家那個小女孩，她看起來很可口的樣子。」

圖剛的舌頭滑過森森白牙，所有人都汗毛直豎。

艾拉的名字被他提起來，狄玄武眼中的寒霜凝結成濃冽的殺機。

「聊天結束，我們還是回到正事吧！有什麼話想向你的手下交代嗎？」他問圖剛。

「不，這個鬼豹幫是我那個愚蠢至極的哥哥搞出來的愚蠢至極的生意，你不會以爲我眞的對這個鬼幫派有興趣吧？」圖剛揮了揮手。「我只是剛出獄，需要一個地方避避風頭，渥太爾市也住不下去了，警方逼得越來越緊。我打算在雅德市待個一、兩年就換到其他地方，想想我在這裡受到的歡迎也差不多用光了，還是提前離開好了。」

換到另一個城市，另一群受害的孩子，和破碎的家庭。

「很抱歉打壞你的計畫，我不認爲你過了今晚還能上哪裡去。」

「說眞的，我很感謝你替我殺了席奧，畢竟我再恨他，他都是我哥哥，我無法親手殺他。我不想殺你，所以，如果你同意的話，我們現在就可以結束，我走出這道門，不會再回來。如果你還不滿意，這些人隨你處理，你盡可以殺光他們，我根本一點都不在乎。」圖剛往旁邊的手下一比，彷彿他們只是一群隨時可以丟掉的垃圾。

豹幫幫眾神色都是一變，驚怒交加地瞪住他，他卻看都不看他們一眼。

「你他媽的算什麼鬼幫主？」脫口而出的是菲利巴。

他們也曾如此這般被賈西亞背叛過，心頭分外有感。

「我本來就不想當他們的幫主，只是暫時需要一個地方落腳，席奧的帳戶裡又有用不完的錢，不過他們每天要我處理的事太煩人了，我覺得他們死光了對我比較輕鬆。」圖剛聳聳肩。

豹幫的人面無血色，特羅多和嘉斯的人都破口大罵起來。

「好吧！」狄玄武微微一笑，突然揉身而上。

圖剛伸起粗壯如岩層般的手臂，完全不畏懼他的擒拿法，右手被他握住反折，任何人在這時早已痛得跪下來，但圖剛完全沒有感覺，反而趁他扣住自己右手時，一記左拳重重擊在他的小腹。

狄玄武全身早已運滿罡氣護住，但他依然太小看吉哈洛的威力了。

他彷彿被一顆建築工地的大鐵球撞上，五臟六腑瞬間全移了位，連氣都喘不過來。他的人又往後飛，著地時狼狽不堪。

他緩過一口氣，再度飛撲而上，這次使出「金剛連環腿」踢往人體最不受力的脛骨。

他的腳踢中圖剛的脛骨，圖剛晃都沒晃一下，他卻痛徹心肺。

作用力與反作用力。

他的力量越大，反作用力越大，最後根本是自己打自己。

但完全不出力又不行。

圖剛舉腳一踢，他整個人又飛出去。

幾招過去，圍觀的人臉色越來越青。

這是他們第一次看到狄玄武跟人過招這麼久，那人完全無事，而狄玄武已經飛出去好幾次，摔得灰頭土臉。

岡薩列茲掏出槍，對準圖剛的後心開槍。

那顆子彈擊中圖剛的背心，往旁邊彈開，咬進一個倒楣的豹幫分子小腿。圖剛冷冷看向偷襲自己的人，不爽地走過來。

岡薩列茲臉色大變，立刻想躲，狄玄武從背後撲到，抱住圖剛使出千斤墜，將他的身體固定住。圖剛恍若無覺，拖著狄玄武繼續往岡薩列茲走過去。

如果讓他碰到岡薩列茲，岡薩列茲就死定了。

「ＦＵＣＫ！」狄玄武低咒一聲，再使出千斤墜，但這回不是固定圖剛，而是固定自己，然後將自己當成支點，抱起圖剛往後甩。

圖剛無論多刀槍不入，他的體重依然跟以前差不多。突然間，他發現自己頭下腳上往後飛，今晚第一次換他被摔出去，他臉上終於第一次出現嚇一跳的表情。

覷到這個弱點，狄玄武再度飛過去將圖剛抓起來摔出去，但將圖剛摔出去雖然能阻擋他的進攻，卻對他沒有任何殺傷力。他不怕痛，狄玄武就算再摔他兩百次也沒有用。

如果你遇到一個完全沒有弱點的人該怎麼辦？

噬人獸有弱點，變異種有弱點，世間萬物都有弱點，連他師父都有弱點！

他從未遇過完全沒有弱點的人，無法砍斷對方的手腳，無法刺進對方的內臟，無法讓對方感受到痛楚。

疼痛是人體最重要的保護機制，目的是在提醒人體不能過度使用受傷的部位，但圖剛完全沒有這個機制，即使狄玄武眞能打折他的手腳，他也不會因為疼痛而停下來。

相反的，圖剛要是擊中他一拳、踢中他一腳，那感覺都像被有幾十年內力的人擊中，他的疼痛機制運作得十分順暢。

狄玄武生平對戰無數，不是沒有遇過絕頂高手，卻無論如何沒有遇過這種打不倒的人。

這一次，他終於體認到一個事實：他打不贏圖剛。

他若失敗了，其他人一定會想盡辦法阻止圖剛離開，表示他們也會死在這裡。

幾個招式對打下來，狄玄武右腳踝脫臼，自己拐正，臉頰瘀青，指關節青腫，小腹和體側劇痛，或許有一點內傷，而圖剛依然是圖剛。

特羅多和嘉斯互相使個眼色，嘉斯悄悄後退半步。

「請不要離開。」圖剛十分有禮地轉頭盯住他。「我知道你們在想什麼，是要回去拿火箭筒或手榴彈吧？相信我，以前有人試過，結果我先殺了他們。」

「嘉斯！」狄玄武往地下吐了口含血的唾沫。「所有人不准動，他是我的。」

「還是你上道。」圖剛轉回來對他微笑。「我答應你，只要你的手下不做什麼蠢事，在我殺了你之後，可以放過他們。」

狄玄武回以一個微笑。「我也答應你同樣的條件。」

你如何打敗一個沒有弱點的人？

很簡單，替他製造弱點。他曾和師父聊起這個假設狀況，辛開陽當時是這麼說的。

以快打快，以強擊強，持劍攻劍，抬拳擋拳，這些都是以對方最拿手的招式攻擊他，當然勢均力敵。如果是比武過招，講究君子之爭也就罷了，如果是搏命相抗，那用對方最強的方法攻擊他其實是最傻的。

專精於拳法的人，練兵刃的時間一定比較少；輕功天下第一的人，實打實的硬功一定較差。人不可能樣樣精通，只要有至強，就一定有至弱，所以遇到一個全身找不到脈門的人，那只是你還沒發現而已。

訣竅就是，製造他的脈門。

製造脈門。

狄玄武又被擊飛出去，這次背心著地滑出五公尺。他躺在地上，看了眼夜空，突然笑了起來。

嘉斯和菲利巴擔心他是不是被打壞腦袋了。

「你還好嗎？需不需要休息一下？」圖剛好心地提議。

從頭到尾他都是這種溫和有禮的態度，狄玄武想讓他把他的溫和有禮吞回去。

「還好。」他有點吃力地爬起來，跛著腳慢慢走回去。「我只是剛想到一件事。」

「什麼事？」圖剛充滿耐心。

「我打不倒你。」

「我知道，我說過了。」圖剛點點頭。

旁邊的人——包括豹幫的——臉色全變了，他們絕對想不到有一天會從狄玄武口中聽見示弱的話。

「你全身刀槍不入，又不會感覺疼痛，我根本沒有任何方法可以讓你倒下去。」狄玄武不在乎其他人的反應。

「你現在想投降嗎？我剛才的條件依然適用。」

殺了他，讓其他人走。

「不，我只是剛剛才想起，我怎麼這麼蠢？」狄玄武笑了起來，露出一口整齊的森森白牙。「我的目的根本不是打倒你，而是讓你出不了這道門。」

他能不能打敗圖剛不重要，這不是華山論劍，搶天下第一的名號。即使他打不倒圖剛，要讓圖剛出不了這道門卻不是沒有辦法。

狄玄武突然躍身而起——

不是往前撲，而是往圍牆邊躍去！

力大無窮也好，刀槍不入也好，圖剛都是以碳基爲底的血肉之軀，所有碳基爲底的血肉之軀都對抗不了一樣東西：火。

席奧．貝南築的碉堡內部沒有任何庭院造景，只有幾樣東西：消防水和消防砂，以及很諷刺的，油缸，作爲備用發電機的燃料。

狄玄武的身影如此之快，從他吐出最後一個字到他閃身至油缸旁，可能連五秒鐘都不到。

圖剛臉色大變，狄玄武抓住旁邊一只已裝滿的汽油桶，五指箕張插入桶壁，然後整桶抱回來。人閃到圖剛面前時，五指將桶壁硬生生扯開一道缺口。

圖剛憑著直覺轉身想跑。

狄玄武拚的就是他這個直覺。

如果圖剛這時撲過來給他一拳，狄玄武恐怕就抱著整桶汽油飛出去了。又或者圖剛抓住油桶，以吉哈洛激發的超凡體力也一定搶得贏他，說不定還能倒潑他一身，再不濟也能讓油灑出來，兩人都淋濕，他一定不敢貿然點火。

但是人類遇到危險，很少會直接往危險撲過去，轉身而逃才是人性本能。

狄玄武就是賭他這個人性本能。

他對戰無數，不總是贏，但這些對戰讓他累積的豐富經驗，往往是他由敗轉勝的關鍵。

圖剛轉身一跑，狄玄武的目光和嘉斯對上，兩個老戰友霎時默契相通——他無視全身大傷小傷的疼痛，內力貫於雙臂，使勁一扔，油桶飛到圖剛頭頂上，撕破的油桶在地上拉出一條長線，淋了圖剛滿頭滿身。

嘉斯抽出腰間的左輪槍往地上開槍，火花猶如噬血猛獸終於逮到獵物，瘋狂舔噬每一滴油花。

「啊——啊——啊——」圖剛瘋狂尖叫，全身陷入火海。

所有人飛快向四面逃竄。

「啊——啊啊——」

一團烈焰中的人形拚命尖喊，雙手揮動想拍熄身上的火焰，然而惡火太猛，已不是雙手拍打可以簡單撲滅的。

「我答應馬修斯先生，在你死前的每一分鐘，讓你充分感受你的受害者臨死前的恐懼和痛苦。」

狄玄武清冷的嗓音，在圖剛淒厲的狂喊中，淡淡地透了出來。

「你不會感覺到痛苦，但你會感覺自己皮肉燒焦，會聞到自己被烤熟的味道，你會一點一滴感覺肢體因炭化而不靈活，手指、腳趾一根一根焦黑脫落。你會看見你的皮膚一寸寸剝離，露出肌肉、骨骼，最後連肌肉和骨骼也焚焦，你會看見你的內臟因爲缺少肌肉包覆而滑出體外，你會比全世界任何人都清楚被火活活燒到最後一分鐘是什麼滋味。

「你不會感覺痛，但你會感覺恐懼，無助，絕望，驚駭，傷痛，所有你的受害者最後感受到的情緒。你不會休克，因爲你沒有痛覺，這個支持你做遍各種惡事的助手，也是讓你到最後一刻還不得死去的幫兇。」

「你——你——我要殺了你——殺了你——」

烈火中的人影已經沒有相貌，只剩下橘紅色的一團，直至最後，他甚至說不出完整的話，因爲他已經失去嘴唇、臉皮、喉嚨、聲帶……

嘉斯、特羅多、岡薩列茲、拉貝諾手下、豹幫的人……所有人看著人間最淒慘的一種死法在他們眼前上演。

狄玄武從頭到尾目色淡淡，只是看著那團火撲打翻騰。

直至許久，沒有人知道經過多久，那團火終於熄滅，一團焦黑的形體倒在地上。

自始至終沒有人發出一絲聲音。

「你看起來跟屎一樣。」拉貝諾挑剔地盯著狄玄武。

他的手搭在嘉斯肩上，一拐一拐地被扶過來。

事實證明，他的右手臂斷了，只要一碰到就鑽心的疼。他的肋骨可能斷了兩根，指骨或掌骨可能裂了，右腳踝的脫臼被他自己扳回去，這些還不包括全身處處瘀血，以及他懷疑的內傷。

「我跟姓貝南的八字不合。」他咕噥。

「幸運的話，以後雅德市不會再有姓貝南的人出現了。」拉貝諾挑眉加一句，「對吧？」

「廢話！」他翻個白眼。

特羅多和手下、嘉斯和手下，甚至豹幫一團人都慢慢走過來。

這其中最五味雜陳的應該就是豹幫的人了，他們親耳聽見他們的幫主——又一任前幫主——在他們浴血保護他之後，說他們的生命在他眼中毫不重要。

拉貝諾身後多了一輛車，是狄玄武離開前沒有的。那輛車的車門打開，札克走了出來。

他依然穿著正式的西裝和領帶，好像他每天晚上就穿著這身衣服睡覺。狄玄武懷疑若有人半夜叫他出門查帳，他只要翻開被單，直接拿起公事包就能出門了。

札克金絲邊眼鏡下的臉色微微蒼白。

「你早就知道了？」狄玄武停在他面前。

札克非常緩慢地搖頭。

「不，我並不知道，只是……」他遲疑一下。「或許我也有點知道。他一直讓我感覺奇怪，但說不出怪在哪裡，我相信我的直覺。他的帳戶出現不尋常的大量支出，其中一部分是挪用公款，但我質問他時，他又說不出那些錢用到哪裡去……我想，我的潛意識一直在告訴我他有問題，只是我無法證明。」

「所以你帶著馬修斯來找我。」

札克點點頭。「我知道，如果圖剛眞的有問題，雅德市內唯一對付得了他的人，只有你。」

狄玄武點點頭，讓嘉斯扶他回車上。

「現在呢？」拉貝諾在他身後問。

「現在？」

「你殺了圖剛，毀了豺幫的總部和分舵，『豺幫』這個名詞可能會從雅德市消失，他們這些殘兵剩將還能幹嘛？」

「那關我什麼事？我只要圖剛死，他現在死了，問題解決了。」狄玄武擺明了不負責善後。

「我想……或許豺幫的消失並不全然是壞事。」札克的嘴角浮起很淡的笑意。

「你倒想得開。」拉貝諾怪腔怪調的。

「幫主……圖剛他根本不在乎我們這班人。」一個豺幫的兄弟低聲說。

「他告訴狄先生，他們可以把我們都殺光，他一點也不在乎。」

「他根本一開始就沒有意思接下豺幫的擔子。」

「他說他只是來避風頭，隨時打算一走了之。」

「說不定離開的時候把總部的人都殺了。」豺幫的人陸陸續續控訴。

札克聽了，只是點點頭。

「這幾年我運用豺幫的資金轉投資，成立了一些合法公司，我們這一生沒過過幾天循規蹈矩的生活，現在或許是學習的好機會。大富大貴不可能，但養一幫兄弟還是行的。」他安撫道。

豺幫的人都安靜下來。

「隨便你。」狄玄武聳聳肩，繼續往車子踱過去。

「你要去見芙蘿莎嗎？」嘉斯問。

「我爲什麼要見她？」

呃，好像問錯問題了。

「咳！我只是想，她心裡應該很擔心我們。」

「那跟我有關嗎？」他冷冷問。

「……沒關。」

果然變了心的男人就像飛出牆外的球，再也回不來了。

「回你家？」嘉斯乖乖扶他上車。

「不。」狄玄武看著遠方的城市燈火。「載我去一個地方。」

❦

芙蘿莎還未睜開眼睛就先聞到一股混合焦屍、血腥和汗水的強烈氣味。並不好聞，但她喜歡。

或者她喜歡的是散發出這些味道的男人。

她掀開薄如蟬翼的絲質床單，毫無寸縷地走下床。

門旁的單人椅，此刻正盤踞著一道黑色陽剛的身影。

結果他們確實回到芙蘿莎家，但不是爲了嘉斯以爲的那個原因。

她妖嬈地走向他，赤裸的玉體與窗外偷偷流入的銀華輝映，恍如一尊以月光揉塑而成的女神。

「嗨。」她柔軟地蜷在他腳邊，膚光如雪照人。

纖柔的指在他小腹游移，碰觸到他固定斷臂的臨時夾板。

呵，這是她第二次看見這男人狼狽帶傷，兩次都是拜姓貝南的人所賜。

隱在黑暗中的男人將一樣東西交給她，那陣焦味就是從這個來源散發出來。

圖剛的頭顱。

「我爲什麼會想要這個東西？」她皺皺鼻子，隨手拉開旁邊的門把，示意他丟到走廊去。

他丟了。

吉爾摩立刻撿起來，眼巴巴地看著門又當著他的面關上。

狄先生會不會又和芙蘿莎小姐打起來？他好擔心啊！

「我以爲妳會想要另一個戰利品。」狄玄武低沈的嗓音很適合黑夜。

「我從沒跟他上過床，嚴格說來他不是我的戰利品。」

「妳不是他的菜，你們只是有共通目標而已。」他清冷的眸中沒有任何情緒。「你們都想殺我。」

「圖剛告訴你的？」芙蘿莎輕鬆得好像他們在談的不過是要買咖啡或買牛奶。

「可以這麼說。」

圖剛說他恨他哥哥，從來無意接手席奧的事業，甚至不在乎豹幫是不是被毀滅。狄玄武知道他並不是在說謊，他感謝狄玄武殺了席奧的神情甚至是眞誠的。

所以，圖剛沒有理由陷害狄玄武。

三人之中，去掉兩個，只剩一個。

「但我最後改變主意了，我指證圖剛的證詞是你能出獄的原因之一。」芙蘿莎如貓站起來，踱到窗邊替自己倒了一杯酒。

「爲什麼？」他的嗓音沈靜，沒有任何怒意。

芙蘿莎突然將酒杯往他旁邊的牆上摔過去。

玻璃破碎，酒液和碎片濺在他身上，他不躲不閃，反正身上不差這點小傷。

「因爲我愛你！」她的眼神暴戾無比。「看著你變成一群人的奴隸讓我發覺自己的可笑，我原以爲我愛上的是一個強者，但你只想當一個地主，你眞是讓我太絕望了，唯一能收拾那份絕望的只有你消失。」

「那妳爲什麼改變主意？」他依然沒有太大情緒。

她的神色柔軟下來，豔麗赤裸的嬌軀在月光下款擺到他身前，輕撫他褲管下強壯的腿肌，眼神無比愛憐。她蜷在他雙腿之間，隔著布料輕刮他的男性。

「因爲我發現這個世界少了你更不有趣，所以還是讓你活著好了。」

這就是芙蘿莎。

她愛上他時要他死，她不愛他了要他活著。

狄玄武慢慢傾身，不理體內抗議的每根肌肉，直到他和她的鼻子只隔寸許。

「芙蘿莎，妳永遠無法理解有一群妳深愛想保護的人是什麼感覺，這是妳最大的問題，也是我們永遠不可能在一起的原因。」他的語氣冰冷如冥王黑帝斯的烈焰。「從現在開始，我和畢維帝一派再無瓜葛，如果妳的人沒有正當理由進入我的土地，殺無赦，我不在乎他們以前和我是什麼關係。」

她的美眸躍出光彩。

這才是她要的強者。

不假辭色，冷血無情。

這樣的狄玄武，才是她想鬥的對象。

「你試試看啊！」她柔聲輕笑。

狄玄武起身，一拐一拐往外走。

她銀鈴般的笑聲迴盪在寬敞的宅邸內，是魔女的戰書。

圖剛的頭插在門柱上，面向她的臥室窗口，是他對戰書的回應。

尾聲

「那個女人爲什麼在這裡？」梅姬把勒芮絲拉到無人的角落質問。「狄明明已經說了，他們家的人都不准過來，好不容易安靜幾個月，爲什麼她又出現了？」

勒芮絲對她兇猛的表情無可奈何。

「她來看醫生，至於求醫的內容是什麼，牽涉到醫病保密協定，身爲一個剛拿到新鮮出爐護理師執照的專業護士，我不能告訴妳。」

「哦，他們把正式執照發下來了？恭喜。」梅姬開心地和她擁抱。

勒芮絲本來以爲半年就能拿到執照，當時還覺得長了，誰成想從考完試，補完學分，拿到臨時證，再拿到正式的護士執照，竟然拖了快一年。

「妳必須叫那個女人走！」一抱完，梅姬立刻回到正題。

「不行。」勒芮絲翻個白眼。「狄跟畢維帝的人說得很清楚，是『無正當理由』才不得進入，但芙蘿莎是來看病的，她有很正當的理由，醫生不會准我把病人趕走。」

梅姬雙眸一陰，終於決定丟出炸彈。

「提默和她上床。我上一回去城裡的銀行存錢，看到他和芙蘿莎一前一後從一間旅館走出來。」

勒芮絲的下巴掉下來。

然後，輪到她轉過頭，堅定地踏出診所，堅定地經過坐在門廊上打牌的布魯諾、拉貝諾、伊果和特羅多，堅定地在他們打招呼時回一聲「嗨」，堅定地走進社區大門。

狄玄武從自家門出來，車鑰匙抓在手中。

六月的南美進入早冬，勒芮絲和柯塔那些熱帶生物早就開始穿長毛衣，但對他來說，這種溫度最是怡人，他依然一件短袖四處走。

趁著今天天氣還不錯，他決定進城辦點事。

嘩啦——

溜溜突然從路邊的人工溪「站」起來，他彈開一大步，咬牙瞪著那片透明軟膠。

「你再做一次，我烤乾你做成涼拌海蜇皮！」

溜溜咕嘟一聲鑽回水裡，他發誓他聽見牠咕嘰咕嘰的笑聲。

不知何時起，溜溜養成突然從他身邊冒出來嚇他一跳的習慣，也很不爭氣地承認，他眞的被嚇到過幾次。

現在艾拉已經開始上力瑪區的小學，白天不在家陪牠玩，牠更喜歡搞這種鳥事。

這鬼東西平時在社區裡飄來飄去，長得透明，根本看不出牠飄到哪裡。如果是一般生物，他起碼還能聽音辨位。

偏偏溜溜知道自己身後有堅強的靠山，簡直無法無天——這是狄玄武的觀點，全社區的人都堅持溜溜是因爲喜歡他才跟他玩。

這種不知大腦長在哪個部分的鬼生物也曉得什麼叫「喜歡」？他甚至懷疑牠是需要進食的生命體。

「溜溜吃水裡的蜉游生物和苔蘚啦。」艾拉曾很嚴肅地告訴他。「萊森液獸有淨化水質的功能，有牠們在的地方水質都會變得很乾淨，你沒發現我們的人工溪都不需要找人來洗嗎？」

拜託！會吃就會拉，表示牠是游在自己的排洩物裡，他可不覺得這有多乾淨。

他走了幾步突然看見勒芮絲往他殺過來，那神情讓他轉頭就跑。不行，他得出門，而大門在那個方向。

他拿出男人的骨氣，硬著頭皮迎上前幾步，旁邊的拉爾突然殺出來當程咬金。

拉爾臉上的表情讓他心中警鈴大作，立刻停下腳步武裝自己。

果然，拉爾衝過來抱他。

媽的！他長手一伸，抵住拉爾的額頭，拉爾雙腳在原地不斷踏步。顯然今天所有人都走堅定路線，拉爾很堅定地一定要抱到他。

他看看停在拉爾身後的噴火女神，再看看這原地一直掙扎的笨小子，眼睛一翻，讓拉爾衝過來抱住自己。

一秒鐘。

「放開，否則我讓你接下來三個月都坐輪椅。」狄玄武低吼。「如果這是爲了你學費的事，昨天你已經謝過我了。」

拉爾一直跟在醫生旁邊打雜，對學醫產生極高的興趣。醫生跟他懇談一番之後，發現這孩子頭腦很聰明，於是跟他約定好：只要拉爾願意回學校上課，醫生願意爲他負擔大學預科和醫學院的費用。

拉爾高中第三年就輟學入獄了，但他在布爾市立高中的學籍資料都還在——猜猜怎地？這小子竟然是資優班的學生——搬到雅德市只要從高三重讀即可。

拉爾一聽醫生的提議，簡直不敢置信。當初被狄收容，他已經覺得夠幸運了，不敢再要求太多，豈料醫生竟願意讓他回學校上課，還幫他負擔貴死人的醫科學費？

狄玄武和醫生討論過後，覺得這算是另類投資，於是決定和醫生一起負擔拉爾的學費。

他昨天已經被抱了三秒鐘，用光這個月他願意被抱的額度——除了勒芮絲以外。她愛抱他多久都行，想做除了抱以外的動作他也完全配合。

「我剛和費比希通完電話，你爲什麼不告訴我你替他還了一千四百萬的贖金？」拉爾的雙眸閃閃發亮，比有人願意幫他付學費更高興。「他說，你的律師幫他和市政府談條件，若他和同夥交還遺失的一千四百萬贓款，刑期降到原本的七年，但那律師又拗到變五年。只要是五年以下的刑期，依法服刑三分之一就可以申請假釋，坐了兩年牢的費比希他們已經達到假釋標準，這星期通通放出來了！」

狄玄武半個月前就知道這件事，說來他那個看似不起眼的律師戴瑞著實是條鯊魚。

這陣子戴瑞一直在跟市長、司法局長、銀行行長過招，談的條件是，大家都知道實際金額是多少，如果市長不同意將刑期減少到五年，符合假釋條件，他個人覺得有義務向巡迴法庭及巡迴稅務機關申請精算損失金額。

後來布爾市長認爲放費比希那群人出來是個好主意。

「反正那些錢不是我的。」嚴格說來是席奧的，圖剛也沒多節省著用，難怪半年內就給了托魯斯兩千多萬的賄款。「話說在前頭，我就幫這麼一次，他們如果還要繼續搶銀行，以後自求多福。」

「不，費比希入獄前就說他們需要付的錢都搞定了，不會再搶銀行。現在克德隆走了，或許他可以接一些克德隆留下來的生意。」

事實上費比希考慮搬到雅德市，因爲他們在布爾市已經變成不受歡迎人物，拉爾舉雙手雙腳贊成，不過他覺得還是先不要跟狄說這些好了。

「隨便他們。」狄玄武走開。

這回擋在他面前的是神色同樣堅定的勒芮絲。

「寶貝，妳看起來美極了，我知道妳有一堆話想吼我，不過我肚子餓了，妳知道我有『餓肚子氣』，讓我先到瑪塔的店裡找點東西吃再吼我，好嗎？」他不等勒芮絲回答就繞過她，往門口走。

勒芮絲挫敗地瞪他一眼，好吧！考慮到他們要談的主題，讓他肚子先塡飽也好。

「瑪塔的店」是這樣來的。

一開始瑪塔會烤些麵包讓營區的工人帶出去當午餐吃，幾次工地裡的人和他們分享食物時，對瑪塔做的麵包和肉乾大爲驚豔，最後開始有人拿錢給營區的人，請他們幫忙買麵包，隔天帶去工地。

漸漸的，買麵包的人越來越多，瑪塔開始變些新花樣，而新口味都受到歡迎，口耳相傳的程度也越廣，最後瑪塔乾脆跟力瑪區一間麵包坊談好寄賣，讓城裡想買的人方便些。

誰想到整個麵包坊賣最好的就是瑪塔的麵包，麵包坊主人甚至想聘請瑪塔去當烘焙師傅。瑪塔沒有辦法放下社區裡一群「嗷嗷待哺」的人，最後，等她回過神來，她已經僱了兩個營區的主婦跟她一起接麵包的訂單，整天烤個不停。

最後她想，何不乾脆在社區門外開一間店？雖然這附近不會有人潮，但她的生意本來就是下訂單的外送居多。

有一天她期期艾艾地跑去找勒芮絲和梅姬商量，一開始還挺不好意思的，沒想到兩人都大力支持。梅姬乾脆幫她寫了一個投資企畫書，然後幾個女人一起來找狄玄武。

梅姬向他解釋，安全區不能只是靠他和醫生的收入，必須開始廣闢財源，其中一個方法，就是協助安全區的人創業——他提供創業者貸款，拿到貸款的人再每個月按本息攤還，一部份的本金也能折算成股份，讓他當股東。

狄玄武再度對梅姬刮目相看。

於焉，瑪塔的店誕生了。

他的貸款讓瑪塔在診所旁蓋了間自己的小烘焙店，一開始走的是外送路線，瑪塔僱用兩名婦人擔任烘焙助手，另外兩名行動依然輕便的中老年人負責外送。

沒想到，名聲打開之後，別說是外送，連親自上門的客人都有。

他們這群人在荒地已經生活一年多都還活得好好的，尤其這裡有鼎鼎大名的Mr. D坐鎮，城裡的人早就對這一帶沒那麼恐懼。

瑪塔的例子一開，修車一把罩的麥瑟很是心動。

不過，開修車廠的成本極高，而麥瑟的老闆付給他的薪水相當不錯，倒是他工作的修車廠租約快到期了，房東看他們生意好，準備獅子大開口漲價，最近麥瑟的老闆一直在咕噥乾脆把修車廠收起來，退休算了。

麥瑟想了想，把瑪塔在安全區開店的事告訴老闆，老闆想想覺得可行，於是跑來找狄玄武談。

最後他們談定，狄玄武將靠近城郊的一片地租給老闆蓋新廠房，一次簽好十年的地租，約滿之後，如果老闆想搬家，狄玄武以成本價扣掉折舊，收購他的地上物。

如此安排，雙方皆大歡喜。老闆的地租比以前在城裡的店租更便宜，所有機械設備都是現成的，雖然他們要自己建置廠房，但未來要搬走不怕廠房的成本不能回收，而安全區能將收購的廠房再租給別人。

醫生的診所一直都生意興隆，甚至有餘裕幫助貧苦人家。醫生也仿照瑪塔的例子，按月開始償還當初建設診所的費用。

狄玄武依然是附近幾個生存區最炙手可熱的自由接案者，他一個人接的案子可以抵上所有人一整年賺的錢，但勒芮絲捨不得他老是出門賺那些拚命錢。

目前他和醫生依然是社區的主要經濟來源，但梅姬、德克教授和伊果坐下來，好好把私人與公家財務分開，合理算出所有住戶應該繳的管理費，而年老無依的社區居民就算公家養。隨著各方收入越來越多，狄玄武的負擔將逐漸減輕。

梅姬和提默、喬歐、法蘭克兄弟等留在社區工作的人也開始支薪了，梅姬手中有幾件等著申請的創業貸款，其中不乏來自營區的。

其實，逃難之前，不少人都學有專精，例如荷西，他竟然是一個家傳的整脊師，只是這比較像民俗療法，沒有證照，但醫生僱用他擔任約聘人員，有需要的病人便讓荷西幫忙。

總之，一切都在穩定發展中。

狄玄武從瑪塔的店裡討了一袋新鮮出爐的熱狗小餐包出來——當然是吃霸王餐——瞪著診所門廊的那張牌桌。

那是布魯諾嗎？

那是特羅多嗎？

那是伊果和拉貝諾嗎？

「你們這些人閒著沒事幹，老往我這裡跑幹嘛？」他低吼。

「又不是來找你的，少臭美了。三條，我贏，付錢！」特羅多敲敲桌面，布魯諾、伊果和拉貝諾咕噥兩聲，各丟出兩根牙籤。

小賭怡情，每根牙籤是一分錢，醫生當然不會讓自己的診所變成職業賭場。

到底何時起往他這裡跑的人越來越多？本來不是沒什麼人敢來的嗎？受不了！

狄玄武想念沒什麼人敢來的時光。

他一回頭就對上從頭堅定到尾的勒芮絲。唉，他拿出一塊餐包塞進嘴裡，嚼，嚼，嚼，吞下去。

「好了，妳說吧！」悲壯。

勒芮絲想想，把他拉到停車場人少的地方。

「提默和芙蘿莎上床。」她低嘶著。

第二個小餐包在半空中停了一下，繼續送入口中。

「噢。」狄玄武掏出車鑰匙開門，滑進方向盤後面。

就這樣？

「拉爾，請你到診所幫忙一下，我馬上回來。」她喊完趕快滑進副座。「你得跟提默談一談。」

車子發動，他流暢地操縱方向盤，往城裡的方向駛去，另一隻手繼續往嘴裡扔熱狗麵包。

「談什麼？」

「我剛才跟你說，提默跟芙蘿莎上床，你一點都不在乎嗎？你們師徒倆共用同一個女人耶！」

「咳咳咳咳——」下一口餐包跑錯地方。「我沒有用過她！」

「對啊，只是讓她含了兩下，沒做完。」她假笑一下。

幸好剛才那口麵包已經吞下去，不然可能會再跑錯地方一次。

「我們又要從頭來一次了嗎？事先聲明，我一點都不介意上次討論的結果，我們現在差不多開到同一個地點。」

她才不會再跟他車震！

尤其她不小心聽到法蘭克兄弟嘰咕竊笑，把他們那次車震全看在眼裡！

……好吧，或許她會再跟他車震，但絕對不是在這麼空曠的地方。

勒芮絲決定違背自己的專業守則，丟出眞正的炸彈。

「芙蘿莎懷孕了！」

這就是芙蘿莎最近來看醫生的原因，產檢。

「妳不會以爲跟我有關吧？」他防衛地看她一眼。

「當然不是，她跟醫生說，她覺得時間到了，天下的男人都讓她失望，她決定乾脆自己製造一個。」

「噢，妳不會以爲她想……芙蘿莎再怎樣都不會對自己兒子出手的。」對吧？

「你在說什麼啊？」這個男人的腦袋到底是如何運作的？「芙蘿莎懷孕了，提默最近和她上床，你不覺得這兩件事有關聯嗎？提默昨天剛滿二十歲，他還那麼年輕，芙蘿莎的年紀都可以當他媽了！」

「沒那麼誇張，她才跟妳差不多年紀。」正是一個女人魅力的高峰期，難怪對性事缺乏經驗的提默無法抗拒。

「我剛剛跟你說你徒弟可能搞大你前任老闆的肚子，這就是你的反應？」她眞是快抓狂！

「妳怎麼知道他們兩人上床？」他問。

「梅姬在城裡看到他們兩人從旅館出來。」

如果來源是梅姬，就不會是什麼造謠生事的人。

狄玄武嘆了口氣。「首先，他們兩人都是成年人了，他們要搞在一起是他們的選擇，跟我沒關係。其次，我很懷疑芙蘿莎孩子的父親會是提默。」

「爲什麼？」她一頓。

「不爲什麼，我相信她跟醫生說的理由是眞的，她覺得時間到了，但她不想結婚。她會相中的孩子父親只有兩種可能，一種是『種』不錯，生出來不會讓她的孩子是個醜八怪或白癡，第二種是必須背景對她有用處的男人。相較之下，提默太年輕，只適合用來上床，不符合她的要求；我不會完全排除提默的可能性，但我會把他排在很後面。」

「那她爲什麼要來找醫生做產檢？分明就是故意想讓我們的人知道……噢！」她瞭了。

芙蘿莎八成認爲搞上狄玄武的徒弟很有惡趣味，某方面也是對他將她驅逐出安全區的報復。

這女人唯恐天下不亂，現在不就害自己和狄起爭執了嗎？如果再讓提默知道她懷孕，她一定會把可憐的提默玩死，說到底她就是想讓狄周圍的人不得安生，連帶也讓他不得安生。

「她還眞瞭解你，你也眞瞭解她。」勒芮絲酸酸地說。

車子忽然停下來，他的大手將她一把拖過來，狠狠吻了一陣。

勒芮絲被他吻得暈頭轉向，兩人嘆息一聲，他發動車子繼續往前開。

勒芮絲想想突然覺得有點不是滋味。

「芙蘿莎都要生孩子了……我從來沒想過她會比我更早當母親。」

「妳想要小孩嗎？」他看她一眼。

「我已經二十九歲。」她初見他時，他就是這個年紀。

「如果妳想，我們可以試試看。」他聳聳肩。

「眞的？」她超級驚訝。她當然要孩子，但她一直不敢提，因爲他似乎不是很喜歡小孩，只喜歡艾拉。

「我沒當過父親，不過雷南和艾拉都還活著，我想，我們搞出一條人命來應該也不會隨便死掉吧！」他聳聳肩。

什麼跟什麼？她笑了出來。

「停車。」

車子又停了下來，這次是她爬到他身上，給他纏綿悱惻的一吻。

他眞愛他們每次在荒地討論事情的發展，他想把椅背放低，被她阻止了。

「我不會在這裡跟你車震！」

唉。

他只好繼續開車。

「我們要去哪裡？」她終於有心情問。

「百貨公司。我根本不知道昨天是提默的生日，然後艾拉又在那裡咕噥我錯過她的十歲生日，我一口氣把他們兩人的生日禮物都買齊，總行了吧？」他說得有點咬牙切齒。

勒芮絲笑了出來，親親他的臉頰。

「可憐的寶貝。」

既然已經出來了，乾脆陪他逛逛吧！她有種感覺，這男人很不會挑禮物，她可不想提默最後拿到一把汽車吸塵器，艾拉收到一把手槍。

車子開到百貨公司的地下停車場，他們注意到今天的購物人潮好像特別多，每層車位幾乎都停滿了。雖然現在是周末，但不是特殊假期的前夕，要把停車場停到這麼滿也是少見的事。

「今天是什麼大日子嗎？」勒芮絲好奇地陪他一起上到大廳，看著滿滿的人潮。

那些人好像在排什麼隊，紅龍迂迂迴迴地繞了好幾圈，幾乎佔滿半個大廳，排在紅龍間的人興奮地討論著，現場一堆工作人員在維持秩序，保全穿梭於人潮之中。

勒芮絲看向紅龍導引的方向——

「噢，我的天！是吉里亞德．強納森，他在為他新拍的電影辦簽名會！」她興奮地跳起來。「聽說『地下正義』再四集就完結篇了，你不是最喜歡他的嗎？我們過去看看！」

「誰說我喜歡他？我從不看肥皂劇！」狄玄武極有尊嚴地強調。

「狄玄武，『藍尼』在裡面！」她雙手插腰瞪住他。「我說的是那個解開一連串地區檢察官被殺事件，揭發行政署暗殺陰謀，救了他最心愛的梅若琳，打敗笨蛋情敵，解除七次炸彈危機和四次黑道火併，而且即將在未來的完結篇揭開幕後大魔頭真面目的『藍尼』就在裡面！」

「……好吧，看一眼就好。」

〈全書完〉

國家圖書館出版品預行編目資料

遺落之子：〔輯三〕曙光再現 / 凌淑芬 著；
--初版--台北市：春光出版：家庭傳媒城邦分公司發
行, 民106.11
面； 公分
ISBN 978-986-94595-7-0（平裝）

857.7　　106016709

遺落之子：〔輯三〕曙光再現

作　　者／凌淑芬
企劃選書人／楊秀真
責任編輯／李曉芳

行銷企劃／周丹蘋
業務主任／范光杰
行銷業務經理／李振東
副總編輯／王雪莉
發 行 人／何飛鵬
法律顧問／台英國際商務法律事務所　羅明通律師
出　　版／春光出版
台北市104中山區民生東路二段 141 號 8 樓
電話：(02) 2500-7008　傳真：(02) 2502-7676
部落格：http://stareast.pixnet.net/blog　E-mail：stareast_service@cite.com.tw
發　　行／英屬蓋曼群島商家庭傳媒股份有限公司城邦分公司
台北市中山區民生東路二段 141 號11 樓
書虫客服服務專線：(02) 2500-7718 / (02) 2500-7719
24小時傳眞服務：(02) 2500-1990 / (02) 2500-1991
服務時間：週一至週五上午9:30～12:00，下午13:30～17:00
郵撥帳號：19863813　戶名：書虫股份有限公司
讀者服務信箱E-mail: service@readingclub.com.tw
歡迎光臨城邦讀書花園　網址：www.cite.com.tw
香港發行所／城邦（香港）出版集團有限公司
香港灣仔駱克道 193 號東超商業中心 1 樓
電話：(852) 2508-6231　　傳眞：(852) 2578-9337
E-mail : hkcite@biznetvigator.com
馬新發行所／城邦（馬新）出版集團　Cite(M)Sdn. Bhd
41, Jalan Radin Anum, Bandar Baru Sri Petaling,
57000 Kuala Lumpur, Malaysia.
Tel: (603) 90578822　Fax:(603) 90576622　E-mail:cite@cite.com.my

封面設計／黃聖文
內頁排版／極翔企業有限公司
印　　刷／高典印刷有限公司

■ 2017 年（民 106）11 月 9 日初版
■ 2024 年（民 113）3 月 13 日初版3.7刷
Printed in Taiwan

售價／350元

城邦讀書花園
www.cite.com.tw

ISBN　978-986-94595-7-0

104台北市民生東路二段141號11樓
英屬蓋曼群島商家庭傳媒股份有限公司
城邦分公司

請沿虛線對折，謝謝！

書號：OF0038　　書名：遺落之子：〔輯三〕曙光再現

請於此處用膠水黏貼

讀者回函卡

謝謝您購買我們出版的書籍！請費心填寫此回函卡，我們將不定期寄上城邦集團最新的出版訊息。

姓名：______________________________

性別：□男 □女

生日：西元____________年______________月________________日

地址：____

聯絡電話：____________________ 傳真：____________________

E-mail：____

職業：□1.學生 □2.軍公教 □3.服務 □4.金融 □5.製造 □6.資訊

□7.傳播 □8.自由業 □9.農漁牧 □10.家管 □11.退休

□12.其他 __________________________________

您從何種方式得知本書消息？

□1.書店 □2.網路 □3.報紙 □4.雜誌 □5.廣播 □6.電視

□7.親友推薦 □8.其他 ________________________

您通常以何種方式購書？

□1.書店 □2.網路 □3.傳真訂購 □4.郵局劃撥 □5.其他 ________

您喜歡閱讀哪些類別的書籍？

□1.財經商業 □2.自然科學 □3.歷史 □4.法律 □5.文學

□6.休閒旅遊 □7.小說 □8.人物傳記 □9.生活、勵志

□10.其他 __________________________________

請於此處用膠水黏貼